云山来信

邓跃东 著

贵州出版集团
贵州人民出版社

图书在版编目（CIP）数据

云山来信 / 邓跃东著 . -- 贵阳 : 贵州人民出版社 , 2024. 11. -- ISBN 978-7-221-18816-8

Ⅰ . I267

中国国家版本馆 CIP 数据核字第 2024WC7452 号

YUNSHANLAIXIN

云山来信

邓跃东◎著

出 版 人：朱文迅
责任编辑：刘向辉
装帧设计：温力民
责任印制：蔡继磊

出版发行：贵州出版集团　贵州人民出版社
地　　址：贵阳市观山湖区会展东路 SOHO 办公区 A 座
印　　刷：贵州新华印务有限责任公司
版　　次：2024 年 11 月第 1 版
印　　次：2024 年 11 月第 1 次印刷
开　　本：890mm×1240mm　1/32
印　　张：12.5
字　　数：280 千字
书　　号：ISBN 978-7-221-18816-8
定　　价：68.00 元

序

素描或颁奖词

高求忠

文章需要捕捉吗?当然需要。古往今来,许多文人墨客都苦苦追寻。古人云:“两句三年得,一吟双泪流。知音如不赏,归卧故山秋”“吟安一个字,捻断数茎须”“一名之立,旬月踌躇”;今人说:“初恋般的热情和宗教般的意志。”诚哉斯言。当然,平时的阅读、生活的积累、勤于创作和思考、再加上灵性和悟性,才能达到“文章本天成,妙手偶得之”,而获得缪斯女神的回眸一笑。

邓跃东就是一位捕文的汉子,一直在路上,一直在求索。

我们相识于湖南散文学会微信群。那一年,总看到他在各种文学杂志上露脸,有群友开玩笑说是跃东年。后来我们又同在省上一个散文班学习,第一次见面,他把他的微信公众号介绍给我。我花了几个晚上的时间,把里面的文章全部读完了,感觉他就像一个特种兵,长枪短炮都得心应手,既可以驾驭厚重大气的长散文，又可以书写灵动精炼的千字文。最难得的是，他的散文如醇酒，入口好，韵致足。普通人可以读下去，可以读懂，可以有共鸣；文学写作者可以细品，有回味。有此境界，大不易也。

有位文化名士说：“我觉得总有一天电影应该拍成这个样子——平易，非常简单，所有的人都能看。但是看得深的人可以看得很深，非常深。”邓跃东的散文亦如是，上可阳春白雪，发于各纯文学杂志，下可下里巴人，读者在公众号上留言五彩缤纷。

他的文章不是正襟危坐、晦涩难懂的老夫子，也没有搔首弄姿、弱不禁风的娘娘腔，更没有无病呻吟、没事来一点人生感悟的矫揉造作。大约是当过兵的缘故，他的文章里有一股硬气，蕴藏着汉子的风骨。这一点是我最为欣赏的。

邓跃东的散文大多分为两类，一类是关于故乡和人生经历的，一类是关于军旅生活的。他也写乡愁、亲情，写青年的迷茫与追寻、中年的进退失据，写失去的那些挚友，叹息命运的波诡云谲。我曾经开玩笑说，他的乡邻、长辈、战友都快被他写完了。写作者最怕不自觉地重复自己，邓跃东擅长叙事，每一篇都有干货，各具特色，有着鲜明的辨识度，不会泯灭于众多同样题材的作品。现在，当我坐在电脑前打字的时候，我能够回忆起一系列邓跃东的文章：《巫水码头通唐朝》《琴操流韵》《云山来信》《写在天空的诗行》《无字碑上的字》……那里面的每一个人物都栩栩如生，每一个故事都在我心里扎根。

无情未必真豪杰，邓跃东的文章里有深情，但却不轻易述之于口，而是在文章中不经意地解密。他的情与思，需要读者细细地悟，只要你用心读完，你自然就会感慨万千，有许多心得。这就是他武功高强之处。飞花摘叶即可直击人心，无需大肆渲染，文章境界已是水到渠成，不比有的散文，为了感悟而生硬拔高，如拙劣的夹生饭，水与米还没有入洞房。

邓跃东很勤奋，隔段时间就掷来一篇散文，有时候我还没看完，呼啦啦又飞来修改稿，当然，他大多数时候都会收获若干表扬。我有时候甚至怀疑，邓跃东大部分业余时间都“捕文”，不比我，只想偷懒。我经常预言，此文可上A杂志，彼文可上B杂志，不知是巧合还是什么，经常被我猜中。其实不是我预言灵，而是他的文章火力强，自然能够攻城略地，达到目标。

他写过一篇万余字的冲锋枪射击经历散文《呼吸间的回响》，打枪是要捕捉目标的。我读了数遍，他在这篇散文里冲锋了很远很远，让我更多地想到捕捉一词。

其实，好文章不是写出来的，要靠捕，细心耐心地捕，开动雷达全天候捕，心眼合一扫描捕，仔细观察精准捕，抓住时机敏捷捕，就像一个狙击手，平时勤于练习技艺，捕捉呼吸之间一闪而过的灵感。这样“捕”出来的作品，灵动如豹，气壮如虎。

男儿本自重横行，我眼中的邓跃东，就是这样一个捕文的汉子，兢兢业业的文学行者。他的文学成就像春种秋收一般来得辛苦，也来得自然而然，实实在在。

记得有一次邓跃东要我看一篇习作、谈感受，我说了几句，他闹着嫌太少，要再说些。我给他发了一段话：“按照你的写作风格，你个人独特的辨识度，这样走下去，你必将超越那些吹吹打打的喧嚣路人，走出你的一片独有的邓式天地。这个够文艺了吧，可以作为某年某月的颁奖词啊。”

这篇短文，说是印象素描，我心里倒希望看作是一个老读者的颁奖词。

2024 年 9 月

目录

光景

气象

月影

光景

人息屋檐下

我一直记得，村里那一大片平整的农田中间，兀立着一间土砖屋。屋子简陋又老旧，不高也不大，上面盖着稻草，里面堆了草灰，屋子没有门，檐下面很宽敞，十多个人可以席地坐下。

小时候，见到大人们有时凑拢来，抽一袋烟，说一阵笑话。天气酷热的时候，就轮着过来歇凉，每人带着一瓦罐茶水，倒到白瓷碗里大口地喝。我喜欢雨天，雨天可以长时间地停下休息。大人们在等着天放晴，有时就在地上画几道线，下起棋来，手里端着一碗茶，一局完了，才把一大碗茶一口喝完，手背擦一下嘴巴，连说再来再来。雨水从草檐上连珠似的落下，碧绿的水稻在风中翻滚，人和庄稼在雨水中变成了一幅农耕休憩图，让人沉浸在清欢之中。半晌了，谁家的媳妇在村口一声声呼唤——呷饭了，还呷饭么。大人们才懒洋洋地拍着屁股上的泥土，慢慢地离去了。

长大一些，我才知道，这间土屋是用来躲雨歇息的。干活累了喝口茶，人就有了精神，再回到田地里去。分田到户后，这座土屋年久失修，在雨中坍塌了，没有人去修复，把地平了，种上了庄稼，但这幅雨中饮茶图一直留在了我的脑海里，时间遥远了，却愈加清晰。

其实，我天天都在喝茶，却感到离茶越来越远了。日子好过了，不像过去粗茶淡饭，随便抓点泡到杯里也不在乎，如今叫过茶生活，人们讲究了形式。我发现，什么东西一形式起来，离内容就远了。

比如，有人喝茶一定要选优质的茶叶、高档的茶具、纯净的泉水、雅致的茶室、精美的茶点。这还不够，还要邀上三五个相投的茶友，交谈一个话题。一个个正襟危坐，轻言细语，口吐莲花。我觉得过于讲究了，费用昂贵不说，实在让人别扭，表情做作，虚情假意，俗不可耐。这是喝茶吗，分明是一种表演和显摆。平时为生计奔波，烦心事缠身，人就很累了，私人空间再这样正经，一个人何能轻松下来。

但我无法做到彻底远离，不时地被邀请过去，接受别扭。有次我问他们，你们在家里、工作地或茶室以外的地方喝茶不，回答很少有人喝，说环境太差没气氛。我说我的体会，喝茶就是图个简单，图个自然，不能脱离茶的本意，你去想想这个“茶”字的本义。

有个朋友说，前不久看到一篇《人在草木间》，作者写得很美，揭示到位，接近茶就是接近自然，我们应该多到山水中去。这篇文章是我一个文友写的，生动灵气，高屋建瓴，从生命状态上解析“茶”字，人处草木之间，生命需要草木润泽。的确概括形象，深得赞许，后来很多人以这个题写文，重复这种解释，以为懂了茶道。我觉得这是宏观说法，一种表象，虽叫人多亲近自然嘉木，但不能启示到底怎样去亲近，人们不可能为喝口茶，都跑到茶山去接近自然。他们说也是，那你认为自然的喝茶方式在哪里。我们饶有兴趣地交谈下去。

有一次，我到湘西南绥宁县一座苗寨里，帮山民硬化一条公路，有天下雨不能动工，一个汉子喊我喝杯茶。他在山腰上干活，旁边是他家一座木制的粮仓，上面盖着瓦，下面铺了木板，仓里是空的，人坐到里面，看着瓦檐上雨水流下来，就跟静坐木屋一样。他从一根三节长、碗口粗的竹筒里倒出一碗温茶，递给我喝，味道先苦后甜。我问他这是什么茶，没有香气，但很润喉，喝了轻松。他说是山里的一种树叶，叫青钱柳，也喊作茶叶，要坐下来，慢慢地喝，要是边走边喝就没得味道了，细柔气味飘开了。我觉得他喝茶有阅历，能够分辨出坐下喝与走着喝的不同味道。

也是在绥宁的一座苗寨里，碰到一家女主人在打油茶，请我们喝了一次，看着简单、实际丰富，把油炸锅巴和玉米跟茶叶水、葱姜一起煮，盛到小碗里一起喝，不能用筷子，味道很香，可我们怎么都喝不干净，碗底全是饭粒玉米，而他们却喝得精光。女主人说，不要心急，坐下来慢慢喝，晃几下，喝一口。我就照她的说法，坐下来边晃边喝，一碗喝下，碗底干净了很多，看来还要慢一些。油茶本不是茶，是一种应急食物，山民每天在深山干活，做饭不方便，就带着油茶，饿了就倒出来喝，坐着歇息一会，既充饥又解乏。

大家说，茶是要慢下来喝，节奏快了感觉不到味道，还要我说说山野间的茶事，我就说起小时候跟大人上山采茶的情景。那时候，村里有一片茶山，后来分地到户，开春后就去采摘，四五角钱一斤，每次可以采摘十余斤，一年可采摘七八次，五六块能添置好多日用品。那时生活紧张，好茶叶都卖给了茶厂，留下的全是茶厂不愿收购的粗老叶子，老人们做活细心，把茶叶晒干，过了筛子，不需翻炒，翻炒的茶香味浓，但不耐放。各家各户早起烧一锅水，倒进大瓦罐里，抓一把茶叶丢进去，从早喝到晚。大人们下地都带着一罐茶，活计再忙，也要聚到农田间的土屋里歇会。农闲时常常坐到屋檐下，三三两两喝着茶，谈着阳春、说着桑麻，一脸的欢快，还以为是茶叶好，其实是慢下来的日子心情好。

苏轼年轻时飞走大地，有诗曰“人生到处知何似，应似飞鸿踏雪泥”，四十多岁却作文说“此生有甚么歇不得处”。人应随遇而安，无处不茶。我喝茶好多年，开始没感受到山野屋檐下喝茶的散淡悠闲，后来悟出“茶”字寓意其实很简单，老祖先是叫我们坐到草屋下的木凳上呢。可是我们老坐不住，常常埋怨茶叶不好。

（《文汇报》2016 年 12 月 29 日）

杯宽日月长

有时我想，母亲要是那时不饮酒，她又是什么样，我有点不敢多想，幸亏她由此解脱出来了。过了四十岁，步入风霜，我才理解了母亲独自饮酒的用意。这是她的安心之举，可是她却受了不少的责怨。

母亲四十五岁前后恋上了酒，之前对酒没有一点爱好，那时家庭条件要宽裕很多，可她一点都不沾。后来我们兄妹三人相继去了外面，读书求学、就业成家都需要家里支持，一副副重担压在了父亲和母亲的肩上。他们没有轻松挣钱的本事，就往地里面、猪栏里、牛身上使狠劲，年年月月就是这三件事。我们很少回去，他们连个说话的都没有，日子枯燥得没一点味道。母亲曾说走路都感觉不到轻重，这种日子但还要漫无边际地走下去。

最初几年，母亲还挤时间给我们写信，说说心里话，后来不写了，觉得我们回信再漂亮，也无法释放她心头的压力，总忧愁没把我们供出来，而村里其他孩子有出息、大人风光。母亲心里沉郁，还病了很久，吃了西药中药，身体恢复不过来。后来，母亲看到前面屋里的爱莲婶子每餐都喝点酒，不紧不慢地过日子，就跟她常拉话。其实爱莲婶子也不容易，她一直没能生养，后来抱养了一个，地里活也重，成群的鸡鸭，手脚又不麻利，好多人修了新楼房，她家还住着旧瓦屋。但风里雨里，她憨憨地行走，村里人都喜欢到她家串门，雨天凑拢来打牌，屋檐下笑声欢语没断过。

母亲向爱莲婶子借了三斤米酒，她喝了几顿，一次二两，没觉得有多好喝，也没觉得有多难喝，但是坐下来后，心里安然很多。酒喝完后她又去借，很快又喝完了。爱莲婶子不借了，说自己不够喝。母亲就自己酿酒，无师自通，还了借的外，一缸酒能喝三个月。接着，酿第二缸、第三缸，然后就停不下来了。

喝喝喝，父亲烦死了母亲，骂她磨磨唧唧，耽误了时间。母亲喝酒很慢，一餐炒一个菜，酒量不大，二两酒要喝个把小时，吃饭还要半个小时，而父亲十分钟就把饭吃了，每天要多干两个多小时的活。

有次我回家，看到母亲靠在竹椅上喝酒，她一手提着筷子，一手端着酒杯，还架着脚，两三分钟夹一次菜，嘴里慢慢地嚼，而眼睛看着前方，不知心里在想什么。她一个人不时呵呵地笑，笑了后就忘记了端杯，无比陶醉，无比滋味。我“嘿”过她很多次，她回过神来，又慢慢沉浸过去。父亲最先是骂她吃龙肉忘了魂，后来捶桌子，再后来干脆走开去了地里。我弟妹回来，也是轮流催促她，早吃完早休息，看看电视。她说好好，最后还是这样，再责骂再训斥，没个把小时她不会离开椅子。但母亲不拖欠工夫，每天夜里很晚才睡觉，把该做的一定做完。

后来没人搭理母亲喝酒了，她一个人也自在，脸上慢慢有了气色。母亲从不在外面喝酒，只在家里独饮，来客人了也不喝，自己在厨房吃饭。有时她劝我们喝点酒，主动给你筛上，说喝酒好，喝了舒服，干活有劲。我们没人陪她喝，但有次我尝了一口，淡得跟水一样，酒气早散发了。母亲还处处利用酒的功效。有次我给她照相，她换好衣服坐到椅子上了，突然说要喝点酒，脸上有血色，等了半天喝了酒、血色上来了，才给她照完相。我们离开家时，她用饮料瓶子灌两瓶米酒，叫我们带上，说米酒喝了头不晕，记得清回家的路。

我很担忧，母亲这样子，谁能跟她过得到一起。在我们的无限忧思中，母亲来到了城里，她先给我妹带孩子，奇怪不带米酒出来了。我妹给她准备了其他的酒，她却不喝了，说哪有时间，孩子一会哭闹，一会尿湿衣裤，从早到晚忙个不停。要她休息却说没瞌睡，她心里高兴着，心事全在孩子身上。我想，可能母亲不喜欢外面的高度酒，味道烈，还死贵，她舍不得花钱。

过了几年，母亲过来帮我照看孩子。我专门备了家乡的米酒，每次准备了下酒菜，摆上景德镇的酒器。她却不喝了，说有事呢，还要去买吃的用的，一点都不沾，叫我自己喝。我拗不过她，就一个人喝，不喝酒就变坏了。我酒量不大，一餐一杯，漫不经心的，竟也很快把一缸米酒喝完了。过了几天没有酒的日子，竟不自觉地思量起那个味道来，就托人快点捎酒过来。两缸，三缸，停不下来了。

想不到，到四十岁喝起了酒，我就发笑，可以不抽烟，但无法舍弃这杯米酒。我只喝低度的米酒，有醇香味，太烈了影响氛围。也不喜欢在外面喝，一个人独饮，随便什么菜，两块霉豆腐、一包榨菜也能伴下二两酒。

孩子却有了意见，以前我斥责他吃饭太慢，现在倒过来说我喝酒呆板，他们吃完好久了，我还在慢慢地品咂。我却不觉得自己喝得慢，一个人静静的，不像其他人喝酒还看着电视听着歌。我把一颗花生米捏在手指上，先揉几下，感受到盐粒的粗质，然后放到嘴里，轻轻嚼动。我微微抬起头，望向窗外的远处，一桩桩往事，排着队进入了脑海……

我把杯中酒喝完，脸上微红，身体轻松。那些琐碎事、疲惫感都散去了，坚硬的东西柔化了很多，就觉得心旷神怡，没有什么人生苦短。

其实简单，得到一种轻松有时需要一种形式。我想起母亲那时喝酒的情状，她也是无意中发现的，这种形式适合她的身心，奔波累了要歇一会，反刍一下。生活的劳苦和辛酸，是要慢慢咀嚼、静静陈化的。酒是一种催化剂，落下肚，日子就变长了。

现在，孩子们都大了，母亲回到乡下和父亲一起生活。好多邻居去了外面，村里空荡，我们不让他们下地干重活。他们有些寂寞，母亲一个人又喝起酒来，一餐一杯，安静地坐在饭桌边，常常自语还笑，好像对面坐着人，又好像在等谁回来。

（《西安晚报》2016 年 6 月 24 日）

邻家屋檐

屋檐像是一只蓦然伸出的手臂，挡了风雨，也方便在下面晒太阳。

我身在城市，老想着乡下的青瓦屋檐。城里的高楼大厦不设屋檐了，不方便躲雨避风，或坐到屋檐下负暄说笑。虽然我吃住都不差，但我感觉不到温煦和舒畅，心里总是潮潮的。我曾几次给城建部门提意见，城市那么发达，有楼有院、有园有湖、有场有馆，但几乎没有屋檐。可他们根本不听我的，我就不好再多嘴了。

我只得一次次地跑回老家，到屋檐下去感受一会，就跟补充一种养分一样。我回到家里，却老往别人家跑，甚至觉得父母准备的饭菜都少了味道。父亲说，难道自家的板凳上有钉子？钉子是没有，有点寂寞，寂寞比钉子更刺人、更难拔除。

我家房子处在山坡的最上面，下面还有几户人家，每次我从城里回来，总是他们先接待我，我要放下行李，或是停下车，跟他们热闹地聊上一阵。处在村子最前头的是姜大的家，其他很多人家翻修了贴了瓷砖的楼房了，他家还是红砖青瓦的老房子，这种房屋在村里已不多见了。但是奇怪，村里很多人都凑到他家来玩耍，住漂亮楼房的人也待不住，都往这里跑。女人们你着织毛线、我纳着鞋底、她掏着耳朵，翻炒着家长里短、鸡鸣狗盗，那些十里八乡发生的离奇怪事，第二天准能在这里听到各个版本的描述，细节真切几如现场重现，不时引爆阵阵狂笑。到了吃饭时间，他们也要端着碗蹲到姜大家的屋檐下，吃完了就到他家的水缸里舀勺水喝，疏通了肠胃，润滑了喉咙，又蹲下来扯话，好像几年没见过面似的，倾肝倒肺要把话儿吐尽。家里孩子或是老人喊叫有事了，男的女的才起身慢慢走开。但是到家里停上一会，或是到地里转一圈，几个人又奔来了。凑一桌就打牌，常常开两桌，扑克、字牌、麻将无所不有，男女老少轮番上阵，笑语远扬，唾沫乱飞，跟过年一样热闹。

我每次都会遇见这些面孔坐在姜大家的屋檐下，打牌掷骰，抽烟谈笑。我来到屋檐下，他们都要起身打招呼，挤出半条凳子让我坐，年轻的媳妇给我从压水井里压上一杯水来。我给大家发烟，都是三四十块钱一盒的，他们觉得受宠若惊，要用双手来接，恭维说这么好的烟从来都未吸过，自己都是抽两三块、三四块的。他们不会马上点火，要把烟夹到耳朵上，这是对发烟人情的珍重，也表明自己富余还不缺。

我跟他们交谈起来，很想让他们讲些农事趣闻，他们却老问我在城里的生活，收入肯定很高吧，要给乡亲们找点活干啊。我说城里哪有你们这么愉快，城里说是大，却没个开心的地方。他们不明白，说哪儿都可歇脚，要是来城里找你，千万不要说到外地出差了，把人撇到屋檐下。我知道村里曾有人这样糊弄过进城的乡亲，就连说不会不会，你们尽管来，城里根本没有屋檐。呵呵，你是叫我们住到你家里、吃饭喝酒啰，只怕你老婆不同意呢！有人插话取笑他，看你说的，你以为人家老婆是你老婆，小气得白天只给你补一个蛋、夜里却要你出十个蛋的力气。这人马上反讽对方，你门牙掉了关不住风，这样去城里不好，让人把吃饭听成吃粪。哈哈哈哈……

乡里的屋檐下就是这么热闹、这么有趣。坐上一会，我就要回家，叫大家到我家来玩，说带了好烟好酒，一起来好好聊聊。他们说好好好，但是几乎没有一个人到我家来玩。我家总是冷冷静静的，只有父母两人的身影在晃来晃去。

冷静的环境叫人多思量，我认真研究过这种气氛反差强烈的原因，就是姜大家有一个好屋檐，刚好能摆下两张桌子，坐得下十几个人打牌，修了楼房的人家屋檐小，甚至没有屋檐，不好晒太阳扯卵谈，所以都奔到姜大家的屋檐下来了。

我为我的重要发现倍觉自喜，可是过了一会心里又凉下来了，不对啊，我家的房子跟姜大家的是一样的，也有一个宽敞的屋檐，却很少看到邻里人家的身影来。他家的屋檐怎那么聚人气呢?

姜大是村里极其平常的人，家里一直没有翻修楼房，主要是他暂时有些困难，正在积蓄力量，他的忙碌可以佐证他的想法，因为谁家长时间不翻修楼房，周围飞长流短会说他懒散、没志气，他在村里就挂不住面子。姜大没什么特别的本事，好多人下广东了，他一直靠柴油机抽水、碾米、耕田挣些钱，总是一身油乎乎的。大家有事都找姜大帮忙，他随叫随到，总给人平平实实、同在一条板凳上的感觉。聊天打牌时，姜大就是再忙也要到场掺和一阵。渐渐地，大家离不开他了，少了他就少了一个味。

姜大的老婆爱莲婶子，活计繁重，田里地里，鸡鸭猪牛，不管天晴下雨，她憨憨地干，多挣少挣，不紧不慢。爱莲婶子不能生育，心里也苦，后来抱养了一个，她每餐要坐下来喝碗酒，肚里畅通了，日子就拉长了。有人来闲聊，即使是喊姜大打牌，她不会给脸色看。她不打牌，有时看一会，说几句话，又干活去了。慢慢地，姜大家的屋檐成为聊天打牌的首选地，其他地方气氛没这么宽松。

我家不打算翻修楼房了，留下一个宽敞的屋檐，兄妹三人都在城里生活，买了楼房，父母过两年要去城里的，再花一大笔钱翻修没有意义，就一直住着老房子。我们回来得不多，几个月一次，父母寂寞得很，两个人不想现在去城里，也很少到外面串门，大多时间在地里转悠，种了很多东西，都吃不完，经常放坏了。

我也想了很多办法，让我家的屋檐下有点声响，比如要父母去打牌，或者没事就去姜大家看打牌，打牌多有味的，输点钱也是愉快的。他们两个从未打过牌，也不会打牌，我还给了他们一笔钱，叫去学打牌，学会了再奖励，不够了我们出。可是父母无动于衷，没去学牌，看都不看，一有时间就在地里面，下雨天也是这样。村里人告诉我，母亲晴天干活较远，雨天就在屋后的山上扫落叶、寻烧柴，一座山几乎被她一个人包下了，别人不敢踏足的。我问过父母，为什么要这样不歇停，现在家中没有什么负担了啊。他们说还是想自己做点，光花我们的钱不好，城里消费太高、压力大。

父母两个总停不住，几十年了，什么都会，就是不会玩。有次，我们强拉着他们到邻县新宁崀山观看 5A 级丹霞景点，很多人慕名前来游览，他们却说这有什么，还没我家屋后的山头好看。有时叫到城里玩玩，他们却惦念家里的几块地，总是唠叨到什么季节了，该下什么种了，过了这阵子，得要等到明年了。前几年没办法，他们要来帮我们带孩子，现在孩子大了，两人待在村里不愿出来。

我家屋檐下总是没有欢笑，连我奶奶也觉得不正常，她说我们家的人丁不比姜大家少，一天冷冷清清，过去却不是这样的，我们小的时候家庭热热闹闹、一团红火，现在家里啥也不缺，日子却越过越恓惶。奶奶也怨我父母做活多，什么都想揽下，一到地里就忘了家。但是奶奶又说奇怪，要说事多累人，我们小的时候家里更忙活，也不至于像现在这样悄没声息的。

我在家经常听见姜大家的欢呼声，有时憋得很，就下到他家屋檐下走走。我给他们发烟，但聊几句，他们反倒拘谨了，要把牌停下来，好像是等着我离开，也并不希望我多发烟。一个老叔委婉地说，我们这烟很差，老抽你的哪好意思，但他们的烟彼此差不多，没烟了却打闹着相互要。我找话说，大家非得打牌吗，看看电视也行，他们都说电视节目看不懂，离他们太远了，像当年《篱笆女人和狗》那样的节目再也看不到了，干脆就不看了。我不能影响他们打牌，说一会话，就走开了，屋檐下又恢复了喧闹。

在我看来，乡下屋檐就是一个快乐世界。我也有了疑惑，繁华的城里为什么没有呢？不需考证，城里以前是有屋檐的，人们后来不大停歇，不让身心安顿一下，很少在这个地方闲坐说笑了，熟悉的人都难得见上一回，屋檐就没用了。慢慢地，把屋檐搞丢了。

我们没有了屋檐，要怀旧只能去乡下，可是我家怎又不同呢？有一次，我直接问姜大，大家也要去我家玩玩啊，带带我父母，这是最大的帮助，我会感谢你们的。姜大说，你父母太客气了，我们哪敢去，他们又忙，我们游手好闲、吊儿郎当的，怕耽搁他们的工夫。

姜大说的是实在话，但打牌的不是好逸恶劳的人，都是干活勤快的。现在挣钱比过去容易了，多数人不愿像过去那样下苦了，该闲就要闲，享受了再去劳作。他们打牌输赢不大，最多几十块，但却玩得尽兴、玩得痴情。听说有次下雪，刘老汉老婆喊他回家吃饭，他中午和晚上两顿都不吃，只叫提个火箱来烤脚，老婆很生气，给箱里抓了一把雪送去了，他烤了一夜并不觉得冷，第二天还夸老婆体贴人，不补觉就干活去了。可想他们夜里打牌的爽劲。村里后来一说某某很痴情，总会讲起这个笑话来。

他们在这里打牌娱乐也是自身需要，村里的年轻人都外出务工了，剩下一村的老家伙，没有年轻人哪能活泼起来，那就用最简单的方式，凑起来打牌，相互依靠。我看得出来，为了追寻欢乐，他们中一些彼此存有矛盾怨恨的，也不耿怀计较了。我家过去成分不好，被村里一些人整得很惨，死的死散的散，但我的两个叔父又凑到了他们中间，一起说笑，脸上放彩，好像什么都没发生过。当然，那些事情是无法忘记的，只是在屋檐下抱团取乐重过了一切，因为只有这样才能抵御寂寞光阴的侵蚀！

可是我父母不一样，我明白姜大说的我父母很客气也是实话。我母亲和气大方，家里来个人，哪怕是停一分钟，甚至人家还老远的在田埂上，她就招呼开了，来喝杯茶啊，香烟瓜子糖果，家里能吃的都端出来了，甚至要留饭，走的时候还要给人抓几把，人家不要，她会追出老远，周围的人都怕了她。她很少出去串门，别人总觉欠了人情，就不好意思多来了。母亲待人过分热情，我们提醒过多次，做得太好了，反显得我家格格不入，拉开了距离，别人抬不起头来。我们要她跟姜大一样，随便一些，不给人压力。

母亲说，是一样的啊，我好端端的没做什么啊！

至于放不下地里的活，这是病入膏肓的，我们劝过父母无数次，没有一点效果，成为了全村的超级劳模，把所有人都比得黯淡无光，谁见了都觉短了三分，更别说一起闲聊打牌了。

我们要母亲学学爱莲婶子，过日子有紧也有慢，她只学到一件事。母亲有回劳累过度病倒了，很久未能恢复，其实是心累。后来她看到爱莲婶子每餐都坐着喝酒，就借了酒试着喝，结果蛮有效，一餐要个把小时，慢悠悠地，却把心里的梗阻疏通了，渐渐地就恋上了酒。但喝酒耽误时间，父亲常责怨她磨蹭，母亲又要花工夫去补活计，她就更加停不下来了。

要说我父母很难出现在屋檐下也不对，相反能够时刻看到他们的身影行止。我家正屋神龛上有一副老对联：老前辈能艰苦创业，后生家要奋发有为；横批：祖德流芳。对联张贴了一遍又一遍，可见教化之深、影响之大。到我父母辈，他们倍觉负重，铆足力气，任劳任怨，把祖训传承到了极致。别的不说，就看屋檐下晾晒的东西——稻谷、苞谷、麦子、红薯、辣椒、棉花、豆子、花生、南瓜、地瓜、芝麻、油菜籽等等，各种季节的作物果实花花绿绿、一一呈现，还有一溜码得齐齐的劈柴。这些东西都是我们一代成长的坚实支撑。有一次，一个朋友到我家看了后惊奇地对我说，你父母农耕稼穑真精细啊，一点不比你写文章简单！这话说得精辟，父母为屋檐下的风景一向舍得下工夫、花血本。

于此，我家的屋檐下只会是一种静态了。我深知，这里面存在着一种无声的压力，而姜大家是没有的。条件好一些的到他家玩，那是不见外，主人心里高兴；家境差不多的人家，更是心心相通，往来若亲。这样互相没有压力，心里就明朗欢快；心里有距离，总是想着要掩饰，要么就不大往来。

我想了很久才悟明白，这种压力的根源是在我们身上——我们在城里总是行迹匆匆，为一个目标使尽气力，到达彼岸。我们带给家庭不尽的声誉，却成为了父母身上不尽的压力，他们要为维护这种光环持续用力，心里根本放不下。尤其是母亲，变得越发固执，经常纠结人情往来，要了面子、受了活罪。每次我一开口，就引发互相指责，各自被气得心痛流血，几个月不想说话。更悲痛的是，有次争执后我负气要走，奶奶在后面追，她九十岁了，我却没有停下脚步，心碎到现在都无法愈合。我羡慕那些平常人家，过日子不需太用力，没什么要顾及的，轻轻松松，一处屋檐都成为了他们的天堂。

乡里人娱乐，不能强求他们去读书论道高雅地进行，在屋檐下打牌的方式虽说简单，但他们得到了最大的快乐。我们兄妹常怨父母没学会打牌，这也是五十步之笑，因为我们自己就不打牌，何以带动他们，我们完全是他们心目中希求的好孩子。

我们家族的人很少打牌是有渊源的。祖父辈不沾牌，因为有过祖训，曾祖父打牌输掉了家中九成的田产，所幸让家里未划为地主。父亲一辈年轻时没有条件打牌，成分不好，身世颠簸，到现在，只有两个堂叔在姜大家打牌。我们一辈的兄弟姐妹们回来了，也不打牌，也不教父母打牌。这跟村里很多人家是不同的，甚至有些不屑，屋檐下的笑声与我们无关。

我年少时曾沉溺赌博，后来因一桩事情大伤自尊，发誓再不碰牌，转恋上了文字。有时我想，应该教教父母打牌的，可是旧结在心，无法释怀。因此，我家的屋檐下没有欢笑，早已缺少一种内在的气了，无法推动心中的想法。

姜大家的孩子老达比我小很多，已经成家了，性情跟他父母一样随和，他的那帮同龄人经常来玩。他媳妇没事在屋檐下绣十字绣，用几个月时间绣出一幅宽大的“家和万事兴”，把我奶奶羡慕坏了，她老是向我们夸赞老达媳妇的聪明能干，叹说我们家怎绣不出来。奶奶是明亮心，她确实看到我家缺少一种和，和正是体现在一种气上的。

我每次离家回城，奶奶总在屋檐下久久目送，有时下着雨，她的寄望就跟绵长的雨水一样，打湿了屋檐，也打湿了眼睛。奶奶到九十高龄去世时，也没看到这种和气来到过，虽然我们家拥有不尽的盛，她还是落寞无奈的。

奶奶去世后，我思考了很久，我们超乎寻常的奔波，到底是追逐什么，好像现在得到了不少，但就欢快不起来，心里温存不够。奶奶的遗憾，让我内心趋向澄明，种种的付出，不就是让日子过得愉快一些么。愉快并不遥远，抑或就在屋檐下，姜大家屋檐下的欢快，就很简单、就很自然。

每个生命里都有一处屋檐。人生的所有步伐，都在寻找自己的屋檐，有时很久都看不到，那是视角有了问题，并非不存在。

（《草原》2023 年 12 期）

去老鹰山镇

每次听到《斯卡布罗集市》这首歌，人马上安静了下来，歌曲宁静悠远，好像随着旋律进入一个遥远的地方——老鹰山镇集市。我一直向往这个地方，想在这里活着和老去。

我之前不懂歌词的意义，听过中文版后，才知是远方的士兵托人送口信：你要去斯卡布罗集市吗，欧芹，鼠尾草，迷迭香和百里香，请代我向那里的一个人问好，她/他曾经是我的真爱；战火轰鸣、猩红的枪弹在狂呼，欧芹，鼠尾草，迷迭香和百里香……歌词还可以这样写啊，士兵向路人商讨，能不能帮个忙，要去打仗了。四句一节，但每节都有一句欧芹，鼠尾草，迷迭香和百里香。原来，这几种香草美丽芬芳，可以送人，还可镇痛疗伤，前线士兵都随身携带。也许对一个地方产生思念，必为某种物类所吸引，并长久支撑着那种情思，就如我对老鹰山镇，让我不时想起那里的一种味道。

多年前的春节，我从湘西南老家县城冒雨出发，先乘大巴到怀化，换火车西行一夜，经贵阳在六盘水下车。天刚放亮，转上去钟山区的中巴，再倒摩的到老鹰山镇外的一个山村，最后步行来到山上一个挂着国营牌子的焦化厂。天气阴冷，薄雾氤氲，山上没有什么树木，几座矮小的焦炭窑散落在山坡边上。

到老鹰山镇，是一个临时决定，多年前的一位校友在这里临时停留。半月前，我从部队休假回来，跟她见过一面，好像还有话没说完，临时决定过去一趟。她的父母是这儿的临时工，但生活不是临时的。

往里走去，两排房子上方飘出炊烟和菜油香，谁家炒羊肉。这儿仍然洋溢着生活的气息！

第一餐饭，主菜是炒扣肉，但不是老鹰山镇的风味菜。来到时是上午九点多了，校友他们家还没吃早餐，早餐中餐一起解决。老伯大婶六十多岁了，让他们做饭不好意思，便说我来做，也想表现一下，有几下子的。

校友说，柜子里还有春节做好的一大块四方扣肉，中午吃扣肉吧！我喜欢扣肉，但觉得有些肥，决定不蒸，炒着吃。我把肉切成片子，从中间横断，然后炼油。不知是没有先放油润锅，还是火太大，不一会锅里飘出一股焦味，肉片变得干而紧。这么重要的午餐，竟失手了！我看到厨房角落里有几根白菜苔子，说油多了，放两根苔子片，不腻。他们没说什么。我快速切好苔子，翻炒几下，放水煮一会，肉变松软了，散发着油炸肉味。接着，我又做了两个小菜，一个汤。

摆上桌后，我先吃了一块扣肉，不紧不松，有微苦的焦味，但吃不出扣肉味了。校友尝了一块，在嘴里打了一个转说，改良的苔子扣肉味，艺高人胆大，你的招牌菜吧！老伯大婶尝了后，脸上看不出什么表情，最后也点了头。他们有声和无声的肯定，让我增添了信心。味道不重要，印象很重要。

老伯说，家常菜就是这个味，根据生活条件来调制，适应了就是味道，日子就是这样摸索着过的。他是个有文化的农民，给焦化厂做综合服务，相当于办公室主任的角色，大伙给他封了一个主任的官职。国营厂子被一个老板承包了，规模减小了很多，二十来号人。老伯来这里十来年了，他说不在这里干，三个孩子上大学就供不起。实现了心愿，大伯很满足，逢年过节子女们到这儿来，家在这里了。老乡们有时给他带些时蔬小菜，吃不完的做成干菜、熏菜、坛子菜，跟老家的生活一个味道。在遥远的异乡，也能过着不紧不慢、惬意自满的家居生活。这不是靠某种食物，而是居家的心态。

老伯会做饭，刀功好，家里人评介说只听见菜板响得急切，就是不见出多少菜。难道你们吃的是从天上降下的，老伯回应着，还说我们不能天天吃扣肉吧！一天早晨，他弄回来一个新鲜的猪头，坡下的老乡杀了猪给的，猪肉卖给城里的肉摊贩子了，斯文的城里人不爱吃猪头、觉得土气粗卑，他不会清理，看到老伯买过猪头。

我帮着清理猪头，先烧热火钳烫毛，用刀刮净，褪除皮子，洗去血水，放到大锅清水炖煮。煤火猛烈，很快炖烂了，满屋飘香。老伯手法十分娴熟，被人漠视的猪头被他拾掇得跟件艺术品一样，真个赏心悦目。猪脸皮过油红烧，跟做扣肉一样；猪头肉用筷子剔下，撒些盐和辣椒粉，吃不完的下次炒着吃；猪耳朵加酱做成卤菜，没有冰箱也能多放些时日；大锅猪头汤还可以炖萝卜，出锅加点芫荽香菜，减轻油腻，滋味悠长。

猪头肉细滑，妙不可言，得细细品味，最好喝点酒，于是开了一瓶六枝酒。酒烈，喝一口，哈一口气，五脏六腑都通畅了，嘴巴也利索了。

家乡人说，猪头肉拌酒，人越吃越有。那是杯子变宽了，日子拉长了。老伯说，老鹰山镇上的猪头便宜，十几、二十块钱一个，隔段时间就去买一次，两个人慢慢嚼，喝着烧酒。喝酒就要拉话，昨天说过的又说一遍，不断品味着谁打电话来了，谁谁的生日快到了，很久没见到谁了，生活就多了内容。

我怕老伯问我什么，担心不好回答，我跟校友说了一些事，她没有回答。我一遍遍给他们敬酒、夹菜，他们也给我端酒、夹菜。我不胜酒力，但要显得能喝酒。酒多，话也多。校友叫别喝了，舌头都打弯了。老伯说，你妈过去也这样说，可是不喝酒哪有知心话！

我又跟他们说起家里的新鲜事，谁在广东开厂、谁近亲结婚、谁九十高寿、谁五十不到得了癌症、谁翻修了三层楼房、谁家媳妇跟婆婆打架。说到谁家孩子考上复旦大学，老伯跟着问有清华北大的没有。老伯也表扬我，想不到我那么顽皮厌学，去了部队、上了陆军学院。大伯端着酒杯，嘴上说着话，酒没掉下一滴。

后来，我们每餐都喝酒，一次喝上两三个小时，菜却没有凉，餐桌摆在低矮的四方煤灶上，暖意融融。大家喜欢在厨房烤火聊天，墙上挂着电视机，放着节目，没人看。大婶说，你们没来，电视机都开着，像很多人在厨房说话，不开电视还不习惯。

我跟老伯上过窑场，厂内有几座焦炭煤窑，中等吞吐量。大伯每天上窑察看十几次，晚上也去，真把厂子当家了。老板很放心，一个月来发一次工资。我看到老伯跟周围的老乡混得熟悉，他们在窑下捡些碎煤块，或来领些日结活，没有活就坐到厨房煤灶边烤火，聊天、抽烟、喝白开水，有时也留下喝酒吃饭。我看到他们在厨房闲聊比做活还要多，没见谁忧虑过，一坐就是半天，你看着我我看着你，脸上开出了金花。

老鹰山十分冷寂，但是一个厨房就把问题解决了。在老鹰山，没有什么问题不能在厨房解决的。

饭后，大家围着餐桌打牌，老家的跑胡子字牌，输赢分明，现场结账。我不太会打这种牌，但是入乡随俗，不耻下问，有了一点感觉，还不时给校友主张，打这张、打这张。校友说，你还来劲了，充当师傅了，你来打吧！我接过牌，不停组合，这种牌比麻将灵活，可碰可吃，大小搭配，上下成胡，考验着一个人的机智，牌再差，抓打变换，仍能胜出。我的牌路生猛，一晚上竟赢了数次，他们如数付资！

后来竟有了牌瘾，早早吃过饭，收拾干净餐桌，将字牌摆开。大婶也有兴趣，前面一直输，很想扳回来，我也不懂，没想到给个开心，以致她后面心态不好、牌路凌乱。校友直瞪着我，眼里有不屑，好像又是欣喜。两个老人每天都打牌，带点输赢，没有儿女在身边，字牌驱除了寂寞。牌桌成了他们的远方。每当有孩子来，总要准备一副好字牌，一家人玩得天昏地暗。牌不停，人不散……

离开老鹰山那天中午，我又做了一道白菜苔炒扣肉、一道猪头肉烧粉条，色相可人，香气扑鼻。吃过饭，仍是打牌，下次会面不知什么时候了。校友让我抓牌，她在旁边看。那一把大婶坐庄，我一张牌恣意打出，校友瞪大了眼睛，还伸出了手。我以为她要抢牌，谁知那只手伸进了我的衣服口袋，好像又退了出来，拉了我的衣服。我心跳意乱，不知该如何接牌。最后，我输了……后来，我问过校友，那次打牌是不是拉了我的衣服。她说，真不懂味啊，这样能有好果子？啊……此后我对字牌失去了兴趣。十几年后，我想不到，竟还陪老伯大婶打了一次。老伯抓牌不便，不时掉牌，大婶唠叨他啰嗦，他睡意朦胧了。我不知该如何出牌，打一张出去，半天回不过神来。我想打慢点，不让这一把牌散远了。

然而，远方不止牌桌。

老伯说，牌把人搞得昏沉沉的，去山那边的铁道上走走吧，过火车呢。老伯带着我们走小路，翻过山腰，下了一个长坡，来到了铁道上。我问老伯，你对小路这么熟悉，又不去坐火车。他说，有时沉闷了，出来走走，贵州这边天无三日晴、地无三里平，铁道上较开阔，望一望，舒畅些。

老伯蛮有诗意的。他年轻时上过两年地区师专，因家庭成分不好返回农村，当过代课教师。他是有想法的人，对儿女寄予了全部希望，来到这里努力创业。如今，一个儿子在外省大学毕业，去了遵义航天基地；一个女儿在这里上了中专，留在贵阳工作，每次就在前方不远的小站上下。他还想着很多事情，思绪密集时，便到铁道上来走走。

火车呼啸，从远方而来，奔远方而去。车窗上掠过的各种面容，带走了他的不尽思绪，也带来强劲的气流冲击，还有咔哒咔哒的铁轨声、长长短短的汽笛，帮助他碰开一些梗结，生活多了一些办法。他看到了更远的地方。可见远方并不遥远，就在身旁日常中。

啊，老鹰山镇的铁道还有这么神奇的功能，成了舒放思虑的神器！

后来，我和校友每天都到铁道上走走。两股车道，我们各走一道，走着走着交叉成了一道。我们交谈过几次，我阐述了我的想法和理由，她一直没有回复。在铁道上，我想拉住她问个明白，她却走得飞快，一会又从单股道上走到两股道，转身望着我，怎么没跟上来。

老鹰山镇的铁道证明了，有时会走到一起，有时会分成两道，关键得掌控那个扳道。这很不容易。

不久后，我也是从这个小站上车离开的。是从水城发出、一天一趟开往贵阳的绿皮火车，价格低廉，多是出门务工的人乘坐，却仍然载着各种各样的梦想，驶向了遥远的地方。

老鹰山镇联通着远方，抑或也是别人的远方。

经常翻山越岭去铁道上，每次出汗不少，身上飘出酸涩的味道。我想洗个澡，可是厂房里没有浴室。天气冷，他们平常擦个澡，时间长了，就到煤灶旁摆一个木澡盆，坐着洗，老家的一种洗法。显然，我这个浓烈味，擦拭肯定不行了，到煤灶旁摆澡盆有点难为情。

老伯说，洗澡啊，有一个地方可以，老鹰山镇上有澡堂，逢集开放，一周一次。他看了一下挂历说，明天的集，你坚持一天。我尽量与人隔远一点，但一凑到牌桌上，谁也不觉得有什么味道了。生活之味，就是相合之味。臭味相投是不是就这么来的！

去老鹰山镇有七里地，沿着山岭小径，穿过一个村庄、一溜层叠的田地、一条小河，路边开着野花，老乡种着旱地作物，还有豢养的黑猪，河上无人摆渡的横舟。老伯要采购生活用品，背着一只当地人用的竹背篓，看竹篾的颜色，应有年份了，外面裹着一层黄亮亮的包浆。这是岁月的褒奖。一些老乡认识老伯，老远地打招呼，老邓，带一家赶集去啊，回来记得抱几颗地里的白菜，都包不住了！老伯回复，要得要得。赶一回集，竟看到这么多人间景色。

老鹰山镇只有一家澡堂，浴室有三个喷头，洗澡的人轮流上去，欢声笑语。从说话声音辨听，洗澡的多是外地人，在这搞公路项目，或办事短暂停留。我看到一个人享受着淋浴，他闭着眼睛，两手在肩背上拉着毛巾，嘴里叼着一根烟，你以为烟头被水浇灭了，他却不时吸上一口，长长的青烟从鼻孔穿出来，释放重负一样。澡堂不提供搓澡，大家很多天不洗澡了，身上尘垢厚，互相帮着搓揉，尽管素不相识。

平常天我们一天洗个澡，冬天里也两三天一次，这一周一次的集市澡，多么难得，真是舒爽无比。在北地，怕只有老鹰山镇，将洗澡作为赶集的一项内容，这跟生活采购一样重要。

舒服和幸福，有时是极简的形式。丰富了，反不觉得是美好和享受。

后来，我又步行七里路，去老鹰山镇洗过一次澡，回来身上又出微汗了，但是畅快，看到了路上的绝色风景。

可是，没有时间享受老鹰山镇的清欢了，部队有任务，通知我停止休假，立即归队。

校友的态度一直没让我看懂，但我还是跟她道出了心声——我喜欢老鹰山镇这种不需用力的生活，要是不备战打仗或转业了，我愿意到这儿来，在焦化厂帮助做事，或到镇上开一家澡堂，就是你不在这里，我也愿意来过这种简单的生活。

我不知道，为什么把这儿叫成老鹰山。我没看到一只老鹰，也许以前有，或是这里的人一种寄望，想飞出去，跟鹰一样俯视大地。我发觉老鹰山镇是个有气场、能沉潜的地方。人在没有更多选择的时候，就会因地制宜，用足条件。山地狭窄却能看到远方，物产不多但能过好家常日子，地偏人少却充满欢乐，浮躁的人在这没有了杂念，有想法能够实现。甚至，少了人影晃动，我更加注目校友，她比以前好看了。

日子流年，安身过活，其他还需什么……

我希望校友一人去火车站送我，结果全家出动，酸菜霉豆腐干辣椒串提了一袋。上到车门，我转身望着站台，小站很小，站房老旧，几条长椅，上方是雨罩。一些人从站台离去，一些人从外边过来，不紧不慢的样子。午后的阳光照射过来，车站一片金黄，好像进入了一个久远的时代，宁静而悠远。这个镜头留在我脑海多年，其他的火车站都是人头攒动、拥挤嘈杂的。我在想，是否有机会，还能来到这里……

前几年，在电影《芳华》里看到一个熟悉的火车站场面，在云南蒙自市碧色寨拍摄的。那是离南疆不远的一个小站，一些伤员从前线撤下来，一些士兵补充到战场上去，他们在这里相遇，目光深情凝重，好像看到了彼此的过去和未来。男女主人公经历战争漫长的创伤，颠簸来到小站，依偎长椅上，可是芳华不再，何处是归程……那天，我戎装在身，好像将要奔赴一个回路渺茫的地方……

到如今，我没有回到过这个小站。

我常常依靠回忆去抵近老鹰山镇。这是我重要的青春驿站，人生经历和命运，由此发生重大转变。也许哪一天，我会写一首《老鹰山集市》的歌，就用《斯卡布罗集市》的曲子，歌词应该有这样的句子：你要去老鹰山集市吗，字牌、铁道、猪头肉和洗澡堂，请代我向那里的人问好，山坡上有我的诗和远方……我也要写上几节，每节都有字牌、铁道、猪头肉和洗澡堂这一句在回环沉吟。我需要这几样东西镇定自己。

（《啄木鸟》2025 年）

美丽的水稻

我们住在深山里面，很少受到外部的影响，山中植被完整，古树林立。山里稀有生物品种留存较多，常见的爬行动物就有长虫，多得如树根。长虫多了，生态就不平衡，不祛除一些就会影响生活，时不时地把人伤了、把鸡咬走了，于是很多人就以捕捉长虫为业。

我经常听到村里人饶有兴趣地谈论捕长虫的故事，说得最多的是茂老汉的传奇。茂老汉靠木工手艺谋生，人们常喊他茂师傅，却不是说他手艺好，常常要请他帮助捕长虫。现在却喜欢看水稻，我们一说到他，他多在站在稻田边上观望。呵呵。

前年一个夏天的午后，茂老汉跟往日一样，戴着斗笠，来到山脚下的田坎上割猪草。不经意间，摸到了一个光溜溜的东西。茂老汉眼睛立即瞪大了，一把甩掉头上的斗笠，左脚迅速往后退了一步，右手猛地往边上一拨，将光滑物提了起来——一条长虫，粗壮的成年尖吻蝮。

这么大的长虫！茂老汉惊得倒吸一口凉气。他提着长虫尾巴，发现它的身子修长极了。长虫不停地仰头，想伺机攻击他。茂老汉轻轻一抖手，长虫的前半身就软瘫下去。

茂老汉决定先行出击，他将长虫尾巴啪地甩到地上，长虫一下惊慌了，他立即左腿跪地，左手张开虎口，飞速锁住长虫的七寸，右手一把按住长虫尾部。长虫刚一放松又被擒住了，中间的身子不住地翻着圆拱。

把长虫压制下来，茂老汉用了很大的力气，头上都滴汗了，气喘得急切。看着身下的长虫，茂老汉心里充满了惊喜，好粗的身子，这样的长虫拿到县城能卖四五百元呢！

茂老汉保持着一个固定姿势，单腿跪在地上，两手张开掐着长虫，手上的青筋都暴露出来了，像几条蚯蚓爬上了手背。手下的这条公长虫一万个不服，随时都会跃起攻击。茂老汉心里紧了一层，头上的汗流又多了几条。

茂老汉平日捕捉长虫有专门的器具，一般的长虫装进编织袋，毒长虫要装帆布袋，而这种成年的尖吻蝮要放入瓦瓮。这些经验都是用生命代价换来的，尖吻蝮狡猾暴戾，它的牙齿坚韧如钢针，能够啮开软质的编织袋，溜出来先要报复身边人。

正当茂老汉陷入尴尬之时，山下不远的公路上传来了汽车艰难爬坡的声音，他回头望了望，是一辆运送河沙的汽车。茂老汉使劲朝汽车喊：哦——哦——哦——山野空旷，没有什么杂音，声音传得远，竟还被司机听到了，停车下来，看到了茂老汉。

司机是经常往山里送货的老周，他见过茂老汉。老周走近一看茂老汉的架势，未等他说话，就明白怎么回事了，赶紧奔过去打招呼。

老周在县城住着，长年跑车，腰肌劳损，需要烈性药酒滋养呢！他给茂老汉点上一根烟，插进他的嘴里。茂老汉深深地吸上一口，感觉轻松一些，心底里很感激老周及时赶到，再晚点说不定就麻烦了。他看了老周一眼说：“老弟，你要喜欢就拿去，给个差不多的价吧！”接着吐出一口浓烟，整个脸都被遮住了。

老周说："你老人家运气好，我也不沾你的光，按行情定价，我给你四百吧，要得么？"

茂老汉一边压着长虫，一边回头谈价，"后生家，低了，给五百吧，我送城里还不要个六七百的。"

老周说："五百有点高了，我哪付得起，跑一天车不过百把块，要五天才挣得来，还不是天天都有车跑。这样啰，老人家，加五十，四百五吧！"

老周说："我只能出得起这个价了，四百五，你老人家别再费力了，弄完了早点回去歇息，多舒服的。"

茂老汉吸了一口烟，低头看了一眼身下的长虫，心里增加了几分底气，他不再吭声了。

老周知道茂老汉起了倔劲，再讲也没用了，自己还是觉得消受不起，便转身走了。

时间过去了一个多小时，西斜的太阳照得茂老汉浑身难安，空气中没有一丝风，身上都被汗水湿透了。他想用手擦一下眼睛，却腾不出手来，汗水浸得眼睛生痛生痛。他好想喝口水，喉咙里冒烟了，就是稻田禾蔸里的水，他也想舔一口了，可是身下横着一条长虫，他俯不下去。

"放弃算了，没力气了，长虫不属于自己的。"一阵风拂过来，茂老汉连晃脑袋，神志清晰了一些："不行不行，费了这么大力气，要把它降服，我是茂师傅啊，不把它带回去村里人还不笑话死自己，老周可能早传开消息了！"

茂老汉又一次打起精神，他采取新的战术了，朝长虫头吐去几口唾液，长虫就老实了。这是捕长虫人的密招，人的唾液有异味，可以扰混长虫的嗅觉系统，神智变得昏迷，但是只有分把钟效应，不能长久使用，一旦长虫适应气味环境，就不管用了。

太阳快要落下了，稻子的影子拉得老长，路上什么人都看不到。茂老汉抬起头，静静地看着眼前这片翠绿的水稻，山风吹来，泛起层层叶浪，一浪未了，一浪又起。茂老汉感慨，吃下的米饭原来是这么迷人、有着美感的；稻叶是多么修长，水田是多么美丽，农事是多么浪漫，当一个农民，充满了诗意。茂老汉发现，干了一辈子的活，却没有及时欣赏到美丽的水稻，这会跪对着水稻，怕是自己愧对水稻的报应！

气温降下了，稻叶上出现了一层晶亮的露珠，大颗的能够映出茂老汉的影子。没有水喝，汗出不来，他的身上也干了，可眼边却忽然有湿的感觉，原来是淌下的几滴清泪。他又想起了老周，老周的话其实是可以接受的，非要争强好胜。

气息羸弱时，一只牛虻飞到了茂老汉的右边额头上，落下就不动了，他的手抽不开，只得摇头，却没有力度，牛虻纹丝不动，他又撇嘴朝上吐气，一点血珠落到了嘴唇上，嘴巴不由得动了一下，咸咸的。

跟个稻草人似的，茂老汉张开两手，呆呆地蹲了三个多时辰。正在纠结不清时，茂老汉的中枢神经失控了，连续几个痉挛，刚才还在全力抵挡的意识一下紊乱了，只见裤裆外面嗦嗦地流出一线水来，他失禁了，一泻千里，淋漓通畅。

尽管没人看到，茂老汉还是脸红了，打记事起，还是头一回尿了裤子，而且是让一条长虫逼的，他从来都是胜出的，这回却弄得斯文扫地，颜面尽失。茂老汉自惭不已，呆呆地让尿液滴落下来，裤裆里先是一团暖热，慢慢变成一片寒凉，透过肌肤，直抵骨质。

不能再等了，茂老汉已气若游丝。而受到尿液臊味的刺激，长虫又一次表现出了极端的烈性，翻腾得更加猛烈，有两次尾部挣脱了手掌的控制。茂老汉好不容易再将手压上去，但手是软绵绵的，没有了压力，自己的腰好像断裂了，不住地呻吟起来。

茂老汉的头脑异常清晰，大势已去，时不回转，就是这个样子了。他很清楚，一世英名，成也于此，败也于此，偌大的一片山区，今后再不会有人称他茂师傅了！

一个转身，茂老汉顺势把手里的长虫扔到了田坎下面，他的身体失去重心，晃了大半圈，一头栽倒在稻田里，溅起很高的水花，碧绿的稻叶倾伏过来，把他遮得严严实实……

呵呵呵。说完茂老汉的故事，大家总要相互打趣一番，莫霸蛮啊，当不了师傅就不当，咱们农民，还是多看水稻，水稻也很美丽的！

（《创作与评论》2016 年 10 期）

雪峰山韵

媒人眼

春节的时候，我们雪峰山里不但为四处拜年而快乐万分，另外还有一件激动人心的事，就是年轻人四处相亲，让家里充满了喜悦和希望。

相亲就要有人说媒，先要找个可靠的媒人，一般人胜任不了，尤其在短暂的春节里。随着社会自由度的提升，直接交流开放了，媒人的作用大大削弱，这个职业近乎消失。但也随着社会过于快速的发展，好多人停不下脚步，双方难以沟通上，还得中间人帮助。

媒人的家境地位一般不算优裕，过得舒适的人不屑于干这种看人说话的事情。但现在，媒人在我们那儿吃香了，因为这些年集中在春节相亲，推演成一种乡村盛事。过年本是团聚，应该高兴，但长年在外找对象没有落实，打工的地方多是外省男女，不愿跟随到异乡去生活，年龄都不小了，父母着急得很。平常年轻的伢子妹子都不回来，父母不会放过这个唯一的机会，托了媒人，远乡近邻，频繁相亲，而且速战速决，高效无比。

我堂妹曾经创下村里的相亲纪录，一天里见了五个，见面之前父母还悄悄去考察过，对方家境都是不错的，但堂妹就是看不上。第二年春节继续见，最后歪打误撞，竟把上一年见过的小伙给见上了。尴尬之时，媒人亮声，你们是错不开的缘，千回百转还相逢，这是天意。这话听着舒服又踏实，就定下了。两人在外面谈了几个月，回来结了婚，日子就开始了。

我堂妹完婚后，村头的小军家又找到这个媒人。媒人考虑后，选了一个姑娘，见了一面，互相就喜欢上了，都说媒人有眼光。然后定亲，上门，回门，摆酒，十天搞定。过了年，双双去了广东打工，打回的钱比去年每月多了一倍。几个月后，新媳妇就怀上了，检查还是双胞胎，一家人兴奋不已。后来，四里八乡的人都来他家询问，这个媒人是哪儿的！

媒人是另一个镇的付姓妇女，过去都喊付氏老母，现在大家称福婆婆，意为送福之人。每年春节里，孩子们回来了，福婆婆都给张罗，曾经半月里促成了三桩婚事。福婆婆简直是高铁速度，都说她眼睛神，把人撮合得准，求帮忙的纷至沓来，春节里她成了最忙的人。

初五那天，我在村里碰到正在给人说媒的福婆婆。我问她眼睛怎那么准，现在的姑娘、小伙眼光都很高，不见得都是急于求成，至少自己心里要满意。福婆婆笑了笑，说是这个情况，也不是每一桩婚事都说得成，反正人在做、天在看，摸着良心往好里办，他们自己感受到好，婚姻就成了。

福婆婆的话让我有了兴趣，又忍不住问她，你就是总把人往好里说的，如果一方不怎么好呢？我甚至还好奇地问到小军的事。老实说，小军跟媳妇相比，并没有多少优势，个子矮、舌头大，媳妇高挑、伶俐，怎会看上他呢？

福婆婆说，开始也没把握，到小军家仔细了解了，发现小军会炒菜，味道不错，而姑娘是个不擅长家务的人，这增加了她要促成这门亲事的信心。见面那天，就安排在福婆婆家，她让小军去厨房炒菜，也不多跟姑娘说话，姑娘一个劲地朝厨房里看，她就明白姑娘上心了，因为不在乎厨艺的人不会这样看。不一会，小军就端了几个拿手的菜出来，姑娘闻着香味，眼里直放光彩。吃完饭，福婆婆问姑娘什么感觉，姑娘笑而不语，她看上了小军会做菜，善于做家务的人，一般都勤劳踏实。

这么简单！我对福婆婆说，你平时都是这么轻松地把事情搞定的，不用煽呼啊？福婆婆笑眯眯地说，哪有那么多好话说，人都是不完美的，按照理想的标准去挑选当然是不行的，只能看人家的长处，补一方的短处，这样互补就是和美的。

哎呀，福婆婆，你眼里尽是一个人的好！我说。

是要把人想得好一些呢！福婆婆笑呵呵地回应。

看着福婆婆的雍容相貌，我觉得她是一个富有智慧的人，把复杂的事情看得简单，很得处世之道。她不像其他一些说媒人，为了一点利益，把人家说得天花乱坠，常常蒙混过关，最后事情败露，家庭不存，双方痛苦良久。

媒人代表着一种心灵，媒妁之举是心的碰撞，牵成一桩良缘，也会迸发不少心灵的火花。

我想起孙犁先生的散文《亡人逸事》，记述媒人是如何将妻子介绍到他家的。他说，有两个媒婆去给一户人家的姑娘说亲，男方就是邻乡的他家，路上逢上了大雨，便到岳父家的屋檐下躲避。岳父招呼她们进屋坐坐、喝杯水，闲聊间听她们说到那户人家的姑娘不相配，岳父就问对方男孩什么情况。媒婆眼里有了光彩，就问你家二姑娘是否愿意。岳父说，怎么不愿意呢！后来跑了几趟，事情就成了。孙先生家觉得这是一场雨的天意，洞房的喜联横批就写了“天作之合”。

这媒人当初怎那么看好他岳父家呢？她们觉得能让避雨的外人进屋喝茶，那是极有善心的人家。那时候治家严谨，这样家庭的子女教养不会差，就一眼看定了。后来几十年，正如孙先生所记，他和妻子恩爱绵长，记忆悠深。

当媒人，不是一定要能说会道，却要有一双媒人眼，准确地看出一户人家的好来。在一个端庄的媒人眼里，每个人都是好人，女子合好，心心相印。

百姓日子，群居生活，媒人的角色十分重要，但人人不可能都成为媒人，人人却都可以拥有一双媒人眼。情人眼里出西施，母亲眼里有春天，友朋眼里写满信任，老师眼里透出欣赏，而媒人眼里，个个都是好人。这样我们看到的都是花朵、阳光、雨露和欢笑，这世界不就平安了、美好了！

（《解放日报》2018 年 10 月 13 日）

谁不打油茶

到朋友阿信那里去玩，她常常给我看她家里人的照片。阿信一个人在市里谋职，亲人们都在家乡县里，离了几百里路，只能在翻看照片中释放思念之情。

我觉得阿信的妈妈长得漂亮，有一种山里人的矜持之美。阿信说，要说漂亮，家里面要数外婆最有分量。她指给我看外婆各个时期的照片。第一眼好像不太露相，多看几眼，感觉光彩照人，尤其是五十岁以后，清癯、素雅、沉静，眼神里写满了故事。阿信的外婆不像山里的妇人，我总想多看几眼，似乎能从凝视中看见过往的风姿。

后来去阿信家，我总会主动提出看看外婆的照片，边看边叹说漂亮，年轻时肯定更加俏丽。阿信说，外婆一直有这么漂亮，外公这样说，家里其他人这样说，村里人也这样说。但是，外婆却说自己不漂亮，而且还说妈妈和姨妈也不漂亮，说她们几个外孙女也不漂亮。

哪有这样的外婆，竟把女孩子的长相看得如此普通，不漂亮也要往好里说呢。是反着表扬吧，乡里人多是这样亲昵孩子的，猫啊、狗啊、石头、棒槌一顿贱呼，其实是盼望孩子同样壮实。阿信说，也不是这样，外婆对女眷们经常都是一句话——你们妹子婆，长得不漂亮就要贤惠一些。阿信总是疑惑不解，要贤惠能理解，可是外婆却那么漂亮，难道还不如人意！

我对阿信外婆的禅言产生了浓厚的兴趣，觉得老人家是个不简单的人，就要她讲讲外婆的生活。阿信说，外婆其实很平凡，没什么特别的，家里人都喜欢她，跟她在一起很愉快、很开心，我们一直是她眼里长不大的孩子。

听阿信说，外公家是田产不多的人家，外公爱上了大户人家中的外婆，外婆也看好外公，但是老外公不待见。外公辛苦干活，最后用两头牛的彩礼钱把外婆迎娶回来，其他人家用一头牛都是隆重的了。外婆觉得她家收彩礼太多了，以后日子难过，进门后勤俭节约，几年不给自己添一件衣服，把家庭拾掇得十分美满。外公一直爱着外婆，有时杀了鸡，家里人多，外公先要给外婆捡几块好菜。外婆从不上桌子，坐在灶膛边，常常把碗里的好菜夹给了她们。一直觉得，只要跟着外婆，都有好菜吃。

外婆那么漂亮，家务活做得勤快细致，大家觉得她更加漂亮了。比如打油茶的活，要提前准备茶叶、芝麻、糯米饼、花生米、葱姜、油盐、花椒、胡椒等十来样东西，有的食料要及早加工，如花生米要炒熟、茶叶要煮成汁、糯米饼要过油，然后和到一起，用文火慢煮，繁琐得很。有的人家不耐烦，打油茶省了一些材料和工序，但是味道差远了。外公只吃外婆打的油茶，别人做的不吃，妈妈做的他能分别出来，而且每天早上要吃三碗，几十年都是这样。外公后来先走了，外婆每天早上还是打油茶，不管家里有多少人，这个活不能落下。阿信说，每次回乡下看望外婆，没有一点少了外公的感觉，外婆用一碗油茶留住了家里的融洽气氛。

阿信的妈妈共有三姐妹，十来岁起，外婆就教她们打油茶，有的不愿学，外婆就说，不会打油茶怎么嫁得出去呢！妈妈和姨妈们遗传外婆的基因较多，肤白貌美，村里人都夸从小就是美人胚子。外婆总说，哪儿漂亮啊，都是空心白萝卜。回到家里，外婆总不忘那句话，不漂亮就贤惠一些。这话像是说，不贤惠就得有漂亮的资本。她们互相觉得长得不赖啊，就缠着问外公，到底漂亮不漂亮。外公说，难道还有外婆漂亮，敢不打油茶？大家不吭声了，悄悄地去思量女人的贤惠。

阿信说，十来岁的时候，自己和舅舅家的表妹在外面玩，村里人都说姐姐长得漂亮，过了一会又说妹妹也漂亮，表妹就不高兴了，其实是说不太漂亮，自己却像喝了蜂蜜一样。但外婆常说她长得跟白萝卜似的，还懒得很，以后嫁远一些，莫让婆家的话传进耳朵。女孩子们从小就这么听着，越来越不自信了，好像真的都不漂亮。

阿信曾经问过外婆，你那么漂亮，怎不承认呢？外婆说，漂不漂亮是别人的眼里的事，我又看不到，我只看到家里还有哪些事没做。外婆没有其他的话，但让大家很服气，谁的长相也比不过她，却还说自己不漂亮。

后来，阿信的妈妈和两个姨妈到外面读了书，都嫁到了县城，她们把油茶手艺也带了过去，每个家庭都有一种熟悉的气味，好像外公外婆都在身边。外婆不愿住到县城去，和舅舅的孩子住在老家的山里，大家每次回去，要走很远的路，但觉得有劲、开心。

我对阿信说过多次，要去她家乡走走，尝尝外婆的油茶，但因零零碎碎的事情一直未能成行。有时我对阿信说，你打个油茶给我尝尝吧！阿信说她打的油茶是炒菜的味道，自己都不愿吃。我马上笑她，油茶都不会打，怎么嫁得出去！阿信会跳起来说，我很漂亮啊！我认真地说，难道还有外婆漂亮，敢不打油茶？

（《湖南日报》2018 年 1 月 26 日）

故事里的故事

半个月前，做狱警的朋友老金邀我去一趟雪峰山，他说我熟悉山里的情况。我答应陪他前往，但具体时间定不下，安排两次都临时取消了。

老金在市中院的门口接访，参加一些集案的调解，多是牢狱犯人认为不公的案子，一些亲属在帮助申诉，出狱不久的要求调查重审，不给赔偿就吵闹，劝说也不走人。天气十分炎热，老金一手拿着冰镇矿泉水，一手摸着笔记录诉求，但他却没记录几个字，默默地听着，最后把一块湿毛巾顶到头上。申诉的人见他不记录就坐不住了，老金却把湿毛巾递过去，说凉一凉吧，人家不耐烦了，丢下一句“莫名其妙”走人了。

老金说，对这样的人得用凉办法，千万不能让他热起来。我说，这个办法很管用，不一会就打发了一拨人，现在没什么人来了吧！老金说，该来的又不见来。我问，什么是该来的？老金告诉我，有一个年轻人约好在这里见面的，一直不见来，也联系不上，所以早想喊你一起去他家看看。老金对这个人很上心，这里面必有故事，就问他是什么情况。老金说，干脆铁下心明天去山里一趟，不然不知要拖到什么时候。

第二天早上，下着小雨，我和老金开车赶往一百多公里外的乡下，寻访一个出狱不久的年轻人。狱警的工作都在高墙内，一切的努力都为了让其顺利出狱，所以出狱后的情况很大程度在高墙内就决定了。

老金说，今天要见的是小张，他的案子有点问题，小伙子最早流露过出狱后要报复对方的想法，开导过多次，建议他出狱后起诉，必会赢回尊严。他自学法律，常常向他咨询，也帮他找了很多相关的资料，思维越来越理智了。曾经说好回家找到证据后一起谈谈的，但出狱两个多月了，一直未见联系，会不会有什么事！

小张家在雪峰山腹地，我们一路打听，才找到进山的路。山路两边是青翠的竹林，时有飞瀑飘过，空气清新，澡后一般的舒畅。深山与外界接触少，山民保持了心的淳朴，我觉得住在山里面十分安宁和惬意，没有鸡零狗碎的烦恼。但又不禁想起这个小张来，他怎又犯了事，好像与环境不符。

我正要向老金询问时，他接上了一个电话，一个明天就要出狱的人的亲属来到监狱，想见见他，约过几次了。老金告诉对方，现在山里面，回来见面细谈。这又是一件什么事呢，缠得老金气都出不来！

老金告诉我，这个小伙姓谭，牵进一桩矿山事故案，坐了四年牢，平息了矛盾，矿主答应出狱后给他二十万元补偿，他现在很纠结，心里没底。那个老板最近也传话过来可以见面谈谈，他很信任老金，想让给个主意。这个事之前就听小谭说过，因为不了解事情的经过，老金不好草率地给出意见，还是当面问清楚再说。

正要深一步交谈时，车子开进了小张他们的村子。到了小张家，他却不在屋里，一月前下广东打工了。小张的父母在，知道我们的来意，连连感谢老金一直以来的关心和帮助，然后要杀鸡留饭。为了弄清情况，老金决定做一回客，慢慢交谈，但提出要付饭钱，一人五十元。老人说，你们是贵客，哪能收钱，能来就是看得起，提钱就见外了。

我们喝着米酒，谈着家里的事。小张当年在广东被骗，参与了一桩诈骗案，判了五年，拉他下水的是村里一个人。小张原来打算控告要求赔偿，回来后不打算告了，让对方懂得人跟人是不一样的，然后就去了广东。小张父母说，儿子能想得明白，要感谢金警官平时的帮助和支持，一直把他当个正常人看待。老人说，这几天有人上门来给儿子提亲，女方也在广东打工，他们自己联系见了面……

然后我们离开了，饭钱当然没有付出去，我给老人发了一包烟，他高兴地接下了。

下午四点多，我们赶回监狱，见到了小谭和来接领他的哥哥。老金买来一个西瓜，几个人一边吃一边谈。西瓜吃完了，事情也了解清楚了。老金一抹嘴巴说，这个事我不多说了，你觉得这笔钱该不该拿，我讲个故事给你听。接着，老金把上午在小张家遇到的事情原原本本告诉了他。

小谭听了后，有点坐不住了，他说，就是就是，我就是有点把不准，才要跟你说说，总有点担心。

老金说要走了，拍着小谭的肩膀说，一个干干净净的身子，哪些东西能放身上，你懂的，是不！

小谭连连点头，说是这个道理。大家一阵哈哈大笑。

（《湖南日报》2018 年 7 月 6 日）

丧礼上的歌声

旁边没人的时候，我喜欢唱一些小曲的，但不敢去歌厅跟朋友们玩。喜欢上一首歌，那几天我会浅唱低吟、没完没了，似乎不这样浑身都不自在。遇事受挫不顺利时，我也情绪低落，跟阴雨天气一样绵延很久。我把这归咎于早年学过手风琴，那种声音较为沉郁，影响了我的情感。

阴晴圆缺，喜忧往返，日子就是这样不断翻转的。但是，常有人说我放不开，爱不起也恨不起。后面其实还带着一句话：拿不起也放不下。我不大理会，依然我行我素。

前不久，大伯去世，停灵的最后一晚请来戏班子，热闹了半晚上，班主问有谁上台唱歌么。这个情景，我们是不好参加娱乐的，最多坐在台前看看。想不到，静默一阵后，我六姑走上前去，接过话筒大大方方唱了起来！

六姑是大伯的胞妹，六十多岁了，在农村生活，这几天都在灵堂忙碌，不时痛哭，好大一颗的泪珠，她用手背去擦拭，其他人都哭得委婉。我从未听六姑唱过歌，此刻她唱的是《母亲》，就是阎维文唱的那首熟悉的歌，嗓音洪亮，气势惊人。六姑怎么唱这样一首歌呢？大伯比她大很多，难道充当了母亲的角色，过去爷爷奶奶受批斗被关押，好些年都是大伯在操持这个家。也许，六姑没有这样想，她就是想唱一首歌，想唱就不用分场合。

唱完后，大家鼓掌叫好，竟要她再唱一个。六姑笑了笑，用手背擦了一下嘴角的唾沫，接着又唱了起来。这一次她唱的是《洪湖水，浪打浪》，没有配乐，独自清唱。这感情跨度太大了吧，一下从家里跳到了水里，要是身后的大伯听到会怎么想！

六姑唱完后，我坐到了她身边，说，想不到你还会唱歌，唱得不错呢。六姑哈哈大笑，说，我哪唱得好，我只喜欢唱，村里前几年修建健身广场，安装了一套音响，我们每天晚上都去唱，还跳广场舞，哈哈哈。最后，六姑问了我一句，你们城里有豪华歌厅，你应该经常去唱吧？说完她就走开了，一会有个告别仪式，她又得哭了。没想到六姑唱歌的理由，竟这么简单，好像没有理由。

第二天的送葬路上，六姑的哭声盖过了所有的行人，从此再没有那种熟悉的爱怜了，她心里无比的悲伤。后来下起小雨，六姑没有打伞，雨水泪水，泥泞一身，其他人不停地甩着裤脚上的泥巴。可能，只有这样在雨中淋漓哭喊，她才能释放自己的悲伤。

午餐时，我看到六姑跟客人坐在一起，她给人不停夹菜，叮嘱他们注意身体，自己还喝了一杯酒，满面红光。

大伯病得久，他的离去对大家是一种解脱，我回家后没有多深的悲伤，我倒不时想起六姑来。

“亲戚或余悲，他人亦已歌”，陶渊明那是说外人。六姑在大伯的葬礼上唱歌，我觉得有点不大好，伤心都来不及呢。后来觉得也没什么不好，她认真地唱过，也认真地哭过，情感丰富又真切。

曾经在电视里看到，黄宗江先生去世时，家人按照他生前的嘱咐，在丧礼上循环播放《九九艳阳天》，那是他编剧的电影《柳堡的故事》中的主题歌。他最后留给大家一片艳阳。

读书得知，弘一法师临终回顾一生，写下“悲欣交集”的四字遗书，可见人一生是大悲大喜相伴的，不必克制。但是从书本到现实，隔着遥远的距离。

在农村，都是本分守己、息事宁人，荣辱悲欢压在心底，哪能纵情悲欢，生计压身呢！我们这一代人都是被这样的观念影响着，矜持谨慎，隐忍压抑，为着一个满足颜面的目的。

六姑的炫亮显现，打破了陈见的束缚。为什么能够呢？也许是长年的劳作多感，需要一个契机去展现，她们心里也有歌，唱了心情舒畅；同样，生活的悲伤是避免不了的，积压太多太久，就要及时释放，跟人倾诉，或痛快哭一场，身心反而正常了。

经常欢笑，身心健康，这个道理大家都明白。我在此时，却想起了一场庄重的哭来。前辈作家谢璞先生故去前两年，他的长子先他而去，白发别黑发，谢老悲伤不已。办完丧事，谢老想找个地方好好哭一场，无奈杂事缠身，几次出行未果。直到把事情料理完，才抽出时间，一个人来到晓园公园深处，扶着垂柳，边哭边诉。哭完后，他身心畅通，面若无事，回家继续读书写作。

生活不能缺少笑，也不能缺少哭。走过的路，都是高高低低、弯弯曲曲的，日子就不会太顺溜、太齐整。尽情悲伤、尽情欢唱，有了起伏感，真正的日子就来到了。

（《文汇报》2020 年 7 月 29 日）

路在路上

去年春节在广东度过，假期的头几天，我和父亲陪着弟弟一家、从中山到梅州兴宁县他岳父母家拜年，两个亲家一直未见过。返回时，走的惠州市边上的一条高速公路，偶然看到一个“惠阳25公里”的指示牌。好近了啊！我情不自禁地道出一句。弟弟说，是不是下去看看，那是你在广东最早到达、又早早退去的地方，惠阳面貌变化太大，可能找不到路了。

找不到路！他说的是我曾经停留过的那个小镇。这跟突然遇到一位分别多年的熟人一样，对方没看到我，自己却一下陷入了纠结。思忖一下后，我说不去了，现在的模样我肯定不认识，我的脑子一直记着过去的样子。这条路不但跟我现在的路相通着，而且影响着我后来的步伐，从一条路到另一条路，一次次地跳跃起行，转身干脆。

一

我坐在四楼的车间里，手里摸着给玩具上色的彩笔，时不时地望向窗外，目光有时很久都没拉回来。窗外是一座山坡，一条五道拐的公路通往山坡的那一边，路上不时堵车，以客车和货车居多，走走停停，赶往各自的地方。这跟我以前坐在课堂的感觉一样，眼睛不时望向窗外，身子早已飞了起来。这条路是灰色的，我在夏天热切地踏了上去，不到一个月，却又想着要离开……

我是个先知先觉的少年，十七岁就觉得高中课堂呆待不下去了。我数理化不通，虽然偏好文科、发表了作品，但高考没有半点希望，必须得去读另一本书，给自己找一条路。道路，对我是多么的重要！离开课堂就是天堂。那时，已有不少年轻人去了广东，一年打拼下来，要带回家不少收入。我也心动了，倒不是想挣多少钱，想看看在广东这块热土上能否找到一条自己的路。

我跟当过教师的祖父谈想法，他说你这个样子，就去闯闯吧。他给在广东惠阳县大亚湾做事的两个外甥写信，要他们想办法关顾我。表叔们回信同意我过去，说待在农村也成不了什么气候。父亲得知我固执地要去打工，也无可奈何，默默地抽了一晚上烟，第二天卖了一头肥猪，给我凑齐了路费。

因为是第一次出远门，有腿疾的祖父坚持送我过去，要郑重地把我托付给表叔们。本来，镇上有直达惠阳的长途汽车，我没坐过火车，突发奇想提出到衡阳坐火车先去广州。我们当天傍晚赶到衡阳火车站，半天才买到晚上十一点多的车票，登车时怎么都挤不上去，眼巴巴地看着火车开走了。不久来了一趟同方向的火车，停在对面月台的里面轨道上，祖父带着我冒险行事，匆匆翻下月台，艰难地钻过一列到站停靠、随时都会启动的火车厢底，他把我推上一米高的月台，我再把他拉上来。哪知，这趟车也是人满为患，祖父急得满头大汗，提出翻车窗试试。他探入上身，我在下面推，站台管理人员看到后直奔过来，我使劲将祖父推入，我再像猴子一样迅速蹿进车窗。

第一次坐火车并不爽快，让我体会到了出门的不易，在外奔波哪能轻松呢！这预示了我下步路的坎坷。但是我没有害怕，我仍然觉得自己选的这条路是对的。

大表叔是惠阳县人民医院的骨科医生，他说不着急找工作，先到外面看看。他骑摩托车带着我，尽往高楼大厦前转悠，不断介绍这是什么公司，那是什么工厂，哪里有科技园，哪里有股票交易所。我不太听得懂，感觉这些地方很摩登。记得他腰间别了个 BP 机，我不懂，竟说你还用这种电子表看时间啊。他哈哈大笑。大表叔让我做了一顿饭，使用液化气灶，高压锅咕咕喷气时，我竟用力拧开了盖子，米粒喷到了天花板上。我以为跟家里大铁锅煮饭一样，水开了要揭开搅动一下的。这个动作，把大表叔吓住了，他说，你力气真大！这个事一直被家里人当作笑话讲，要不是揭开了高压锅盖子，现在肯定是千万富翁了。没经历过其实不值得笑。

转了几天，大表叔直截了当地说，你的生活经验不足，打苦工没有出息，应要学些技术，或者就跟他学中医，但先回去到卫校学点基础。我实在不愿学医，背处方太难受了，平时背首古诗都憋得气上不来。我未能顺利安排，祖父无心去大亚湾看海，休息两天就准备乘汽车回去了。大表叔打发给我们一笔路费，四百块。

这样安排，让我们对大表叔很有意见，答应来，来了又叫回去，折磨人啊！他的考虑是对的，但我理解不了。第二天早上，大表叔让小表叔把我们带到长途车站，没有买到当天的票，先在一家小旅馆住下。我不服气，提出留下自己找工作，我不信就找不到一条路，那么多人在这块热土上拼搏着，我不缺少力气。

二

想不到，小表叔是个热心人。那时他在一家经贸公司做经理，不忍心让我们这样失望地走了，就背着他大哥、在送走爷爷后把我悄悄留了下来。他找到一个朋友，将我安排到他曾经待过的一家台资玩具厂，月薪五百，相当高了，其他厂里来了好几年的同乡都只三四百块。我激动不已，心里感激着小表叔。

那天上午，我一个人豪情满怀地来到三十公里外的新圩镇。工厂位于镇子的边上，二三百员工，多是年轻人，女孩占多数。进厂时每人要交五百元押金，统一收缴学历文凭和身份证，试用期一周，干满一月才发工资，如果炒了鱿鱼，不退还押金。我的工作是用毛笔给石膏小玩具上色，红橙蓝紫，细描静绘。玩具分别有从拳头到火柴盒般大小，小件居多，描绘起来十分麻烦，得紧紧盯住。这跟让男人绣花一样，滑稽得很，描绘一个下来，我要长长舒一口气。色料是油漆，那种气味跟老家传统生态漆味的完全不一样，闻着很香，好像还很舒服。这是化工油漆，加了柔和的剂料，不刺鼻，长期处于这种环境，对呼吸系统会有很大损害。后来一闻到这种油漆味，就好像回到了工厂，我还坐在车间里。

员工是计件工资，双手灵巧、耐烦心好的描得快，几乎没有差错，出错就废了坯子，要扣工资。女孩子们特别麻利，几下就描好一个。为了多挣钱，员工们多数愿意加班，一天干十四个小时，有的每月能拿到七百元。

我笨手笨脚，玩具拿不稳，不时把红颜色描到绿部位上，又得用绿色补一下，补不好就废了。流水线上的男组长不时用异样的眼光看我。他一看，我更加不安了，老是出错，就背着他坐过去，但过一会他又鬼魂般地出现在眼前。几天后，我慢慢适应了工序，但速度提不起来。组长说，你怎这样机械，不能放松一点吗，又不是打拳，要用大力气。他的普通话说得跟电视里的播音员一样标准。

我描绘玩具的时候，习惯往窗外的公路上看，有时一看就呆住了，笔头碰到了左手上，油漆洗不掉，手上的皮肤一直是花花绿绿的。这是工厂给我的奖章。后来离厂几个月，色彩都没有完全褪下，深深侵入了皮肤组织。

这种工作，没有技术含量，靠耐心应对，但是太磨损一个人的朝气和激情，不适合我的心性。离理想有点远，还是我太理想？我不是来打工干苦力的，我觉得我还能干些有内涵的事情。

可是，玩具厂一月最少有五百元工资，其他地方拿不到。

跟我睡上下铺的老杨是四川潼南县人，从武警部队退伍的，妻子在附近一家工厂打工，经常过来会面，每次都到顶楼的水房上去，我不懂两口子要亲热，也跟着上去过。老杨老实憨厚，比我大七岁，两人空余交流较多，给我介绍这边的各种情况。他是清洁员，负责厂区、男宿舍及男厕所的打扫，不用坐班，可以自由活动。我带了一包书稿，总想有时间满足精神需要，我有很多东西要写下来，还想着通过这些书稿打开一条新路呢。我很羡慕老杨的工作。我给他买了一包烟，希望他跟主管经理、四川老乡建议增加一个清洁工。老杨说，你这个读读写写的爱好很好啊，可是厂里条件有限，就是我不干、你顶替，也是不现实的，你有心气，要保护好，要去做自己能够接受的事情，世界这么大啊。

老杨说的是实话，真有机会可能又不愿意去了，人是总觉得别人的工作要轻松。他说的“我有心气，要保护好”，这句话触动了我，我是不甘，他还肯定。这句话影响了我长远，后来走过的漫长凹凸的路，可以说一直在保护自己的心气，让我形成一种不逐流、不妥协、不将就的态度。

我没精打采地去进车间打卡，计件一天比一天少。组长问，你怎么回事啊。我说，不是一直在做吗。我有意无意间朝窗外看的动作，组长看得很清楚，他说，车间不在公路上呢，要是喜欢看外面的车辆，你就到公路上去，多宽的路，看个够。听了他的话，我一下来了勇气，对他笑着说，你怎知道公路上没有车间呢，我不干了，去看公路吧！窗户影响了我的抉择，它能提供重要的信息，以致后来我对窗户极为注视。

我马上向人事部门申请辞工，需要组长签字，他惊住了，又看了我的身份证，语气变得柔和起来。他说，我们是一个县的，要是想干，就留下来。我毫不犹豫地回答，不干了，还是去外面看马路，路上有我心仪的车间。我反感他的普通话说得太好，距离拉得太远了。

我出了一口气，心里爽快着，好像是我炒了人家。这种爽快被我延续着，后来还表现了好几次，决绝，刚烈，迅捷，过足了瘾。当然带着我的偏执、稚意和长久的疼痛。

第一次进厂打工失败了。此后几年，我不好意思跟人说，觉得打工有点低级，在一些文稿里提到过，只是轻描淡写，一笔带过。到如今，我有过很多的职业经历，但很少有人知道我到广东打拼过。后来跟人谈论，他们不太相信，说你一帆风顺的还打过工。我怎么就不能和不需打工呢？四十岁后，我常跟人炫耀，你们都拼搏过，可谁当过打工仔！没这种底层经历，人生少了一种颜色。

三

进厂打工的短暂经历，带给我的影响可不短。我那么稚嫩，竟能不为眼前所动，及时放弃现有的路，去寻找另一条路。为什么能呢？人要按内心去追寻自己的路。坚持内心，力量无穷。

那天，在广州下了火车，换乘汽车去惠阳县，沿路经过繁华的城镇时，我看到很多打工的年轻人刚刚下班，有的一身污渍从厂门出来，有的在洗衣服，有的站在集体宿舍的阳台上远望。看着他们，我涌起一种优越感，我有理想，包里带着很多书，有作品有证书，我跟他们不一样。所以，我有一种力量推动自己及时转弯……

我觉得有点对不起小表叔。给人一条路，解决当下之急、奠定发展之基，这是多么的重要！开玩具厂后，我又跑到表叔家，大表叔上班去了，小表叔担心他大哥知道，叫我住到先前住过的、一家十元一天的小旅馆去，他再来找我。可能是没听清他说要来，我到小旅馆住下后，上街来回查看招人启事去了，很晚才回来，几天都是这样。我们后来重逢，互相最先问到这个事，小表叔说他来找过我两次，打算让我跟他慢慢干的，但是没见我人，以为不辞而别了。看来，命运早已注定，我只得去寻找自己的路。

我连续多天到数家企业应聘，满以为凭发表的几篇文学作品和几本大红获奖证书，可以谋个文秘岗位的。可现实并非这样。他们只要大学文凭、职称证书、懂英语、会微机、能开车的。我只有一个速成的高中毕业证，微机是什么都不知道。后来，海口的一家投资时政杂志在惠阳招聘采编员，就在本地开展工作，不看文凭，只重实绩，填个表就算聘用了。我为找到一个理想的职业感到欢欣。他们发给我一个采编证，却未让我去采编，鼓励我去拉广告，按 30% 提成。我名为采编员，实为广告员，稿件可以不写，但每月得拉两条广告，完不成任务就被辞退。我觉得被人欺骗了，一气之下，撕了采编证。

我记不起这段时间每天吃的什么，身上的钱不多了，反正没有下馆子点过菜、没吃米饭、没吃粉面，可能就是街边的包子馒头加稀饭。记得街上的菠萝香气馥郁，一个切成四块，一元钱一块，我没有尝过。天天闻着也是美好的。后来家里买了菠萝，却不想吃，他们说我晕菠萝。我还差点被两个骗子讹诈了，之前听在广东打工的表哥讲过捡钱搜身的骗术，及时反应过来，没有发生意外。后面几天，旅馆都不能住了，我每夜到街头桥下踯躅，紧紧捏住裤袋里仅有的、刚够一张回家的车票钱。我也不是无路可走，有两家工厂可以去的，不是技术活，劳动强度大，效益还不如先前的玩具厂。

怎么走下去？在昏黄的路灯下，我徘徊了个把小时，毅然决定——回家。这是车到山前的路，我觉得家乡山村比惠阳要合适些。

这一刻，我变得轻松了，连日来的忧愁和压力转眼消失殆尽。我是开心的，打一次工，又给自己找到了一条路——回头路。不经历完全不是这样，也许还在课堂里想着要去何方。每个人都在寻找自己的道路，走过去了，才知道路在哪里。

时隔多年去回想，广东初行尝到了闯荡世界的滋味，我没有半点遗憾，我为自己感到骄傲，年少单薄，不顾一切地来到，又义无反顾地离去，竟是那么的有力。此后多次经历职业的变化，从一个地方到一个地方，我保持着在路上找路的清醒和淡然。因为离开的不是终结地，而是出发地，双脚已然踏上新途。

（《散文百家》2024 年 1 期）

无主题的晨曦

我是一个习惯懒起又喜欢走在晨曦中的人。

这话好像矛盾了，其实并不。喜欢不见得每天都要进行，适当的表现才显得别有意义。如果哪天需要在晨曦中出现了，我会早点起床，走路去上班，或周末去较远的农贸市场、去公园树木较多的地方，没有目的，一个人悠然地走着。我一般会选择晴天的早晨，太阳升起前后一段时间，周围没有什么人和车辆，凉风徐徐，有点朦胧。这样不会让熟人看到，不用打招呼，只管漫不经心地走下去。我渐渐感觉到轻松，卸去了烦事和忧虑，找回了心里希望的一种状态。

我用这个秘法不断调整自己，适应各种潮流和气候，获得了谦卑和安静，头脑保持着清醒。而在较早以前，我用一顶斗笠应对着方方面面，不免进风漏雨。但我只有斗笠。

一

我喜欢上、准确说是依恋上在晨曦里行走，是刚满十八岁那年的秋天。只要不下雨，我每天清晨会来到林子里，做点简单的、过去并不想做的事情。可是毕竟只有十八岁，这个年龄应该要去读书或干点大事。其实，我刚刚拿起一本大书、干了一桩大事回来。

一个月前，我毫不理会家里人的劝阻，放弃在读的高中学业，不顾一切地前往广东打工。我想试试，落在这块热土上能发生什么样的声响，那么多的人在这里奏着动听的交响曲。我进了一家台资工厂，干了一段时间，发现完全不是我想象的那么美好，僵化的流水线太磨损人的朝气。我辞了职，上街来回阅览招人启事，想寻找有点内涵的工作。那些招聘文员的单位我都愿意去，但是没有一家看上我，我只有一个速成的高中文凭，没人相信我能胜任。在街上浪荡数天后，我决定先回家。我觉得自己能干点像样的事情。

坐了一天一夜长途汽车到家，我却不好意思出门了。不顾一切地离去，灰头土脸地回来了，其他打工的人，到年底谁不带个几千、万把块回来，只要舍得花力气。没几天，村里很多人知道了我情况，有人故意问我母亲，怎么这么快就回来了，挣了很多钱吧。各种话语都飞出来了，什么好高骛远、不愿吃苦，什么他这种人，只能派去当干部，乡干部要不行，村干部是可以的。因为村干部是农民。我在床上躺了几天，思谋接下来的路子，却什么思路都没有。这样躲着也不行，总要出门应对。十八岁了，脸皮还是薄。其实也是不甘，就这样当一个农民了？心里不认可，但事实已经发生了。

前几天，学校很关心我的教导主任胡老师托人带话，要是想回学校，就去找他。我回复了他，理科太差，回学校没有意义。我想学手艺，周围都是木匠、瓦匠、泥水匠、竹蔑匠、杀猪匠、阉畜匠等，太具匠心了，桎梏了一个人的空间。过了些天，我跟母亲去集上卖凉薯，戴了一顶斗笠。有个熟悉我的初中老师来问价，为了不让她听出我的声音，我出了最低价，她不还价，直接买了十斤。卖了这次后，我再不敢去了，戴着斗笠也危险。那能干什么呢？我几次想挑起担子走出去，向全村昭告，我是你们的接班人了！可是扁担上肩，步子迈不动。母亲看着我说，想不出去就不出去，绣花纺线、搓麻绳呗。听着刺耳，一咬牙，我挑着水桶出去了。

我选择在太阳还未升起的清晨出门，东方开始发红了，草地上还布着晶莹的露水，但是路上几乎没有人。我去山脚的井里挑水，绕进林子多走一段路，不让路上的人看见，跟偷水一样。松林里树高林密，清晨一般没有人进来，砍柴捡松果的要到露水退了才会进入。我在林子里秘密行动着，听到异常声，或是有人进了林子赶路，我就走进荆棘丛后面，他们走了我再出来。来回挑一担水，要二十分钟，自己家担挑了两担后，又给爷爷奶奶去挑，他们住在附近的叔叔家，我把水缸灌得满满的，桶子、盆子里也倒满了。可是时间还早，又去挑一担放在屋檐下，不让水桶空着。奶奶说，以前喊你挑水那么懒的，两三天才帮我挑一担，打个工回来还变勤快了。挑水用不了太长时间，我就在林子里多歇息一会，把扁担放在两只水桶上，身体坐上去，听不知名的鸟儿叽叽咕咕欢叫，平日不怎么好看的花草觉得好看了。林子里有霜雾，弥漫飘柔，好像进入一个不曾到过的地方。歇息一会，又挑着水桶往前走，心里平静了，感觉不到水桶的重量，想法一个接一个冒了出来。

嘿，你还在挑水！突然有人喊我。原来是老武爷爷放牛来了。我没觉惊奇，回应说，你老人家这么早啊。他笑呵呵地说，换个地方，那边坡上放了几天了。后来，几次碰到早行去赶集卖猪崽的人，互相打个招呼，或者点个头，我不紧张了，就跟平时见到他们差不多。

挑了水就没事做，我跟母亲说我去放牛。我有几年不放牛了，弟弟妹妹接管了家里的牛，他们上学去了，母亲来看管。我牵着牛，在松林里又遇到了老武爷爷，他说，我帮你看牛，你去做事吧。老武爷爷不知道我的心事，我说一会要做事的，然后把牛赶到深林里，看不到人，但头上的斗笠没有取下。

我之前很不喜欢放牛，养过的几头水牛都不听话，喜欢乱跑、跟其他牛打架，一不注意就踩踏或偷吃别人的东西。我得时刻牵着绳子，不敢放手，也没地方坐，身体是紧张的，好像牛在放我一样。我恨死了牛，打断了不少棍子。现在却喜欢上了放牛，它拴住了我，让我能安定下来。慢慢地，竟放上瘾了。后来三十岁回家时，家里还养着一头牛，我主动提出去放牛，母亲都觉得奇怪，干什么不好，非得去放牛，一个大男人。放牛悠然，是一种气质的呈现，我需要不时沉浸其中。如今，村里几乎没有牛了，我就走到山里来，山里还有牛的气息，让我沉静。

我不断走入晨曦，又好像，一直没有从晨曦里出来过。

二

因为把牛赶到深山里，一上午都不回去，母亲便到山里来送饭，呼唤很久才找到我。其实我早听到了，却不想回应，我不想让别人知道我在这里。母亲说，你一个十八九的伢子，躲到山林不出来，妹子家也不是这样，就这么见不得人啊，明天去帮新火伯伯家装砖窑吧，我要赶天气栽油菜。

我家盖房烧砖窑时，新火伯伯帮过忙，不付工钱、只管饭，他家盖房我家就要去帮忙。我过去时，装窑动工了，一层一层围上去，男男女女十多人在忙碌着。我在中山装上衣口袋里插了一支钢笔，好像有别于这些人，我只是代表父母来干活。他们都跟我打招呼，说来了个好劳力，就负责挑砖坯吧。只要不问我话，干什么都行。装砖窑是个技术活，来了三个经验丰富的师傅，其他人都是小工，挑砖搬煤块。师傅们把我们搬来的砖坯呈扇面码放着，间隔夹上煤片，容易燃烧。他们比小工辛苦，嘴里却不停说着笑话，轮番讲着荤荤素素的故事，动不动就把内容引到哪个女人身上，让她成了故事主角，师傅却不动声色。女人反应过来后，马上给他一顿臭骂，还上去要打一拳，师傅一侧身，女人就摔倒在另一个师傅身上。这个师傅说，你太心急了吧，我还没考虑好呢。话音未落，他那刚刚摸过黑煤块的手指就要揩向女人白皙的脸面。女人马上跳起来说，想吃我的豆腐啊，豆腐渣都不给你吃。手上的一块砖坯忽地扔向了师傅，师傅赶忙双手接住。人群顿时爆发出一阵欢笑。那女人也笑了，我也笑了。

我无声的发笑被老陈师傅发现了，他说，当农民也开心吧，这是学堂里老师不教的呢，你别光偷着乐，也讲一个笑话吧！我说不会讲，没有故事，脸上一下发烫了。他不依不饶地说，那你把我们讲的再讲一遍，哪个女人打你、我帮你打她。其他人也不断起哄。我觉得不讲不行了，酝酿着怎么复述他的笑话，嘴皮濡湿了几次，声音却出不来。这时，一起挑砖的小玲姑娘开腔了，你们别难为他，他书生一个，会讲什么笑话啊。老陈说，让他讲个笑话，你急什么啊。小玲没有难色，眨了几下眼说，他那个样子让人急，我给大家唱首歌吧。接着，小玲唱了一首《在希望的田野上》。唱完大家都鼓掌说好。老陈却说，你是看他打工回村里了，觉得希望出现在田野上了吧。大家又是一阵大笑。小玲脸红了，捏着拳头要打老陈。我低下头，没敢看她。

主人管两顿饭，八人的方桌，两人一条板凳，小玲每次坐到我的侧方，还给我夹菜。也没什么好菜，白菜萝卜粉条豆腐，开工和完工各吃一次肉。老陈对小玲说，你不喜欢吃的菜老夹给别人。小玲马上给老陈添了一大瓢饭，说，可以堵住你的嘴巴了吧！小玲好像对我有意思，但没有正式表达，她大我两岁，大大方方的。跟她在一起，我感到激动和欢快，像我这样没干出一件像样事的人，也会有女孩子在乎！有天早上，小玲对我说，你别老戴着斗笠啊，秋天里阳光不晒人呢，不戴斗笠你更好看些。小玲说话时一直盯着我，我的余光也能感觉到她目光的火辣，心头跳得厉害。

五天时间，砖窑装完点火了，要是一直干下去，两人不知会发生什么事情。我畏惧小玲，又想靠近她。我觉得小玲很好，能配得上我，但我不知道如何去对待这种好，用什么去配她。我空虚无物，觉得还是先别跟她表白。但是，我把斗笠取下了，让阳光直照着，好像也没有人盯着我看。身子放松了，干着农活，也是愉快的。后来，我再没有戴过斗笠，但职业要求戴大盖帽。很多人喜欢把帽檐拉得很低，不想让人更多地看到自己，好像能盖住什么事情。我却戴得很高，额头都露出来了。我是藏不住事的人。

不久，小玲去了广东打工，很久没有回来，我也再没考虑这个事情，慢慢恢复了平静。我偶尔会想起小玲，想起斗笠，看到斗笠，就好像看到了小玲。后来听说，小玲叫她妈到我家抄去了我的地址，但我一直没有收到她的来信，我去她家看过，街道号抄漏了一位数！再次在村里见到小玲，是十几年以后了，各自拖家带口，我们哈哈大笑，灿烂无比。

三

装窑活计，十分开心，虽然很苦很累，但摆正身份、融入进去，体验到了一种简单的快乐。这跟他们多数只有小学文化没有关系，他们都是钢化指柔、通透豁达的幽默大师。多年后读到贾平凹写的《我是农民》，他说“真正的苦难在乡下，真正的快乐在苦难中”，我意会到，那时我举止上不认可自己是一个农民，心里面已渐渐接受，因为我感受到了只有农民之间才能生发和体会的乐趣。

我留恋装窑的日子，过得太快了，另外没有地方再有装窑的活干，其他的活计、难以互相激发身上潜在的快乐智慧。那是一种聪慧的、高贵的农民气质。不是所有的农民都能感受到劳动中的快乐，我父亲就不行，他从未讲过什么笑话，只知道干活。

在我每天自觉迎着晨曦挑水、不时代表父母到村里帮人干活、逐渐接受了一个农民的命运时，父亲却犯急了。他说，你不准备学点技术活，就这样跟着大家混了？父亲是个泥瓦匠，当然不会让我跟他干，虽然几个暑假里跟他学会了做瓦。他希望我去学点带技术的，能用一辈子又体面一些的。他仔细替我想过，去学医，跟他的姑父、我的姑爷爷拜师。老人家在相邻的武冈县城开了中草药诊所，来看病的人要排队，效益奇好。学医是条牢靠的路，村里有几个赤脚医生，都能凭一技之长过得滋润，我外公也是其中的一个。在父亲看来，找姑爷爷学，能留到县城，发展会好一些，待在村里还是一个农民。在没有更好的选择下，我答应父亲试一试。

父亲捉了一只鸡、装了一袋花生、灌了一桶米酒，带着我冒雨转两次车来到县城，他晕车呕吐了两次，身子有点摇晃。在县城师范学校任教的姑奶奶四十来岁就病逝了，留下三个孩子，姑爷爷已另娶女人。从父辈口中得知，他是个传奇又古怪的人。他参加过抗美援朝，转业地方受错误处理坐过牢，后来不愿复职，在山乡摸索中草医药，回城开了诊所，收入丰厚。亲戚来看病他照价收费，家里有几个人为收费和借钱的事跟他吵过架，这些年不大来往了，都说他无情无义，他一家下放到农村，我们帮助过不少。但是这次，姑爷爷对我们的到来表现出不一般的热情，留饭又留宿，好酒加好烟。毕竟，我们不借钱，还拜师学艺，说明尊重他。他考虑到我们家这么多年没出过什么人才了，确实需要拉一把，就答应了我们。他提出一个要求，先去卫校学两年中医基础课程，再来跟他临床。他给在冷水江卫校进修、前几天回到乡里探亲的二儿媳写了信，叫我去找她，请她协调争取一个中专班自费就读的机会。第二天上午，我一个人坐车到另一个镇里找到这位阿姨，说明了想法。她很理解，说一定帮助想办法，应该可以的。

阿姨和气，一直面带微笑，让我放心地回来了，安静等待卫校的消息。父亲叫我提前做好准备，通知一到就出发，已经开学一段时间了。想着就要去学医，想着远方城市卫校的前景，我有点忐忑。之前从未考虑过，一生的道路突然明晃晃地出现在眼前，好像再不能踏入另一条路了。我感觉很不踏实，脚下是虚的。

我差点成为这位阿姨的师弟。这一生我都应感激她的笑容，没有这丝笑容，我是心心念念的，很多东西得不到时又很不甘。

她让我产生了忐忑，说明我心里还有犹豫。阿姨后来跟着姑爷爷在诊所临床，受不了姑爷爷的性子，流了很多泪水，好像是替我受的，我们家的人多数跟他搞不来，充满了火药味。那时候，我就有感知了。但这一步，要走过去才能感受得到。我庆幸，年少时敢懵懂着去拜师。让我学到了真东西。后来我写了一篇回忆姑爷爷的文章，题目叫《师者》，他一身充满了令人警醒的师性。

四

从县城回家后，我仍然每天早晨去挑几担水，走田埂虽要近一些，但我习惯了在松林里行走，不是要躲避村里的人，而是晨曦里让人感到踏实自在。松林是个封闭的环境，此时不用考虑其他，一条小路蜿蜒弯曲、忽高忽低地前行着。连续几趟，没了杂念，人安静下来了，不禁反刍起这段日子经历的事情。而且，越是安静，思路越是清晰，往日里没有想通、纠结不清的，这下变得明朗了。

我不喜欢学医，没有产生感情，甚至是抵牾的。我不想死记硬背中药方子，不想从一个生病的人身上收钱，心里排斥着医疗器具、药水药物这些冰冷的东西。这是我在清晨的松林里所产生的想法，如果没有来到这里，可能我就接受了……多年后，儿子小清高考遇到一个机会，可以录取到上海一所本硕博八年制医科大学，这样省去很多累人的考试，能够集中精力攻读，很多人都在争取填报，但小清转悠一天回来就放弃了。我没有反对，我理解他的职业情感。

但是，我不敢跟父亲直接讲，怕伤害他，想起他晕车呕吐、走路发颤，我心里是疼痛的。我希望能找到一种能贴合性情味道的职业。我不是好高骛远、虚无缥缈，我是脚踏实地、实践得出的，要是目前没有可以替代的，当农民比当医生要有感情得多。

当冷水江卫校的入校通知送到后，我没有半点兴奋感，也不好向父母明确表示不去。我拖着，早晨慢腾腾地去林间挑水，在晨雾缥缈中做出最后的选择——一天清晨，我跟父母说，我去集上卖红薯吧，有什么要卖要买的，你们安排好。他们没有说话，感觉到了我不愿学医，惊讶着不知发生了什么。我把两蛇皮袋红薯驮到自行车后架上，然后推着车子，歪歪扭扭地走出了屋场。母亲迅速追了上来，递过一顶斗笠，说你还是戴上吧。我翻身上车，朝后大声丢下话——不戴了。

我长期的职业生涯，从这一天开始奠定了，却不是农民、不是卖红薯，反是徐徐落下了我漫长生命中、五个多月正正式式、扎扎实实的农民生活的帷幕。那天，我坐在集市的马路边，下午卖完最后几个红薯时，我抬头无意间瞥了一眼斜对面的乡政府的围墙，墙上的告知栏里贴着一张耀眼的、写着毛笔字的鲜艳红纸——应征入伍公告。我的眼里立即放出了光芒，径直走过去，把通知看了两遍，然后快速走到乡政府里面。此刻离报名截止还有一个小时。我悸动着，侥幸地找到了一种感情的寄托，要是戴着斗笠，檐口压得低，根本看不到！

回家后，我告诉父母今天的奇遇，决心试试。他们说，你决定了，就努力一下吧。没多久，我参加了培训、初检、面试、政审，较为顺利，然后回家等候乡政府的通知。

我不时想起小玲，她去广东有一段日子了，她戴过的斗笠挂在她家屋檐下，好像她在看着我，让我望一眼就会低下头去。身上越来越沉实。

我每天依旧蹒跚在晨曦中的松林里。这段时间，我们经历了外公和爷爷在一个月内相继病逝的不幸，母亲受到严重打击，几天说不出话来，我照看着家里的猪和牛。爷爷走的那天清晨，我依然按照前一天的通知，前往医院体检，心里极为平静，穿过晨曦散漫、隐约迷蒙的松林，我的悲伤已经风消云散。我想，如果能征上，就去闯闯，闯不出路，再回来。都没什么，晨曦里还有一条路，晨光从树木间投射过来，光线是喇叭形的，前方愈加宽阔……

后来回顾，我的方向正是晨曦所引导的。人生的清晨阶段，离不开晨曦的照耀和慰藉。走在晨曦里，人影辉动，风姿绰约，那是一种无主题的舞姿。人能舞蹈，显示了生命的活力，不需伴奏，不需观众。这个时候，漫不经心，轻松自然，不像中午阳光直射、很用力、有目的地做着某件事情，一切变得清晰和真实起来。

早晨把握了一天的节奏，生活就有了秩序。生命的早晨，亦是如此。在多年后，我用三个早晨的散步时间，断然决定离开打拼十五年的省会城市，又回到家乡小城、松林边上。很多个假日的清晨，我回到乡下，家中空无一人，树上的柚子已经发黄，却没人采摘。我没有任何要办的事情，一个人在屋后杂草丛生的松林里晃悠，没有去向，脚步却没停下来。我点上一支烟，烟雾袅袅上升，又咳嗽了两声，周围更加安静了，好像进入了一个秘境，看见了曾经的自己。我知道了我是谁，何去又何从……

（《福建文学》2025 年）

月光下的脚步

时隔多年去回想，还真是月亮改变了我们的命运！这是村里的好友联团说的。

后来每次回家，我们都要到月夜的田野上去走走，即使是雨夜，我们也不落下，我们没有晴雨之分，月亮一直在我们心头高悬——

月光之下，水圳银练一般流向前去，不时荡起一个小旋涡，很快被涌来的水流冲散了。水圳两边是宽阔的农田，田边杂草丛生，萤火虫闪着绿光，虫子们唱了一曲又一曲。这盛大的月光歌会，却没有更多的人来欣赏，只有我和联团两人在水圳上蹒跚，影子映在水里面，不知要被带到哪里去。我们抬头看月亮，月亮说水流到哪就跟到哪，有水的地方总有路。

白天我们不出门，多在家睡觉，夜黑了，月亮出来了，我们就向父母提出去田里放水。他们会说，昨晚不是放过了吗。我们说，再放点吧，稻子快熟了，喝水多。父母是懂我们的，说早点回来，不要一夜一夜地熬。我们出了门，联团的母亲站在门口，眼泪淌下来，一把一把地抹在门框上。她知道我们白天没地方去，满天都是口水，只有夜晚的月光能接纳我们。

田里的水已经放满了，再放田坎就要垮塌了，可我们仍不想回去，或者就给别人家放水。我们舍不得月亮。突然，联团一锄头砸进水里，吓了我一跳，银练变成一堆碎银，水声里夹着联团的怨气："让我明年再考一次，一定进重本。"我马上接过话说："对，明年再考一次，不怕进不了。"我要及时应和，不然那一锄头可能会砸到我身上，力量太大了。我怎不担心，去年的这个时候，我陪着联团在水圳边，他也是把锄头猛地砸下去，说着这句伟大的誓言。

水里恢复了平静，银练又流长了。我们慢慢地往前走，走着走着就到外村了，我们又折回来，只有天上的月亮知道，我们是第 N 个来回了。

我们只相信月亮，不怕月亮知道我们的失落、迷茫，还有懦弱。联团比我大几岁，他参加三次高考了，每次就差一点点。我也进入高中，我偏好文科，理科几乎放弃了，我对即将到来的高考不抱希望，很想出去闯，却不知道干什么。联团的目标很明确，还想复读一年，但家里债台高筑，父母六十多了。他到几个亲戚家借钱，得到的是一肚子怨气。跟联团同年的早成家盖屋养孩子了，他一事无成，村里飞短流长，他干脆不出来，夜里喊我一起出去走走。他几乎每晚要在水里砸一锄头，重复着那句誓言。联团学文科，也写诗，他说不能辜负了月亮，只有月亮不歧视我们。

没有月亮的时候，我们不出来，安静地思考，怎么迎来我们的月亮。到了下月，经过数十个月夜的徘徊，心中的怨气消散了，忧伤抚平了。当月亮落下去的时候，穷途末路上的联团得到了远房亲戚的帮助，我们背起书包去了各自的学校。联团说这是月亮做出了牺牲，落下去，让他上来了……

可是，第二年的这个时候，我们又重复了去年的光景。似乎去年的月夜从未离开过，只是我们安静了，没有了话语，我们辜负了月亮。我越来越不想这样耗下去，我得去找自己的路，谁都靠不着的。联团处在四面蜚语中，不可能参加第五次考试，也不能去水圳里再砸一锄头了，但又不甘心，不知该咋走。我们只有去问月，只有月亮愿意跟我们对话。

前一阵苦闷，联团没有出来，现在已到初秋，水稻收割了，天空澄明，月色如洗，田野上白花花的一地，虽然不需要放水了，但不能浪费月光。我们在宽广的田野上行走着，漫无目的，胡思乱想。走着走着，我们找到了一种舒服的感觉，不需看下面，每一脚下去，准能踏住一个被镰刀割下的水稻蔸蔸，稻蔸会随着我们身体的重量塌下去一节，发出嚓的一声。后来的每一脚，我们都踏在稻蔸上，还要故意用力一些，感觉特别解气。

走到田野的尽头，我们又这样解气地走回来，谁也不说话，不去打破宁静。我侧眼看联团，泪水挂满了他的脸庞，月光辉映，晶莹剔透。他也不擦拭，一直走下去。我对他说，回去吧，不早了。联团停下来，仍不想走，两人都累了，躺到金字塔般的稻草堆上，傻傻地望着天上的月亮。他的泪水被肤表熨干了，头发上起了一层露珠，眉毛全是霜。过了一会，他的脸上冒出了热气。太阳出来了。

第二天晚上，我们又来到田野上，不停地踩踏稻蔸。后来每晚都离不开，成了我们的必修课，直到月亮落下去，几百亩农田、千万颗稻蔸都被我们踩遍了，再踩就用不上力了，软塌塌的。我们也不想踩了，我们已经踩出了一条自己满意的路——去广东打工。

我们说走就走，干脆得让全村人惊讶，父母给了双倍的路费，我们只取了一份，不给自己留退路。到了广东，工作不好找，完全不是我们想象的那样，只得分开谋路，各自飘零在异乡。“青山一道同云雨，明月何曾是两乡”，生活的辛酸总要去承受，有幸对月是三人！

我辗转多地，留在了城里；联团漂泊多年，回到了乡里。他不再进城务工，老婆一个人留在广东，孩子也在城里上大学。联团说，打工决定了我们两人的命运，这是月亮的安排，月亮让我们踩出了这条路，月亮在天上，一切都是天意。

我认可联团的说法，但我不理解他为什么要早早回乡里，还不到五十呢，城里务工收入高很多。联团说，城里看不到月亮，夜空太明亮了，没有黑夜，人瞎转个不停，乡里夜空黑，月光明亮，睡觉踏实。联团的父亲去世后，他陪着八十多岁的母亲，他说亏欠母亲太多的眼泪，就在母亲的床边铺个小床，夜夜伴着这半轮明月！

月亮像一个指南盘，总给人方向；联团揣着明月，而我辜负月亮很久了……

月光之下，我和联团走上了有些荒芜的田野，很多的水圳改了道，只有那条银练洁白悠长。联团习惯出门扛一把锄头，其实用不上，我担心他会一锄头砸下来，就让他走前面。联团哈哈大笑，把月亮也惹笑了，水圳里荡起一片银花。

（《散文百家》2017 年 11 期）

流年光华

中年的背影

人到中年，最注意什么？

开始我以为忧虑白发，到处都在染发啊；又觉得在乎皱纹，好多人都戴帽子眼镜遮挡；后来发现，最注意的还是后背。看，大家时不时地往后瞥，不是怕穿反毛衣后背凉飕，而是怕驼背，那无法掩饰，叫人自惭形秽。这是中年时候的清醒。

但是一些人跟年轻时一样，很是在乎颜面发型和胸前的打扮，什么时候都马虎不得。去年夏天，我遇到一桩跟胸脯有关的事，曾跟胸脯的主人深究了一番，互相没说出一个结果，但影响没有结束。

胸脯的主人是单位的一位女士，四十出头，被查出乳腺癌，唯有切除才能保命。这个结果，一家人都接受不了。但是要活命啊，丈夫想通了，给妻子做工作，没做通。家里其他人和朋友也劝了，没劝下来。丈夫来到单位，希望组织出面谈谈。妇女主任上门谈了两个小时，还是毫不动摇。最后领导找到我，因为我是组织的负责人。可我是男同志，哪好谈这事，但这是最后的希望了，谁都不忍心放弃。

我没有上门，而是打电话给她，平静地请她来办公室一趟，商量一下工作。她很快就来了，看出了我的用心，竟直奔主题，说不要劝了，主意已定。我想不到她会这么直接，以为还会犹豫一下的。是什么力量让她如此坚定？我只好向她直接发问了。她沉思了一下说，宁肯这样死去，也不让人看到身前的残缺！

为一种美宁愿放弃生命！我明白了她的内心，十分吃惊，不知道该对她说什么了。为了掩饰空虚，我把目光转向一旁的玻璃柜，嘴里对她说着喝点茶、凉凉身，脑子里却没有停下。

突然，我看到台湾作家龙应台的散文集《目送》的书脊，封面的内容顿时跃入脑中——一个母亲手推自行车载着孩子去上学的背影。这日复一日、目送亲人背影远去的爱意，曾经打动两岸读者，多次再版。

我忽然想起什么，走过去把书取出来，指给她说："这个图好美，她的孩子长大了，不一定记得妈妈年轻时的相貌，但肯定能记住妈妈的背影。"她一阵沉默，认真端详着封面。我轻轻地说："这样吧，你把这本书带回去，没事翻翻，有空再聊，不急着做什么或不做什么。"

她起身致谢，带着书走了。我目送她远去，觉得她比平日漂亮，裙摆摇曳，背影生艳。

过了几天，没见她有什么动静，可能是铁心了。我们再不好去劝，也没人提起这事，慢慢地淡忘了。

一个多月后，她的男人来到办公室，归还借去的《目送》。我才得知她已经在长沙做了手术，正接受治疗，情况平稳。出乎预料！我不解地询问是怎么转变的。她男人说，具体也说不清楚，好像组织谈话后个把星期就想开了，主动联系医院，手术后叫代替来还书，想不到还是组织有力。

送走她男人后，我静默了很久，手指“刷刷”地拨弄着《目送》的页面。我看到里面有折页，还用铅笔描了作者的一段话：“只不过意味着，你和他的缘分就是今生今世不断地在目送他的背影渐行渐远。你站在小路的这一端，看着他逐渐消失在小路转弯的地方，而且，他用背影默默地告诉你，不必追。”

我心里渐渐舒缓开来。这肯定是她描的，还折了页，其他没人翻过。可想她为这句话沉吟了许久，最后释放了。这是一个背影的力量，背影让人安定。

后来，我对背影有了一种特别的感触。走在街上，会情不自禁地望向前面的背影，尤其是中年人的，常常会被一个身影迷住。那些背影，俊俏疏朗，笃定沉稳，不见华丽，不见躁动，即使摇晃，也是独有风姿。而在年轻时，都喜欢看一个人的前面，颜容代表了美丽。但人是会老的，再美丽也会褪色，仅看前面，心里就会失望。

人年轻时，为了理想、为了前途，负重不堪，累弯了腰。进入中年，渐渐安康，是遵从内心的时候了，不必过分看重前面。一生的奔波，再如何铆劲、再如何叠加，人们能记住的，只是一个淡淡的背影。

我想起朱自清先生，他写了很多文章，那篇短短的《背影》，最能牵住每个读者的情感，无数空虚的心灵都由一个背影填充而变得坚实。

晨雨之舞

城南公园东边的坡下，幽深安静，林木葱郁，掩映着一个圆形的小广场。我每天上班经过这里，早上都有一群上了年纪的男女在跳舞健身。他们的舞蹈和音乐不是很时尚，但阵容齐整，十分投入，情态欢快。我有幸每天都看到了这道美丽的风景。

今天早晨，天空下起瓢泼大雨，久未减势，我只好打伞前行，鞋子和裤脚一会就溅湿了。走到公园门口时，我突然想到了这群跳舞的人，今天看不到风景了吧。然而我往里面走了几步，听到了飘着强劲舞点的音乐。没人跳舞也放着音乐，可能是公园按时播出的音乐吧。再朝里走近，我看到了空旷的广场上，一个女人举着伞，独自舞蹈着。斜雨如丝，绿树摇曳，场面浪漫得有点不真实。

我加紧步伐，走到广场边的一棵树后面，静静地观望。她身后十多米远，是一个弯廊，廊下有一些人跟着舞蹈。很多的伞放在栏边，他们也是冒雨而来的。原来广场上的女人在领舞，并不是后面的人不会跳，而是保持一种画面的协调，牵一线动全局。这是广场舞的魅力。

这个女人我平日未见过，也许她平日飘在人群里，今日替代了别人。她是中年的岁数，身材高挑，一袭黑色风衣，穿了高腰皮靴，擎着粉红的伞。她的舞姿舒放，间隔一个转身，脚下水花溅开，风衣飘起，里间红衣若隐若现。让人看到了如何的风姿绰约，想到了如何的风情万种。

我赶紧用手机拍了几张图，情境却相去甚远。红梅绽放，惊鸿一瞥。生命之美是无以复现的。她们为什么选择在清晨开放呢？

而雨在之前就开始肆意了。

看着空旷的广场，我觉得人生无时无地不是舞台。拥抱生活的人，朝气洋溢，不会错过每一个早晨。不热爱早晨的人，大多心灰意冷，暮气遍身，自己看不到风景，也成为不了别人眼里的风景。

头等大事

二十六七岁起，我就被自己的发型伤透了脑筋。

我羡慕过周围很多人的头发，浓密黝黑，一派青春。我眼红过单位里很多人的发型，刚健英武，意气风发。我买了一把上等的牛角梳，偷偷地学着梳过，可是移不到我的头上。我一直脱发，稀拉的一把，梳了半天，才有个模样，可一扭头，发型就乱了。我恨死了不争气的头发。

后来学着打摩丝，把头发搞得跟钢丝一样，但是每月津贴少，只能卖劣质货，把发质损坏了，头发就脱得更厉害。

我开始着急了，还没恋爱成家呢，头发变成这样，哪个女孩子会喜欢。那时我还穿着制服，每次相亲可以戴着帽子，她们就看不见。但是不能一整天都戴着，吃饭狼吞出汗多，抬手擦拭就露了馅。女方就不愿意了，还说两人性格差别大，见面不到两小时，咋就知道了我的性格呢。

后来看到很多领导的发型好看，秃顶了也没关系，从一边拉过来，严实地盖住了，一般看不出来。但是我的情况又不同，只是额头前面脱落，两边和头顶仍然茂盛，边上的头发留长了，拉过来却挂不住，三两下就掉下去了，落在脸上。熟人看到就取笑我，你还是剃光头吧。

有段时间，真的剃了光头，他们说用生姜擦拭，刺激毛囊，头发还能长得出。结果生姜用了有十斤，头皮擦得一片亮，头发却没长出一根。领导还说，一个人剃光头影响整体形象。

没有办法，还得留起来。可是掉得更厉害了，每天早上枕头一片黑，而且开始转移，向头顶急速发展，不多久就稀拉得不成样子了。中间发稀，竖不起来，整个头发往两边疯长，理发没几天又复原样，好像长着两只角。最后自己都不愿照镜子，见了就烦躁。

后来脱了制服，戴帽子的机会都没有了，就没办法掩盖。我仍不甘心，想着办法修补，看到图片上好看一些的发型我就对照捯饬，欧美的、东南亚的，等等国际流行发型我都学习过，但是难以嫁接过来，怎么都不满意，别人一插话，我心里更没了底。

十多年了，我的发型让我绞尽脑汁，毫无模样地活着。庆幸的是，我饱尝相亲折磨之后，有个姑娘愿意跟我好。我忐忑不安地交代，我的发型难看。她说不介意，就跟了我。后来，她给我介绍了一个织发美发的地方，其实她还是很介意的，当初是抓救命稻草了，上得船来又回头望岸。我坚决不去，什么发型都不搞了，任其自由生长。朋友见了又发问，你这是什么发型，挺新潮的嘛，跟大牌明星一样。我说是自由奔放型，一个上档次的地方整的，费用不低呢！

有一天，我在报纸上读到一篇谈论三十六岁的文章，正好我在这一年，就认真地读了下去。这个作者叹问三十六岁是什么，他自问自答，说是向青春告别的时候了，不能再在青春的尾巴上摇摆不定。哎呀，说得太好了。我兴奋得用双手朝后不停搔头发。

旁边的人说，你看你看，这是毛主席的发型。我嘿嘿一笑，认真地对他说，这是我头上的发型。

假爸爸

小晔是我家下一楼层的小朋友，今年六岁了。去年开始，他常到我家来玩，我家小清大他一岁，你上我下，总有说不完的话，有好吃的给留着、好玩的就拿出来。

我每天下班回来，小清先是欢快地叫一声“爸爸”，还要撒娇抱一抱，然后再和小晔继续玩。我有时也逗一逗小晔，跟他说上几句话，问什么，他答什么，不问，他就不说，只爱笑。每次玩的时间长了，小晔的奶奶就上来叫他，有时在我家吃，他也不拘谨。

去年春天的一天，我下班回来，小晔在我家玩，小清先叫了声“爸爸”。我察觉到，小晔平时不叫人，看着你只发笑。我就故意问小晔，怎么不叫我呢，你看哥哥见到就叫。小晔看着我，有点腼腆，只是笑。我鼓励他，叫一声。他盯着我，不笑了，很为难的样子。我又催促了一下，快叫一声。小晔抿了嘴唇，好像在闭气，突然张嘴喷出一声——爸爸。

这一声，把我叫蒙了，下意识中，还是“呃”了一声。自己也笑了，平时大家都喜欢逗别的孩子叫爸爸，好像真的能捡到便宜一样。我反应过来后，逗他再叫一声。小晔不假思索，又叫出一声“爸爸”。我又是一声“呃”。小清就不干了，对小晔说，不是的，是假爸爸，爸爸是我叫的。

后来，小晔的奶奶上来叫他回家，他还想玩一会。我和她聊起刚才的玩笑。她说，没办法哎，他爸爸妈妈都在广东打工，一年回来一两次，没熟悉就走了，他就不知道爸爸妈妈是什么人，平时在你家玩，听到小清叫爸爸，他就跟着叫了。她又当场告诉小晔，以后见我叫伯伯，并让他叫一声，小晔也叫了一声伯伯。

过了几天，小晔又上来玩，我不经意地让他叫我，他竟又叫出一声“爸爸”。小清立马回应，是假爸爸。我对小晔说，以后叫伯伯。小晔只是笑，他可能搞不清，也许以为我的名字就叫爸爸。我妻子说，别逗他了，怪可怜的，不到一岁父母就出去打工了，他哪知道什么。

小晔还是经常到我家玩，我有所注意，只跟他说话，不让他叫人了。一天下午，我从学校接小清回来，正好在楼下碰到小晔和他奶奶。他望着我，一脸笑，没出声，令人好生喜欢的。我对他笑着说，叫一声啊。小晔放下笑容，憋着气，呼出很大一声——爸爸。小清接着出声，假爸爸。

我跟小晔的奶奶都尴尬了，都想说点什么，却都没能先说出来。她看着小晔，转过身去，鼻子就酸了，“是叫伯伯，伯伯记着吗？”

小晔看着我，不作声，只是笑。我蹲下来，把小晔抱起，一手拉着小清，一步一步地上楼。我没有听到小晔奶奶跟上来的脚步声，我也不敢往回看。

蚕之梦

白是灰白，体是圆体。

这些天我家小清对它们着了迷，放学后不去疯玩了，老实地待在家里，我还以为他在做作业，往日总要千呼万催的。有天下班回家早，我看到他趴在桌上，炯炯有神地盯一张纸，手里拿着一支铅笔。他早就用钢笔了，咋还握着铅笔，我走过去一看，原来是在拨弄几条小蚕虫。我倒没说他，小时候养蚕，正是一个小生命善待另一个小生命，可以涵养一个人的爱心和善良。

我要他悉心呵护好这些小蚕虫，别让它们受冻挨饿。小清有耐心，一回家就捧着蚕宝宝，盼着它们快点长，要看它们是怎样吐丝、产卵、变成飞蛾的。我哄他蚕宝宝是夜里吐丝的，他就不肯睡，生怕错过了时机，还把装蚕虫的盒子放在枕头边上，睡下了也要起来看两次，充满了好奇。我告诉他不要着急，把蚕宝宝喂胖了，才能吐丝的。小清就一个劲地喂桑叶，把叶子扒到蚕虫跟前，让它们不停地吃。小清有了一个美丽的梦，好像进入童话世界，身心是飞舞的。

过了几天，小清认真对我说，蚕宝宝吃的桑叶快完了，不知哪里能买到。我一愣，也不知哪儿有桑树，就说蚕虫是从哪儿弄来的、就到哪儿找桑叶。小清说，前几天有个老伯伯在学校门口叫卖，一角钱一条，同学们都很喜欢，他用买零食的钱买了十条，老伯伯送了几张桑叶，这几天他不来卖了。我知道是窜街的农户哄孩子们玩，卖几个零钱，可能再不会来了，但我还是答应小清要找到桑叶，让蚕宝宝吐出丝来。

可是，我问了很多熟人，都不知道城区哪儿有桑树。我又坐公共汽车到城乡接合部一带询问，这些过去的农户、现在的城里人说，前几年还有，搞开发都砍掉了，现在没有人养蚕，挣不到钱，养一年，不如到城里干一个月。我问好好的桑树，为什么要砍掉呢，绿叶子跟自然界也很协调啊！他们说，桑树枝短不成荫，树干矮小不成器，城里面都是移栽成年的观赏树，留下也没用。

有些树叶跟桑叶长得像，我摘了一些，又担心喂了有麻烦，会破坏了孩子的梦想，就丢弃了。我只得空手而归，小清看着我，眼泪巴巴，泪光里是对一个父亲不尽的失望，还有一个梦想的绝望。那十条蚕有两天没有进食了，失去了身上的光泽，干瘪瘪的，半天不动一下。小清难过得吃不下饭，说要是能救活蚕宝宝，宁愿让它们吃自己的饭。他上课也想着家里的蚕虫，其他同学也都在为蚕宝宝的进食而着急，老师也帮助想了办法，但是没有找到一片桑叶。

我心里一片纠结，晚上到外面走了走，公路上灯火辉煌，车如流水，越来越高的楼盘，四通八达不断延伸的交通网络，无不见证这个城市的繁华和强盛。我想，城市的进步也有退步，财富的骤聚不无精神的丧失，这么大的城市只有实意，没有一点诗意，竟容不下一棵桑树，不能让一条蚕虫体面地活着。可想，更多蠕动着的生命为生存而尊严丧尽的代价了。

想起来，我有二十多年城市生活史了，飞速的城市现代化进程，让我每每步履维艰，一切形同陌路，处处无奈，差不多成为一个城市边缘人了。就如今夜的尴尬，我作为一个四十岁的父亲，却不能满足一个八岁孩子的小小愿望。平日我们都揶揄城里的孩子娇气任性，要星星要月亮，可是让他们体验一次对弱小生命的关爱，却倾城无策，情不能遂。我感觉到的是生命之轻，我和那些同样焦虑着的家长，何不是一只进城的蚕虫，活得如此的沉重，又如此的轻盈。

“没有叶子吃，它们会不会很快就死了？”面对小清的不断追问，我犹感一个生命对另一个即将飘逝生命的悲悯，难以忍心让这么小的孩子看到十条生命从他面前逝去，过早地体会了死亡的伤悲。

无奈中，妻子想起她在效县农村的一个表妹，电话里惊讶得知，她们那里桑叶多的是，没人要，答应明天给我们送一篮来。来回九十公里路程，我毫不犹豫地应下了，哪怕明天超规格地犒劳她。这是十条不幸来到城市的生命的大幸，更是一个孩子美丽梦想的重圆。

长长的账

常言道，书读得多，把事情看得太清，就活得很累。我读书不多本事不大，平日帮不上别人，别人也不求我，偶尔劳烦人一次，总是赶紧偿还，唯恐拖欠太深。母亲说，我把账算得太清，人不黏糊，没有味道。我知道，她是在拿钱说事。

十几岁的时候，母亲常骂我有了几十岁的花费标准。我会顶她一句："我会还你的。"她听了就笑。

十八岁起，我去了遥远的西北当兵。我对父母说："再不花你们一分钱了。"他们半信半疑，心里还是蛮舒服的，觉得儿子能把话说圆了。

新兵连里，他们寄来二百元钱，以备前程急需。几个月艰辛的士兵生活，成就了我的坚强意志。我觉得我能自立了，就连同几个月攒下的津贴、两笔稿费共三百元寄了回去。

后几年里，因为我能挣些稿费，时不时地给家里寄些钱，一百二百、五十三十，都曾有过。弟妹上学，父母负担重，几十元也能让他们松口气的。尤其是，每次收到儿子自己寄回的汇款时，那种愉悦是不能用数额度量的。

十八岁起不花父母的钱。我常以此诺为弟妹师表，心里颇感自得。谁料当兵第四年，我参加一个培训班，买了很多资料，很久没能给家里寄钱。虽然他们不指望等我的钱用，但还是察觉到了这个细节，便让当小学老师的叔父写信询问，是不是有什么有困难。

这个培训，关乎我的命运，完成学业要五千多元费用。我到战友那里借了两千多元，连女战友处都借了，士兵无工资，每月只有二三十块钱的生活津贴，借不到太多的钱。

我很矛盾。家里也太拮据了，父母仅靠下苦力种田喂猪，早已入不敷出、债台高筑。但是，自己不甘心放弃这个机会，没办法的时候又想到了父母，就硬着头皮写信说了实情。

过了十来天，我收到了家中汇来的四千元钱，父亲艰难地写了一封信，嘱咐不够用就讲，家里再想办法。我心里十分沉痛，这四千元钱不知他们白天黑夜里跑了多少路借来的。我担心父母会加倍劳累去还这笔账，赶紧回信声明："我用的钱，我自己来还。"父母收信后不高兴，来信说我分得这么清楚，口口声声要偿还。

一诺成空，愧疚重重。我只有倍惜良机，负重奋行。当兵第五年底，军区破格提升我为军官，开始领排职干部的工资，每月六百五十元。翌年春天，我写信告诉家里将很快探家，谁料父亲回信叫我不要回来。

离家已有四五年了，难道不想见到远在天边的儿子？其实他们日夜牵肠挂肚，但与之能节省一笔探家费用，宁愿压住心中的思念烈火。可这，更加加快了我探亲的步伐。回到家中，看到父母瘦得皮包骨头，满头白发，我难受得竟未能开口喊他们一声。

这次回家，我拿给父亲二千元钱，说下半年还清剩下的两千元，弟妹的学费、生活费我也负担一部分。母亲不高兴地说，“你又没成家，用了钱还要这样还清吗？”我想的是，要让食言重新变回诺言。

这一年八月，叔父肝病发作，来到我们部队所在的西安市专科医院诊治。叔父带钱不多，我替他付了两千元，正好前几年弟妹上学，我家借了他两千元，就抵消了这笔债务。为这事，后来两家闹得不愉快，母亲责怪叔父怕她还不起，竟从侄儿那里扣除了！

还有一次，我去看望一位堂姑妈，他们家帮助过我们。她家的老人问道：“你一杠两星的军官了，工资很高的吧。”我说千把块钱一月。他说：“这么高的，那你父母要享福啰！你弟妹读书借了你姑妈三千块钱，有很久了，你要帮帮父母啊！”我不知情，中了他的圈套，心中十分恼火。又想，账是要还的，父母没这个能力了，我责无旁贷，立即掏钱替付了这笔账。回家后，我告诉母亲，她却责怨了我很久：“大人的账要你还什么，她家也真是的，怎把细伢子扯进来。”

欠家里的钱，我是还清了，可是没能感受到“食言变回诺言”的惬意。我那时就不明白，钱能还清，但用了父母钱的事实是永远无法改变的。寸草方能报春晖，为一笔借贷，父母紧张过、劳累过，再怎么偿还，身心备受的煎熬却是弥补不了的。

后来，我们兄妹各自独立了，经常给父母拿生活费，最初每人每月二百。钱给了，母亲还是不高兴，说：“规定得那么清，就跟还账一样。”

我们又有改进，几个月、半年的，回家给一次，一般比规定数额还要多一些，逢年过节生日里另外单给。母亲却还是不满意：“你们老远回来，就是为送钱的，跟完任务一样。”

我问母亲：“你们过日子，难道不要花钱？”她说：“钱是要花的，给钱，一定还要讲个名义出处？分得太清了，就没人情味。还记得么，你当兵时，攒下几十块钱就寄回来，从不讲明用处，我们收到一回，心里要舒服好久好久！”母亲的答案竟这么简单。

我们的努力，也是报答，却做得那么生硬，那么急促，不懂得春晖之账，更是细水长流、绵延无尽的。看这个“账”字，左贝右长，寓意深远，不能轻易了清啊！

（《邵阳晚报》2011 年 2 月 20 日）

年 话

过好日子过好年

年前下决心整理书桌，各种样报、剪报和资料堆积在桌上，平时很不注意过日子的条理性。分类归档中，发现一张 2015 年的《湖南日报·湘江周刊》，还是创刊号，二版上有我的一篇散文。翻看了一下，一版有该报主编龚旭东先生一篇《文学湘军能否“登顶”》的文章，写于该年第九届茅盾文学奖揭晓前夕。龚先生是上届茅奖的评委，他的话是不是有什么预见，但我没读到他对某部作品的预测，却喜欢上他对评奖的一点感慨：

获奖是过年，写作是过日子，相比过年，过日子是人生中更为重要的。而相比过日子，过年的水平是日子过得是否幸福的重要标志。我们当然希望既能过好日子又能过好年。

这话让人眼明心亮，不觉独自思忖起来。我也一直操持文学，四十多岁了，还未得过一次能向人显摆一下的奖励，才情低下，我已经死心了，所以我对评奖的分析不感兴趣。但是，龚先生对过日子和过年的关系颇有见地，辩证看待，说得新颖，揭示了追求幸福生活的一种道。

我想到了自己，浑浑噩噩就是一年，没有什么成就感，要做的事好像才起头呢。这个年的幸福感从何而来？

去年，龚先生到邵阳采风，他一直对我支持有加，我们却是第一次会面。他说想不到我这么年轻，从稿子里看还以为跟他差不多，有五十多了。我觉得这是真实的感受，因为文字是心灵的流露，心态老了，明眼人一眼洞穿！

看来我的确老了。不甘心啊，我还没过一天好日子呢！

过去的这一年里，我也没怎么闲过，鞋帮老脱胶，裤裆总是潮湿的，当然也不排除有早期前列腺炎的可能。如此的做牛累，怎不伤身体，近视一级级加重了，头发一把把掉下了，脚下一步步沉重了。其实我也想停下喝杯茶、歇歇脚、打个盹什么的，可是心里想着那个的年，总想有个满意的结果，把钵子里再添一点，于是又迈开脚了。我不能多跟家人待一会，陪陪他们，乡下的父亲来电话，我只能说上两句半，父亲经常重拨过来问后面是啥意思。孩子要去看电影，我只能陪他转会公园，最对不起他的是叫买四年级的数学辅导书，我把三年级的买了回来。表现好一点就做顿饭，不是没把煮饭键按下去，就是多淘了米，我总忘记家里有一个人已经离去了。指甲长得快头发也长得快，两鬓白了胡子也白了。我把墙上的镜子取下来，以求心安，尽管有点此地无银、掩耳盗铃的味道。我没有黑夜，甚至很久没有享受夜的温柔了，偶尔碰上月亮，她问大哥你从何而来、向何而去，我顿了顿，软绵绵的，双脚还是不是踩在土地上……

静下来想，我把那个年看得太重了，三百六十五天为的是一天，却把平常日子忽略了。

就这样日复一日，日日为年，年无日日。若按照“过年的水平是日子过得是否幸福的重要标志”去打量，年的水平早已察觉不到了。大家都感叹现在没有什么年味，其实是平常过得没意思。平常的日子乏味了，过年又能好到哪去呢！不知，其他的朋友，他们的情况怎样，忙碌了一年，现在都朝一处赶，可把平常的日子过舒适？

过好日子才能过好年，年味是平常日子的集中体现。平日的功课做到位了，就是水到渠成的完美。过年，是自然而然呢！

遗憾怎不早点看到龚先生的这段话，要是前年看到，去年我就重视了，日子不是这样壅塞不堪，今年的年可能是另一番味道。只能怪自己散漫，善意的提醒已经来到眼前，却过了两年多才看到。

看来，还是要把眼前拾掇整齐才行，今日事今日毕，明日事少操心。

并不熟悉的街道

旧年最后一个工作日的下午，处理了一堆永无尽头的事务，我徐徐走出了大门。大门右边过去是汽车南站，要去让长途司机给一个远方的熟人捎东西，快要发车了；右转过去是菜市场，晚一点就收摊了。我慢慢走下去，一件一件去落实。我走不快了，不知是老了，还是这条街道太熟悉，没有走快的劲头。

走着走着，忽然想起前几天翻读的铁凝散文集《长街短梦》，书名出自里面的一篇《假如人生是一条长街》，其中有段话让我沉思良久：什么都可能在梦中的街上或者街上的梦中发生，即使你的脚下是一条踩得烂熟的马路，即使你的眼前是一条几百年的老街，即使你认定在这条老路上不再会有新奇，但该发生的一切还会发生，因为这街和路的生命其实远远长于我们……

是啊，生命再长，也长不过脚下的这条街道。我的脚步不由得放缓了，鞋子踩着的路是要敬畏的！

想起来，因着命里的缘分，我三十多岁漂泊到了这条街边，如今在街上踩过十三个春秋了，门面过去的门面、生意人的面孔，甚至一些玉树临风的背影，烂熟得很了。

只是，我不知道脚下踩着的这条街道还会发生什么新奇，还有什么风景将会出现，自己是不是也会成为别人眼里的新奇和风景？一想，这一切跟我的个人生活无关，有无新奇和风景，我都要按自己的方式活下去，刮风还是下雨，我每天都要在这条街道上踩两个来回。目前这个样子，也不会有什么重大变故了，我将会一直踩下去，直到老死。

这是命里的街道，街道是一个人的命。

梦中的街道，街道的梦中，什么都可能发生，其实并不熟悉。你只管踏实地踩下去，双脚交换踩下去，不必回头，不必踟蹰。

谁也不知道生命的尽头是什么样的风景，在这条无法停步的街道上，每一步都充满莫测的新鲜和心动。“除了那些事情，还有很多陌生人，他们可能会变成好朋友、亲密爱人，陪着自己在这条街上继续走下去”。

我们从此有了不舍，脚下的路无法终结。

今春话明年

年前，我不想写关于年的文字，那是美好的设想，事情一美起来就容易失真。现在我想写，年却过完了，就算写给明年的年话，希望过得更好。

初 一

吃了早饭，向亲友发微信拜年，我都会写上称呼，从不群发，那是最大的不恭，群发来的我不回复。很多人却不懂。我给少数人打了电话，多是长辈，也接到几个电话，是比我小的亲戚，这是不一样的礼数。我把能想起的都问候了，少数漏掉、后来想起的，或在他们来信息时一起补上了。下午看电视、自由活动，晚上看了很久的书，快零点了还不想睡。忽然微信响起了，一看，是广州的朋友赵君，他说“给老哥哥拜年了！”估计他也是遗漏了我。我心里一阵温暖，我们曾是一个宿舍的人，一年却联系不了两次。这是最有分量的祝福，让我有了存在感。忽地一想，自己是否还漏掉了重要的人？大脑一扫描，发现真还有，比如老家县里的曾君，我经常回乡下，十年里我们见面不超三次，偶尔通电话，互不埋怨，但每次有事我就想起他，帮忙不遗余力，也不需言谢。我觉得要给他发个拜年信息，一想，我们之间需要拜年吗？多余的，不搞了。人之往来，漏掉了总有漏掉的理由，漏不掉的怎么也漏不掉。

初 二

中午陪一位伯父吃饭，八十三岁了，从外省归故，见到大家总有说不完的话。我们给他夹了很多菜，倒了一点酒，他不断致谢，又说到过年谁谁没来，上一回见到是什么时候，不知……他的菜基本没动，一会儿就凉了，给他热了一次……其他人吃完走开了，我不忍离桌，几十年时光营造的情境，聚散都很难。菜凉了，话还热……

晚上在邻居老邢家吃饭，他儿子一家从广东打工回来，后天就要过去了。小邢说，父母在哪里、年在哪里，我们做了核酸检测赶回来，又做了核酸检测赶回去。小邢不放心把父亲一个人留下，要我帮忙劝老邢，跟他们一起去广东。酒喝了，也劝了，认为小邢说得对。老邢对小邢说，我走了，谁陪你妈？哦，是的，老邢妻子去年秋天去世了，他走了家里就空了，家空了，是很难再踏进来的。

初 三

父母在中山的弟弟家过年，妹妹上午从东莞赶去拜年，我从微信转账过去，让她给老人各拿一个红包。过去，我每次把钱都放到父亲手里，生活上一起用，从未缺过，但母亲有意见，说我从未给她拿过钱，她用的是父亲的钱，只有父亲关心她。后来就记住了，分开拿，不管多少，她都开心。红包是内容，内容有其形式，形式不到，内容不显。

下午碰到村里的老贝，六十岁了，拖着小孙子，嘴巴翘得老高。我给他发了一支烟，问大过年的怎么不高兴。他说给他妈拜年，煮了一钵鸡，老妈却没给他发红包。我说，是不是老人家忘记了。他说，年年都给我发的，几块、几十块，今年怎么就忘了呢？没错啊，有妈的孩子是个宝，都希望得到妈妈的红包，那是一个孩子的护身符。

初 四

中午几个文友在饭店团聚拜年，话新忆旧，乐意融融。张兄从省城回来，格外开心，他五十六岁，任教授数年，坚持写文章，两三年出一本书。吃饭的时候，我发现他的右手抖个不停，帕金森氏症，想夹一块萝卜，几次都掉下了。我想帮他一下，一想又停了，他努力夹进了碗里，自食其力，会舒服一些。后来几次夹菜，他都艰难地成功了。我写作掉了不少头发、眼睛近视了，想不到他写坏了手，拼到后面，迎来满桌的佳肴，却拿不起筷子了。人生，要怎样奋斗才对呢？我们假装没看到，大口吃菜、高声说话，他很高兴，忘记了自己。忘我，这又多么简单！

初 五

昨天拜年聚会兴致勃勃，似乎意犹未尽，舒兄提议晚上再拜一次，大家竟都同意。张兄下午打来电话，说早点去饭店吧。我提前两个小时动身，他也很快赶到，不用找话题，我们轻松地交谈，茶水续几回，清话暖如春，说了什么却又忘了。点菜时，大家不怎么想吃了，最后点了几个素菜。乘兴而来，兴尽而归，其他都是多余的。

初 六

早上起来，认真想了一下，还有三个地方没去拜年，都是重要的亲友。可是，三个地方、三个方向，哪怕就是吃三餐饭，也会把人累晕，回家估计找不到路了。想了想，哪儿都不去了，今天休息，喝茶，看闲书。然后微信告诉了各家，也没见说非要来啊。可能，人家也是这么想，过年不能太累了。

初 七

上班，八点前匆匆忙忙赶到单位，开始收拾永远都收拾不完的事儿，心里有点紧张，刚接了两个电话。微信群里，大家都说过年没啥意思，没有年味，这会儿发现，还是过年好，一个长假，散散漫漫，自自在在。其实，年一直没有变，变化的是心态。呵呵，现在开始，认真准备下一个年吧！

深山长灯

山里风景迷人，好像来到了世外桃源，总想停下来欣赏旖旎的景色、从不同角度照相，把自己融入青山绿水。

盛夏的一个午后，我和朋友李琦骑着自行车，穿行在湘西南绥宁县白玉乡雪峰山腹地的山路上。我们这样行走三天了，极简食宿，没有具体目标，真切体验着自由行走的辛苦和恣意。

今天打算天黑前赶到相邻的洞口县花园镇上住宿，可是怎么都快不起来，一路被美丽的风景拖拽着。五点时，突然下起了一点都不商量的大雨，把我们逼进路边的一座凉亭，三根烟后，雨还没有收敛的意思。安心等吧，聊天抽烟，这是天意，难得让我们体会一下深山苦雨愁煞人的味道。

过了半小时，雨停了，我们抓紧赶路。可是我的车子后轮泄气了，骑不动，只能推着。天色已经落黑，前方二百米远就看不清了，各种怪异的动物声此起彼伏，让我们变得紧张起来。

离花园镇还有二十多公里，推着车子步行，最少还要三个小时，两人饥肠辘辘，越来越疲倦。一路峰回路转，没有人烟，又担心会遇上什么意外。怎么办，没办法，只得慢慢地往前走去，也不想说话了。

两人不时抬头看着并不远的前方，总希望突然会出现一丝希望，步伐一直没有放松。小路上不时看到有岔道，延伸到了山后，却不知村寨人家分布在哪里。

忽然，前方出现一个亮点，是什么？两人停下脚步，望了望，是灯火，一直固定在那里，不是萤虫流火。我们的步伐立马加快，心情变得紧张起来。

走了十来分钟，看到了瓦檐翘角，原来山坡上有几户人家。每户的屋檐下都亮着一只小灯笼，光线愈加明亮了。我们终于松了一口气。

今晚赶不到镇上了，到这里借宿试试，看老乡是否同意、会相信我们么。我对城里长大的李琦说，应该会的。我是乡村出身，乡里对陌生人借宿从不拒绝，都会善对夜行人。那时乡里没有坏人，路不拾遗，夜不闭户。

我敲开一户人家的木屋小门，一对六十多岁的夫妻在家，还有两个七八岁的男孩子。我们表明来意，还拿出身份证，说可以交住宿费，也问了一下村里是不是做民宿，挂了灯笼。想不到，老汉一口答应了，说不用交钱，就是住宿条件差了些，自家用的旧被褥，木架子床。

老汉又问我们，还没吃饭吧，搞点饭啰。还没等回答，老汉就从灶上的木杆上取下一块腊肉，放到水盆里，女主人开始淘米，用的是烧火的圆底鼎罐。我们连说谢谢，真是麻烦了，我们付饭钱。老汉说，怎老说交钱，我们不开店，从没收过过路人的钱，你们是客人，信任我家。

这样的啊，这么不担心外人？老汉说，这有什么，就是睡一夜、吃碗饭。你们看门口挂着的灯笼吗，就是给过路人点的，远远地让人看到，这里可以落脚。山里的村寨都是这样，我们外出也要借宿，大家都不客气，回家一样。

听着好新奇，山里竟有这样的风俗，倒是我们城里人想复杂了，一点事情都要按钱财计算。我还想，要是他们来到城里，住不上宾馆，能够借宿到吗。结果大家都清楚，早就不会了。

我记得，我们村里有条上州下县的石板路，小时候每天看到生意人、货郎、做活匠人、风水先生、看病的、算命的、说媒的、弹棉花的等，纷纷从村里穿过，夜里就近借宿。来人借宿，主人是高兴的，说明相信他、家风好。我们也会管饭，主人吃什么，他们跟着什么，没有好菜，大家条件都一样。但是，我们村里不点灯笼，不招揽，客人来了就来了，走了就走了。

说话间，饭菜摆上了桌，一大盘干笋炒腊肉，一大钵汤，卧着两个荷包蛋，撒了小葱，香喷喷的。他们不吃，坐在火塘边，说等我们吃了再吃。这是山里的规矩，劝也没用。我们只好加快吃饭速度。我们放下筷子后，他们才上桌，小孩子吃得急，显然是饿了。我们的包里还有一些袋装食品、一些水果，李琦赶紧找出来，打开两袋让小朋友尝尝。老夫妻训斥他们，怎么要客人的东西，一点规矩都没有。孩子们脸上有些羞赧，又带着惊欢，显然是这种食品很对胃口。李琦把剩下的全部留给了两个孩子，还给他们照了相，回去后寄过来。老汉留下地址，这里是白玉乡石坪村。

老汉说这些年村里人少了，年轻点的都去了城里打工，他家儿子儿媳也是，留下两个孙子。现在，到哪里去都是坐车，过路人也少，借宿的基本没有了，但灯还点着，家家都这样，整夜不熄。老汉说他小时候起，灯就这样挂着，成习俗了，知道没有过路客人来的。哎呀，你们是这三年里来的新客，给寒舍添了光，谢谢你们看得起呢……

哦，一只灯笼，远远地迎接着夜里要来或不来的客人，也点亮着山里人的心，心心辉映，没了距离。

多么庆幸，我们是几年里来到的新客，这长明了多时的灯笼，到底是没有被辜负。

（《人民日报》2024 年 7 月 6 日）

一路潦草

一

有年鸟鸣花开，单位开展了一次春游活动，去百十公里远的魏源故居。活动由我负责组织和对接，这个地方去过多次，便没太仔细准备，结果受到了领导的批评。他说我手写的活动方案字迹潦草，看不清楚。我想这是家乡熟悉的一处人文景观，多数人都去过，草写一个方案是报账做凭证用。很多年了，没有人说我字迹潦草，现在的办公程式很少用笔写字，偶尔写几个字，却让领导批评一顿。我心里极不舒服，快五十岁的人好像连这点小事都做不好。

这种不快，直到看见介绍魏源参加科举考试的一块图板才淋漓地释放了——魏源也字迹潦草，受到了紫禁城里的考官的严厉批评，而且张榜全国通报。这何得了，魏源是谁啊，南方才俊、思想先驱、文章高手、官府幕僚。他竟栽在了自己的几个臭字上！

我好像找到了知音，可以共同承担了潦草之虞了。

魏源是我乡邵阳的秀才，年轻时品学兼优，地方考试一帆风顺，早早赢得了声名。但是三十岁开始的赴京会试却很不顺利，到五十一岁，他连考了六次，没被紫禁城录取。这一年，他本取得了全国第十九名的好成绩，但是作文字迹潦草，卷面模糊，让阅卷老师看得眼花缭乱、心烦气躁。哪有这样的考生，太不尊重考官了。魏源的成绩已经远远过线了，但不能参加接下来由皇帝亲自主考的殿试，给予了他“殿试罚停一年”的警告处罚，即一年后参加因服孝、迟到、生病等未能参加当年殿试、而专门安排的补考，正常殿试为三年一次。这算给了留校察看的后路，以观补考之态度。

令人惋惜，太耽误时间了，明年五十二岁，老了一年，学力减退，还不一定能考过。魏源太不重视前程发展了，虽然文章写得好，但写的字让人很不舒服，又猜又蒙的，谁会给他高分呢，都考六次了。注定一生只有孤独。

看魏源后来的造化和影响，字写得差又能算什么，瑕不掩瑜，金子总会发光。我的脸上顿时露出狡黠的笑容。开心之下，我想撩一下我们的领导，就把他拉过来，指给他看，说今天找到了一个高级同犯，嘿嘿。领导看了后转过脸说，看你这一脸匪气，得意忘形，忘乎所以！

哦，匪气，这是多么高级的褒奖。这个时代的知识人太缺乏这种豪放的气质了，过于精致、过于机巧，对什么都不愿潦草、不愿任性一回。

二

我当然清楚，挨批评也有道理。我的字是写得不好，杂乱无章、柔软无力，自己都不想看。前些年，我在格子里书写还过得去，写作投稿经历多年的稿纸书写，有一定的基础，尤其信封写得漂亮，因为用心用情。在日记本上字写，要是写小一些，留白多，整个页面还是较齐整的。后来使用电脑打字，写得少了，偶尔书写，下笔没有规范，随便记录。写在日记本格子里的字也不好看，写得快，潦草，凌乱，总想几下写完。不写吧，又老惦记，有时几天、十几天没有写日记，拖欠的又是在哪一天、用一阵子补上去。做了什么事记不清楚，时断时记，笔迹粗细快慢不一，页面跟用稀泥巴打仗一样。四十岁后，我总没耐心写字，也没见得有多忙，心不随笔动，意在笔后。

我也想写得好看一些，偶尔要签写建议和意见，字是一个人的脸呢。但是我写字慢不下来，强行慢下来，字就很板正，笔画生硬，像被人捉着手，反没有了写好一点的信心。一直敷衍，恶性循环。

字写得丑，也影响不了什么，除了今天领导看到被批评几句。可能他很久没看到大家写字，都不怎么用笔了，他自己也写得跟鸡爪印地一样。挨批是小概率事件。我用精神胜利法宽慰着自己。

可是，魏源不一样，他是文化名士、革新领袖啊。他不写好不行，再深刻再新颖的思想，再管用再科学的方法，总得让人看得清楚，否则无法有效行之。

接下来的参观，让我变得认真起来，魏源那么饱学的秀才，怎么就没把字写好呢，字是他们那个时代读书人的童子功啊。对待会试这么不严肃、不总结教训，不怕潦草的命运吗？魏源不怕。他家有钱，田亩连片，不愁稻粱。

在前面的参观中，我对“停殿试一年”不太理解，停了后之前的会试成绩算不算、后面还考不考。回来后，我找市里对魏源研究深有造诣的朋友老陈探讨，不但弄清了停试的来龙去脉，而且还知悉了魏源六次会试不第的深层原因。

魏源年轻时，随在江苏沿海一带任职的父亲生活，跟海外人士接触较多，思想超前，文章犀利，与朝政不太合拍，守旧的考官不喜欢，看得懂的又担心，让他入朝会带来麻烦。同时，魏源的字确实写得潦草、随便，不好看，也是不尊重考官。这让人家找到了直接否定的理由，要是录进来怎么写给皇帝看呢？

这顶帽子又大又重，魏源感到极其悲愤，挥笔写了一首《都中吟》，“书小楷，诗八韵，将相文武此中进。”反讽只要写得一手娟秀的小楷，拼凑几句押八韵的诗，就可以进入京官的圈子。发泄完，他一甩袖子游历河山去了。

字如其人。魏源是按自己的性格来作文写字的，激进的思想，好辩的性格，恣肆的才华，当然让他的卷面变成一片汪洋大海了。那是一幅千里江山图，他的胸腔怀着家国河山。

思想性格这东西是挡不住的，一张口、一下笔，就一览无余、淋漓尽致，何况魏源这样气势磅礴的人。他按捺不住汹涌的思想，屡败屡考，一路潦草，狂野的卷面本身就是对腐朽机制的回击。他不在乎将要迎来什么样的命运，他想开了，自愿放浪形骸之外。

魏源心存高远，不会纠结打疙瘩，第二年的殿试补考他还是来了，他怀有革故旧制、鼎新时局的热切理想。他的名气太大，压制不住了，还是那手“臭字”，这回竟然考进三甲，赐同进士出身。皇宫以知州分发江苏叙用，决定了他终身不能入仕六部尚书。目光只能放在脚下的土地上，久久凝望，字字沁血，一部《海国图志》在他五十九岁时横空出世，照亮了昏暗的晚清大地。试想，那次不是书写潦草、停试一年，而直接殿试通过、安排入阁，紫禁城也是多了一个有志难展的翎带官僚，历史的天空将会少了一缕明亮的光线。

三

书写是一个人性情的形化，再如何用笔，都无法掩饰自己的内心，就如一个人去医院做心电图，你怎么控制自己的心率呢。

我后来换了一个岗位，人闲下来了，工作上偶尔需要写字，平常还是坚持写日记。我的字完全是一种外国语言，只有我自己认识，别人看是天书，也就不怕被泄露。但是却泄露了我的灵魂——内心不定，软弱无力。这是时代气象与个人感知，在字迹间的真实回照。我无法控制和把握。五十天命，也不必去用力了，潦草着来吧。

我仔细观察过身边一些人的书写笔迹，也是很有意思的，曾用文字这样记下过——

有的人不适应在格子上书写，就像作家贾平凹，他一直在稿纸的背面写字，纹路隐约不致写歪，正面明框写字就文思不畅。我离开了格子就写不成字，可能是被规范久了，抑或自由存在一定范围之内。李君写字，习惯将记录本拿在手上，下面悬空，有些微弹性，下笔无拘无束，自由挥洒……见到萧郎的钢笔字，终于明白什么是奔放、什么是激情、什么是浪漫的未来，心中的条条框框、块垒阴云，一下都抛开了。他负责行政综合，颇有文采，应急讲稿、发言记录等写得快，又漂亮，常常是花团锦簇，倚马千言。他的字脱胎于毛体，但经过了他的科学改良：字形飘逸飞洒，字迹规范好认，笔画刚柔相济充满张力，结字简洁书写快捷……萧郎的字写得快，诀窍是用简笔，字留架构，一些笔画省略了，显得空灵。他的字是那么的豪放，心性却谨小慎微，不能在领导面前坦率说话，必须放低自己，常常委曲求全。他习惯了复杂，繁文缛节，层出不穷，把人弄得疲惫不堪。好多次我想跟他说，做事怎不能像写字那样简单明快一些？怕伤害他，又没启口，他受气够多的了。有次开小组生活会，四十好几的人，讲到生活艰涩处，竟痛哭淋涕，声惊四座。哭完了，又挥笔记录，一路飘洒。我看着他，这还是不是他？不久，萧郎提为单位的领导，上台讲话总要龙飞凤舞地列出提纲，但是声小气弱，磕磕巴巴，总让人听不清……

书写里有性情，当然也包含了命运。有人说魏源是宰相才能幕僚命，五十八岁才当上高邮知州。从他的书写风格来看，是不是潦草字迹潦草命了？其实不然，他投愿庙堂，也寄身江湖，六十岁辞职后，住到了杭州的僧舍，六十四岁在这里老去。后几年里，他静心辑录《净土四经》，故居展厅里影印了一些册页，笔画开阖，犹见潦草之势。

人生一经识字，谁能离开书写？

我还是要写下去。过去喜欢在格子上写字，现在发现在方格里根本写不开，笔画笨重。办公室打印过后、不再使用的 A4 纸我没有扔掉，有时随手在背面记点什么，或是急就几句话，慢慢成了习惯，其他过于正式的纸张还不适应了。纸张再度启用，不用生惜，可以随性地写。我的字写得较大，小了反没有力度，身体里的一种气流出不来。一随性起来，就写得快，我本性子急，笔头带风。性子到了，神采跃然，那是另一个我，形体上潦草不羁，人已趋向放达。

（《散文》2025 年 2 期）

稻田边的琴声

来到安江镇已是冬季，收割后的稻兜一片齐整，横竖正直，像一个威武的阵列。可想夏季这片稻田的葳蕤长势。这种稻田景象我见得太多，在这里感觉还是不一样，不是要好看些，而是留存了诗意。这里是安江农校旧址，湖南省培训水稻种植人才的地方，后来学校合并迁往怀化市，留下少量试验稻田，校区成了观光、学习教育、旅行打卡网红地，寂寞的农田一下变得热闹起来。

这是袁隆平的水稻试验地！每个人都享受着从这里辐射出的福祉，无不怀着感恩和敬佩之情。

走在田坎边，我想着一个问题，袁隆平靠的是什么力量？这是湘西地区曾经十分闭塞和落后的地方，偏偏让神奇出现在了这里。在展览橱窗的图片上看到，过去学校跟农村一样，所有的人都是农民服饰，干着跟农民一样的活计。袁隆平的外貌拙朴，怎么看都像一个农民，瘦小黝黑，上唇留着胡子。但我还是看到了跟农民明显不一样的地方。

学校没有围墙，试验田外就是附近村里的农田。听这里的人讲，学校还跟附近的农民为浇灌抢过水，干的都是同样的农活，没见高人一等，学校也没抢到上风。抢水的人群里，就有年轻的老师袁隆平，他对学生说，水圳从村里流过来，应该让村里先浇灌，我们等到夜里吧。到夜里，很多人没来，袁隆平来了，他站在月色下田坎上，悉心听着水稻喝水拔节的吟唱，身影倒映在水田里。他没有扛锄头，而是拿着一把小提琴。这个身姿，在田坎上站了三十七年，钻研出了一粒金种子，改变了世界的颜色。

袁隆平能站得住，原来他有神器！

在一张袁隆平站在稻田边拉着小提琴的旧照片上，我疑惑的心里变得清晰起来——他有诗意有远方，一切表现在日常中。这个神器确实不能缺少，他能支撑一个人长久的姿态。

我看到这里的农野跟我们村里的没有两样，都是大块的农田，水圳穿行在中间，甚至，我们那里的灌溉还要方便一些，上方有水库、村里有水塘、下面有河流，各种方式取水，稻田不会干涸。那个时候，我不喜欢农田，从小跟着父母做农活，赶牛耕田、插秧施肥、拔草放水、收割晒谷、筛糠喂猪。日复一日，年复一年，枯燥无味。我在离开中学后，在村里当了五个月扎扎实实的农民，后来找到一个机会离开了，再也没有回到农田里。我的心，无法在农田里吸吮养分。我看不到希望。

哦，原来我没有小提琴。要是有一把小提琴，我也会爱上村里的农田的。那个时候，我一片稚嫩，根本不懂得如何寻找自己的小提琴。

往远方跋涉，离不开精神支柱。袁隆平就早早地拥有了。

袁隆平出身于知识分子家庭，年轻时，遵循兴趣考到了西南农学院。他喜欢听隔壁宿舍的同学拉小提琴，并跟着学会了演奏。1953 年毕业分配到安江农校，他母亲在地图上找了很久，不希望他去湘西荒野之地，说到那要吃苦的。袁隆平说，我年轻，我还有一把小提琴。这把小提琴，是他领到第一个月四十二元工资后，花了二十七元在长沙购买的。此后，在农校的田间地头、月下树前，留下了他释放思念、舒展焦虑、坚定步伐的数重旋律。每一次释放后，他变得轻松，保持了乐观，看到了更远的地方——选择没有错。

一边种田，一边拉琴，在沉重的生活中营造了空灵的心境，助进了思维的活跃、灵感的闪烁。小提琴对人太重要了，那是另一个自己，慰藉心灵的知音，它能让你更好地认识自己。很多巨人大师，在苦苦钻研业务之时，都选择“小提琴”一样的神器，及时释放，保持协调，从而抵达更远的地方。

袁隆平的小提琴还感染了很多学生，1959 年首届培训班毕业时，学生李俊杰向袁隆平提出希望将小提琴送给他，他带着老师的琴声走向更远的山乡农田，袁隆平一口答应了。2007 年农校首届毕业生五十年聚会上，李俊杰带着这把旧琴来了，深情讲述了几十年的人琴沧桑，让人泪下。如今，这把小提琴保存在怀化市鹤城区的伊然美体验馆里。

一个人如何找到自己的“小提琴”？其实就是寻找情感情绪的释放方式。可以自身调节，可以借助器物。演奏、健身、行走、登高、临摹、摄影等等，能够提起人的兴趣、让他感到惬意和轻松、保持一种情操的就是好的方式。我过去做文字工作，业余喜欢摄影，形成互补；后来做交通事务性工作，又恋上文学，虚实结合，此消彼长，没有万紫千红，亦能柳暗花明。

袁隆平是怎么看待小提琴之道的呢？他到晚年还深情地拉着小提琴，喜欢《行路难》这首曲子，七十多岁时在“科学在中国”晚会上，深情演奏过。我找到视频听了，曲调折返，琴声锐利，好像并不好听，多听两遍，像是看到了一个人背着沉重的行囊蹒跚在路上。袁隆平说，这首曲子是李四光先生创作的，每个人的路都是很难走的，但也得像琴弓往返一样，有点起伏不平，却一步一步走下去了，路行通了。

拥有小提琴该多好啊！

坚硬的生活需要柔化，过实的日子需要虚化，人才不会疲倦、不会厌烦，不会满足，他的内心会留有一片自由思想的空境。小提琴正好具有这个功能，它能帮你找到诗和远方，让你走到理想的稻田边。

气象

春天的翻浆

地上冒绿，枝头含蕾，我知道春天来了。可是看不到这些迹象的时候，又怎么去感受春天的气息呢？朋友们提议去看湘西南城步县的十万古田时，听说那里仍然冷峭，不见绿色。可是春天来了，挡不住人们踏春的脚步。

阵阵冷风中，我们踏上前往十万古田的山路。山道陡峭，路面凹凸，小轿车不能开到里头，只能步行。走路速度慢，亲近了大山，一路上毛竹向人招手，飞泉亲抚了脸蛋，偶尔还能听到一声鸟儿的问候，人渐渐醉入氧离子，不住疑心起置身美境的真实性！

这个地方处于湘桂两省接壤的西端大山里，过去有一条蜿蜒官道上通云贵，山里住着很多苗民，垦田耕作，繁衍生息，曾经尘烟缭绕，人气旺盛。后来交通改善，舟车便捷，这条官道慢慢寂静下来了。曾经一度发生毁灭性的蝗灾，山民们不得不搬到了几十里外的寨市，一大片水草丰茂的耕田就荒芜了。经年累月，田园荒芜，渐渐成为人们久远记忆中的十万古田。

现在，我们行进在山道上，探寻深山春天的气息。我已无法感受到当年故道上来去匆匆的气氛，但能看到那时候春光留下的影子，树荫婆娑，摇曳绰约。

这几年，人们突然想起了这片还原为处女地的古田。原生态的神奇面貌，引得大家纷纷前往探奇观胜，政府决定实施开垦，把这块土地变得更加美丽。但是山高路远，道路崎岖，开垦这么大一片杂树遍布、藤蔓交织的土地谈何容易。

这是春天了，山外已经姹紫嫣红，这里仍是一片沉寂；土地是黑色的，没有看到花蕾，深山春来迟，气息远着呢。

同行的当地朋友刘君说，他们已经挥汗几年了，把公路一米米地掘进去，过不久，这里将是一片美丽的田园。刘君充满了自信，他的眼里呈现出了一片美丽的田野。

顺着他的指引望去，道路两边是白杨林，林间疏松，枯叶满地，道路弯曲，土地是灰黑的，黑土意味着肥沃。路的前方也是暗淡的，就跟欧洲大地一样，辽阔沉静，视觉格外清晰，让人感觉来到了异域。行进中，路边忽然出现一排竹木篱笆。这是开垦人的菜园。尽管没有看到菜，也没看到人，我们还是惊喜不已，好像闻到了久远先民的气息，一个劲地以篱笆为背景留影。

踩在土路上，得不停地看着脚下，不然就会摔倒，因为开过去的沉重卡车压出了两道深沟。地下翻浆了，沁出新土的气息，泥土被挤到了路面，像两条长龙扭曲着身子，奋力向前爬行。

不是还寒冷着吗，土地还冻着呢，怎能出现如此狰狞、如此遒劲的翻浆？这得多大的力量才能把底下的黏土挤上来。我知道这不是卡车的力量，卡车之于冻土如舟行冰上，根本压不下去的。

那么只有是土地本身的力量了，它想翻身换个姿势，因为春天来了。春天要做的第一件事情是把土地唤醒，别沉睡了；第二件事情是给大地穿上衣裳，别上花簪。人们常说，春回人间、大地复苏，原来是春天来让土地复活的。

春天怎会有这么大的力气呢，让土地都翻浆了，夏天气温更高，大地却是硬邦邦的。我想起春风和冬风比赛的故事，看谁能把人穿的棉衣吹下来，冬风铆足力气狂吹，结果那个人双臂越裹越紧，而春风不紧不慢，心平气和地吹拂着，不一会那个人就把棉衣脱下了。哦，春风是润物无声、潜移默化的，太用力了，反而达不到效果。

记得小时候看父亲开春犁田，乍暖还寒的天气，父亲赤脚踩地说不冷，水牛拉着犁，一声吆喝下去，泥浆就翻卷上来，不一会，条条长龙卧在了田间。要是在冬天，根本无法开犁的，土地僵硬，这会却已被春风酥软了。

多年没有看到犁田了，现在看到了几条巨龙般的翻浆。我们没能看到翻浆的尽头，看来负重的卡车已经轰然开到了想去的地方。讯息十分明确，春天已经来到深山，且是惊天动地的力量，这跟花开草绿没有关系，那不是春天的使命。

每个春天都是这样，大地面临着一次磅礴的翻浆，虽很决绝，却是新格局的开始。

（《文汇报》2016 年 4 月 17 日）

山坡上的排场

几乎如约而至，我在草青时节又回到了这面山坡上。说不清是什么原因，也没有人让我回来，要做点什么。如今，在村里生活的人越来越少了，认识的已经不多，那些曾经熟悉的面孔，很多来到了这面山坡上。我能做的，就是在山坡上站一站，望望坡下无比熟悉的农田，还有静静流去的蓼水河。

天气晴朗，山岚飘游，苍穹碧蓝，极目旷远。这种空灵澄明的天象很久没有看到了，应要坐下来好好看看。我点起一支烟，尽量让自己从容一些，身心与眼前的景象有所适应。

山坡上的花草换了新颜，红红绿绿，竞相生长，相互映衬。坡上呈现出了蓬勃的生机，地底下好像燃烧着一种能量，执着喷发出各种色彩，浓烈的气氛有点令人窒息。一坡繁复的讯息，排山倒海，纵情摇曳，让春天带着尊严回到了春天里！

我却担心，满坡的春华，无尽地挥霍，下一次还会重现么！

山坡下面的农田却形成了鲜明的对比，因为还没有播种，收割后的稻蔸光秃秃的一片，在几个月前，这片田野还是金黄灿烂、耀人眼目的。

我变得惆怅起来，那些曾经在田野上蹒跚的背影，沉重地走过每一步，最后却没有回来。我还想过，他们是否知道我一年年地来过，如果不知，我的来到又有什么意义，还不如这些花草，安静地陪伴着他们……

我在坡上生活多时，却叫不出这些花草的名字，以前也没觉得山坡有多好看，现在却成了动感地带。也许是离开太久，我对坡上的花草有了疏离之意。

那时候，我们一群小伙伴在山坡上放牛嬉闹，欢声和牛哞盖过花草丛中。现在，很少有人到山坡上玩耍了，村里的人也不刨草烧灰做有机肥了，没有人打草喂猪了，也没有人砍柴烧饭了。山坡孤寂了下来。可是，不管有没有人在乎，都没有阻碍和影响它的生长，经过一个严冬，又是绿妆粉裹，群芳拥至，整个山坡风情万种，恣肆汪洋。

好一种奢华——生命盛大的，毫不节制、孤注一掷的排场！

同样，我惦念的那些熟悉的背影，也是浓烈地绽放过。他们一生谨小慎微，精打细算，唯独不吝惜生命、不计气力，催使广袤的农田绿了黄、黄了绿，换来更为缤纷的人间色彩。他们佝偻的身躯，像极了一株花、一棵草，可是花草回归了，背影再没有出现。哦，我差点忘记，他们告别多时了！

一种惜意蓦然而至，我感觉呼吸有点局促。这时候，我想起了风，风可以吹散一坡的浓烈气息。可这是北山坡，东西两边是更高的山头，没有风吹进来。啊——我张开嘴，想唱几句，心里想起了一首歌，一首此刻可以在山坡纵情高唱的歌。

歌名叫《告别的时刻》。意大利拳王亨利·马斯克三十三岁迎来了职业生涯告别赛，他为此悉心准备了一首歌，邀请著名歌星莎拉·布莱曼现场演唱。可是，亨利意外输掉了这场比赛。获胜一方弹冠相庆时，亨利登台谢幕、挥手告别，动人的旋律随之奏响，观众莫不动容。多年来，我心仪着这首歌，听过胥午梅等演唱的多个版本，我欣赏一种磊落高调、富有生命气场的告别。

一场场到来，也是一场场告别；一场告别，也孕育着另一场到来。这场赛事，让众多拳击迷都为亨利感到遗憾。亨利觉得对不起这首歌，那么多人在他落败后把掌声送给了他，倒像是为歌声所动。观众也由此更加记住了这个失败的英雄，获胜者维吉尔·希尔后来倒没什么声响。沉寂十年后，亨利重返赛场，一举击败了当年的对手。《告别的时刻》再次响起，旋律磅礴起伏，拳王泪流满面。

很多时候，事情看上去已经结束了，其实内里还涌动着一种“势”。亨利就是为一场伟大的告别而重返，即使再次输掉比赛，也没有什么遗憾，他已完成一次美丽的归来。他肯定明白了此理才会选择复赛。

一场开放，也是一场告别。眼前的这面山坡，岁岁枯荣，多像一个胜负无常的赛场。一个人昨天退下了，明天又会来到。这是生命交替的规律，不必考虑其他，只管绽放，尽情燃烧。所有的光亮照耀了孤独的夜空，他展示了生命最壮阔的排场。

我心里舒松了很多，不再为看不到熟悉的背影而觉失落了。他们在这面山坡上，安静地守望着料理了一辈子的农田，当田野在以往的季节里如旧绿了又黄去，他们心里是踏实的、欣慰的。他们跟花草一样，以自己的方式重返了。

眼前这面不起眼的山坡气场充沛着呢！我又点起一支烟，踏实地坐下去，我似乎明白了之前没有悟透的、有一种力量让我如期归来的原因。

（《湖南日报》2022 年 4 月 1 日）

南方草原

当我站在紫阳峰上，望着一片碧波起伏、峰脉绵延的草原时，体内涌起的是一种惊艳般的感觉！这是南方，群山交错的南方——南方盛长芳草，但少有成片的草原。

这是湘桂边界湖南城步苗族自治县的南山镇。他们称为南山牧场。海拔两千米的高山上，怎会出现一片草原呢？当地的朋友说，这是一片人工草原！啊，草原还可移植？见我疑惑，友人没有直接回答，笑着讲起一件旧事来——当年红军渡过湘江，经此去贵州，翻越山岭时，队伍中的大胡子王震说，这个地方美丽宜人，以后可以做家园的。多年后，城步人想起王震的话，便派人到北京找到他。老革命记忆犹新，说，我没有更多的物质支持，但给你们一棵草还是做得到的。五十年时光，草原有了模样。

队伍—草原—家园，这些符号在我心里交替闪现。我像被击中了——我的青春被草原露水打湿过，又在奔波中把草原丢失了；我一直在努力寻找，常常以为进入了草原，最后发现处在一座马圈中……

一

我从南方踏入北方广袤的草原时，跟草原一样年轻着。记得排长说，草原是位丰富的老师，为你指引着要去的方向。

他告诉我们，草原无粮，但饿不死人；草原无路，但不会让你迷失。小组生存训练时，我十分恐慌，茫茫草地，哪有活路啊！排长提示说，草原上那么多的小动物，它们都快快乐乐，总有活法。后来追着动物跑，它们总是带给我们惊人的讯息。也有人偷懒走捷径，用钱和物品换走牧人的食物。排长批评说，没有牧人怎么办，牧人没有东西吃怎么办，后来没有人这样干了。迷路的时候，排长叫我们用望远镜找远处的炊烟，牧人一般会燃烧牛粪，你会依此找到卓玛，但别把阿妈喊成卓玛，那很麻烦的。可是雨天的炊烟不好辨认，很多次我将云雾当成炊烟，白跑了半天。而排长从未望走眼，他说雨天靠闻，燃烧的牛粪气息会飘过来。于是闻牛粪也成了一门功课，为了活命，谁也不敢懈怠。我也总结了很多经验，有时实在找不到路了，就想办法找到水流，沿着水流总能找到出路……

千年古训曰：逐水草而居。这是一种活法，可是我没记牢。

草原深厚，包罗万象，让我提前成熟起来。人一成熟，危机随即而来，比如，被上面注意而调离。可我不习惯城市生活，想找回草原，却身不由己。无奈中，我开始大量阅读，尤其是草原题材，在这块同样丰茂、同样芬芳的草原上，我遇到过很多的骑士、牧人、过客和流浪者。最早相识的是屠格涅夫，读了他的长篇小说《猎人笔记》，草原风光描写细腻，跟散文一样，中间一章叫《白净草原》，最后一章叫《森林和草原》。

有一次，我无意间遇上了骑马的兽医艾特玛托夫，他是吉尔吉斯斯坦草原上的人，感到惊讶的是他竟会写小说。第一次相会，他向我讲述了漂亮嫂嫂《查密莉亚》的故事。

小说以“我”创作的一幅油画开头——在遥远的群山上方，秋风催赶着片片疾驰的行云。近景是一片赤褐色的长满艾草的草原，路旁是已经干枯的、被踩断的密密丛丛的芨芨草，顺着被雨水冲洗过的车辙，有两个人的脚印伸向前方，看样子，只要再走一步……故事就这样拉开了，景物清晰、栩栩如生，尤其那句“再走一步，就会跨到画框外面去了”，动感逼真，风趣传神。

想不到，这个句子从此影响了我。我多想跨一步，不让框子框住。当出现一次去西部荒原任职的机会时，我努力进行了争取。我不喜欢在营区值守，愿意到草原上去奔驰，哪怕是恶劣天气、执行再艰巨的任务。这样心灵解放了，兀立穹庐，驰目骋怀。可是上级答复说，你还是留在机关吧，这儿离不开你。

二

我发现很多从草原走出的人，都深深眷念着这个地方，他们都想返回，可是身体被限制了。但有一个普遍的举动，他们愿意用笔绘下草原风光、传诵草原上的故事。有的年轻时候就已动笔，有的到晚年还顾盼着这块绿地。

为什么要恒久地书写草原，除了不可散开的故乡情结？我在阅读比较中发现，他们的草原书写各有生活经历，但也有精神相通的地方。

契诃夫写过小说《草原》，果戈理写过草原故事集《狄康卡近乡夜话》，高尔基也写过一本中、短篇小说集《草原的故事》。

去年，我买到巴金翻译的《草原的故事》，浙江文艺出版社的再版，附有一篇他 1995 年校对的后记。巴金写道：“这本小书唤起我对俄罗斯草原的渴望，对自由的渴望。每当我受到现实生活折磨的时候，我就想到俄罗斯草原沁人心脾的香气。”这种诠释，理性与感性兼具，让人豁然开朗又熨帖心灵。

我喜欢艾特玛托夫对草原的优美描写和抒情，实质上是被他笔下的自由氛围感染了。他崇尚自由豢养、自由劳动、自由穿戴、自由歌舞、自由饮食，甚至自由爱恋——在《查密莉雅》中，他竟对一场婚外恋予以理解和认同！查密莉雅被其貌不扬、身有战伤、只能赶马的男主人公丹尼亚尔的歌声深深牵动了，使她超越世俗伦理，跟随歌声一起飞走了。

这样的事在内地，常被认作不光彩的；草原宽阔，容下了许多难以容下的人和事。

后来，我接触了更多的草原作品，虽然各见经验与情趣，但他们有一个共同的向往呈现在书里——草原般辽阔的自由。这是一种草原气质。于作家不可不有！

这种气质是怎么形成的，本质又是什么？

我开始了写作，探寻着草原的秘密。我觉得草原是不负人的，生活中到达不了的草原希望能在笔下呈现。但是，我被草原表面的东西深深迷住了，忽视了草原气质的涵养，以为随心所爱就是自由自在。

三

有一天，我了解到艾特玛托夫原来不是这个名字。他原叫艾特玛特，是他们本民族、有着突厥传统的一个名字。为什么改了呢？原来，随着名气的增长，他觉得草原地方太小了，要去莫斯科发展，改叫了俄语式的艾特玛托夫。他的作品风格发生了强烈的变化，勇猛批判社会制度，笔下呈现的多是政界竞争、角逐和灰暗。苏联解体后他改变了身份，先是担任俄罗斯驻卢森堡大使，后被任命为吉尔吉斯斯坦总统委员会委员，还担任过驻比利时、欧共体和北约的大使。艾特玛托夫好像从马上跳下来，骑着摩托车奔上了水泥高速路！

此后，人们再没有读到他散发草原气息的作品，偶有一些文字出现，多是宣扬西化的基调。2005 年吉尔吉斯斯坦发生“柠檬革命”，艾特玛托夫等既得利益家族成为国民批判的对象。2008 年他在德国去世，享年八十岁。他的祖国没有忘记他，将他接回来，安葬在首都比什凯克附近的一座公墓。

艾特玛托夫在《查密莉雅》的尾声里借叙述者抒发心声，“我要穿过草原回到自己的村子，我会在村里看到新的色调的”，可他再也回不到草原了！

有的读者批评说，他“背叛了自己的主人公”。从本质上说，艾特玛托夫是背叛草原——散失了随母体培育出的草原气质。

在草原生活过的迟子建，十多年前写过中篇小说《草原》，很多读者认为是向艾特玛托夫的致敬之作。面对这位失去了草原的前辈同行，她毫不掩饰自己的观点：“听说艾特玛托夫后来的作品风格倾向于诺奖的喜好，这是不必要的，在我们心中他已是诺奖大家了。”2019 年，迟子建出版一个小说集子，取名《草原》。

此后很长时间，我没有写出什么东西，尤其是草原题材。我觉得我不懂草原，我看到的是草原留在纸上的模样……

四十二岁那年，我到俄罗斯旅行，参观了莫斯科的一个现代文学馆，里面竟陈列着艾特玛托夫在草原的生活照片、各种作品和荣誉证书。他是苏联时代获得文学声誉的，习惯用俄语写作。参观中，我看到他厚厚的、泛黄的手稿，笔迹飘逸，好像在草原上奔跑；而修改的地方，墨影重重，似有心事。我还看到俄文版的《草原和群山的故事》集子，在《查密莉雅》的篇首页，配着一幅速写画，再现了那个在草原上奔走的人差点跨出画框的姿势。我见到这幅画，心里软作一团，好像看到了自己的影子！

四

几乎紧跟艾特玛托夫的脚步、在他转换身份不久，我也面临一次人生的抉择。此刻，草原的向心力变得微弱了。我担任军队记者，喜欢用新闻与文学相结合的方式写作，还算是文化人身份。后来，因为遇上南方的“查密莉雅”，我迅速、执意地离开了这片草原。

我带回一捆新旧不一的《解放军文艺》杂志，我不时翻出来摩挲，这是我的一片水草茂密的原野，因为我心仪杂志上的刊徽——一个战士奔马投掷长矛的造型。后来知道，这是雕塑家凌春德 1948 年的作品《前进》。很多次，我回身聚力起跑，要把矛投得更远一些，来一个横枪立马、开疆拓土，但最后成了堂吉诃德，被撞得稀里哗啦、身子散架。

这时候才发现，我只有马和矛，没有草原，前方是林立的壁垒。

那时，我想去文化类单位谋职，提着不少作品找到相关管事人，他们呵呵发笑，说拿枪杆子的还能摸笔杆子啊！我只得根据安排去了行政部门。

一个习惯以文化价值作判断的人，在宦海中能有多顺畅呢？这些年，理想和现实的碰撞让人难以安定，我被两种力量撕扯着，两边都不尽如人意。我想过狠心返回草原，可是却寸步难行。我难以拒绝豢养。

我孤独地写下去，倒不是要证明什么，是想走远一些，看看还能望见什么异样的风景。我写了不少，却没写出一篇关于草原的文字。我不敢下笔，怕玷污草原，心灵不纯，笔头不净。

而北方那些草原坚守者，在寂寞中开出一朵朵绚丽的鲜花，留下了草原的传奇和风流，呵护了草原的尊严。我很羡慕甚至嫉妒，他们都有自己的草原，成为了贵族。他们的存在，让我清醒地感知到，身边还有多少一贫如洗、内心坍塌的穷汉、丑鬼和表演者！

我属于哪一类呢？我努力尝试突围。

我生活在岸芷汀兰的地方，与屈原行吟的是同一流域，不同的是，他颠沛流离、食不果腹，我依然穿戴整齐、精致体面。我跟多数人一样，靠娴熟的掩饰，一天天地浪荡着。

我看到街上流行一种现代画，利用阴影立体效果，让人物的手脚或头伸出画框，动感有趣。事实上，毫不需要技巧，我已一个趔趄摔出了草原画框。我回顾、我定睛，是艾特玛托夫在后面推了一把。我每夜失眠、要么多梦，偶尔会梦到他，画面清晰，如立眼前。

借用一句时尚又俗气的话说——我用一片草原怀念你。

五

晚上，我们住在南山镇上的一个旅馆里。朋友们多去参加篝火晚会了，与苗族人起舞欢唱，唱的是山歌，跟草原长调有点相似的苗语歌子，从劳动、饮酒、家园、朋友，唱到牛羊、苜蓿草、恋人、母亲和祖先。我没有参加，远远地听着悠扬起伏的歌声。

牛羊、绿草、粪疙瘩、火堆、蒙古包和含着膻味的空气等，好像复制过来的一样。望着这些遥远又真切的草原符号，我想，草原是可以重建的，跟他们一样，只要心里想着。

我想起散文作家冯秋子说过的一个习惯，“我在北京生活二十多年了，比在内蒙古生活的时间长，但我写蒙古高原的人和事比写北京多。我说不清是为什么。我觉得自己心里埋藏了一些歌，有一天，当我能够唱的时候，出来的声音是蒙古高原的。”

自由展放，莫过于遂心说话、表达真实想法，流淌出内心的歌。人们常把好作品称为作家发出了心声。一个好作家也是一个好歌手。

这让我思量起一个有点隔膜的词儿——草原气质。好像，此刻有那么一点若即若离、倏远倏近的感觉。

草原用一首歌，回答了我的很多困惑。可以说，能不能实现理想，不在拥有更好的条件、更多的素材、更新的技巧，而在简约、虚空和宁静。掌握了这个培育草原气质的方法，迈一步跨出框子，就不是什么难事。

我喝下一大口牛奶，紧闭着嘴唇。我给自己鼓劲，在我还没有衰老之前，希望能在自己的笔下，呈现一片不算辽阔，但有露水、有样子、有尊严的草原。

（《西部》2022 年第 2 期）

巫水码头通唐朝

站在湘西南城步县的巫水码头上，我苦吟着一副隐字联，思绪跟河水一样，绵延不尽地流向了远方。

我很诧异这个县名，曾问当地友人肖君，是不是意指在城外散步。印象里苗族人走动不大，他们远离了主流文化的辐射，好像有点寂寞。但是我第一次来到城步，肖君陪我到城外散了一次步，却让我紧张得迈不开脚！

县城四面青山，绿水穿城，城郊平地稀少，多在石山坡地耕种。背山的绿荫间，有一座青砖黑瓦的民居，槽门上有翘檐石刻。肖君说，这是清代一位肖姓秀才的老宅，你是文人，你把槽门上的隐字联对上啰。走近一看，上面刻的是：宅近青山□□，门垂碧柳□□。隐字联浅显晓畅，我心里有些感知，但就不能一下对上来，低头沉吟半天，心里反而惆怅了。肖君说，无数的人到过这里，还没谁对得妥帖过，前几年搞了全国性的征集活动，也没发现眼明心亮的。城步苗地不可小觑啊！肖君见我陷入苦思，就说去河边走走，那边清凉幽静。

河水发源广西的群山，自南向北蜿蜒而去，古来被称作巫水，流进沅江，通达洞庭，汇入长江。抬头望去，河岸上边是留存的老城门，名叫“利济门”，拾级而上就入城了。站在城门回望，远山含黛，斜晖脉脉，江面开阔，水流并不急，应是深流。我感觉进入了充沛的气场，一种势持衡着江岸的静谧，让我许久无言。肖君说，城步处于巫水的上游，古来舟楫穿梭，文人骚客商贾走卒，都在城边的码头上来去匆匆，现在河岸的石壁上还刻着很多的古代诗文呢！又是石刻，我不敢吭声了，但又好奇哪些高人上过这个码头！

仰着头慢慢看过去，石墙上刻的多是古人的诗文，记录着风情见闻和往来感遇。看着看着，突然“王昌龄”的名字跳入眼里，他竟还留了墨迹！欣然看去，是一首七绝，《送柴侍御》：流水通波接武冈，送君不觉有离伤。青山一道同云雨，明月何曾是两乡。好诗好诗，我连连叹服诗的意境，诗里写的武冈县治就设在城步，现在的武冈市处在城步县的东北。肖君不无得意地说，王昌龄这首诗不知抚慰了多少旅途上的疲惫心灵，好像那种温暖的力量是从城步传出的！

我问肖君，王昌龄怎会寄情城步一隅呢？肖君说，王昌龄贬到一百公里外的龙标县当县尉，就是现在的洪江市，他的朋友柴侍御要来城步，他前往送行，舟行千重山水，分离赠诗，城步有幸入了他的诗心。有了文光，行得远呢，你看，码头的水都流到唐朝了！

看着得意的肖君，我故意问他，李白给贬落至此的王昌龄写过一首诗你知道吗？肖君说，那不是《闻王昌龄左迁龙标遥有此寄》么：杨花落尽子规啼，闻道龙标过五溪。我寄愁心与明月，随风直到夜郎西。乘舟到龙标要经过辰溪、酉溪、巫溪、武溪和沅溪，五溪逶迤千里，那要经停多少码头，涵咏多少诗文！肖君说，真是青山有幸，李白虽没有来过这里，被贬至夜郎因获赦而“千里江陵一日还”了，但他带着明月，飞过五溪，心灵抵达了码头。王昌龄心有戚戚，不但在龙标的芙蓉楼旁捧出了“冰心玉壶”，还把一轮明月送给了柴侍御，即使再深的忧伤，也被明月清辉润开了。

码头流水到唐朝！多么灵妙，多么悠远。我顺着肖君的得意不住地遐想，这条巫水逶迤而去，成了传播诗文的一个重要渠道，河流运载的分明是璀璨的文化啊！一江浪花那么耀眼，那是诗文的另一种颜色呢！

湘西这么偏僻的地方，为什么那么多的文人墨客接踵而至？后来知道，他们多为贬谪，得罪了人，流放到偏远的化外之地。湘西是南方苗蛮之地，闭塞苦寒，从屈原开始，成为了朝廷首选的流放地。这一片，卢照邻、张说、张九龄、孟浩然、王维、岑参、朗士元、刘长卿、司空曙、李翱、杜牧、李商隐、司空图等人留下过足迹。杜甫病死在下游的河上，刘禹锡在这里一干就是十年，柳宗元被贬到湘西南的邵州，权贵们觉得不够解恨，又加贬到相邻的永州。殊不知，悲苦出诗文，路途远了，文光长了。于此，湘西的河水就流得远了，以至于到了洞庭边上，余光中称之是“蓝墨水的上游”。

小溪有水大河涨，江湖相连通海洋。一个地区、一个国家的文化，都是从小地方发展形成的。小地方的文化，为大地方的文化提供着养分。国家的文化，就是区域文化的自然融合。

千年文运，湘西五溪都流向了盛世唐朝！由此俯望，宋元明清，这片水系岸芷汀兰、文光灿烂。古时的人就不去比较了，仅看近代以来，河流上飘过的那些身影——熊希龄、沈从文、丁玲、谢冰莹、蒯伯赞、周扬、周立波、黄永玉……

沈从文说，他一生向水学习，“我写的故事，却多数是水边的故事……教给我思索人生，教给我体验人生，教给我智慧同品德，不是某一个人，却实实在在是这一条河。”沈从文小时候不喜欢上学，经常逃课到水边玩耍。他十五六岁就在当地军队当兵，常去的地方就是巫水的下游沅水，途经辰溪、泸溪、沅陵、桃花源、常德等，经常跟水手、小贩、菜农、屠夫、厨师、巫医、石匠、篾匠、妓女这类人打交道，心里刻印较深。在水上漂泊几年后，沈从文决定上码头，去读其他没读过的书，写熟悉的故事。在北京停留多年，他日夜想念这条河流，又坐着船回到家乡。他走走停停，不时上岸，写了很多散文和书信，后来结集出版《湘行散记》。现在的年轻人都喜欢读他水上的文字，干净通透，柔情似水。

水充满了的智慧，让人一往情深。丁玲二十七岁写出转型小说《水》，晚年念叨，要是有可能，再回到那爿水边去；黄永玉说，最爱的是文章，近年写了一部回忆少年生活的长篇小说《无愁河上的汉子》……他们脚步宽广，饱经沧桑，但最不忘的还是在熟悉的码头边尽情游弋，荡起千种浪花！

河流与文化总是缠绵悱恻。水流得缓，船行得慢，一个人就有远思、有乡愁、有惆怅，愁肠百结，发酵于心，得用文字传输出来。李商隐在长江边写下“君问归期未有期，巴山夜雨涨秋池。何当共剪西窗烛，却话巴山夜雨时”。羁旅难眠，却心有寄望，情满巴山。这样的文字，是孤旅清唱，天籁心音，不含杂质，成为佳品。从河流想到，人不能走得太快，速度快了，没有眷顾，没有沉吟，心灵无以抵达。河流缓慢，流水潺潺，却有诗意！

我想着漫长的巫水上，那一座座泛光的青石码头，它们承载了无数青衿长纱的沉重步履，却使多少文心停止漂泊，上了江岸。码头是游历者的方向，有了码头就有了根系，有了树干树枝，还有绿叶和果实。码头成了一个“宗”，一个人毕生的颠簸，其实都在寻找一处码头。这已渗入日常，就是寻访一位行家名望，人们都要称为拜码头呢！

俯瞰巫水依山而去，我想起先前的隐字联，觉得不必去苦想了，这本是出自李白的诗句“宅近青山同谢朓，门垂碧柳似陶潜”，旨深意远，浑然天成。但如何进入诗境，我觉得还是去意会山下的巫水，巫水抵达了唐朝，旷远又悠然，身旁还有青山碧柳。

（《文汇报》2017 年 8 月 4 日）

北风一夜满南山

上南山的时候，已是深秋了，北风萧萧，气温急降。

陪同我们的友人说，山上会更冷，今晚的气温只有五度，得做好加衣保暖的准备。于是，在经停城步县城的时候，大家都跑到商店去选购秋衣绒裤，谁也不敢跟老天爷开玩笑。

南山以前去过两次，因为公差，这次是参加省作协组织的采风，要在南山住宿一夜。为什么把作家体验生活叫采风，而不叫观光察情。这说法有点意思。结果，真是采风，南山的风最先接洽了我们。

南山处在湘西南城步县城西南八十公里的地方，海拔一千九百多米，是湘西南的高地。因为南山有种高度，就不能轻易地靠近，得付出气力。现在，南山公路改造一新，黑黑的柏油路面，锃亮的钢护栏设施，但是急弯很多，陡坡一上一下，车上几个人很快就受不了了，不停询问还有多远。我只得一次次安慰她们，快了快了，五六分钟吧！

关键时刻，车出了毛病，发动不起来。大家下车帮助想办法，可是夜雾迷蒙，山风呼啸，哆哆嗦嗦的，又被风吹回到车上。司机无奈冒险在坡上倒车，竟发动着了，十五分钟后安全到达南山小镇。

车开进旅社，已经晚上七点了，门口的草地上却站着几头奶牛。我感到十分奇怪，主人怎不把牛牵回去，这么大的风啊，牛不怕冷吗？或者是有意的安排，让外地客人感受一下南山牧场的气氛？

吃了晚饭，我和陶兄结伴到外面散步。小镇其实是一个寨子，一条公路从中间穿过，两百多米长，路面很黑，标线较白，两边是商铺，挂着明亮的招牌。商铺以销售牛奶为众，有的店家开通了快递业务，送达全国各地。想不到，一个偏远的高原小镇，用一瓶牛奶跟远方搭起了桥梁。以前来的时候街上没有这么靓丽，这几年发展起来了，全是牛奶的推力。

风大天冷，街上没有几个行人，偶尔开过一辆汽车，十分静谧。街道不长，不一会就走完了，我们还不想回去，又折到一条小路上。路边就是草场，一溜长长的栅栏伸向前方，没有看到奶牛，但是闻到了牛粪尿液的浓烈气味。从小听老人说，牲口的屎尿浓臭，说明它很肥壮。

再往前走，看到同行的诗人朋友架着三脚架拍夜景，他们说一起合个影。我们站到镜头前，把草场、栅栏和奶牛的气味一起拍了进去。路过一辆废弃的皮卡汽车时，摄影大师要我钻进驾驶室摸着方向盘、伸出头来，让其他几个人站到车厢上，折腾数回，鼻涕都流出来了，他说拍到了一张酷毙了的西部牛仔照！我和陶兄觉得很冷，先回到旅馆，洗了一下，早早睡下。窗外北风嚎啕，似有铁马冰河入得梦境。

第二天早上起来，却是阳光高照，地上白花花的。旅馆的人说，好久没有这样的天气了。真是幸运。我四周走了走，发现旅馆的坡下就是草场，三三两两、黑黑白白的奶牛撒落其间，才明白昨晚旅馆门口的奶牛并非有意安排。我走到坡下，已有几个友人在奶牛前面拍照，奶牛们配合得好，拍出了一张张漂亮的照片，它们应该知悉我们的来意！早起的牧民有的在照料奶牛，有的在菜地劳作，有的在路上走着，我们的欢腾没影响到他们，只管忙着自己的活计，一片自然安宁。远处是绵延的群山，山腰上也有奶牛，太阳照射过去，像一团团飘在山间的云朵。

我们几个都有疑惑，奶牛晚上怎么不回家？当地友人说，奶牛除了奶胀了自己回家接受挤奶，其他时间是不回去的。一同前来的王跃文先生说，奶孩子的女人也是这样，孩子大了不愿吸，就胀得难受，小时候自己常被乡里的女人追着帮助吸奶。大家连忙问被追上没有，他说没有，却没人相信，引发一片笑声。

早饭后，我们就赶往南山牧场的最高处紫阳峰参观合影，上午还要奔到长安营乡去。南山牧场西与怀化通道、南与广西龙胜接壤，占地二十三万亩，呈南北块状，习称八十里南山，又被誉为南方草原。山上没有乔木，圆韵磊落，雄浑磅礴，像极了一只只隆起的乳房。我把观感悄悄说给一个女文友，她没有回答，包着嘴笑，眼睛睁得很大。听说，南山里面有四十八条溪流，水流下去，清澈可饮，味道甜津，却不知饮下的是乳汁呢！

登上峰顶，秋高气爽，极目群山，心旷神怡。脚下草色青绿，充满了顽强的生命力。我问城步诗人李卫平，山上这么大的风，四季气温低，怎能长出茂盛的草呢？他笑着说，正是南山的风吹绿了草场，你仔细看，地上有两种不同的草，一种是矮小的本地草，牛吃了只长肉不下奶；一种是从国外进口、用飞机播种的豆科类三叶草，风带来湿气，越吹越粗壮，牛吃了下奶快。

原来是风催生了草场，草场成就了南山的繁盛。草场是美丽的，那么多的游人远道而来，给这片高山增添了活力。我想，他们都来南山看风景，是否明白这正是由风催生的景！风主宰了一切，许多事物，还没呈现面貌，往往先有了风。把握风，便是把握了机缘和命运。

只能是这样，大地上的景色，与生命融为一体，互为依存，才能称得上是美丽的风景。

看，我们的来到就叫采风！

（《湘声报》2017 年 12 月 16 日）

炊烟又起

一

进入秋天，农野上一片金黄，收割后的稻草堆放在田边，一副功成身退的样子。而在湘西南山区，仍是一片葱茏，花草葳蕤，鸟儿欢叫，难以分清这是春天，还是秋天。

好儿年了，每当这个季节，我都要来这儿一趟，融入青山绿水，身心无比惬意。这一次，我们是来验收城步苗族自治县今年修筑的乡村公路，县里的公路通老肖带路前往。

上午十一点多了，距离我们要去的村寨还有五十多公里，山区路弯坡陡，想快都快不起来，前方不时还有爬坡的大货车，车上装满往外运输的货物。车行到一个山腰上，忽然停了下来，前面还停了几辆车。下去一看，原来是山上面在溜树，把砍倒的杉木一根根放下来，一伙人慢腾腾地把树装上车，占住了大半边公路，一时半会过不去。

坐了三个小时的车，正好休息一下，抽支烟吧。老肖前去交涉，声音很大——怎这样搞啊，把路堵得死死的，不让开点，等会儿自己也出不去。接着传来一个洪亮的声音——哎呀，老肖来了，今天刚开始放树，你等下，马上挪，你们注意安全啊！老肖跟他们认识，说完话，他上前帮着一起装车，四个人抬一根，要费很大力气。不一会，他们的车发动了，前后折腾几次，车轮几乎掉到了路沟，才挪出了可让小轿车通过的一线地。

他们打着手势，让我们的车慢慢前行，通过后又把我们拦下，让我紧张了起来。一个汉子把老肖叫下车说，肖局长，都快中午了，吃了饭再走。老肖说，下次吧，还要赶路。汉子不高兴地说，上次你也是这么说的，不知你什么时候能去我们村里，大家都等着呢，今天车上还有市里的客人，到了家门口不吃饭不像话。老肖过来跟我商量。原来老肖去年跑了很多路，帮助附近的这个村硬化了两条村道，出行方便多了，今天见他路过，一定要留下吃饭。这是好事啊，现在干部下乡难得有人主动待饭，这份热情，是要珍视呢！我说，可以吃饭，简单点，我们付费，四十元一个人吧。汉子说，付什么费，吃饭就是。然后一挥手说，走。自己跨上摩托车，跑前面了。

我对老肖笑着说，你可以啊，在这儿都能混到饭了，我们可不行呢！老肖说，经常来，交往几次就熟了，山里人厚道，只要来，他们都高兴，说明我们没忘记他们，要是尽心尽力给他们办点事，他们会记情一辈子，每次路过都要留饭。

不一会，到了山寨一座木架楼房前，女主人杀了一只鸡，正在烫水拔毛。原来汉子已经打电话回来了。盆里还有鸭蛋、南瓜藤、红薯叶，还捞出了一碗酸菜。这都是久违的好菜，我连连嘱咐女主人不要搞多了。他们家烧柴火，汉子添了几根劈柴，浓烟穿过黑瓦上的烟囱，一团团地冒了出来，风吹散开，弥漫着木柴燃烧的香气。

此情此景，刹那间让时光倒流，我一下回到了久远的乡村画卷里。

二

吃饭后，我们坚持要交钱，主人怎么都不肯收。老肖跟汉子竟是微信好友，他发了一个红包过去，说，你不接我天天发。汉子不好意思地笑了，连说这不好，不好的。

我们上车继续赶路，大家都说柴火饭好吃，烟熏了的更香。老肖说，你们要常来啊，山里人很热情的。我知道，老肖快退休了，在山路上跑了几十年，前面三十年他负责养路，最近五六年，他负责农村公路建设，跟村里人混得很熟。我每次来城步，多是老肖陪着，一路上他的手机响个不停，是那种便宜的手机，铃音大，话音也大，旁边人都听得清楚——肖局长，我们村的路开工了，你来指导一下啊；老肖，开工不久又停下了，资金不够，能想点办法么；姓肖的，再不给我们村增加指标，我们要来交通局上访了，你要管饭，你要报销车费……这些声音、这种口气，我听得太多了，几乎每次到县里都会听到。老肖他们，直接跟村民打交道，很不容易，什么话都要听得进，情怀胸怀，一个都不能少。

我知道，老肖这段时间心里憋屈呢。前不久，上级为关心这些老交通，拨给县里一个高速公路收费员名额，女儿报了名，但体检时身高差了半厘米，协调几次，硬是未被录用。女儿不高兴，怨他没本事，说别人家的孩子早安排了。可是老肖脸上看不到什么，仍然爽朗，笑得灿烂。

我也想不到，自己摸了多年枪杆子和笔杆子，最后跟老肖他们搞到了一起，负责起全市的农村公路建设来。我经常两脚泥巴、一身臭汗、黑不溜秋的，却零距离地接近了农村和农民，聆听和触摸到了一颗颗淳朴又热忱的心。

我到任时压力很大，因为经过前几年的努力，全市建制村通水泥路的目标实现三分之二了，剩下的全是老少边穷地区。我去乡下，听到两种截然不同的声音：经济落后的村，规划了的村道因自筹不到位难以修建，群众又迫切希望把世世代代都没有完成的愿望给实现了；公路条件得到改善的乡镇，运输市场活跃了，在广东、江浙一带打工的村民相继返乡，在家门口经营就业，过去萧条、人烟稀少的乡村渐渐有了人气，他们尝到甜头后越发要求多修公路。

怎不是呢，人们的美好追求，是要通过一种路途才能实现的。老百姓说得更形象，谋幸福就是找出路。

几年里，我的办公桌上放满了村民摁着红指印的请求报告，那跟鲜血一样的颜色。我觉得，路通先要心通，有些话要跟群众说透，激发蕴藏在他们心里的热情和力量。

有一次，洞口县的一个村子为修路争得快要打架了，我觉得吵架也是一种热情，总比事不关己、高高挂起要好。原来，一些村民对“上级补，中间帮，自己筹”的政策了解不全，以为修路都是上面的责任，跟村民没有关系。我们耐心讲解，拿出红头文件来看，还带着他们到其他乡镇去现场观摩，请人介绍如何组织推动。这样，他们信服了，觉得责无旁贷，心里痒痒的，干劲一下到位了。不但如此，为了节约资金，村民还自己组织劳力，挖山填沟，砸土石方，把路基拓平，施工队集中精力搞水泥路面，硬是愚公移山一般，改变了不通公路的历史。

第二年快要过年时，村长带人赶了百来公里路程，给我送来一袋花生、一块腊肉，说是来报喜。我把珍贵的礼物收下，中午请他们吃了便饭。他们扳着手指给我算，说村里具有种植延季蔬菜的优势，过去由于交通不便，一直未形成规模，通村公路建成后，全村扩大生产，人均年增收千余元……

每次听到这样的话语，心里总是一片甘甜，我们的汗水落地有声呢！

这几年，我和上千同事无数次穿行在田野深山、城镇山乡，从主干道到支途阡陌，节节掘进，身后的公路延伸交错，四通八达。像主动脉舒展的毛细血管，输送和吸纳着新鲜的气血及养分，提供了持续前行的动力。

一个地方的气场，就跟一个人一样，脉络畅通，吞吐自如，总会活力四射，热气扑面而来……

老肖说，前面就要经过杨柳苗寨了，路通了后，寨子气象一新，去看看吧。我兴奋地说，当然要看看。

三

平时到一个地方，我喜欢踩在白得发亮的新建路面上，缓步朝前走去。我还喜欢点一根烟，背着手，短短几分钟，成就感、自豪感，溢满了全身，步子变得格外轻快。

车很快到了苗寨前。我记得清楚，这个村以前来过，有很多吊脚楼，现在不同的是，很多楼前挂着一排红灯笼，上面标着一个“茶”字。老肖说，我们一起在这里开过会，路通后，村民搞起油茶休闲、农家饭忆苦思甜，城里人一到周末就往这里跑，村里摆满了小轿车。

下车走了一会，一家油茶楼老板迎了过来，“肖局长，今天陪着客人来了，坐下喝碗油茶吧！”老肖说：“好，生意好吗？”老板回答，要感谢你们呢，把路硬化了，村容村貌、民风习惯都变化了，我们这些休闲小店还不错，比外出打工要强。

我很惊喜，变化这么快，脑子里不断回忆起那次参加会议的情景。那天，也是和老肖出来看路，这个村子的人给他打电话，说会上吵起来了，要他尽快去一趟。我和老肖一起去的，原来村民开了很多次会议，意见不统一。我们到了后，进行了详细解释，一些原来不支持的户主都改变了主意。深入交谈了解到，他们是对村里不信任，怕村干部跟包工头勾结一起，觉得我们是代表上级来的，相信会监督到底，表示要利用这个机会，一定把路修通。

不一会，油茶端上来了。老板对我说，慢一点，轻轻摇晃，喝油茶就是歇息，现在条件好了，不赶工夫了，城里人叫过慢生活。哦，原来是这样，我试着又来了一碗，竟比前一碗干净多了。富裕的生活是要慢慢品味的，要用心感受和对比，心里才会发觉那个甜美来。

村里陆陆续续来了不少人，一起喝着油茶。他们谈到，通了路劳作方式都发生了变化。先说近的，村民可以开着三轮摩托车干活，进出买卖，方便高效，连养种猪的老伍都用上摩托车上门配种，几乎一天一次，过去用绳子牵着猪，几天才出去一次，收入就高了好几倍。再说远的，我们这里有八十里南山，公路改造后，南山牧场乳业发展壮大了。

“乡村公路修到哪里，产业结构就调整到哪里……”

我听得入神，竟忘记了端油茶碗……

四

喝了油茶，我们继续赶路。看到了公路改善带来的新变化，大家都很兴奋，觉得这种新气象来得很快，又实不容易。

我履职农村公路建设组织协调七年了，全市农村公路总里程达到二万一千多公里，所有的建制村实现了“通畅”目标，即最少有一条水泥路通村中心或学校。眼下，又开始实施村道扩宽和通组公路工程。

路是通往彼岸的桥梁。给人一条路就是给了一个新世界。

我庆幸，我参与和见证了这场筚路蓝缕、彻底改变农村交通条件、谋求幸福大道的轰轰烈烈、义无反顾的战斗……

天上下了小雨，公路上更加明净，车子不久到了验收目的地。这个村叫大桥头村，新修的村道长达十一公里，全村仅四百余人，人均筹资上千元，资金缺口达二百多万元。县市两级协调多个部门及乡镇一事一议，共同扶持。老肖带人在村里吃住盯守一个多月，赶在秋雨来临前将路面全部硬化完毕。村民们站在公路两边，冒雨迎接我们。我赶紧下车，他们都不说话，拉着手好久都没松开。这时，不远处的公路上燃放起鞭炮，孩子们欢声笑语。我们将公路大致看了看，觉得可以免检了，我相信老肖，相信村民，这是用心血铺筑的公路，无比坚实，无比干净。

就在离开村子的时候，我接到了单位领导打来的电话，他说上午组织研究了，让我去另一个岗位，验收完了就回去履新。我的脑海嗡地一下，不知为什么，眼睛一下湿润了。我激动呢，这七年修路的辛酸苦辣太多了，我的情感还来不及释放，竟在卸任的这一天，有老百姓放鞭炮。当然这鞭炮是放给大家的，我沾到了光……后来，我在一篇散文中谈到这段修路经历时写道：我放下笔杆子拿起锄头把子，在山乡给乡亲们修筑公路，日复日年复年，似乎只有蜿蜒弯曲、绵延无尽的小路，才能承载和释放我内心的缠绵与磅礴。

山区的这些小路，是我付诸了无限感情的、抵达远方的心路……

回去的路上，已近黄昏，窗外的风景清新无比，但最亮眼、最润心的，还是前方村寨升起的一缕缕炊烟。

同事小龚说，农村的幸福都在炊烟里，前几年乡村炊烟没这么多，很多在外面奔波的农民，现在能够安心在家做饭吃了，这应是农村最大的变化、最美的风景。人间烟火最多情，我们不能过这种炊烟生活，帮别人过上也是莫大的快乐和幸福……

车一路前行，田野草木快速划过车窗，后视镜里，不时看到青白的炊烟萦绕在村子的上空。

（《湖南文学》2019 年 9 期）

我们的高沙

我四十多岁了，喜欢逛高沙镇，兴致盎然的。我住在外面的一座城市，每次回到乡下，总忘不了和乡邻们到镇上逛一趟，仿佛又回到了少年的时光里，闻到了令人心旷神怡的气味。

高沙镇离我们村有十六里路，乡里的产品都要拿到镇上去交易。去高沙有水陆二路，水路多是竹排，从上游绥宁县下来的，排上堆满山货，从我们村里的蓼水河经过，一天行个不停，常常惊讶高沙那地方怎销得了这么多东西！放排佬卖了货走路返回，有时借宿在我们村，带来了消息，鸡鸭粮油涨价了，煤油花布降价了。夜里，很多人家就不安然了，喂鸡喂鸭喂猪，把禽兽们撑得半死。第二天赶早上镇里，女人们边走边抠鸡屁眼，有时还能抠出一个好好的蛋来，多卖了三角钱。下午，好多伢子妹子就穿着新衣服飞来飞去了。

从小起，我就跟着父母去高沙。过了太平桥，沿街而下就是闹市了。过去还有一溜吊脚楼，街道两边都是木屋商铺，柜台高高的，货物琳琅满目，最有诱惑的是柜台上一缸缸的糖果，尤其是跟红辣椒一样的糖，让我流尽了口水。父母卖了整担的东西，就给我们买布料、凉鞋和家里最需要的东西，想要点钱买其他东西却很难，哭半天最多会拿出一角钱买上九个糖，还要和弟弟妹妹分。

后来我想自己去高沙，可是没有钱。母亲要我自己想办法，我就去收集鸡毛鸭毛、胗子皮皮、团鱼板板、桃树浆浆、桃子仁仁。这些东西都能卖钱呢！我把弟妹收集的合到一起，邀上几个伙伴上高沙去。那时通了班车，为了节约，我们都走路去。一路弯弯曲曲，过田越村，不管走到哪个方向，路边都有箭碑指路，“上走花园，下走高沙”“左走高沙市，右走六家铺”“西中上十里，高沙下八里”，箭碑是指“箭来碑挡，弓开弦断”，通过指路行善祈愿孩子平安成长，但指来指去都是走高沙，可见十里八乡去高沙的人不少呢！

到了镇上，我们找到那家收购店铺，踮着脚把东西递上去。老板检查后，一样一样过秤，然后拨拉着算盘，告诉我们共多少钱，一般是两、三块，我们十分满意。镇上有粉面、饺子、水果，我们从来都舍不得吃，最多吃一碗凉粉、一个冰棒，然后奔向了新华书店，买几本连环画或适合自己读的故事书，然后一路高声笑语走回去，也不觉得饿。

稍大一些，家里买了自行车，我就驮着松果、红薯、桃子去镇上卖，站上一会就易手了，拿上钱去买自己想买的东西。我堂哥和雪花暑假卖起了冰棒，要挣下学期的学费，每天骑单车到镇上进一趟货，挣到的两、三块钱晚上要蘸着口水数上十几遍，好像会多出几张一样。

我几乎每周都去高沙，除了买书买报纸，还常去看电影、看录像，逢年过节还要去看踩高跷、舞狮子、耍龙灯、划龙舟、唱阳戏。那个开心，叫人忘记人间尘世。我的青少年时期，高沙镇满足了我的精神需求，这是一个新文化的世界。我的兴趣趋向跟高沙关系密切，高沙培养了我一种望远的眼光。

从那时起，我就觉得高沙镇是个宽大的台子，你有多少力气、多少果实，尽管拿出来摆一摆、亮一亮，只要是心诚货实，没有哪样东西不能得到人家的青睐，几乎没有人把挑来的东西又挑回去。我们村里有一些闲人，不愿下苦干活，还老往镇上跑，但又好面子，不能空着手去，他们随便拿几个鸡蛋、几斤豆子、几只青蛙，或随手到别人地里摸一个南瓜，有的实在没什么拿的就把换下不用的破门窗背去，竟还被人买去了。在高沙镇，什么都抵钱，只要你舍得力气。

“洞口黄桥石江路，逢人便说走高沙”。

这是清末秀才的诗句。高沙是个镇，但人们习惯喊作高阿市，因为百年以来高沙具有繁华的市象。高沙处在洞口、武冈、隆回三县的边地，地势平缓，河流交错，道路便捷。方圆二十来个乡的人不大喜欢上各自的县城，商贸交易都往高沙走，主要是货物齐全，买卖方便。一九八〇年代初，高沙就有二十多家国营工厂，上千个私人作坊，农贸交易市场由一个增加到四个，还有无数的地摊和小巷。

高沙这两年通了高速公路，过去只有一条省道经过，相邻的石江镇、黄桥镇、花古镇等，国道、高速早已通达，但经济活力远不如高沙。

我觉得高沙镇是个有力量、有温情的地方，能吞吐、可包容、有气度，形成了不凡的气场。气场最能吸引和激发人心。一个镇子，气味合，路子通，街上就有繁华的市象。市象后面又是一种世相，街上好像都是一种人，看不到身份的差异。我们村的人说，走高沙无绝路，农民的想头都在镇上呢！人们对高沙充满了希望，或者说高沙代表了人们的一种寄托。

我们兄妹三个，读书的钱多是从镇上换来的，上街卖得最多的是猪仔仔。猪仔的价格比猪肉高，出栏快，十几斤就可卖了，重了反而卖不起价，工厂用做乳猪罐头的。父亲经常担着猪笼去镇上，每次都卖了高价钱，母亲横下心，又多养了一头母猪。要说我们农村孩子读书出去了，高沙镇是功不可没的，其他地方卖不到这样的好价钱。高沙镇从不亏待农家，就是读书，大家都把子弟往高沙的洞口三中送，这里考大学概率高。据说，学生到云峰塔下许个愿，祖师桥上拜两拜，定能如愿以偿，渐渐成了一块灵地。

高沙镇最大的特点，就是能够顺利地实现一个目的，你的力气能够生发价值，每个人都能找到自己的位置，哪怕你再渺小，再卑微，就是个乞丐，也能讨到需要的吃食，没人拿棍子驱赶。

我听父亲说，很多年前爷爷摔断了腿，要钱治病，他和奶奶将一头定购猪抬着送往收购站，猪不争气，一路屎尿，过秤时差了四斤，讲好话也没用，只能抬回去。走出去一段了，有个收购员追了上来，说这么远的路，人太累了，干脆就按收购价卖给他私人，他喂几天再卖。父亲和奶奶连连感激，街上还有这样的好心人。后来上街卖农产品，父亲都洗得干干净净，说不能亏待镇上的人。

这么多年，高沙的外貌变化很大，唯一不变的是内在，镇里和乡里共同呵护了一种平等往来的淳朴风气，没有外面城市的戾气和冷漠。镇上哪个角落都有一种温度。

那一年发洪水，高沙上下十多个乡镇受灾，农民们收获减了一半，送到镇里的定购稻谷良莠混杂，重新筛选后，差一点的不能收购，农民们的收入就少了很多，灾年的日子难过了。他们分头联系几家酒厂，做工作让酒厂收购了剩下的粮食，帮助很多农民解决了难关。镇里的人来乡里买河沙砖瓦，钱不够时能赊账，根本不需看身份证户口簿，说出家里的门牌号就行。

不久，我离开了家乡，高沙成为了我的记忆。

不仅是我，从那时起，很多人离开了家乡，去了广东、浙江等发达地区，外面的条件和机会比高沙好很多，致富快得多。高沙只是一个镇，土里土气，当然留不下那些雄心壮志的后生家。高沙还是雍容大度，不为大批的年轻人外流显得元气不振，街上仍然熙熙攘攘。

多年来，高沙从未衰落过，什么金融危机都影响不到，自有抗拒风险的内力。高沙自有聚气防护之法。不仅如此，高沙能够吸纳外面的新鲜经验，前年修通了到桂林的高速公路，广东、广西过来了很多的人，留下不少的资本，让高沙逐渐变得大气起来。

每到春节，在外地闯荡的队伍回来了，不放过任何显摆的机会。他们开着豪车，在高沙的大街小巷上一圈圈地狂奔，街上没有红绿灯，放肆地过足了飙车瘾，找到了一种优越感和成功感。酒桌上，各种豪言壮语都喷出来了，无比的畅快。其实，他们心里是空虚的，在外面的世界什么都算不上，只有回到高沙，在那种旧气味里，找到了自我，老子天下第一！高沙镇不为所动，一切都默默地接受了，任你怎么胡闹和折腾，都是回来撒娇的孩子。酒醒后，他们都清楚，在这里才有位置和尊严，决定要在高沙投资修房建商铺，建立自己的根据地。

我堂哥在东莞奔波多年，也小有成就，他卖了村里的老屋，在镇上修了一座三层的楼房。他一家在那边做事，很少回来的，他说在镇上有落脚点感觉踏实，不然一身都是轻飘飘的。他们中很少有人到县城买房修房，县城的环境更好一些。我就此问过堂哥，他说，县城是他们的，高沙是我们的，活也好死也好，我们要待在自己的地方。

我在外面漂泊多年，没干成大事，也没挣到钱，更要紧的是在忙忙碌碌的奔波中，我失去了自己的影子。这个城市有没有我都不重要，我在这里没有存在感。找不到自我的城市，那楼盘再高，霓虹灯再亮，绿化带再漂亮，又与你何干？你只不过是一个匆匆过客。

我想念着高沙，越是走得远，越是觉得高沙好。后来我从外省调回来，现在谋职的城市离高沙只有百来公里，身子寂寞或无所事事的时候，我容易想起高沙，有时突然决定坐车回去。

我一个人到喧嚣的街上浪荡一阵，尽管尘土飞扬，充塞汽油味，甚至还有牛屎猪粪味。走累了，就到马路边上吃一碗五块钱的面，抹抹嘴巴和乡邻们挤上回家的拖拉机。我戴着一顶草帽，含混的气味包裹着我的身子，谁也不知道我是谁。

（《湖南文学》2017 年 12 期）

资水横城去

资水从西边奔涌而来，夹杂着上游几个县份的气息，来到市区就缓慢了，邵水又从南边汇入，水道变得开阔起来。资水美丽多情，但也是绕城而去。站在人口稠密的南岸北望，对岸很久都是一片寂寥的低洼，人们称之为江北，行政上曾经叫作郊区政府，似与城市不相干。所以，资水经过邵阳是比较寂寞的，没有夹岸花事，没有摇曳风情。而在逶迤而去的下游，她还千里莺歌，风姿绰约。

一段时间起，大家沉默了，聚焦着江北的区域。数年时间，旧貌变新颜，过去资水上只有一座桥通达江北，如今一口气增加到六座。北岸新楼林立，市象繁华，资水也能算体面地穿城而过了！

十年前，资水穿城而过的时候，我回到了邵阳，之前在一座省会城市打拼了十五年。我的归来，虽然带着故土情结，但心里也有些许顾虑。我在邵阳能干什么？我心里还有远方！

白天工作满实，每天晚饭过后，我一个人来到资水南岸的河堤上散步。开发的河堤不太长，有时走上两、三个来回，身心舒坦很多。渐渐地成了习惯，每天都要来走一会，下雨天也不停，打着伞慢行。

我缓慢的步伐里不乏内心的彷徨，有时也觉得脚下这片土地有点僻静了，地不利，气不足。有一次，我到城步县的苗乡公差，看到木屋前坐着一对老人晒太阳。陪同的人介绍，这户人家培育子女有方，三个孩子都在上海工作，享誉一方。我问老人，怎不到上海去跟子女享福呢？老汉回答说，上海好是好，就是太偏远了，哪有我们这里方便。想不到，老人是以自己的生活地为中心的。

生活地就是中心。这是一种自信。是啊，自己的地方，只有付诸自己的爱才能热起来。一个人的理想离不开环境气候，也只有将自我追求与生活大地的繁荣相融合，才能尽显生命的活力与格局！

我把我的感受说给家乡一些人听，他们却不以为然，说再怎么折腾，邵阳一年的 GDP 不如东莞一个镇。说完这话，他们一个个远走了。下一次碰面，又这么重复一次。我曾向村里的一个“大广播”发了脾气：你说东莞那么好，你还回来干什么。他说，这是我家乡啊，米酒、腊肉、猪血丸子好吃啊，我当然得回来。我说，都跟你们一样跑出去了，谁来搞建设，东莞人怎不见往我们这里跑呢，别得了便宜还卖乖。怎不是，一个轻视胞衣之地、不为故土出力的人，何有情感谈家乡？！

邵阳重视文化教育，培养了很多的人才，最后都去了外地，甚至很多的父母都教导孩子不要回来，邵阳太差了，成不了事。

听到这些话，我心里难以平静，只有走到资水边上，才能找回自己。不必担心的，雪山从不会为雪水的流去而发生贫雪，资水也不会为几个水分子飘去而发生断流。

资水由无数条溪流汇聚而成，蜿蜒弯曲，绵延千里，最后到达了汪洋大海。大海，是每一个人追逐的地方，任何一线流水都可以通达，只不过是道路更曲折、付出的力气要更大。

因为工作关系，我和四万多名同事无数次穿行在城镇山乡，从主干道到支途阡陌，节节掘进，延伸交错，四通八达。我感觉像是从主动脉到毛细血管的循环交替，输送和吸纳着新鲜的气血及养分，保持了持续前行的动力。一个人、一个地方怎不是这样，脉络畅通，能够吞吐，总有热气扑面而来。

这十年里，河滨道路修得越来越美，花草绿荫，长椅短凳，灯光虹影，雕塑石刻，不仅体现了一个城市的发展实力，同时也传承了城市的历史文化。在河滨道路上行走，好像时空置换，一会在现代，一会在过去，让人生发出很多感慨，那些耿怀在心的东西，也慢慢舒展了。甚至，一些外地朋友来到邵阳，他们认为外面城市拥有的邵阳都有了，但是邵阳安静，沉潜平实，更能成事……

写作是我寻找远方的另一途径，在开通写作公众号时，就用了“资水通海”这个名字，我想我生命无法到达的地方，资水可以抵达！

多少年后，人去物非，惟资水浩荡不息，她见证了岸上发生的所有故事。河流是智慧的，俯身问水，总能找到承前启后的路来。

我喜欢挨着水边走，水道低于河堤，我与水更近了。这个时候，我有了一种全新的感觉，资水是横在我面前的，首尾绵亘，长天一色，水波层涌，恢宏沉雄。

资水横城而去，她有一种远征的力量，永不停息，奔向远方。

我为我的发现倍感激动。我由衷地对资水投去深情的目光，我相信资水能把我的目光带向远方……

（《湖南日报》2017 年 12 月 12 日）

边城之门

我要说的边城，是湘西南的武冈老城。武冈过去为县，现在划市，虽处在湘西南的大山中，但却是湘桂黔的通衢重镇。从长沙西进，经高沙古镇，一路南行，迎对着的是武冈明城墙的北门（明洪武称济川门），但是这里的老百姓习惯称它南门，“到老南门卖苕去”，“南门口的凉粉冰惬的”，这种喊法传袭多时了。

武冈汉称都梁，明代建州，老辈人习惯喊“到州里去”，走几十里山路进趟城，哪怕到南门口卖几颗白菜、买块肥皂扯段布，奢侈点的吃碗米粉，心里也是美滋滋的，其实是见识了南门口的富华气派。我从小就跟着大人进城买卖农物，串门走亲，工作后又常到这里出差，三十多年里，从北门城墙洞口进进出出，怕有上百回了，却没弄清这个由来已久的“北门南说”问题。我问过多人，都说不出个子丑寅卯来。

我以为就我傻傻地记挂着这么桩旧事，因为这样的事弄清了也不是个什么事。后来，偶然知道七十岁的乡下理发匠付师傅，对此见解新鲜。准确说，是他考我。那天回家，碰巧遇上他，我说等下要到南门口去，他就问我这个反向问题。我说不知道，向他问原委。他神秘地说：北门过去是朝廷杀人的地方，打过很多仗，好多人死在城墙脚下，血流到大街上，人们不敢走到那里去，说到北门就害怕，有人改叫南门。老辈人还有几句歌子：进城去卖菜，哪里菜好卖，串街走码头，莫走南门口。解放后，政府修建人民医院，有人提出放到北门对面，医院救死扶伤，能够镇邪！

听完解说，我不禁对付师傅认真端详起来，虽没考证，我还是掏出半盒香烟示谢。我把这事说与同行的乡友彭君，他是市里的党史研究员，对此记忆犹新，竟也说出几句顺口溜来：走走走，走到南门口，碰着一只狗，咬了我一口。他说过去这里荒凉肃杀，狗吃人尸。

夜里回家，我急切地翻阅武冈市志查证。打开这本十六开的市志，低头读去，目光变得凝滞，手腕沉重得翻不开下一个页码！武冈自西汉建县，数为王孙封地，历代筑城建市，守防重重。此地风调雨顺，物产丰富，市象繁华，渐渐成为兵戎热土。几乎每次争端，都有一次守城和攻城的拉锯战。北门连接通往府衙省署的官道，抵挡来势汹汹的纷争，总是从这里拉开序幕——

仅明朝以来，苗民起义就发生十余次，洪武二十四年，义军四千余人被害于城郊；清顺治四年，南明桂王朱由榔迁武冈，与清军一战十年，总督洪承畴后派重兵大肆杀戮，百里人稀，终将南明平定。后来，石达开又围城半年，桂系军阀沈鸿英率七千人进攻七昼夜……1930 年 12 月，红七军在军长张云逸、前委书记邓小平的率领下，包围武冈国民党守军，连续战斗七昼夜；1945 年 4 月，日军两千余人窜至武冈城下，国民党五十八师的一个连出城迎敌，全连阵亡，日军围城数日，狂轰滥炸，国军主力部队迂回血拼，终将日军围歼；1949 年 10 月，解放军到达武冈，国民党守军负隅顽抗，喊话无效后，激战一天，破城入内，两百多人壮烈牺牲。这一仗后，武冈北门结束了千百年兵燹屠戮的历史。

此种幸遇，老百姓感受犹深，我家数代就不敢忘怀。我父亲的外公是武冈解放前最后一任城关镇长，我祖父在旧政府里任过教育督办，改旗易帜，以为在劫难逃，但新政府没有找过他们的麻烦，而其他很多同僚，完全不是这种命运！于是，幸运地有了我父亲、有了我。这也许是我南门情结的底因。这是战场旧事。

这里还是刑场。过去那些死囚，都在北门外行刑问斩，强盗、匪寇、败将、忠臣、文人、激进分子，刀起头落，肝脑涂地，鹰犬争食，惊心触目。辛亥前后，很多革命志士在这里命归黄泉。1938 年，黄埔军校第二分校迁至武冈，存有一座中山堂，这里又成为革命和反革命的较量之地，很多进步人士被杀害……

一座沧桑的边城小门，不停地变换着战场和刑场的面孔，近代以来的民族屈辱和辛酸，几乎都在这座城门下上演过。我在故纸中反复寻找，理出了它苦难重重的几许脉络——武冈原只有内城，明隆庆元年筑建外城，但只扩修了南边大半圈，新的南门前移到今天的赧水岸边（南城墙在“文革”中拆毁），北城还是原内城北半圈，但北城墙毁于南明抗清的战争，原来的内城南墙成为了北城墙，老南门演变为北门，成为了城北的最后防线。这里本来就不平安，政府斩杀逆类又放到了此地，血腥弥漫不散，老百姓不敢从这里走过，或轻松地谈起它。人们怀念过它的过去，向往安宁和繁荣，宁愿叫它的旧名——老南门。

拨开内城外合和南门北易的迷雾，联想那些民间歌谣，我感觉到了一缕传承多年的温情，沉思渐渐散发开来。

我曾在古城西安戍守多年，南边城墙有座含光门，对着的路叫陵园路，因为路的尽头有座烈士陵园。多年来，西安人民觉得叫得太沉重了，经过讨论和表决，他们把这条路更了个名。从1997年起，西安的地图上将它标为含光路，质朴自然，又有向往和寄托。

也是在西安，四方城的西北角有座玉祥门，但过去这里没有门。1926年，军阀混战，河南军阀刘镇华抢占了西安，凭借城坚壕深，与冯玉祥负隅对峙，围城达八月之久，城内冻饿战死四万多人，死了的人就从城墙上扔下去。后来，冯玉祥用大炮炸出西北方向城墙的一个豁口，士兵们从这里打进城，解救了西安人民。为了远离的灾难，西安人在这里修筑一座城门，纪念冯将军带来的玉祥，叫作了玉祥门。

现实也是，人们对一种事物有了刻骨铭心的记忆，往往就不想正面称呼它，宁愿从侧面去寄托情思。就如林海音先生笔下的北京城南，京城的南边是高大的明城墙，威严肃穆的是宣武门，皇帝经常御批“秋后问斩，宣武门外行刑”。城门箭楼下原先立有一座石碑，上刻“后悔迟”三个大字，戊戌六君子就是在这里被砍的头。但人们渐渐发现，这里砍下的脑袋，多是负有名望的正直之士，总替这些人悲哀和惋惜着。慢慢地，人们就不情愿提及宣武门外这几个字，有人给取了个新奇的名字——菜市口。可是这里并不卖菜，但直到现在，大家习惯这样称呼。

中华文化的习惯是为忌所讳，人们不愿那样称谓的事物，常以一个心地美好、寄托良愿的称呼而代之，从而形成一种含蓄的文化品格。

前不久，我看到一篇介绍广州起义黄花岗烈士故址的文章，记述革命党人潘达微不顾安危，收集烈士遗体遗骸七十二具，葬于广州东郊红花岗。他觉得红花艳丽得让人难以承受，就改名为黄花岗，移栽了许多黄菊。这样坦然得多，一直叫了下来。再想到武冈北门南传的旧事，它有三个多世纪了，我心里变得舒畅起来。

（《文汇报》2015 年 11 月 24 日）

明天去浏阳

夜里很晚了，接到单位的电话，明天去浏阳考察苗圃产业，要求做些准备，上网查查品种、面积、产值、技术等。放下电话，我没有急着去了解，心里由突然出现的浏阳一词填满了，浏阳是个什么样子呢！

我未曾去过浏阳，距离邵阳三百公里，但跟多数人一样，因一首歌的情愫，又对浏阳熟悉多时了。浏是清澈的河水，流经山的阳面，山水绕行，像一首动情的歌谣荡漾而去，有人谱成《浏阳河》，歌声传遍了神州大地。歌里唱的浏阳河流到了湘江，但又怎么联系上了毛泽东呢？从汇入口回溯上百里，才能到达他的家乡湘潭，可是浏阳隶属长沙，湘潭是另一个地市。这个事很多艺苑的朋友都没能说清，后来一个从事地方志的老师告诉我，那时浏阳隶属湘潭，同为一乡。这就说通了渊源。

明天去浏阳，我想起另一个伟人来，谭嗣同，他的故居就在浏阳城里。谭嗣同死在1898年“戊戌变法”失败被捕后的第五天、一个高爽的秋日里。就义前，他在狱中留下了《绝命诗》：望门投止思张俭，忍死须臾待杜根。我自横刀向天笑，去留肝胆两昆仑。这首诗照亮了中国的历史，同样辉映着故土浏阳，让更多人知道了大围山里的这块灵地。

人们记住了谭嗣同的诗，一次次传谈他的死，钦敬他死得其所，唤醒了国人。但少有人谈论他死得其时，在今天而不在明天。变法失败后，清廷迅速缉捕参与人士，有人建言谭嗣同去日本避难，他拒绝说："不有行者，无以图将来，不有死者，无以召后起。"入狱后，友人们还想努力一次，通过朝廷和江湖救他出狱，也曾让内线传话，希望他配合。谭嗣同说：一切已想好，唯以一死明吾志。来人指点：出去了，一切可以重来。他叹道：走出牢狱，走不出天下。来人说：出了今夜，不就有了明天。他哈哈笑道：明天的事，让明天的人去完成吧，我只能做到今天！

这个掌故，在谭嗣同的几种传记中均有笔墨，每每触及，无不感叹那谭嗣同笑对生死的释然、豁然，还有生命的浑然。他在最后一刻，道出了生命的真谛：人生只能演绎今天，对待明天不必牵强。

这种感悟，多少人能够会意呢，我想近水楼台、家乡故人，肯定要体会深刻、传承灵动一层。我又想起一个浏阳人，唐才常，他是任何一部中国近代史都无法回避的人物，家乡修建了宽阔的"才常"广场，好像只有这样才能呈现他慷慨赴难的坦荡胸怀。1900 年 8 月，唐才常发动汉口起义，是湖南人最早领导的武装反清运动，后被张之洞打败。他本有生路，却不愿逃命，与二十多名志士被捕，当夜在武昌就义。不贪恋明天，壮烈地死在今天里，他们两人不但同志，而且就义同龄，都在三十三岁死去。

这两个浏阳人想不到，他们在今天成全了自己，却活在了历史中，让生命延续到了明天。

我觉得，倒不是浏阳人向来对生死看得淡薄，而是他们恰到好处地把握了今天与明天。如果了解一下浏阳不远的历史，就会惊讶他们把握今天的智慧和气魄，不谈别的，仅看一串名字——胡耀邦、王震、宋任穷、王首道、杨勇、李贞、彭士量、欧阳予倩、娄师白、彭佩云……这就已知会浏阳的昨天是那么富于传奇，也不会不明白，人类前进的历史为什么总是眷顾这片厚重的土地！

“俱往矣，数风流人物，还看今朝。”

我的思绪渐渐抵近浏阳，一种强烈的感知在心里起伏，我们太在乎明天的精彩了，总为明天设计着、谋虑着，因而轻视了今天。

此刻，我想夜里的浏阳是美丽的。浏阳人今天走的路，成为了别人明天迈步的经验。明天赢在今天里。我觉得，推人前行的莫不是他们天天唱的那首歌，弯过九道弯，也要奔向壮阔的湘江。

（《文汇报》2015 年 11 月 24 日）

丈夫第

无事闲逛到浏阳，住在一家客栈，喝了酒半夜睡不着，书也看不进，又披衣起来喝茶。这是第二次来浏阳了，走马观花，并不熟悉此地，随手拿起一本浏阳行走指南图册来。封面是一座深宅老院，旁边用草书注着“浏阳丈夫第”。第是府邸我懂，“丈夫第”又是何意？翻开书里的册页，才知是谭嗣同的故居！我当然知道他是浏阳人，没想到他还留下一座故居，就在浏阳城里，明早去看看吧，这“丈夫第”有多丈夫！

第二天早饭后，我步行过去，不一会就找到了，坐落在临街的闹市上。府邸黑瓦木架，青砖外墙，没有围栏，大门朝街，往来匆匆，显得与周围的市象格格不入了。想来官宦人家的深宅是空阔幽静、风光秀丽的，不是门楣上挂着“谭嗣同故居”的牌匾，简直不敢相信是他们家的宅院。

故居横向不宽，纵向好几进，庭院幽深，有一种气严实地笼罩着院落，一下变得庄重起来。可是周围并无耀眼惊心的器物，到底是什么气呢？进门前厅是谭嗣同的塑像，眼睛凹入，颧骨前突，面颊瘦小，嘴唇紧闭，透出一种倔犟、一种刚毅，似有不甘。

从介绍上得知，这个宅院是他们祖上修建的，谭嗣同的父亲谭继洵做了湖北巡抚，皇上敕封“大夫第官邸”，这是士大夫家族的无上荣耀。我才明白，昨夜看的介绍文字因为潦草，把“大”当成了“丈”，不禁哑然失笑。

我了解到，明清以来，湖南敕封“大夫第”的地方共有四处，另为郴州永兴县马田镇广西巡抚史朝仪的大夫第、娄底双峰两江总督曾国荃的荷叶大夫第，另还有我们家乡邵阳隆回县罗洪镇的“紫诰荣封”大夫第，但这一座的主人未能考证。看来，获此殊荣极不容易，要功德官位并举呢。

笑过之后，我又低头沉思，原本是谭继洵的封号之第，却挂上了谭嗣同的牌匾，等于政府颁发了产权证，老爹只有居住权、没有所有权，看来儿子是“僭越”了。但是大家都知道谭嗣同，很少有人知道谭继洵是谁。产权好像也顺理成章。谭继洵要是知道，他会不会有意见，谭嗣同在这里住的时间并不长，老爹才生于此、终于此呢！

其实，谭继洵心里早已有了料想。

谭嗣同十三岁时，第一次回到浏阳，为上年去世的母亲扫墓。谭继洵进士出身，长期在北京做官，谭嗣同在北京出生和长大，但他对故乡却有着浓郁的亲近感，好像就是饮着浏阳河水长大的，后来不肯回去了。老父同意他在乡学习，预备考取功名。谭嗣同一生的重要变化正是从这里开始的，他在乡村集市、山林河道看到了不一样的世界和生活，对过去的生活逐渐怀疑起来。谭嗣同结识了城里的唐才常等“不良”少年，一起拜师求学，尤好武术，看到不平事就时不时展露一顿拳脚。后来又跟 “大刀王五”一类人搞到了一起，心事哪还能安定下来。

谭继洵忧心忡忡，不断修书催其归去。第二年，谭嗣同很不情愿地去了在甘肃任职的父亲身边，但他已不适应那种规整优裕的日子了，他向往野性的自由生活。十五岁时又回到了浏阳大夫第，如鱼回到了水中。谭嗣同十九岁结婚，中间去甘肃看过父亲几次， 二十一岁到三十岁多次回乡参加科举考试，屡屡失败，对功名进取失去了信心。父亲给他安排了职位，他没一点兴趣，却喜欢游历，交际有识之士，阔谈时局、痛陈政弊。君子豹变了，谁也无法阻拦。

要说谭嗣同短暂生命的可贵，正是由官宦之家的“大夫”气，毫不妥协地转向了顶天立地的“丈夫”气。这“丈”字的捺笔，就是比规整平稳的“大”字出头一点、歪叽一点。露出这一点，却要很大的力量，气质格局也焕然一新了。

谭嗣同是够“出头”的，三十一岁与师友创办算学社，花费家中大量钱财。三十三岁那年，他参与长沙时务讲堂，把家里的很多珍贵藏书和器物，捐给了讲堂。父亲写信责骂，他说我捐自己的书，跟你无关。谭继洵写信苦劝，叫谭嗣同不要上北京，要么来湖北。就在这一年，谭嗣同义无反顾地进京了。

谭嗣同进京前明白凶多吉少，提前安排了后事，也不想有人去救他了。他代替父亲写了一封断绝信——不听劝告、咎由自取、与我无关、再无逆子。其实是一封救父信，清廷因此没有革其性命，责令去职归乡。谭继洵应该明白儿子的用心，白发送黑发，他忍痛写了一副寻味的挽联：谣风遍万国九洲，无非是骂；昭雪在千秋百世，不得而知。谭继洵还有昭雪之念，应对儿子的丈夫气节是肯定的。

没想到这一走，这座宅院竟然挂到了儿子的名下，虽然老父回乡后一直住在这里。谭继洵想到了有一天儿子会取代他的，他曾安慰儿媳李闰说：媳妇不必悲伤，我儿日后在青史上的地位，不知道比我要高多少倍!

参观中看到，谭嗣同为书房命名“石菊影庐”，菊花石是浏阳的名石，坚硬纯洁，有着菊花状的纹路，常做砚台，他写的一本书就叫《石菊影庐笔识》。他还在书房题过一副门联，上联是“家无儋石”，下联是“气雄万夫”。我犹感凛然之气辐射而来，分明是一种丈夫气。

走出宅院，我又笑了，称“大夫第”为“丈夫第”，又何尝不可？现在周围的 “大夫气”依然萦绕，“丈夫气”却很稀少。人在天地间往来，可是要靠丈夫气支撑。浏阳的这座府邸是值得细细观看、深深领悟的。

（《湖南日报》2019 年 7 月 12 日）

岳阳楼寄

巴陵之胜尽于洞庭，洞庭之胜尽于岳楼。

身为湖南人，还常写散文，四十多岁了，却未去岳阳拜楼师祖一回。人说岳阳楼是中国抒情散文的发祥地，这不能不说是一种遗憾。前几天，忽然遇到一个出差岳阳的机会，心中大喜，这回可以了却心愿了。

为了增强感受，我提前做了一些功课，将《岳阳楼记》翻出认真读了两遍，觉得这篇古文写得新颖，以前竟没读出来。比如，“浩浩荡荡，横无际涯，朝晖夕阴，气象万千”“淫雨霏霏，连月不开，阴风怒号，浊浪排空，日星隐曜，山岳潜形，商旅不行”“春和景明，波澜不惊，上下天光，一碧万顷，沙鸥翔集，锦鳞游泳，岸芷汀兰，郁郁青青。”语言清新，节奏明快，完全是一种标新立异的文风。诚是古代散文从说理明道转向写景抒情的开山之作，现在读来都觉亲近，好似晚清的文白体。文白意近，感受更加真切。我想，到了岳阳楼的那一刻，又是什么样的情景呢？

殷切期待之中，突然被告知行程取消。这如凉水浇火，刺啦一片，四十年的梦，到底是不能实现了！

感情牵动了，思绪停不下，这些天老想着这座楼阁，时不时捧书读一遍，释放一下欲望。读罢，禁不住叹服，怎写得这么好，文思辞藻，从何而来？范老夫子也没去过岳阳楼啊，这是他的海市蜃楼！可他却写得身临其境，气象满天。

过去语文老师说，范仲淹先生在岳阳楼上临风畅饮，忘掉了荣辱，提笔挥就千古绝唱《岳阳楼记》。这让我们心心念念，似乎登楼醉吟，就能写出一篇好文章。后来翻书得知，事情却不是这样。

北宋庆历四年（公元 1044 年），外放岳州的尚书祠部员外郎滕子京，重修岳阳楼，觅人撰文记之。然而谁能胜任？滕子京想到了好友范仲淹。他修书说："窃以为天下郡国，非有山水环异者不为胜，山水非有楼观登览者不为显，楼观非有文字称记者不为久，文字非出于雄才巨卿者不能著。"他派人携书与《洞庭秋晚图》，送与在河南邓州任职的范仲淹。

滕子京的高调是不加掩饰的，可范仲淹胆子更大，他从未去过岳阳，竟一口答应了。何有这种自信？范仲淹祖籍陕西彬县，父母去世后，与继母在苏州生活，他担任参知政事（副宰相）时，主张政治改革，因反对权相夷简守旧而遭贬，后在邓州、青州、杭州等地出任太守。滕子京是他的深交，也屡遭人嫉，一再被贬，却豪迈自负，罕受人言，逢修楼撰记，何不借此向他寄一言。

范仲淹何能写得情景至真呢？他未见过岳阳楼，但从小随做官的继父朱轭居住湖南安乡，洞庭湖的壮丽景观给他留下了深刻印象，笔下就不乏色彩了。由此，因楼生情，借题发挥，表达了"不以物喜、不以己悲"的见解，敞露"先天下之忧而忧，后天下之乐而乐"的襟怀。

想不到，由记而寄，别具一格；寄意超俗越格，使得楼因斯文而声名益著，文偕斯楼而千古留存！

千百年来，来到这里的文人骚客不计其数，还有哪一句诗文，让我们记在心里。诗文千万，贵在千古；言而无物，行而不远；托物寄愿，远而又远。

想到这些，我心里慢慢淡然了，去是好事，没去读文章也不错。心有所寄，思能抵达；心无所念，看到的也只是一湖水、一座楼。

然而，我能寄什么。人到中年，脚步放缓，相忘一片江湖。我寄闲心与明月吧，明月照我也照楼。人月楼影，有时入梦，禁不住思量，我能写一篇什么样的文章。大地山河，名胜遍布，均是笔墨素材，但何得海市蜃楼之境。诚然，胸无气宇，身无寄情，再锦绣莲花，也是枉费心机。

（《羊城晚报》2017 年 12 月 13 日）

别有洞天一山口

从雪峰山湘黔故道下来，一路山势逼仄，你要抬起头，才能看到山上的蓝天。越过江口、月溪，到平溪潭口，两山猛然挣着靠近，想要蛮横挡住什么一样，不料一条清溪从洞口一般的谷底悄然挤出，山口豁然开阔起来。两边青山如漏斗口一样绵延张开，中间变为一片平畴，一江清水从中淌出，流出不远又与西边一溪水交汇，形成一洲，洲上林木葱茏，炊烟袅袅。因为洞口的江水深绿成潭，有人就叫为洞口潭。潭下是个镇子，往来旅客把此地称为洞口，声名远播，后独立成县，直至如今。

洞口人把这条绿溪叫平溪江，江水夹杂山风逸气一路直下，滋润了两岸人家，杨柳一片青青。洞口人说，山野之气，淋漓酣畅，不可以就这么散失了，便在溪水下游修建了一座宝塔，命名“文昌塔”，镇住这片灵气，以“应斗筐六星以厚扶舆之积，启来秀而蔚人文也”。塔为一地之标，要倡扬什么，恪守什么，就不言而喻、自不待言了。

文昌塔立，洞口一地气场丰沛。气场一足，胸襟变得开阔。外地人经此评说，此地人杰地灵，气势非凡。戴宗槐、陈与义、方以智等名士来过此地，现今的洞口人每谈故梓，必引外人诗句为己增辉。其实打旗不必拉大树，本土诗文璀璨，底气十足。他们几人落魄潦倒、逃命至此，还不恭维主人几句，倒是洞口磊落大度，容其留身生息。要说有见地，诚是方以智也发现洞口是个读书的好地方。他隐居山下，吟读数年，洞口就有处“读书岩”，刻注：“明方以智读书处。”

当然，洞口先人自有一本账，什么才气、灵气、英气、俊气，概为文气之表，修身齐家平天下，全靠文章垫底。百十年来，洞口一域“四会”成流风，即会读书、会喂猪、会砌屋、会种谷。犹以读书修文为训导，富家穷家皆举财力供送子侄苦读，使得文昌塔气焰节节高涨，含英咀华之士层出不穷，行事屡成大手笔。

山野之人，性情坦荡，读了书有见解，行事就更不囿于规矩方圆，胆子大得没钵载，敢反封建皇帝。这人是护国名将蔡锷。他是洞口山门人，十二岁高中秀才，后到长沙读新学，身材单薄，其师梁启超认定他是文弱秀才。1900 年他参加汉口起义失败，毅然更名为锷，意为利剑。1905 年，蔡锷留日归来，曾游岳麓山，作《登岳麓山》七绝感怀：“苍苍云楼直参天，万水千山拜眼前。环顾中原谁是主，从容骑马上峰巅。”毛泽东很欣赏这首诗，1925 年他登岳麓山作《沁园春·长沙》感叹：“怅寥廓，问苍茫大地，谁主沉浮？”二人想到一处了，后来都成就了大事业。可曾想到，英雄原本是诗人。

自从锷公起了头，洞口将仕百出，多为儒士，上马击胡，倚马可待；文坛亦多出武将，笔底惊云，犹见风霜。近些年来，洞口子弟在家乡读书考名校，多在外埠奠定大业，但是难成霸业，事业再辉煌、声名再显赫，只是丞相才能幕僚命，大多脱离不了文人意气的根子。这些人呢，恃才傲物难抱团，三句不投就打架；

走到哪里，嘴里吐不出一句锦绣言，事情做得扎扎实实，骨子里死硬死硬。外人均言，想说爱你不容易，想说弃你不愿意。

此中原委道不尽说不明，最好站到洞口回龙、伏龙两洲中间的平溪桥上，对着雪峰山口望一望，转身看一看河边的文昌塔，亲近一下山野之风、柔情之水，你就意会此地文运久昌、钟灵毓秀的原因了。

（《湖南日报》2013 年 10 月 15 日）

故乡英雄风流

踏访英雄热土、传承先辈气节，很多人想到要去外地、他人的故乡，好像那里才壮举纷呈、故事起伏，自己脚下这片土地过于平淡了。

英雄有其故乡吗，什么样的故乡才能涌现英雄?

我从学生时代开始思考这个问题。每次打开历史教科书，彩页、插图都是南昌起义、四渡赤水、翻雪山过草地、飞夺泸定桥、刘胡兰、董存瑞、狼牙山五壮士等等。这些地方深深烙进了脑海，甚至有几分羡慕，也因此感到遗憾，我们这儿怎没英雄出现，难道没打过仗?

仗是打过的！小学四年级时，班主任老师告诉我们，没大打，一支红军队伍经过我们西中乡，遭到敌人的飞机轰炸，死了人，还有伤员在村里养过伤。死了的红军就埋在茶山边上，我们去看过，碑很矮小，坟墓跟村里的没两样，根本不像埋葬了英勇红军的地方。

家乡缺少英雄气概！直到几年后，我到绥宁县红岩乡走亲戚，有天夜里在公路上追着看耍龙灯，突然看到路边矗立着一座高大的烈士碑，上面刻着“革命烈士永垂不朽”几个字，跟历史书上的一样雄伟。我表哥说，埋着的是红军，山上打过仗，上山砍柴还捡到过子弹壳！

这一下，把我深深震撼住了，一晚上都想着那座烈士碑不能入眠，五角星、战斗、火光、子弹壳……倒下的红军就在身边的碑下啊！

这以后，我有了一种底气，我可以自豪地对人说，红军从我家乡经过，还打过仗呢！

多年以后，我有幸成为这支英雄队伍中的一名新成员。我曾在西北一个陆军团行军数月。我们枕戈待旦，苦苦操练，但是有对手，却没战斗。后来，我转向军事研究，在战史黄页中爬行，却常常被故乡邵阳这个名字照亮眼睛、撞击心灵。

在研究抗战战略一课中，我和几个战友都想到一个问题，到底是哪一仗、为结束抗战发挥了决定性的作用。我们一致认为雪峰山战役是绕不过去的，这一仗挫败了日军翻越雪峰山夺取芷江机场、然后控制整个西南、夺回战争主动权的企图。这让我骄傲不已。这一仗的核心战斗是在家乡洞口县的江口乡展开的，日军主力被歼灭在雪峰东边最后一道防线上，如果翻越山麓就一路直下了。最后，我们胜利了。代价是沉重的，包括地方组织和民众的勇敢付出，有的一家数口、一个村庄献出了全部生命。

英风时时荡胸。蔡锷就是这个县的人，气节传承这一章，是近代历史不可不墨的！想想，洞口也是英雄的故乡啊！

曾有一种声音说，这是历史的偶然、群英的谱系，跟故土、个人的色彩有点淡远了。是这样吗？后来我回到了故乡邵阳市工作，对市域内的这片土地有了更多的亲近。

不久前，我去邵东县乡下，他们说新四军政治部主任袁国平就是这里的人。我知道他是有名的军人，但竟不知道就出生在这里。袁国平出身黄埔四期，曾说过一句名言，“如果有一百颗子弹，九十九颗要射向敌人，最后一颗留给自己。”这句话他做到了。在皖南突围中身负重伤，为不拖累他人，他果断结束了自己的生命。袁国平十分仰慕蔡锷，精研过蔡锷编著的《曾胡治兵语录》，他的勇气跟故乡流传已久的英风不无关系吧！

故乡这片土地是神奇的。长沙失守后，八路军驻湘通讯处迁移至此，历经了湘西会战、后来的衡宝战役等重大战事，只要你去亲近和聆听，动情和敬意时刻涌现在心间，因为这片土壤里长满了不屈不挠的英雄因子。

久远的故事叩击着人的心怀，而身边人的际遇更是把人引入历史的天空。想不到，有一天同事老李给我讲起他家的旧事，他的外公参加了雪峰山抗战地方武装，牺牲时才三十八岁，他妈妈成了遗腹子，随外婆改嫁，受尽炎凉。他妈妈后来为外公的烈士名誉长年奔波，因在南京历史博物馆找到一张外公的军装照，老人家竟然释怀了。

这个事情，让我感到一种力量超越了以往往的认知。我写下了散文《是处青山》，发表在二〇一九年第十二期的《解放军文艺》上。编辑说，这是死者对生者的影响吧！

我在这篇文章中写道：“烈士遇难之地就在洞口县高沙镇的一个小山头上，距离我家只有七公里路程。后来每次回去，我都要朝这个山头多望两眼，山上青草离离，随风飘动。草木默默无语，却忠实见证了一颗英灵的徐徐落下。”

生命如草木，草木是历史！

山河大地，皆为故乡；从乡土上铿锵踏过，都是英雄的脚印。

视死亦如归，他们都活在了爱恋的故乡。

如此，要了解一个英雄，就去亲近故乡的草木。这既是走进历史，也是走向未来。

（《人民日报》2021 年 8 月 18 日）

直辖镇

在接触到沈苇的诗作《继续赞美家乡就是一个罪人》之前，我对家乡从未想过赞美这个词。这让我犯了难，我是一名作家，书写故乡终究是绕不开的。可我不想成为一个罪人啊。虽然我不喜欢我的故乡，但我一次次回到村里去。

这不，除夕下午两点结束值班时，弟弟从乡里打来电话，说你还是回老家过年吧，就一百二十公里高速公路。弟弟一家刚从广东回来，考虑到一家老小的团聚心情，我勉强应允让他来接我。回老家过年对我没有什么吸引力。

一

越野车快速行驶在邵怀高速公路上，不时有轿车超越我们。平交经过的邵永高速、洞新高速路口也是车流滚滚，几乎清一色的粤牌车，本地湘 E 车倒没几辆。他们都是匆匆回家赶年夜饭，虽然早上还在南粤大地的某个饭店谈笑风生用着早茶，早茶的繁琐与精细不亚于一般的中餐，他们并不为今天要赶回老家而着急，七、八百公里路程，一脚油门的事儿。每个人都有一部导航手机，不管白天黑夜，都能准确地赶回家中。我的导航却很不精准，指引的方向不像是我要去的地方。

途经高沙镇时，我看到街道两边停满了轿车，多是粤牌车，豪华炫亮，平常街上稀稀拉拉没几辆车。记得十多年前起、快要过年的时候，街上停了很多的大巴，挂着醒目的白底红字线路牌，广州—高沙、深圳—高沙、惠州—高沙、东莞—高沙、中山—高沙、珠海—高沙、湛江—高沙等等，把一波波打工的人拉回来，过了年又原路将他们送回去。镇里的人一般不去江浙或北方务工，一条道奔广东，湖广比邻，来去方便。又过了一些年，镇上的长途客车的路线牌发生了变化，来去的地方变小了，直接到达某县。比如高沙—惠阳、高沙—博罗、高沙—番禺、高沙—顺德、高沙—江门、高沙—花都、高沙—惠东等等，不经大地方转车，更加便捷省时。再后来，一些线路牌看不明白了，如高沙—清溪、高沙—樟木头、高沙—马家、高沙—宏村、高沙—沙沟、高沙—茶山、高沙—大朗，一问，才知是直接跟广东的哪个镇、某个村通上了，一个昼夜跑个来回。有的人喜欢吃杀猪肉，要是得知村里谁家早上土猪出栏，没准当天就回来了，晚上坐在一起跟大伙喝酒吹牛，真的成了家常便饭。女人在广东怀孩子，回家来分娩，早上肚子隐隐作痛就往家赶，午后就到乡镇卫生院了，由家里人照顾总觉放心些，在乡里坐月子饮食质量好。

在广东的同乡还邀请我，有空去他们镇上走走，就从高沙镇坐车，大半天的时间，跟家里走亲戚一样方便。这十几年来，我几乎每年要去广东一趟，司机们留下接送名片，坐车根本不用操心。现在又有了高铁，四个小时到广州。我觉得，两地往来就是去另一个镇，镇镇之间能有多远——从广东那边看过来，高沙好像就是一个直辖镇。

春节和清明节前后，几乎每家都停着一辆轿车，多是粤牌车，集中回来看活人和看死人。车辆集中回乡，乡村公路上经常堵车如长龙，大家却乐此不疲，堵上一天都愿意。田野上成了人影攒动的闹市，这正合了人意，创业成功要表现出来，广东地方太大了，回到家乡就有了特别的存在感和豪迈之情。

进村口的时候，遇到了堂弟满生，他开着宝马车去镇上买鞭炮，客气地下车发烟，提出过年到他家吃顿饭，很久没在一起了。我说可以，看大家都在么！我得应下来，配合他完成一桩大事。

二

到家较早，干脆去村里串串门，心里还有点纠结，到时去不去满生家吃饭，平常总跟他话不投机。满生喜欢谈经济，多次说我们这里不行。我说，都跟你们一样跑出去了，谁来建设家乡，广东人怎不见往我们这儿跑呢。满生就说我书读多了，要多出去走走。

有的人看到我，甚是热情，一包包地发烟，给倒一盏香茶，用的是白瓷，潮州的单枞工夫茶，围着专门的桌子，过去都是喝开水，最多给加点糖。他们把广东的家常日子搬回了村里。有的人多年不见了，交谈用广东普通话，间隔拨打个手机，大声说着蹩脚的粤语，大概是一宗生意因回家耽搁了，他是想告诉我成功融入了深广珠经济圈。他家的两个孩子却说着地道的粤语，交谈寒假作业，说明孩子们是在那边长大的。我在惠州打过工，听得出那种本地拖腔的细妙。在我们家，弟弟、弟媳及三个孩子都是说粤语的，其他人家也不少见。我想，再过几年，我是否还能进得村里来，莫不笑问客从何处来。

因为交通便捷，辐射无缝，带活了乡下经济，在广东的人动不动就回来了，没有谁有乡愁沉吟。我发现，现在约有三成人毫无保留地赞美乡村，什么诗和远方、人间天堂、快乐老家；四成人留念过去的光景，痛惜现在的乡村破败不堪、风雨飘摇，集中叹息“回不去的故乡”；剩下的三成人，认为故乡就是故乡，过去、现在都这样，活得好好的。我在小城隔了一段距离，对乡村看得更加透彻。乡村没有前一波人说的那么美好，文字看着让人倒胃；中间一波人直接对故乡判了死刑，然后又在追忆中抒发情感，让故乡起死回生，矫情做作；后一波人，就是我们村里那样的，风来雨去，活灵活现。过分赞美和担忧乡村的文化人，不过为了显摆一下居住城市的优越感和知识人对底层的怜悯，他们并不了解如今的乡村，尤其是南方乡村的建设水平，都是跟风互传、无病呻吟。比如，村里的房子，十分洋气，跟到了异域小城一样。

我走了几户，隔着墙听到了一阵粤语的交谈声。我戛然止步。我驻脚的地方，是小军、小兵兄弟家。他们去年新修了三层楼房，兄弟俩连在一起，建了围墙，合着一个大门，大门虚掩，灯笼高悬。他们兄弟俩在珠海做房建，很少回来，但灯笼每夜让他叔叔给开着，说广东那边讲究点灯增辉添彩，兆示增费添财。大门的气势和映入视线的楼顶装饰，让我觉得不必进去了，尽管我跟他们非常熟悉，因为我无法欣赏这种怪异的建筑风格，到时还要不懂装懂地恭维一番。

村里新修的楼房差不多都是这样摩登的，嫁接、借鉴和改良了广东的民房风格。年轻一点的人多在广东做事，挣了钱就要翻修楼房，他们见得最多的就是广东的民房，广东的房屋就是先进的造型，最多按照地形和个人喜好改良一下，最后整出一个不伦不类的怪状。以新为美，美美与共，周围竞相仿建，一时间，雨后春笋，遍地而起。这是什么地方的房屋风格呢？如今在邵阳乡下，承袭湖湘传统房屋晴晒雨读、清明流畅和体现灰白相间、朴素生活理念的新屋，几乎看不到了。回到村子，总是疑心站在广东珠三角的哪个小镇上。

这是五十步笑百步的事。我家的老瓦屋今年也在一片喝彩声中轰然倒下，继而竖起一座跟村里风格无异的二层楼房。我是不赞同翻修的，大家都在外面居住没什么用，父母觉得全村就剩我家没动了，不修就不高兴，不愿出来帮助带孙子。我和弟弟商议结构，各有看法，好不容易达成一致，承包给村里的一支小队伍。我想要搞出点迥异于村里楼房的模样，稍微接近以前的乡村房屋风格，可是他们无法理解我的想法，屡屡出错，返工数次。师傅们也被我磨得很不情愿，吵了几次，虽然改动了一些，还是远离了我心中的样子。这怪谁呢，一点创新或说一点回归竟如此艰难。当然，这不是施工队的水平问题，他们已经习惯了从广东嫁接过来的建筑思维。浸淫三十多年了，全村都认为广东镇上的民房就是最好的房子。

这能抗拒吗？一种行动思想在经济实力的支撑之下，几乎对传统思维，尤其对小农经济生活观念是摧枯拉朽的。然而，物化的模仿只是表面，价值观念的影响则深入心灵，随之引发的变化颠覆了乡村的伦理秩序！

在广东挣钱，回镇里花，一个镇的经济思维彻底发生了变化，首先表现在物价和身价的擢升上。按广东的模式消费，吃喝往来要上档次，一些人吓得不敢打牌了、不敢出来了。都说按广东的工资标准付费，请不起就不请，我在广东每天还不是这个价吗？这下子，大家有了压力，要么赶紧奔广东，要么在家门口致富，比任何时候都树立起了竞争和攀比意识，常常不择手段，一个村互相之间没了人情味。成功亨通的，大肆炫耀，爱搞施舍，抬轿队伍，越来越长；不达目的，心生嫉妒……

三

看着焕然一新的村子，我不由得想，我回到的是我们村吗？！

朋友耿立写过一篇《拒绝洄游的鱼》，不看好大马哈鱼带着乡愁、艰难洄游返乡这个比喻。他认为故乡有他的初始时期，不必刻意返乡；月光到处，皆是家乡。有次我在中山过年，初二到珠海会见在这生活的耿立，他问我是否去见这儿的乡友，我谈了村里的情况，他理解了，留我中午吃饭，两人继续聊下去。耿立送给我一本旧散文集《消失的乡村》，在饭桌上用毛笔题写了一句话：和散文我们隔着真与诚。用散文眼光透视故乡，我们什么都不差，只是隔着真与诚。

我们真诚万分，没有人不说镇里的好处。这些年经济生活变化显著，村子着实漂亮。基础设施大大改善，楼房林立、村道硬化、路灯明亮，村庄本身就处在一片森林中，树木高大，花草丛生，河流绕过，初来的人说跟处城市园林一样。村里到镇上有直通车，孩子们上幼儿园镇里来车接送，上小学的多由爷爷奶奶骑着电动三轮车接送，上中学的多在镇上寄宿。村子跟镇连在一起，或说已是镇子的一部分，大家过着城镇生活，农田成了后花园。

我们村当然与沈苇的首诗作呈现的景象是迥异的。他写道：继续赞美家乡就是一个罪人 / 但我总得赞美一点什么吧 / 那就赞美一下 / 家乡仅剩的三棵树 / 一棵苦楝 / 一棵冬青 / 一棵香樟 / 三个披头散发的幸存者 / 三个与我抱头痛哭的病人！我的家乡看上去要妖娆得多，浓妆艳抹，丰腴富足，可以炫耀的，还有一件时尚的、看不到里子的袍子。

村子的风气变了，相互不服，攀比炫耀，各显神通。我因没有落实一些人的请托，有人谣传我是贪腐分子，会把牢底坐穿，让我父母担心不已。我十分气愤，一次次回到村里来，攻破流言。我回乡竟是为了证实自己的清白。故乡，你让我情何以堪。

“直辖镇”模式，有一定的反哺作用。但是，轮胎下密集交织、笔直宽敞的高速公路网络，多像大地上的毛细血管组织，源源不断地输送着一个个血因子。湖广相邻，交通压缩了空间，比其他地方更快、更容易吸收泵出的血液。可是兼容吗？一个地方有一个地方的气血品质，无间距、不加选择，气血中的杂质、病毒就会引发不良反应。不然，自身造血功能逐渐微弱，甚至丧失，取而代之的会是一种怪异的、让人兴奋不已的、跃跃欲试的血液……

我是纠结的。我是一个高速公路建设者，眼下正在参与修建由广东清远过来、从永州分流到湘西南县份的永新高速公路。我的行为，又进一步加速了交通的快捷、无缝化。

作为故乡人，应留故乡诗。可是该如何落笔，村里没有衰败，只有蓬勃啊！

2021 年，央视制作播出“作家与故乡”节目，看到作家阿来带着摄制组回到他的家乡马尔康乡下，年迈的母亲与他相拥而泣。他对着镜头坦言，其实不喜欢回到故乡来，心里恨着故乡，一些人一些事，让自己疙瘩丛生，但又不得不回来。啊，终于有了相知者，我可以大胆说出对故乡的恨来了。

我释然很多，似乎有了底气，该恨就恨，想回去就回去。

四

春节按部就班，整齐划一，毫无悬念。过年是一个回家的过程，到家的那一刻，年就算过完了。我一次次回来，其实都带着过年的心情，路上是欢跃的，想着很多的事，怎么跟人说话，不顺又咋办，不断考验着自己的脑力。当然，不回乡过年也是正常的。

很多人家，初二下午就将要去拜年的地方走完了，家家都有车，一趟走数家，远一点的甚至在年前就去了。他们多要匆匆赶回广东，回来一周、十天了，很多事情等着去处理，说是日进千金呢！

满生初一就确定了聚会的时间，初三晚上到他家吃饭，初四他要回深圳的公司。我们堂兄弟八个都回来了，以前从未这样正式聚过，最多谁家办喜事去吃餐饭，要带红包人情的。满生口若悬河，豪情万丈，给每人发了一包烟、一个红包，端着酒杯一圈圈敬酒干杯，希望大家去他公司看看，去了发红包。我叫满生少喝一点，明早还要赶路呢。满生竟然说，莫道君行早，人迹板桥霜，没关系，什么风浪没见过。我的酒杯再也没有端起来，他们也没注意到我，桌上进入高潮，喧哗掩盖了我的孤寂。

初四早上九点多，手机响起了，是深圳的一个座机，然后传出满生的声音：二哥，我到办公室了。我吃惊地说，你飞回去了啊！满生说，吃完饭就动身了，夜里车少，跑得快。你喝了酒，不安全啊！我急切的对他说。满生笑了一阵说，早习惯了。我不知该说点什么了。

每次回村，我是寂寞难耐的，椅子坐不住，书也看不进。村里熟悉的人影不少，但是找不到一个可以说话的。走到哪里，都是谈经济、谈生意，他们要你听故事、听传奇，倒着茶、发着烟、杀鸡留饭，希望我这个干部身份的熟人恰到好处地美言两句。说几句漂亮话倒没什么，让我不安的是他们会反问我每月的收入，说有一万几吧，甚至能精确到百位数。我笑着说没那么多，他们都不相信，不约而同地回答我：你还有外水啦！

我不敢出去串门了，到几个长辈家拜了年就回家看电视，再不好看的连续剧都比跟人聊天要有意思。而在十多年前，我是喜欢到处扯淡吃碰饭的，那时尽管没什么好酒好菜，但吃得简单而欢快，面红耳热，笑语连篇，几个小时吃不完一顿饭。

现在，村里一派繁盛，空村和老少留守的现象得到了改观。各种人影经常闪现，村子就寂寞不下了，我每次回来，想见的人在几天里几乎都能不期而遇。

有人总有希望，带着资本带着心灵。

（《散文百家》2024 年 11 期）

遇雨黄桑

赤膊黄桑行

黄桑的名气越来越大了，被人称作是邵阳的一张名片，森林的氧离子清新得让人陶醉，联合国自然环保组织称为“神奇的绿洲”，很多的电影编导慕名前来拍外景。所以，上海的朋友们来到邵阳，一定要去黄桑看看，我们就陪着去了。

黄桑景区很宽广，有很多具有苗族特色的风景。看了这些美景，当地的主人还要极力推荐，要你去深山上头看铁杉，那里面有几十棵二百年以上的珍稀铁杉，在中国其他地方看不到，名气大得很，我们当然要去。

去的时候，还是艳阳高照，坐车到了山脚，突然下起了雨。我们没有带伞，虽然下得不是很大，但也妨碍爬山，身上都湿了，刚刚又出了汗，雨水、汗水粘一起，身上很不舒服。上海的朋友下午还要赶到靖州去，他们坚持冒雨上山，不能半途而返，留下遗憾。于是，大家迎着斜雨，踏着台阶，徐步而上。

同行的禹君，身材壮实，衣服湿了浑身不适，干脆把上衣脱了，光着膀子走着。脱掉衣服后，他感觉自在很多，便怂恿大家都脱，反正山里没有女人。看他爽劲的样子，很多人都动心了，三两下都脱下了上衣。嘿嘿，真的很爽，细雨飘在身上清凉清凉的，随便雨淋风吹，淋漓酣畅。

真是没想到，刚才还黏糊糊的难受不安，一下就解除了苦症状，动作却很简单，脱了衣服就行。

想起来也是，都是成年大男人，平常难得在外面敞怀一次，不经意间，感受到了久违的轻松惬意。大家就这个话题，饶有兴致地谈了下去。

上海来的刘君说，平常很少出来，今天得到这个宝贵的机会，到山野里轻松了一把，城里面天天开着空调，哪能有这么舒服。

邵阳的禹君感叹，还是我们想多了，总觉得很难找到快乐、很难有轻松，总是用复杂的思维去找乐子，结果是越找越不快乐。

对、对、对，还是把自己包得太严实，脱下来就轻松了，其实很简单。罗君如是说。

你个鬼脑壳，就想着脱。大家呵呵笑起来，不过也是，人该脱还是要脱，不要包裹着自己。

避雨油茶屋

看了铁杉，下到山脚时，雨下得更大了，瓢泼倾灌，只得跑到山下一座木屋檐下躲避。

山脚下只有两、三座稀落的木屋，底下农田那边还有两个大一点的村落，我们歇脚的这一座是村长家的。从灰黑的木壁颜色看，这座房子相当久了，正屋门口贴着一副红纸镶金的对联，应是过年贴的春联，但也把泛旧的木屋映衬得满眼生气。

来的都是客，村长和堂客很是热情，拖过竹椅板凳，又是递烟倒茶。那妇人家说，淋湿了头发不好，我煮锅油茶给大家吃吧。而雨一直斜浇，根本没有停下的样子，人走不了，干脆坐下吃油茶吧。

坐在屋檐下吸了两支烟，跟村长说了一堆闲话，妇人家就端着一个长方形的茶盘过来了。上面摆着六七个白瓷茶碗，一人伸手端了一碗，又坐回竹椅不紧不慢地吃了起来。几个苗民跟我们愉快地聊着，我们很想多了解山里的生活，他们却想知道城里谋职的事情，于是就着一碗油茶，把话儿扯得远去了。

今天的油茶煮得很新鲜，吃了还想吃一碗，每个碗上编了号，放回茶盘就行。不一会，女主人就将茶盘端回来了，各人按照编号端回自己的碗，又悠闲地聊着。

过了一会，女主人端着空茶盘过来了，大家饶有兴味地把碗递回去，竟还想再吃一碗。村长笑着说，多吃几碗是好事，苗家人认为“一碗强盗二碗贼，三碗四碗才是客”，吃得越多越贴心呢。

呵呵，还有这个说法。我知道，这是苗家人的劝客之法，正显露了山里人的霸蛮礼习。苗家油茶也可当食，里面的内容丰富着呢，先是把粗茶煮出茶汁，再油炸锅巴、花生米、蕨粑，加上苞谷籽籽、葱姜胡椒，浇上茶汁一锅烩出，五味俱全。吃油茶不能用勺筷，慢慢晃动把里面的东西吃到嘴里，心急了就吃不干净。山里人活计忙，要歇歇脚，把油茶当添肚小食，晃两三碗下去，肚子能饱好长时间。

我以前多次来过这片苗寨，很多次吃过油茶，没觉得有今天的味道这样好。这味道好在哪里也说不出来，只是以前吃两碗就吃不下去了，今天吃了一碗又一碗，最后共吃下去五碗，兴犹未尽，但实在是不好意思再端碗，让人看笑话。我扫视了一遍，其他人也是这样，吃下了几碗，还舔着碗边的碎食，嗅着油茶余味。

怪了，今天的油茶味道竟如此不同。我想了很久，觉得是带有雨天的味道，以前都是晴天吃的，来了就吃，基本不坐，端着茶碗心里想着别的事情，放下碗就走了，哪品得出茶碗里那些丰富的味道。这场雨把人拖住了，想走也走不掉，只能坐在屋檐下看着雨线，安静地吃着油茶，别的东西掺杂不进来，油茶的味道悉数吸进了肺腑，品尝到了油茶的真正味道。

看来，吃油茶的方法并不简单，要有点清闲去咀嚼、消化和回味。而我们自认为很会吃油茶，一场大雨显示出，我们并不懂得油茶。

油茶简单又丰富，我由此想到了读书。很久以来，我在思考为什么白天读不进的书黑夜读得进，而冬天里比夏天里要安静，雨天比晴天更辽阔？我以为是空间与时间变换的原因，但不尽然。不久前，我读到邢小利先生的一首小诗：天黑了心才亮\脚被捆住了\灵魂开始远行\以光的速度\追寻消逝在夜的尽头的足音绝品。这诗说的好像跟吃油茶一样，要把自己陷在一个小地方，才能深入其内。

（《邵阳日报》2011 年 8 月 4 日）

清白一水间

过了资水大桥，往西走过一条宽阔的公路就出城了。路边是农田菜地，绿油油的一片，可见郊区的人都没闲着，不像我们老爱出门乱逛。

柏油路面黑黝黝的，交通标线整齐直白，钢护栏显得十分明亮。我觉得情况有点不对，对中巴车司机老凯说，凯大头，是不是走错了，白水洞我去过几次，路没这么好，还要穿过新邵县城的！

老凯叫邢大凯，他跑白水洞线路挣了不少钱，我们把他喊作凯大头，觉得酣畅。老凯气嘟嘟地回答我，你有一百年没出来了吧，这是市区直达快线，不用绕县城了，我一天能多跑三趟！

原来是这么回事，前几年陪朋友游览过山里的白水洞，现在越看越不像，真是城里一圈、城外百年！

我跟老凯还没怼完，车子就到终点了，大约走了四十分钟。下车后，我十分惊讶，觉得还是走错了路，怎会有一个宽大的停车场，停着不少挂着粤、桂字牌的车子，过去这里是老百姓的几块晒谷坪。现在，还建了高大的门楼，跟外面那些响亮的 A 级景区一样，设立了摆渡车，买了票才能进去。我以为跟过去一样，讲两句客气话就进去了，现在都要买票，套票一百。我们还是想进山看看，白水洞的瀑布怎样了，只好交钱，十人一千。这是身边来过多次的一座山啊，现在集体开发，旅游休闲，吃住玩购，游客川流不息！

花了钱的游玩，我觉得品质要高一些，能用心欣赏风景。进山的路比以前好走了，铺了石板；树叶也绿了，有人在喷洒护理草木；水也白了，清澈见底，涟漪微起，真让白水洞护住了真面目。

游客们一个劲地爬坡往里奔，听说进山五里有一个瀑布，水从百米高山落下，飘成一道白练，底下是深潭，水绿得有点神秘，里间有奇鱼游弋。水从潭边溢出，越过树荫，漫过石头，流过谷底，水色却是白白的，好像银子泻出。

我直钦佩山外的村民，眼盯脚下，在白水上做大文章，引得游人无数。当然，我能想得到他们做决定时的顾虑和压力，落后地方的人们没有办法，只有毅力和蛮劲。一万年太久，只争朝夕！

中午，老凯带我们去一个熟人的楼房里吃午餐，两口子开店，请了三个邻居帮忙，午餐有四桌客，一会还有两桌人来。午饭吃得舒服，同样是城里能吃到的食材，感觉像是从来没吃过一样。结账时，我按菜单付了四百元，四十一个，想了一下，还是给主人加了一百，却跟打架一样，推了很久他才收下，但要送我一篮鸡蛋。我心里美滋滋的，好像得到什么奖赏，不时向老凯炫耀一下。

吃了午饭，老凯带我们赶往三十公里外的清水村。老凯说，清水村绿水青山，老人多数上了九十，几乎家家有百岁老人，外面的人艳羡不已，纷纷前往取经。老凯的话激起了大家的兴趣，困意顿时散去。

清水村是新邵县北部崇山峻岭中的一个村子，手机地图上找不到，车子沿着一条清澈的溪流弯弯曲曲地前行。两边的青山很高，仰头才能看到天空，竹枝不时伸向马路中间，大有山重水复、柳暗花明的诗境。

溪流的水太迷人了，大家叫老凯赶快停车，争相下到溪里，把清冽的水往脸上捧。同行的老刘还从车上拿来一只纯净水桶，灌了满满一桶，说晚上用溪水泡龙井，明天还要灌一桶带回去。

这条溪流从前面的高山流出，蜿蜒弯曲了很长，流到这里水流变缓，两岸宽阔了，山民开垦了两溜农田，种有油菜、菜蔬、水稻，还建有一些大棚。

我们在溪边戏水时，一个农妇提来一篮子草莓，请我们品尝。大家抓了在溪水里漂洗，她说不用洗的，洗了味道就变了。我们都吃了，没洗的味道真还不一样，清甜津美，回味绵长。我们以为是外面买来的，她笑着说，草莓就是大棚里栽培的，没有用化肥农药，味道跟外面的不一样，很多人家都种了，虽然产量不高，但加上其他的作物，也不用外出务工了。

我们不由得向她投去欣慰又敬佩的目光。禁不住诱惑，纷纷钻进大棚动手采摘起来，也让家里人尝尝本地草莓的味道！

清溪两边建了房子，开了一些客栈和商店，走着一些跟我们一样东游西荡的人，但不觉零乱、不觉繁杂。进入客栈，坐到木料阳台上，松香扑鼻，清水从眼前潺潺流过，远处青山妩媚，烟岚缥缈。我不想说话、不想打牌、不想喝茶、不想吃饭、不想看书、不想看股票、不想玩微信，只想这么悠然地坐着。

我似有所悟，清水村为什么叫这个名字，为什么成为高寿村，为什么村民能够自给自足。他们跟白水洞村子里的人一样，让一溪清水名副其实，使其获得尊严。人与自然是互相依赖的，同样也得到了尊严回报。

是这样的，有些事无需太用力，依照事物本身来的规律去躬行，往往得到了不一样的效果。比如，眼前的清水白水。

（《长沙晚报》2020 年 9 月 4 日）

风水荟

一

在永州零陵的街市上行走，看到四处挂着东安鸡的美食招牌，有的还冠以国字号。作为临近的邵阳人，看到本地饭店也有这道菜，应该吃过，但不留意那就是东安鸡，记不起是什么味了。东安是永州属下的一个县，也算到了东安鸡的故土上，抵不住那霸气的招牌诱惑，决定要认真辨别一下。

我们找到一家挂着“国宴东安鸡”牌子的大店，点了一份鸡、几个小菜，不点其他硬菜，多了会影响品尝效果。鸡端上来后，发现量较少，只有平常一盘鸡一半的分量。这国宴招牌菜的器量啊。但也只卖七十块钱一份，不算贵，在邵阳一份鸡一百五六了。服务员过来介绍说，这是小母鸡，用的是煮过的肉条，没有骨头，就这么多的。这样倒差不多。汤汁较多，夹起一块鸡肉，嚼了一口，每个人不约而同地张开了嘴巴，酸，太酸，直让人怀疑是不是在吃鸡。服务员却说这正是东安鸡的特色，要放醋的。

东安鸡为什么要做成酸味呢，酸得让外地人无法接受？我知道湘西有道传统的酸肉，那是过去官府不给苗民卖盐，调制成酸性有味道，酸里能生盐分，但也能正常吃。旁边有老人说，过去厨师给富贵人家办席时，错把陈醋当料酒，紧张得要死，没想到贵人们品尝后却夸鲜美。慢慢地，东安鸡就传开了，寻常人家也吃上了贵人席。这是美好的民间说法，让东安鸡平富皆宜，有了品味。我环视了一眼，周围的桌上，都上了一份鸡，本地人吃得自在有味。

东安鸡当然有它存在的理由，它接地气，与各种人发生碰撞，气味投合，成了家居生活中不可少的、提振精气神的食物。它也恪守风土习俗，只叫东安鸡，没叫永州鸡、湖南鸡，不在乎外人怎么看。

这个感慨不是吃鸡得出的，而是下午邂逅潇湘二水得出的。

二

到永州随便走走，也是第一次来，离邵阳不到百公里，不做攻略，没有一定要去的地方，哪里好看哪里走，看到什么吃什么，觉得舒适就住下。

到永州，不能不提柳宗元，他给这块平凡的土地留下了灿烂的《永州八记》，文光穿透时空。如今，纪念他的只有一座小小的柳子庙了，坐落在愚溪边的高坡上。这里属于零陵古城，游人如织，我进庙看了一下，很多旧迹是复制的，倒是对八记中的旧址来了兴趣，就在庙前的愚溪上方。沿溪往前走，游人越发稀少，溪边散落一些人家，房子矮旧，有人蹲在屋檐下吃饭。钴鉧潭旧址就在不远，溪沟有七八米深，十米来宽，溪水浑黄，也很浅，一米的样子，完全看不出钴鉧像熨斗的形状了。我一下没了兴趣，遥想多年的清澈潭水就是这个模样，稍远一点的小石潭等就不想去了，留在记忆里还有美好。

沿溪往下走，看到一条浩荡湛蓝的大河，一问竟是赫赫的潇水。码头上有几艘游船，往返下游的蘋州书院，来去两个多小时，便买了船票，到古老的潇水上临风恣意一番。坐船二十分钟，上码头入蘋州书院，古树掩映，回廊交错，门口刻着柳恽的“洞庭有归客，潇湘逢故人”的联语。古时的书院，风骚吟诵，氛围格局都差不多，我是尘世行者，还是喜欢看看书院的建筑和树木。书院的房子有好几进，两边有横屋，整体呈纵向，越往里走，房子越老旧，好像走向了历史的深处。我直想看个究竟，书院有多深呢?

然而，好景不长，一下就走到头，眼前是一个锐角形的三角洲，两条宽阔的河流交汇于此。河宽江阔，水天一色，自然协调，气韵沉雄。我知道潇水和湘水在湘南一带汇合成湘江，但不知是在这个地方。这交汇来得太突然了，我还没温习潇湘二水的传奇和风流呢，瞬间就浩荡而去了。我有点惆怅。这本书该如何读!

观景台边的杆子上横着一块写有“潇水湘水交汇处”的牌子，左边是湘水，右边是潇水，观望的位置正是交汇的中间。一些人在牌子下留影，留下人水天地的美景。两个小年轻站在牌子下久未离开，应该是一对恋人，好像闹情绪了，女孩背身靠着台边栏杆，男孩侧身跟她说着话，但女孩一直没有转过身来配合照相。我也想留下一张，要赶时间回去，便走过去跟女孩说，姑娘啊，来到这里都是很不容易的缘分，走了那么远的路，就跟这潇水湘水千里奔流一样，交汇在此就分不开了，赶紧合影吧，江水见证了你们的芳影，幸福着呢！姑娘一下笑了，羞赧着转过身来。

又想起门口的对联，有归客、逢故人，我明白了书院建于此的用意了。这里气场充沛，能够融会贯通。什么东西，一旦产生交汇，那就成了亮丽的风景。

身边秋风是，河水是，树木是，游人是。

三

第二顿饭，不敢吃东安鸡了，改成血浆鸭。大家对味道赞不绝口，比邵阳的血浆鸭要有特色，说不出的味，意会之味。当地的人说，血浆鸭，还是邻近的道县纯正，吃了你会记住这个地方。这么神奇，那就沿潇水、经双牌县往道县走。一百多公里，没人说远。

朋友小蒋、也是过去的小同事在道县，微信联系了，他十分吃惊我突然来到。他们那波老乡我认识十几个，只他与我加了微信，我惊讶他能准确说出我们分别十八年了，可见我们在彼此心里的位置。道县离江永县上江圩镇不远，我说先去看看瑶族的文化遗产女书。小蒋说很近，他在路边等我们，带着妻子、五岁的女儿和朋友小龙。汇合在这个地方，我很开心，他和小龙比我小七八岁，我好像又看见了自己的过去。那时候，我带着小蒋放电影，背着拷贝在西安的大街小巷跑。后来我离开了西安，他晚些回到家乡，却带回一个汉中姑娘，儿子已经十三岁，在家学习没有来。

女书纪念馆位于潇水上游永明河畔的一个村子，倒像一个园子，种植了很多花卉和作物，一些村民在地摊上出售他们制作的腊肉、粉条、粑粑、香米、酸菜和手工织锦等，但没有叫卖声，足见一个村子的风气。

女书，顾名思义，女性书写的文字。笔画借鉴了汉字的结构，撇笔较多，每个字像一条摆尾的鱼，灵动秀气。从纪念馆的图文上得知，女书大约是明末时期、湘南瑶族女人使用的一种文字，内容多为勤种多织、劝良从善、诉说慰心。可是已有汉字，为什么还要创建女书？很多专家进行了努力，一直没有考证清楚。但我觉得，女书最少是让女人活得更像女人的一种形式。至今，这里还有人传习着，有书本、有饰物、有歌子。她们在书写、念读、吟唱、寄函中，把女性的盼望、信念、善良、美德传承了下来。小蒋说，女书书的是女人，我们不是一下能懂的，先去吃饭吧。

几过潇水，中午回到道县，小蒋提前在一家民俗店里订好了饭，父母也过来陪我们，让我受宠若惊。一个小伙子给我们倒水，问是要茶，还是酸梅汁，带着一脸微笑，目光里透着真诚与活泼。我以为他是店里的服务员，就说随便吧。他说那给你倒杯茶，也再尝尝我们这儿的酸梅汁。他倒了茶水，说你们远道而来，多吃点我们这的饭菜，说着又给我们夹菜，给大家装饭，还说要装两下，这是礼节。

我很迷惑这是谁。小蒋才说是他儿子，上初二了。我们不由得表扬他懂事、有礼貌、大大方方，完全不像同龄的孩子。他说是他妈妈教的。说完又看着妈妈，脸上泛起羞涩。年轻的妈妈目光里带给孩子的是肯定，脸上镇静从容，不为我们的恭维而矜持。想起来，我们的孩子都二十了，出来一起吃饭没有话说，更不会招待客人，难以看到笑容。常言家庭的风水在教养上，做到却并不容易。

我们又夸起小蒋的妻子，一个三十多岁的汉中女人，远离父母，嫁到湘南大山。小蒋说，我一个人上班，妻子在家照顾两个孩子，不出去做事了，日子就这样，过得去就行。这两个人，千里汇聚，过得幸福，却那么简单，那么合拍。小蒋用了什么办法，他只有一份收入，十八年时间，放了一场大电影。

我们回来后，甚至还说着这个孩子、这个家庭。哦，这是产生女书的地方，女书一直是活的，活得像美人鱼。

四

对了，我们是奔着血浆鸭去的，竟然忘记了，有什么事，能让我们这群老饕掉以轻心！

我说这是一片灵地，源于灵犀相通，感应及时。才叹说没有尝到这里的血浆鸭，过了几个小时就有人邀请，一定要到他们那吃一次。多美啊，虽还没吃，但我要把后面发生的故事提前讲出来。

稍晚，我发了一个朋友圈，把这两天的行走图片放了几张，只说在永州，没说具体到哪个地方。很多微友点赞评说，其中有一个似曾相识的微友头像，腾月，是文友，同在一个全省的散文群里。她是永州人，曾简短聊过。我私信她，坦陈到了永州，已经离开了，不记得你在哪，就没有提前联系。腾月回复说，在双牌县，你应停一下的，陪你看看山水，尝尝柴火饭菜，血浆鸭是不错的。

啊，双牌。我兴奋地说，才过了双牌，一点都不知道你在这里。记性怎这么差，她以前是告诉过我的。经过双牌县城的印象，我依然记忆清晰。县城四面环山，一条碧清的潇水从山下缓缓弯过，河滩宽阔，树木茂密，跟森林公园一样。我还提醒大家，要停下照相么，因为这里不是计划的点，也没有熟人，就没有停下。我心里还想了下，双牌真美，正在发展建设中，高速公路特大桥横卧潇水，如虹垂空。然而，人和美食，成了双重的悔！

我只好说，下次一定来看你，好好品尝血浆鸭。腾月说，期待啊，也常去你们邵阳呢。她告诉我，男人在省上一个国企工作，被派到邵阳的城步苗族自治县、靠广西的一个村里驻点指导乡村振兴，很难回来一次，多是她假日开车去看他，近三百公里路程，高速公路从零陵经广西，再进入湖南城步境内。确实较远，一个女人独自开车，有时还走夜路。我告诉她，也可不经广西，从北方向的永州、东安进入邵阳的新宁、武冈到城步，省道高速各一半，路况较好，省了不少过路费。腾月说，没走过这条路，下次你也过来，我们在中间会师，请你吃鸭。腾月说得极为恳切，隔着屏幕我都感觉到了她的诚意，好像明天就要出发。

可是，我们没见过，话说得极少，还是陌生人啊，甚至连她的姓名都不知道。她为什么信任我呢，告诉我那么多，人们可都习惯了防范。

也许，在双牌这一方水土上，是不存在这个问题的，人简单坦诚，跟山一样，不需穿衣遮蔽。

五

在道县吃了午饭，有两个小时的停留时间，下午要赶到另一个县去。我想大家分别多年了，喝着茶、抽着烟，好好叙叙旧。小蒋却说，我们道县有两个有名的地方可以看看，一个是大学问家周敦颐的故居，一个是红军师长陈树湘的纪念馆，一个地方要一个半小时，要是晚点走，两个地方都可以去。

听到这两个名字，我的眼睛立马亮了起来。周敦颐就不用说了，我一直喜欢读他的文章。他五十一岁在我们邵州任过一年通判，市区现在还有个爱莲池，也说《爱莲说》是在这里写的，但我不知道他是道县人，只大概知道他是湘南这边的。记得岳麓书院里有清末文化狂士王闿运写的一副联语，“吾道南来，原是濂溪一脉；大江东去，无非湘水余波”，他那么睥睨高傲的人，在江南讲学时，愿称是濂溪一脉，濂溪正是道县周敦颐故里。我有点轻薄了，站在道县的土地上。但是，我还要任性一回，去陈树湘纪念馆！这么做，正是从周敦颐身上得到的觉悟。

陈树湘是谁？这些年网络学习平台不时出现他的名字和简短视频，他的动人事迹已深入人心。陈树湘是长沙县人，1905 年出生，干过苦力，追求自由，随叶挺部参加北伐，南昌起义后上了井冈山。红军长征时，任三十四师师长，在湘江战役中担任总后卫，殊死抵挡数倍于己的敌人，全师几乎悉数阵亡。陈树湘负伤被俘，曾关在道县的一个山洞里，敌人将他押往长沙请赏，他用手指勾开腹部的伤口，掏出肠子，咬牙绞断，血尽身亡，只有二十九岁。

战斗中腹部裂开、肠子流出的事情听说过不少，自己把肠子绞断求死却未闻及。陈树湘的壮举感染着我，有幸路过道县，不能不去敬谒。虽然曾是这支队伍中的一个后来者，但现在是作家文人的身份了，好像更应去靠近周敦颐。可这仍不能改变我对陈树湘的浩然气节的钦佩，血性更容易融化我。

纪念馆位于道县县城北边的一座小山上，是近年新修的，规模宏大，可见道县人民没有忘记他。场馆是现代化的设计和装饰，图文并茂，声光电影。进门是陈树湘的雕塑，墙上“断肠明志”几个字把我震撼住了，断是明啊，他用他的肠子亮明自己的品质。

在一幅展现陈树湘壮举的油画前，一位穿着白衣服、戴着帽子的女士带着十来岁的女儿伫立许久，年轻的母亲轻声叹着“好揪心，自己绞断了！”我看到她用一只手把帽檐拉低遮住眼睛，一只手抓在位于她前面的女儿的肩上。我下意识地演习着绞断的动作，先把肠子缠到两个手指上，另一只手用力拽，清理过鸡鸭肠子的人知道，得费多大的力气，何况是人的肠子。那蛮力，那忍痛，要多强的意志才能做得到。我忽地打了一个寒颤，头皮麻了。

我也认真观看了油画，陈树湘躺在担架上，不能走路了，趁敌不备，绞断了肠子。他心里清楚，送到长沙，也能活命，敌人会诱惑他，不妥协就会羞辱他，最后毫无尊严地死去。长沙在湘江边上，那是他的胞衣之地，不能亵渎，还是立马了断，护住尊严。他在担架上死去很久，敌人都未发现，最后他还嘲笑了抬着他的人，让他们的想法无以得逞。他是高贵的，让这群人矮了下去。

这是我放弃周敦颐的故居而来陈树湘纪念馆的原因所在。他们两个年代相隔久远、毫不相干的人，那无比高贵的灵魂却在这里交汇了。“予独爱莲之出淤泥而不染，濯清涟而不妖，中通外直，不蔓不枝”。周敦颐一生追求高贵的活法，晚岁隐居在江西的濂溪边上，香远益清，亭亭净植。陈树湘肯定读过周敦颐的文章，他通过断肠的死法换得了高贵，而且就死在周敦颐诞生和生活的地方。

生死之间，绽放了并蒂之莲。此种灵通，周公泉下应知。

我想，周敦颐不会怪罪我不去拜访的，我正是灵活传习他的高贵之道而来仰望陈树湘，虽然我暂时还不显高贵之身。如果选择去周敦颐故居，那也仅是一次对高贵的温习，没有具体的践行。

小蒋告诉我，陈树湘的坟墓迁过来了，就在后面的山上，要去看看吗。我连说去去，来了一定得去。上得坡来，远远看到并不高大墓碑，上面刻着：红军三十四师师长陈树湘烈士之墓，落款是中共道县县委 道县人民政府。对着墓碑，我整理着装，鞠躬三次，弯度极深。

绕坟一周，我来到碑前，发现碑下的缝隙里插着两支香烟，色泽较新，烟头点过火，呈现黑色。谁怀这样的敬念之心！低头看去，两支烟上印着莲花，是“莲花”牌的。可巧的是，我身上也装着一盒未开封的“莲花”香烟。此物得留下，我把烟掏出来，交给了小蒋。

莲开并蒂，在道县这处风水灵地上。

六

离开道县，告别潇水，我们前往百公里外的蓝山县，人说湘江源头在这里，蜿蜒流入潇水。啊，怎么走都离不开潇湘的一团风水。这距离二水交汇的地方有两百多公里了。

三位男士中午饮了一点酒，就由胡女士开车，她没开过高速公路，只敢开到七十码，怎么打气，也上不了八十，手上老出汗。这样，一趟旅程，花了两趟的时间，路上把几天的话都说完了，然后是久久的静默，好像车上没有人一样。原本下午想去郴州的嘉禾县，我越发觉得走蓝山县的正确。我竟进入一种久远的氛围里。

出来随意走走，其实还是带着一定目的，希望看到想看的风景。什么是风景？你跟那个地方的风水产生交集，心里的反应就是风景。景物不会察言观色，一切存在是合理的，你觉得不好看，那是无法会意。你若失意地离开了，那是败走。

去嘉禾，有熟人、有饭吃、有酒喝，但总觉很难跟这个地方产生精神上的交会，缺乏自觉奔去的动因。当然，这跟我的熟人没有关系，他们是好人。从北往南到蓝山，我也是第一次，没有熟人在，却像去一个老地方。我很想来开一把车，不是要提高速度，只想体验一下在蓝山行车的感觉。蓝山总让我陷于行车的情思。

天色越来越黑，此刻正驶入省界云冰山区的山脊，前方弯道上的车辆亮着红色的尾灯，好像一串滑动的珠子，把我带入久远的画面里——

三十二年前的这个时候，我在广东惠州打工不顺，空手归来，大巴车深夜从广东连州进入湖南，看到这里的很多卡车上写着湖南省蓝山县。路上车辆较多，时而堵塞，大家下车解手、抽烟、活动身子。有时要停上很久，但车的尾灯多没有熄灭，就像现在看到的一串滑动的珠子一样，随时准备开动。节气已是晚秋，高山冷风嗖嗖，一天没有吃饭了，舍不得买一盒路边叫卖的、三块钱的简单盒饭，甚至看到别人吃也是舒服的，矿泉水瓶里是在停车区装了多次的自来水。我想，进入湖南，离家不远了，饿过头就不饿了。因为心情是放松的甚至是愉悦的，已经找到了自己的路，盲目打工走不通、回去学了技术再过来。虽然失败归返，却是踏上一条新路了。

这些年，我常为自己年轻时展现的动举而感动，那么青涩，竟会离开学校去广东打工，在工厂流水线上体会一段时间，又毅然放弃不菲的工资返乡，还想去学习。我将这段经历说给同样年龄的儿子，他却没心听。他们就不知道打工是怎么回事，每餐饭叫他多吃点肉都很烦，甚至觉得不喊吃饭才舒服。

我后来的路，跟蓝山的路多少有着某种关联，十八岁的身影和气息留在了这座山中，所以再次靠近时，我决定去蓝山、放弃了嘉禾。我依然感动着、激动着，为自己的青春。

晚上，我们住到山里的农户家，来客不多，一层楼都给了我们，不管住单间双间，总共只收五百元。主人做了几道家常菜，每人收三十元，饭管饱，我还主动要来一锡壶米酒，主人说不要钱。就着自带的花生米，我们喝了一壶，度数极低，不会醉，却有酒意，又去要了一壶。一些事、沉淀的时光、心里的旮旮旯旯，是要用一壶酒荡涤和过滤的。酒下去了，才知道要赶路，去哪里。飞鸿雪泥，屐齿应怜，来到都是机缘，岁月不留人，也不薄人。一夜清梦，舒适惬意，似跟曾经的蓝山之夜联通着，十八岁的夜里是绵柔纯净的，夹杂着鸡鸣犬吠、婴儿啼哭和麻雀喳喳。

第二天早上，我们乘云冰山景区的摆渡车来到山顶。山顶是一个圆形的平台，矗立着一块“一脚踏两省”的石碑，放眼过去，广东那边远山起伏、气势恢宏，湖南这边群峰耸立、蔚为壮观。碑下有两个大脚印图形，踏上去，人一半在湖南、一半在广东，好像一脚踩着逆旅、一脚踩着顺途。然而，回到旧地，人却不是旧时之身了，腿短路犹长。

山腰上是一片郁郁葱葱泛着金黄的苔藓，据说是世界上最大、最厚的千年苔藓区。苔藓的成长是以百年计算的，一个人一辈子可能看不到毛茸茸的苔藓成长的变化。这是孕育多时、没有醒来的一个梦。

有梦的地方，即是风水佳地。

月影

长 夜

一

难以料到，一天里为安置父亲的那种一筹莫展，竟在我驾车从黑暗中穿过一片城乡后，变得轻松释然了！

父亲进城来，跟往常不一样了，要做病理复查。去年冬天，父亲突然病重，自以为缠身多年的胃炎胀痛、在市医院检查却成了重型乙肝，上帝给他开了个不小的玩笑。诊治半月，每天输液不停，却控制不了病势。后来转到长沙的湘雅二院，煎熬两月，总算有了一些好转。临近春节，父亲跟大家的心情一样，要回家过年。医生勉强同意，但再三叮嘱，要及时复查，以防反弹。所以节后一上班，我就催促父亲抓紧过来。但直到正月结束，他才慢腾腾地出了门。

父亲是下午五点多到的，我看到他消瘦多了，眼里仍然泛着一层淡黄，没有恢复以前的灵气。这是乙肝病的常见症状。乙肝现在不是什么令人惊异的病了，身边十之二三都是这种病毒的携带者，一桌吃饭不知陪同了多少。但那是不知情，一旦知晓，恨不得倾肝倒肠，此后再难瓜葛，好像多看一眼就染上了病毒。乙肝病毒主要通过血液和饮食传播，亲友中有谁患了乙肝，更是小心万分，作态极尽客气乖巧，散淡了人情之味。从需要考虑，我们兄妹也给父母一些提醒，怎么分开，该咋注意，如何禁忌。父母都听着，他们对儿女一向是言听计从的，而其他亲友就不一样了。我叔父多年前染上乙肝，偶尔在我家吃饭，我总要给他多放置一副碗筷，他心存不快，经常置之不理，忍了数年后，去年凶凶地抗议，说我歧视他。

现在，同样的患者，我的父亲来了。该如何接待？父亲可能看出了我的心事，竟自己带来一副碗筷，让我惊讶很久。他不用别人担心，吃完自己去一边洗了，利利落落。吃饭倒还不担忧，多置一副碗筷就行，睡觉就麻烦了，家里只有一大一小两张床，孩子都十岁了，不太好安排。我原想另买一张小床，可也放不下，房间面积太小。最后想，不行就让父亲睡客厅沙发吧，如果不住院，一两个晚上就回去了。

如此想，好像也周全，但心里总有忐忑，饭后就去河边散步。一个小时后，我回到家里，大概九点钟，却不见了父亲，妻子看着电视，也不说什么。我装作若无其事，慢慢走着看，小床是空的，去看大床，被子卷成了条状，父亲睡在这里了。没有一点动静，他睡着了。

妻子怎么这样安排了，乱了计划，我心里有了起伏。一家三口在小床睡不下呀，要安排床位，也是把小床给父亲，我们挤大床。没想到成了这样。咋办，我睡哪里？总不能把父亲叫起来啊。唉，算了，我睡沙发，也就两天。

洗了、漱了，我搬出一套被褥，放在沙发上，又吸了一根烟，总觉得心里有什么没放下。我环视一阵，看到大床的房门没关上，就走过去关门，不由得又去看父亲。父亲把被子盖得很好，两米宽的棉被,这一边被他卷得紧紧的,成了一个长筒,那一边空出了很多。

我在黑暗中静静地站立着，腿迈不动了。我一下觉得父亲好孤单，身旁一片空荡，好像在等谁来睡觉!

父亲是在等我吗？看着熟睡的父亲，我的脑子快速地旋转着，意识渐渐变得清晰起来。

这是我凝望了四十年的父亲，一如往日的面孔和气息，我没有看到别的，只有父亲。

他是父亲，一团混热的气血，多少次面对脆弱，总是父亲给了我底气。

我揭开另一头的被子，悄悄摸上了床。

二

我轻盈盈的，以为不会影响父亲，但还是被他感觉到了。他动了动身子，将卷得很紧的被子拨开，窸窸窣窣地往我这边拨拉。我赶紧钻进去，躺平，以示睡好了，不让他再为我动作。

安静下来了，我却没有一丝睡意，眼睛睁得很大，两腿伸直，双手放在胸前。我好像不是在睡觉，身体松弛不下来，跟开车似的，两束明亮的目光像车灯一样投在楼板上，引导着我回忆起远去的时光。

这会儿，我的车儿往家乡的方向驰去了，好像回到了老家屋宇下、父亲上次和我睡在一起的情景里——

四年前的秋天里，我出差经停家乡洞口县，需要住一晚，一位初中同学开车送我回到家里。母亲这些年在外地，轮流给我们三兄妹带孩子，很少回来，家中就剩下父亲和年近九十的祖母，生活很是孤寂。我决定住上一夜，陪陪他们，虽然只有一晚，也能说很多话，过去从戎戍边身不由己，现在卸甲到市里，却也几个月难回一次家。

母亲不在家，那些棉被褥子父亲就找不好，要么薄了、要么太厚，想铺个床，竟还铺不起来。父亲说，两人挤一挤算了。我听了一愣，我们两个挤，这好吗。下意识里觉得这话隔膜了，从未想过这个事情，不是不能跟他睡，而是没有一点心理准备。

我“哦”了一下，觉得好笑，也没办法了，虽然不太自在，也就一个晚上，洗洗擦擦就上床了。过了不久，父亲也上床了。我里面，他外面。熄灯，闭眼，睡。

白天跑了很远的路，夜里又聊得晚，觉得有些累，躺下不久就睡着了。我从小就有不断翻身的习惯，翻一下被子就空了，大人们得不停地给我盖被子，要不就容易着凉感冒。我们睡的这张床底下垫的是稻草，我身体重，一会就压下去一块，身子酸了就禁不住翻转，不一会又翻回来。我一翻身，父亲就醒了，给我拉一下被子，甚至要坐起来帮我盖好胸部，盖好了躺下去，他要出一口大气，体力明显不支了。

我有轻度的神经衰弱，夜里睡不踏实，敏感得很。父亲一动我就醒了，怕他担心，就不声张，过一会，又迷迷瞪瞪睡去了。没多久，又感觉父亲在给我拉扯被子，然后是重重的一声呼气。

一翻一动，两人都睡不好。父亲更加可怜，可能刚一合眼就被我搅醒了。中间，父亲起了两次夜，脚步没有一点声响。他怕影响我，光脚来去的，最后用布条拭着脚，我听得清清楚楚，不敢吭声。

我静静地回想，我有二十多年未跟父亲睡觉了，十二三岁起就一个人睡的。这是个奇怪的事情。孩子们小时候都喜欢跟父母睡，长大了、成了家，一般再不会跟父母睡一起了，即使家中有时来客多，哪怕去跟客人挤，也不会往父母那儿想。

想不到，我竟然睡回到了父亲的身旁，缩短这段距离花了二十多年。这让我又一次体味了久远的温存。父子睡一起，费力的总是父亲，关爱儿子是父亲的天职，不管有多大，你总是他的牵挂。

想着想着，我的眼睛怎么都闭不上了……

黑夜漫长，总也不能天亮！

三

今夜，我又失眠了。

我不敢像以前那样随意翻身，不翻身就更加难受，鼓着眼睛，在黑夜的煎熬中回忆着那一夜的煎熬。不是吗，我仅经历了一夜的煎熬，四十年中，父亲又为我们经历了多少个夜晚的煎熬？我不敢计算，我们三兄妹成长、在外上学，以致今天的人模人样，全靠父母没黑没白地在农田里煎熬得来！我甚至想，要是我染上了乙肝，父亲肯定是不需质疑的，会为我付出一切。事实上，他差不多付出了一切。

那个秋夜之后，我明白了很多，父母为儿女掏空了身体，我们应该主动陪他们睡睡的。三百六十五个夜晚，最美最甜是今夜。香九龄能温席，而我们长大，父母的身体干瘪了，唯其这样才能对他们进行有效的补给！可是面对现实，我们仍是脆弱不堪，难以忍受一夜的“煎熬”。当然，这与父亲的乙肝无关。

我眼睛明亮，聚精会神地“开”着我的车儿，这会驰到了长沙、父亲去年冬天就诊的医院——

我将父亲送来治疗，母亲过来陪护，弟弟也从广东赶来了。那天运气好，一来就安排了床位，得到有力的救治，当天有了好的变化。夜里不需家属陪护，我们就带母亲去附近住宾馆。母亲却不愿意，还是想陪着父亲。我们说住宾馆方便，可以洗澡洗头发，换了衣服，让自己精神点，母亲才答应了。但是到了宾馆，弟弟不愿三人住一个房间。我原本让母亲睡一张床、我们俩挤一起的。母亲觉得可以，他却要另外开房，说挤一起不舒服。母亲很生气，说他奢侈，要我阻止他。我指责了他，也不管用，他一向喜欢讲究，有时到我家里来，可以将就住宿的，也要去住宾馆，留也留不住。他现在变化大，在外面获得多了，懂得的感情却少了。他不明白，三人住一起，那不是为了省钱！

母亲气愤不已，说这样花钱享受对不起我父亲，他孤苦伶仃地在病房受苦，坚持要回医院去，睡租赁的小钢丝床。我反复劝她，就这一晚上，明晚你可以不来，今天你要是不住，那不是更大的浪费？好说歹说，才将母亲哄进房间。没想到，她未洗漱就上了床，心里有气，什么都不想做。我也不说什么了，越说她越气。

我洗了澡，洗了衣服，躺到床上，看起无声的电视。我不时地看母亲一眼，她平躺着，以前没这么平视过，她眼窝深陷，前额突出，瘦得异常。因为盖着被，胸前起伏十分明显，她还气着。我没有睡意，打开床头小灯，读起一本《天涯》杂志来，很有味道。我一连读了本期的四篇散文，又看了母亲一眼，她的胸部仍然起伏激烈。她根本没睡！

关了灯，眼睛却闭不上，翻来覆去，老想着要是弟弟没有离开，三人住在一起，又是什么情景呢。肯定要说说父亲，治疗有了起色，心里都是愉快的；当然也要说说第一次来到省城，见识了长沙的繁华和气派；也会谈论饱了胃口，尝到了美滋滋的长沙老火锅……最后母亲肯定会说，父亲病情好转了，你们不用担心，都回去吧，我一人在这里能行的。总之，气氛融洽、心情愉快、身体舒畅。这种情景，出现也很简单，住到一起就行！可是，我们没有做到，机会失去了，也许再难出现。

现在，我没有一点懊悔，我为重新回到父亲的身边而亢奋。是什么力量促使我转变？我清楚不是我的力量，因为我没有力量可以战胜原来的意念，那只有父亲自己，他身体的感召。

我的亢奋中夹杂着阵阵惊栗。我庆幸着，我差点就回不到父亲身边来。我的头脑是冷静的，医生告诉了我，父亲的肝脏趋向衰竭，还有腹水，后面的一句话，我没有勇气说出来。

我为没有离开父亲而骄傲，我为还是那个让父亲感到骄傲的儿子而庆幸！

多么美好，我就躺在父亲的身旁。尽管我不再翻身，父亲还是不时地给我拽拉被子，他要履行天职。

父，一个人顶天立地；父亲在、天地在。想想啊，一个人没有谁给他掖被子了，他是多么的寒冷！

我担忧天亮，长夜多好啊！

（《青年文学》2016 年 8 期）

回春帖

清楚记得，是在 1991 年的春天里，祖父在自己的相框边上题写了“沉舟侧畔千帆过，病树前头万木春”一联。他搬用刘禹锡的诗句，我看了不禁失笑。祖父望着我，只是抱以一笑。这一年，他六十五岁，作为长孙的我，也已十七了。哪知，第二年秋天，他亲手制作的相框就派上了用场，病逝上山那天，父亲端着相框走在了灵柩的前头……

祖父为什么如此心仪这两句诗、到老想着的是春天啊！他晚年倾情楹联诗句，多是咏春歌新，横批常用“大地回春”。我笑他写得不对，别人家都写“春回大地”。祖父说：一个人挑着担子走在地上才能迎来春天啊！说得巧妙，人负担子两足立地为“大”！可是祖父写的大“字”很特别，横下的撇是斜着的直笔，一捺是个顿钩，整个看上去，人好像只有一条腿立地，重担快要把他压倒了。

横

长大一些，我就听说了那个“大”字捺笔变成顿钩的惨痛经过。

祖父年轻时做过武冈县国民政府的教育督员，解放后在武冈机械学校和洞口的中小学任教。祖父处世任性，对层出不尽的政治活动表现冷淡。1962 年寒假，全县教育界组织集中学习，他未曾接到通知，没去参加。校长卢某往上告了一状，年后开学，教育局不做调查，就停了他的职。祖父一气之下跑到教育局讨说法，一名曾姓干部指责他目无纪律，要严肃处理。祖父拍了桌子，大骂他瞎眼说鬼话，然后扬长而去。组织就一纸文书，处以“自由离职”。

祖父成了一个地地道道的农民，农桑稼穑，自食其力。他的诗稿中有一首落身为农的《遣怀》五律：朝语伤当道，夕栖蓼水旁。浮云暗白日，斜雨入寒窗。月灿明珠泪，菰多孤雁粮。吞声思范蠡，扶耒泥沙香。他真的这么淡定？祖父有识见，爱发表看法，总把风头出尽。

1967 年夏天，生产队在外村买了一座木架牛棚，棚顶大梁拆下来极为不易，祖父冒险闯进去察看，大梁突然掉下，一头落地反弹上来，砸中他的右大腿，痛得倒地翻滚。大家找来一副抬猪用的竹杠，赶紧将他送往县医院。一个年轻的医生摸了摸，说是脱臼，简单推压了几下。其实祖父是骨折了，需要立即手术的。几天后，疼痛未减，照了片子，骨折部位发生病变，就转到邵阳地区医院。但是最佳疗期已经错过，只能在裂缝上打钢板，这条腿不能走路了。一家人欲哭无泪，祖父才四十一岁，就这样折翅坠地了！

祖父不能下地干活，大半年躺在床上，只能分到成年劳力一半的粮食。那时曾祖母还健在，祖父内疚的是，一个壮年男儿不能让母亲吃饱饭。他焦躁不安，夹着拐杖，一瘸一瘸地出去寻菜叶、野蘑菇什么的，但早就被别人捡走了。有段时间，村小学缺老师，祖父就向村干部提出去代课，但一些群众说他犯了错误，让他上课会误人子弟，其实是不想让他轻轻松松吃满分的粮。祖父又织了渔网，独自去河边弄鱼，有次下雨涨水，他滑倒在激流中，冲去好远才爬上岸。曾祖母害怕地说，饿死也不准去捕鱼了。

渔网扔在了屋前的篱笆上，村支书路过看到了，饶有兴趣地请祖父他帮忙织张大网。依照个性，祖父是不会答应的，但这一次他竟应下了，主要是感激支书还信任他。支书买来丝线，祖父认真地编织起来，把渔网漂漂亮亮赶织出来。

后来，村加工厂有几台柴油机，经常出故障，没人修得了，村里决定让祖父负责，这是他的强项，可以记满工分，主要是给村里碾米、榨油、压面条。村小学缺人时，祖父又被安排去代课，他性急火燎，学生上课不认真，就横眉瞪眼，严加训斥。一些家长怕孩子们学不好，就向村里提意见，其实还是见不得他得了体面，村里只好把他下了岗。

我家成分不好，多次受批斗，每次集会，村里也要附带羞辱祖父，要他拉琴唱歌造势，带着两个侄儿巡演，批判会上附带凌辱。几年间，家族中二人被活活打死、一人被吓死，一个下放病殁，二人被关押坐牢。那些日子，曾祖母常常含泪悲叹：我不识字，四个崽女行医的行医，教书的教书，种田的种田，不晓得错在哪里，会是这种苦八字。

祖父沉痛愤懑，却又无可奈何，漫漫长夜，他只有帮着家里纳鞋底，一针一线，穿插往返，把全家人的鞋底都包了。但所需量少，他又织起了毛线，无师自通。可是家里条件差，哪有那么多的毛衣织。他就把织好的给拆了，重新再织。非如此不能排遣内心的孤独？我曾这样浅薄地疑问过。多年以后，我读到马尔克斯的《百年孤独》，书里有个女孩叫阿玛兰塔，竟迷恋给自己织寿衣，而且是日织夜拆，她是不想以此来打破孤独，反是以这种方式来保持孤独。读完这个段落，我眼睛湿润了。

撇

历经一次次的凌辱打压，祖父逐渐变得老成持重，他不相信一直会是这样，就是一条腿，也要把这个家撑住。那段日子，祖父思虑最多的是先要保全一家老小的性命，他把子侄们叫到身边，反复告诫：不要跟人家争比。

伯叔姑姑们不能上学，村里不准他们入校，待在家中整日无事。祖父想，年轻人郁闷，自己先要乐起来，就教大家下象棋。伯叔们都学得走棋，有的下得急躁，有的下得锋芒，想赢他又赢不了。祖父说，棋乐无穷，想好再走，走不回头，输了也有味。经常下棋，磨砺了大家的心性，心中的种种不平，在棋盘上慢慢抹去了。

我堂五叔生性顽皮，常跟生产队长“捉迷藏”，祖父就把过去的一副麻将拿出来，要他把一个骰子剥出两块，放到石头上磨平，然后从正面刻字，自做一副象棋。五叔十分喜爱这种棋子，也乐意去磨面，花了一个夏天才磨完，却变了一个人，顽性全被磨去了。

祖父常常听广播，自己就有见解，这个家是不会被灭掉的。父亲这年二十二岁，祖父亲自到外公家提亲，母亲很快就嫁了过来。我出生后的第一个新年，即 1975 年的春节，祖父寻出多年未用的笔墨，亲自买来红纸，运腕开毫，写了一副家中久未出现的对联：春色不随流水去、暖风常伴飞鸿来，横批：大地回春。一些人看到后，说祖父又发神经了，有人夜里把对联撕下了下来，留下“大地回春”四字在上面，祖父仍是高兴。他年年写春联贺岁，就是从这时延续下去的。

第二年十月里，动乱结束。大批冤屈者得到昭雪，祖父却没一点讯息，上面说祖父是自由离职，这种情况不能复职。祖父没去解释，安静地用毛笔蘸着清水写对联，纸板干了再写，写了又干。

转眼，到了 1979 年的春天，邓小平都走到南海边了，祖父仍然坐在屋檐下，看春燕呢喃、啄泥飞返。这一年春上，我们乡上的中学增设了高中部，学校热情地请祖父去代课。祖父毫不含糊地说：“要去上课，就正式给我复职，代课一天都不去。”学校惜才，派人到县教育局汇报情况，然而当年的那些冤家还在旧位。他们几经考虑，说试教通过才能复职，点了他们认为很有难度的物理课。祖父夜里研究了教本，认真备了教案，第二天来人观摩了一节课，竟全数通过。县委很快发了通知，指出“不应以自由离职论处”。祖父得以走上阔别了十六年的讲台，付出的代价当然是万般沉重的。

我堂伯父回忆说，祖父复职时，他也在乡中学的初中部代语文课，带来铺盖住校。祖父对他说，一起搭铺算了。伯父很迷惑，一学期这么长，挤一床哪能行呢。祖父说：估计自己在这里不会久留的，县里的正规高中更需要人。伯父兴奋不已，两人就一张桌子、一盏油灯，倾情问学，不知不觉，晨钟当当响起。只可惜，人间至景不常留，一月后，祖父被调到县五中任教。伯父每每忆起此事，就动情不已，他说叔侄俩年轻时同台演出受凌辱，中年还能同桌挑灯做学问，有惑即能解，学得新知传他人，人间的大幸大福，还有更胜此一情状乎！

捺

祖父复职不到一年，国家鼓励老同志提前退休，多给后秀机会。祖父心里经过挣扎，在1980年下半年毅然退休，让我叔叔接班，自己留校代课两年。

此时，大地复苏，进取有时，祖父奇才雄志，焉能甘心？我母亲是姊妹中的三小，娘家呼为晚妹，可是我们邻家也有一个同名的妇女，祖父就为她更名叫春梅；姑妈的大儿子出生后，他给取名叫百春，老二叫万春；条件好些了；给邻里乡亲写对联，总是离不开一个“春”字；他喜欢古诗，手抄本上第一首是张若虚的《春江花月夜》……

我看到，祖父时不时地望着我，目光定定的。我是长孙，我知道他目光里的愿望，他希望我成为他的一个春天。可是，稍大一些，我就很难驯服了，生性顽皮，厌学贪玩，到处惹是生非。为了磨砺我的顽性，十一岁那年，祖父去邻村小学代课，把我带去寄宿，每天放学后要我写大字。他订了一本草稿纸，我在封面写上“大字本”三字，那个“大”字，我写成祖父平常写的顿钩状，祖父却不让，说学生练字不能潦草，要把一捺写开去。我偷懒不改，他发怒训斥：“一个字都写不好，你能干点什么”，把草纸狠狠扔到了地上。

我桀骜不驯，祖父却从未弃之过我。他对家里人说，像这种顽皮燥热的人，如果能够文以化之，也许还有个人样。他这样说，是看到我特别喜欢读课外书。在祖父的指导下，我从小学四年级开始投稿，高一发表了处女作。

我偏科厉害，高考之路是根本不通的，出去闯闯，要比耗在学校务实。祖父就给在惠州大亚湾做事的两个外甥写信求助，表叔们回信同意我过去。祖父不放心，要亲自送我到惠州。他也是第一次出省，想去惠阳的大亚湾看看大海。镇上本来有直达惠州的长途汽车，我没坐过火车，发烧要到衡阳坐火车去广州，祖父答应了。我们坐汽车出发，当天傍晚赶到衡阳火车站，人山人海，半天才买到车票，晚上十一点多的车。登车时，怎么都挤不上去，眼巴巴地看着火车开走了。不久，来了一趟同方向的火车，停在对面月台的里侧轨道上。祖父只好带着我冒险行事，两人急忙翻下月台，艰难地钻过一列到站停靠、随时都会启动的火车厢底。他先把我推上一米多高的月台，我再把他拉上来。哪知这趟车也是人满为患，难以挤进，火车鸣笛却要开了。祖父急得满头大汗，他提出翻车窗试试。我们就对一个车窗里边的人讲好话，把行李递了进去，祖父慢慢探入上身，我在下面推他的腰。两个人好不容易翻进车窗，车内毫无容身之地，慢慢挤到厕所边。刚落下双脚，乘务员就来查票，说我们车、票不符，要罚款。祖父赔笑做解释，又掏出残疾证，那人才放了一马。当时已入秋，夜里清凉，车窗又吹风，祖父似乎感冒了，一说话就流口水，我提醒他注意，但他不张口也流个不停。其实，这是中风的前兆。

到了惠州，小表叔找到一个朋友，把我安排到一家台资玩具厂，月薪五百，每天坐着给火柴盒大小的石膏玩具描色。这种工作，太损耗一个人的朝气了。我觉得自己还能干些有内涵的事情。我就辞职了，在惠州转了几天，决定还是先回家。

然而，祖父从广东回家就周身不适，口水流不尽，舌头难打弯，疼痛日趋深重。县医院确诊，已是肺癌晚期。没几天，祖父血栓偏瘫，片言难吐，惟双目炯炯。我知道他想问什么。我大声告诉他：我去当兵！祖父面无表情，左手中指连敲床沿，赞同我的选择！他满意了，慢慢闭上了眼睛。

祖父这样遽然离去，我把洁白的挽联贴到大门柱子上，覆盖住了年初时他写下的还未褪红的春联，而春天了无踪影，只有我的泪珠遗落在长长的白纸上！

安葬了祖父，我就去了大西北的部队，特地把祖父留下的那叠文稿放进了包底。为了改变命运，我三次参加军校招考，因数理化拉后腿，三次失败了。不尽的孤冷中，我倍加想念祖父，我把祖父留下的诗文一字一句地读了进去，发现他很少感叹身世、渲染悲苦，满纸的锦绣文字，只绘织了一个芬芳的春天。

我花了很大的精力整理祖父的文稿，将编辑印行，我请大祖父题写了书名，就从祖父旧诗中摘句，拟为《斜雨寒窗集》。大祖父在九十一岁高龄、重病缠身中，颤腕握毫，写下书名，并饱含眷弟深情，撰写了一篇才思并佳的序言：

《集》作者余之三弟也，高中毕业，历任师范中小学教师，曾评先进。“文革”中被诬为“自由离职”，家居务农，因公伤腿致残。复职未久即退休，近古稀而病逝。

其孙跃东，发现乃祖之遗作，不忍其心血散之湮灭，编《斜雨寒窗集》以存。其成也，不仅可知作者之坎坷，攻读与教学之辛苦，并可知其学识之渊博，文笔之犀利，且可做激励后辈勿忘先人之艰辛而奋发上进。《集》中之诗词对联，对初学者可做师范模例，对爱好者可做引玉之抛砖。诸作中对善颂之高人，对恶刺之入木；对比喻含蓄深刻，对议论独抒己见；于对仗不拘泥格律，力求意境；于叙事先后有序，简明切要，诚我家之秀才，我邑教界之多面手。

余以管窥豹，略抒浅见，俾引读者触类旁通，进一步挖掘《集》之精髓也。

我深深感受到，祖父这些诗文的博大深邃、磅礴壮阔和明媚温煦。我不知道，祖父当年把“大”字捺笔写成顿钩是不是有意为之，他那样遗憾地走了，我无时不被一种意念和力量所催促——蘸着血汗，工整地把那一捺写开去！

我忍辱负重，埋头写作。在我服役期满五年即将退伍时，时任兰州军区参谋长、后来的司令员李乾元上将签署命令，破格提升我为军官，担任军中记者。第二年秋天，祖父的另一个孙子、我的堂弟，高中毕业，考进空军工程大学，后留校任教。

祖父啊，这一切，是不是您一生苦苦追寻的春天，你是否看得到……

后来的每年春节，我也写对联，横批多用“大地回春”。这是百姓人家，在新年伊始对美好生活的淳朴愿望；而在祖父，却是终身的生命状态，肩负重担，深一脚浅一脚，一直没有回头过。

二十年，我大道悟出，顿感春潮激涌，大地回暖。为了对这份熬尽苦寒而得来的春天的纪念，还有一棵小草对春晖不尽的思念，我写下这通长帖，谨向大地底下的至亲传报回春之讯。

（《天涯》2015 年 6 期）

风里落日圆

一

没什么事的时候，我常想起乡下的老屋和奶奶。奶奶一个人住在屋里，其他人多去了外面。我没多想奶奶过得怎么样，却老想着她的死。她九十来岁了，快要死了，我不能不替我的父亲考虑这个事。奶奶也常叹说自己的死，有时跟她谈着家里的长长短短，她却说怎还不死，看到了这么多，说得跟家常便饭一样轻松。

死，成了我思量奶奶的一个触点。想起她，总会想到她的死。当有一天夜里，我听到父亲在电话中告知奶奶死了时，我没有一点震惊和意外，尽管我在十天前才见到了她。这好像是又一次听到奶奶跟我说到死的事，好像她说着这话的时候手里还在淘米洗菜。这一刻，又好像早已来到了！

悲痛一直没有出现，最后出现的是潮水般涌来的轻松。我庆幸奶奶终于实现了她的愿望，这是她晚年最大的想法。

奶奶为什么老想去死呢，因为她活得不愉快。比如说，她的两个儿子——我父亲和叔叔老不给他省心，内心里排斥她。

这些电影戏剧里常见的事，竟发生在了我们身上。我们又是什么角色呢？

很早起，爷爷奶奶住在叔叔家，叔叔接了爷爷的班，在外村小学教书，堂弟只有几岁，需要陪同他们。几年后，爷爷去世了，我参军去了遥远的西北，弟弟妹妹相继外出求学，奶奶十分寂寞。我当兵第三年回家探亲，奶奶说想去我家住，就把她接了过去。奶奶跟婶娘没什么说的，一些小事上有隔阂。爷爷有智慧有魄力，情理并至，把这个家镇得住。奶奶性子温和，读过新学，爱好面子，不愉快的事都埋到心里。

奶奶住在我家，心思却在叔叔家。叔叔染上了肝病，到处求医抓药。奶奶忧心忡忡，要我们家多关心。我们每次回去，给奶奶买些东西，每次她要问，给叔叔家拿了么，要是没准备就叫把她的送过去。叔叔说身体不适，却经常在外打牌，很少过来看奶奶。为此，我父亲很有意见，长期烦闷。

生活条件好了，两家为何过得不愉快了？这些年，村里一些人见不得别人家的好，总要挑拨出一些事来，两家就有了隔阂，奶奶处在了过堂风中。母亲总爱较真，硬要奶奶出面，断个是非。奶奶总想用一把老骨头维持家庭的和睦，没想到事与愿违。父亲常就向奶奶发脾气，责怪她多事。奶奶受不了，有时跑到叔叔家，什么也不说，双手捂着胸脯，吐着粗气，好像遭了大罪。对此，叔叔有了意见，给我写来信，说我父母虐待奶奶，让这么大年纪的人受气，是何居心。奶奶却托人给我写来一封信，叫我不要责怪叔叔，说他很不容易，一只巴掌拍不响。

之前我回去调解过一次。我第二次回到家里，把堂大伯也喊来了。父亲直截了当地说，妈妈在我家住了五六年了，到那边住段时间吧。奶奶不想去，说搬来搬去不好看，别人说三道四。接下来，两家互不相让，各说各的理。奶奶哭了起来，说要怪就怪她活得久，总死不了。奶奶还说出跳水、喝药、撞墙等几种快速的死法。她还曾拐弯抹角地向收电费的老三询问触电死，老三告诉她双手握住电灯泡就行，并将奶奶的话迅速反馈给了我们。当然，谁也不在意，每次两家吵闹，奶奶总是这样，她把责任全归咎到自己的不死上。我们不担心奶奶会寻死，她是胆小之人，落片树叶都害怕的，不敢选择那种猛烈的死法。

但是，这一次来协调的大伯被气哭了，他发怒说，过去我们家成分不好，老受打压，还能团结渡过难关，现在条件这么好，你们不团结不听劝，那就接到我家去，我来养。大家不吭声了，大伯最后决定，让奶奶一边住一年，相互体谅。当天下午，大家一起帮忙，将奶奶送了过去。

这一年，奶奶已经七十六了。她想不到，这才真正开始了来来回回的漂泊，到死都没有停息！

二

奶奶在两家轮流住了几年，好像还安静。我们很少回得去，忙着各自的事情。奶奶心里苦闷，偶尔有谁、哪怕是个过路人跟她说句话，她都兴奋不已、问长问短。我们回家来，奶奶总要说着村里的新鲜事儿，父亲说她跟个新闻记者一样，爱打探别人的事，奶奶就不高兴。有次奶奶对我说，家里一把筷子，就我和你父亲吃饭，长时间不用就发霉，每次把筷子洗干净等你们回来，又起一层霉了，也不见个人影子。

有一年，奶奶在我家住满期了，她向父亲提出能不能不搬，说我家有自来水，叔叔家的压水井她按不动。父亲说，过去没打井几里远挑水也养老人，难道还要你去按？奶奶可怜地说，你婆娘不在家，我帮你做饭么，你回来有热饭吃啊！这一年，奶奶八十了，父亲听了这话就心软了。

我们也都想让奶奶留下来，照顾她费力操心也没什么，可是叔叔家很少来看她，对我家的代劳不怎么在乎。我父亲责怨奶奶，该说的总不说。有次，一个堂姐给奶奶送来一篮鸡蛋，奶奶当着我父母说叔叔身体虚弱，应给他家送点，父亲不准，奶奶就拄着拐棍偷偷去送，结果被我父亲碰上，硬是堵了回去。

对这些事，我们心里总不平衡，就要计较，动不动跟奶奶说，你还是去那边吧，要不他们更加不在乎你。奶奶去了叔叔家，我们也很担心，觉得还是回到我家好。我们一直矛盾着，心里晃来晃去。

我的孩子上小学一年级时，有次放学我们没及时接到，他往妻子单位、家里面来回跑，跟我们在路上几次错开了，到夜里九点多才找到。他一个人十几次穿过红绿灯，身上被雨水淋透，让我们惊恐不已。那时我母亲在广东给弟弟带孩子，我想让父亲过来，可是奶奶一个人在家。我跟叔叔通了电话，说明情况，他却不理解，说街上有警察，会送小孩回来的。这个人，实在不可理喻。

为什么不能沟通呢？叔叔身体不好，离不开婶娘照顾生活，过去他身体好，做事说话还是有情有理的。这些年，我保持冷静，不掺和父辈的矛盾。堂弟高考时，我努力引导，把他带到身边一所空军院校，后来留校任教，我们也经常交流家里的事。我们兄妹不好干预说话，但很烦心，有次我给叔叔回信，下笔凌乱，撕下几张纸，却将一张只写了称呼的纸寄了过去，结果又引出一场吵闹，还是掺和进来了。过去都是叔叔给我回信，此后不写了，只有小学三年级文化的父亲艰难捉笔，一页纸要写几个晚上，还不停地流眼泪，有时写不下去了，母亲就上来写一阵，字迹一片洇灭。

对这些事，奶奶总是沉默。有次我硬要她说句话，她就说，我去死了算了。

奶奶有时很气人，不愿说句公正话，她不是不明白。有天晚上，我故意问她，还是想让父亲去帮我带孩子，明天把你送到叔叔家吧！奶奶以为是真的，眼睛恍惚不停，嘴里喃喃地说，我活这么久有什么用，给大家添麻烦，你大奶奶好啊，一绳子了结了自己，没有烦恼。

大奶奶是奶奶的嫂嫂，她每次说到大奶奶，语气极富羡慕。大奶奶八十岁时为一些琐事想不开，在家自尽了，村里非议较多。奶奶多次说过跟大奶奶一样走了算了，但她觉悟又高，认为这样死去，后代无光，不利家道。所以，奶奶一直没能追上大奶奶。

奶奶怎舍得离开大家！我从很多场合看出她生的欲望仍然强烈，就连我三岁的侄子骂她去死，她都会说这么小的人也排挤她，甚至一连几顿不吃饭，以示抗议。奶奶是不愿去死的，她为自己的长寿感到自喜呢！村里每次死了人，都请她去吃饭，只要天气好她都会去。死去的人都比她小，她经历过太多的死亡，看不到她有什么悲伤。资历又老了一点，她还会含蓄地摆摆谱。奶奶对丧葬歌舞晚会饶有兴趣，每次她要和大家一起把节目看完，还要和旁边人交谈。一次次看到比她小的人的丧葬晚会，她内心是有些负气的。当奶奶的葬礼后来来到时，我主张不搞歌舞晚会，但家里人坚持，说奶奶喜欢热闹，不能让她冷冷地走。最后，晚会在春雨绵延中拉开帷幕。不知奶奶是否知道这场送别她的晚会，我还给她摆了一张椅子，这样盛大的场面不能让她缺位啊，一点喧哗都会让她感到兴奋的，她太寂寞了！

我知悉奶奶内心的一种冷情，一般人看不出来，她读过书，表达含蓄。奶奶也不大看得起我母亲和姑妈。姑妈后来因病衰落，很少回来看奶奶；母亲听话，能够依靠，她觉得正常，又不珍惜，而叔叔家给她一次笑脸，她能给你絮絮叨叨一百次。我埋怨过奶奶多次，袒护对你自己不好。奶奶总是把头扭向一边说：家和万事兴！

这句话奶奶给我说过不下三百次，她是从邻居老达家看到的，心里真的好想让我们家一团和气。老达的媳妇闲来无事玩十字绣，绣了一幅宽大的“家和万事兴”，奶奶觉得非常好看，经常向我们夸小媳妇懂道理、很能干、孝顺公婆。有次，小媳妇赶集给她婆婆买了一套保暖衣、一双毛皮鞋，奶奶羡慕不已。而我们给奶奶买的何止是一套衣、一双鞋，她从无感激过，只说过我给她买的几盒万能筋骨贴效果好。我说这不是万能的么，心口痛也能贴的。她就骂我讲鬼话。

三

让父亲来带孩子的事没有着落，我弟弟曾问叔叔，要是堂弟叫你去带孙子你如何考虑。叔叔说，不要逼我，我把遗书都写好的。年底回去过年时，我给叔叔家带去一盒礼品，他却原封不动地送过来了。我问奶奶，叔叔这样做，两家怎能和睦呢？我以为奶奶这次要说叔叔几句的，但她一言不发。

第二年春天，经过堂弟劝说，叔叔把奶奶接了过去。我非常高兴，后来还几次给叔叔打去电话，安慰他照顾奶奶辛苦了。过了两个月，父亲有天夜里来电话说，你奶奶从你叔叔家气出来了，回了我们家。我听了一点都不惊讶。

我赶回家中，要去找叔叔谈谈。奶奶再三叮嘱不要骂他，不是他的错，错的是自己，怎不早点死。我到叔叔家，他到外面玩去了，我到处找他，在外村一户人家屋前碰上了。叔叔不跟我谈，我挡着不让他走。这家的女主人搬出两把椅子说，你们叔侄俩坐下慢慢讲吧！我说，过段时间你要把奶奶接回来，总不能让她怀着冰冷的心离开我们！叔叔说，这怕很难，你婶娘是那个个性。我最后说，如果你觉得做不好，以后奶奶的事我们负责。我又到叔叔家跟婶娘谈，要修补关系，给奶奶一个情面。最后，我跟堂弟也电话沟通了，他说他没办法。

我安慰奶奶，你放心，你就一直住到我们家。哪知，奶奶眼泪双流，痛心地说，我都不要紧，反正快死了，可怜你叔叔呢，没人怜惜他。到这个时候，奶奶还说着这样的话，我很同情她，我心里也痛。这么多年，我们为何不能让奶奶安居下来？我不明白奶奶怎那么能隐忍！我们看不下去了，就要站出来说话，可每次都是推波助澜、火上浇油。

前年清明节，家族老少齐聚挂青，却不见我叔叔的影子，婶娘说他清早到镇上去了。中午吃饭时叔叔又来了。吃了饭，几个堂伯和堂哥挨个说道他。我也对叔叔说了几句，他不服气，站起来质问，你说过的，奶奶的事以后你全部负责，你敢不敢答话？我心里来了气，把正好拿在手里的酒瓶顿在桌子上回应他：我敢答话，只要你承认不管。这么多年我压抑不堪，不得不发泄几句。之后，我心痛不已，我们争吵的时候，奶奶在一旁哭泣。

我问过奶奶，若是你跟我们一起劝说叔叔，他会是这样吗？奶奶说，只有我去死了，家里就安然了！

当然，奶奶是舍不得死的。这一年，我们两家还是比较团结地给她操办了九十大寿，放了很多烟花，亲友前来祝贺，她是家族中年龄最大的长者了。我们给她摆上蛋糕，我儿子小清给她拉了小提琴曲《祝你生日快乐》。奶奶说，想不到能看到九十岁的今天，就跟电视里的场面一样。我想，奶奶真够坚强的，受了那么多苦难，活到今天，不富贵也荣华。奶奶怎舍得离开大家呢！

四

但我，却经常考虑奶奶的死，因为她老提醒我，我不能不考虑这个事情。我想到了她丧礼的每一个细节，搞哪些程序、灵堂如何布置、准备多少花圈、用什么布条、用什么烟酒、待多少桌客、请哪些人帮忙、工资开多高。我还想到哪些人会在奶奶的棺木前扯着嗓子哭喊，哪些人会流眼泪，谁会不来参加。这些事情我预想了又预想，最后多数应合了后来奶奶丧礼上的情景。尽管我把奶奶的丧事设计得十分周详，可是完全不知什么时候能兑现，奶奶身体太好了，好过了他的两个儿子。

奶奶九十生日后一月，父亲突然病倒了，重型肝炎，在市里住院，控制不了，后转往长沙。奶奶也急坏了，说两个儿子怎么都得了重病。这是我唯一听到奶奶把父亲和叔叔平等看待的一次。母亲来到省城医院照料父亲，我们再一次跟叔叔提出，希望接奶奶过去，一个人生活不放心。叔叔答应每天夜里去我家陪同，白天送饭。这样，我们稍稍放心一些。

父亲住院两月半，中间我回去看过奶奶一次，我了解到叔叔没给她送饭，只陪了几个晚上，觉得太冷不陪了。我们每次给奶奶打电话，她却假说叔叔每夜都在。我家喂了十来只鸡，奶奶说有天去草窝取蛋，摔倒了，半天起不来，以为摔死了，后来又活过来了，叹自己没死成。我见奶奶孤单，说还是让叔叔夜里来陪同吧！奶奶说，算了算了，他自身难保，需要人陪。我说，你怎么只替他想，他怎不替你想呢，什么事情，你都偏袒他！奶奶反驳说，不是你叔叔，我早死了，那一年生病，他送我到住院，救下一命。住院是奶奶五十多岁的事，我说叔叔送你去医院，我父母照料家里，孩子和牲口不要管啊！奶奶很生气，走到另外一间房子去了。我下午要回市里，过了一会，奶奶又去淘米煮饭。我做了几道菜，奶奶煎了一张鸡蛋皮，我无心吃，她也不吃饭。

我吃完饭就要走，奶奶说，你把鸡蛋吃了啊，我说不吃。走到对面的山坡上，我回望了一眼，奶奶站在屋檐下目送，一个人待在那么大的一座房子里。我担心一阵风把她吹走了，眼泪簌簌地流了下来，再不敢回头……没想到，那是奶奶给我煎的最后一个鸡蛋，我赌气没吃，痛悔不已。

回到城里，一连多天，我心里忐忑不安。曾听一个老干部感叹，年纪一大把，身体还硬朗，这日子不一定是幸福，更可能是痛苦。我想起奶奶，带大那么多的儿孙都不在身边，九十岁了还要忍受无边的孤单和寂寞。她要多大的心力才能挺住啊！实在承受不了时，奶奶就用一句“我去死了”来释放。死一回，又活一阵。死，成了奶奶一个的支撑。死，也是生的另一种形式。

多年里，我们不够理解奶奶一个乡下老人的局限性，好像跟我们不一致的就是错误。她的妥协、胆怯和袒护也是一种瓦全，她用护短制长、忍气吞声来平衡所有的矛盾，幸而让这个家庭度过了种种苦难和风波，要不眼前一切都不是这样……

三个月后，父亲从长沙住院回来，花费十几万元，保住了一条命，可是再无力气下地干活了。他看到同龄人在外面砌墙，二百块钱一天，心里仍是不甘。叔叔退休一年多了，风霜雨雪，不影响他按月领取生活费。这一次，叔叔有所触动了，过了年把奶奶接了过去。

奶奶九十一岁了，这一次去了还要回来吗？我烦透了两家的约定，好像永远没有彼岸。

五

这一年，也无风雨也无晴。我回去过几次，不用奶奶提醒，我要给叔叔家送份水果或其他礼品。每次问奶奶好不好，她却说，你叔叔真造孽，洗个脸都站不稳，把盆子打翻了。其实也就一次，却被奶奶记在了心底里，我下次回来，她又要重复一遍。我让奶奶看我的手里，满满一袋给父亲的药，她一声长叹，说自己八字丑，怎么养了两个这样的病殃殃崽。

听，奶奶想着她的两个儿子，她怎会愿意死在他们的前面，哪一个她都放不下。她心里有疼，她愿意承受所有的痛。

春节，我们三兄妹带着孩子回家过年，奶奶不怎么高兴，因为我们没有按她的交代喊谁家吃饭，也没有落实给谁拿红包的嘱咐。奶奶毫不示弱，正月初三父亲生日她不来吃饭，请了两次，她推说风大不想出去。我们也习以为常了，让她耍个孩子脾气吧。初四下午，我们离家时，她又舍不得，给孩子们拿了糖果，把手拉了又拉。

春节后不到一月，我大舅去世，我带着妻儿又回来了。夜里，我在叔叔家见到了别后不久的奶奶。可是一点都不知道，奶奶前不久早起时摔倒了，大腿骨头碎裂，打着夹子躺在床上，吃喝拉撒要人照料。我和孩子忽然来到奶奶床前，她惊喜不已，想把腰直起来些说话，可是一声“哎哟”，她又躺到了原位。这声尖叫痛到了我心里，我惊讶地问奶奶，怎不上医院啊？奶奶说，这么大岁数了，还上什么医院，反正都是死，已经一个星期了，前面痛，这两天好一些，不要担心。

我安慰着奶奶，会慢慢好起来的。奶奶叫我给儿子小清拿米花吃，那是老家一种油炸的缀红糯米圆饼，脆脆的，他很喜欢。奶奶身体健旺，一直做家务，我每次回来，她要给我煎一张葱花鸡蛋饼，摊满了铁锅，好像一个太阳，照得我心里暖暖的。这一次，却吃不到了，我知道奶奶的意思，用那块圆米花代替。我和小清当面把米花吃了，大声问他好吃么。他说，好吃！好吃！奶奶很开心。

我心里清楚，奶奶一直想着那个圆。我曾想过，奶奶死后要写篇文章，她这么多年在两个家庭走来走去，题目就叫《风里落日圆》吧。人生到死复位成零，零即是圆。

最后，这种圆满让我们都看到了！那天，我们在把奶奶送上山后，因为临近清明，人又齐，有长辈提出下午就便给祖辈挂青扫墓。出行前，四代人合影，有的数十年没有会面，成为家族五十年来最为团圆的一次相聚。大家感叹，这是奶奶修来的福缘！

当我们再次来到奶奶的坟前，天空放晴了，落霞飞彩，红日圆润，无数的往事涌到了心口，有的从眼眶里挤了出来……

虽然，今年的清明节奶奶掉队了，但她曾有自己的安排。按照两家的约定，春节后奶奶就去我家生活，她把我叫到床边说，清明节你们回来时，用你堂哥的车把我的东西运到你家，今年到那边住，你妈把被单都洗了，不是摔倒动不得，早过去了。我马上说，哪还要等堂哥的车。奶奶问，你也有车了？我点点头，其实我没车，但我得爽快地答应下来，因为这事对她太重要了！我闻到奶奶床边明显有异味。我问她，叔叔关心你么。她说，你叔叔晚上穿一条单裤起来照顾。

我走后不久，我父母征求奶奶和叔叔的意见，这个情况，能不能抬过去。这一次，奶奶十分坚定，她说暂时不去，这样抬着，人家会骂叔叔不近人情的。软弱一生的奶奶，最后硬朗了一回，她太有远见了。

在摔伤的第二十一天，一个晴朗的春日午后，奶奶安详地死在了叔叔家。

奶奶及时的死，堵住了很多人的嘴巴，乡里一向认为老人死在谁家跟谁亲呢。这是留住了一个家庭的荣耀，也圆了她长久以来的愿望。

奶奶终于死成功了。这是一个盛大的节日，我存留心中的悲痛在听到奶奶离去的那一刻烟消云散了。我全身只有轻松。

（《湖南文学》2018 年 11 期）

白白的手绢

一

每天出门前，我会仔细查看一下要携带的东西，有时还是把手机、卡包、证件等重要物品落下了，不得不半途返回。有几次，忘记拿手机了，横下心不去取试试，结果那天世界并没有坍塌，虽然挨了一串骂。但是有一样东西，要是离开身子半会，我就很不自在，会尽量去取上。当然不是什么珍宝，只是一块普通的白手绢，几乎没人在意。

一个中年男人，说手绢是有点难为情的。我也并不怎么使用，但要放在身上，不是为了好看、展示风致，只是觉得心里踏实一些，有一种分量。

我是四十岁后想起了手绢，希望从中获得一种约束和支撑，让自己有点模样，哪怕正经一些、斯文一些。因为过去看到外公和爷爷等上了年纪的人使用手绢，各有风格，性情犹现。这是不是说明我老了，要用一块手绢来装点！

这是人到中年的本能吧。用手绢轻轻抚拭即将衰老颜面，人不会变得年轻，但淡定和从容了一些。

我甚至觉得，要了解一个人，可以去看他怎样使用手绢，看似个人习性，实则涵养体现。遗憾的是，现在很多人不用手绢了，即使家里有，也不拿出来，各种各样的纸巾代替了朴素的手绢。但是，一块手绢中蕴含的情致和温度，怎是一张随用随丢的纸巾能够取代的？

我的白手绢时刻放在身上，但我用不好，没擦几下颜色就变深了，而且永远没个型。我外公把手绢用得精致，我一直向往拥有外公的范儿，最后变成了爷爷的样子。

二

乡里人不大注意穿戴，太讲究了就不方便干活，所以保持了一种质朴的样子。外公是个乡村医师，但大家说他不像个乡里人。这话有褒义也有贬义，主要是说他穿戴整洁、仪态端庄，一个农民怎打扮成这样！外公常穿皮鞋，头发往后梳，白衬衣是要扎进裤腰带的，村里只有几个教师这样穿戴。有人说外公像个文化人。他确有文化，读过旧学，平时好进，吟得诗文、写得对联，作为赤脚医师望闻问切、悬壶济世，又让他平添几分严谨。

稍大一些，我也觉得外公与周围有些格格不入。外公年轻时进入旧政府的县警察局，干过禁赌队长。解放后回到乡里，自学医术，中西结合，渐渐给人瞧病。那些疑难病症，外公竟能运用湘西山里至今都无法全部破解的梅山巫术、水师法力来驱除，还给人问卜求安、看风水、择良日。

外公的复杂过往，使他处在了社会的风口浪尖。他曾被限制自由，遭村里人凌辱，每隔一段时间，就要重演一次。稍为平静一点，外公又出来寻找草药，悄悄地给人看病。外婆帮他把被荆条抽烂的衣服缝补好，看上去依然体面。外公还习惯用一块白手绢，不时印一印脸上未愈的创伤，好像会好得快一些，或是觉得心里好受一点……

用手绢的人，都是生活比较讲究、或是有一定身份的。在乡里，女人们用得多一些，男人不大用，多是把鼻涕口水抹在鞋帮上。我记得，外公的手绢白白净净，对折整齐，放在衣服口袋里，有时额头没有汗渍，他也拿出来拭一拭，坐上不久还要把嘴角擦一擦，其实什么都没有。

我爷爷也用手绢。他是个高中物理教师，有次因没及时参加集体教育，被抓辫子反复批评，他忍不住拍了人家的桌子，最后被革了职，农耕十六年，摔断一条腿，又回到讲台。那时候，我父亲受影响找不到对象，正好跟我母亲配到一起。但我从小见外公跟爷爷话语不多，也许他们观念不一致，两个都是旧政府的同僚。爷爷退休后，在乡里忙个不停，爱发表意见，常迁怒于人，但我不怕他，敢跟他对抗。爷爷的日子过得很不齐整，手绢一下白一下灰，皱巴巴的，还拿来给我擦，我受不了上面的烟味。

爷爷能力非凡、气宇轩昂，手绢却用得不像样子，但他坚持用下去，尽量把自己整得好看一些，说是对他人的礼敬。想着他们两个的差别，我常常忍不住发笑。这是值得玩味的，他们都活得真实。这种方式，也许是在复杂社会立身的有效办法，一个人不被风浪淹没了。

三

一直以来，外公带给我的是不尽的冰冷和忧伤，我觉得爷爷要疼爱我一些，尽管他经常打骂我。

我小时候，外公偶尔来我家，背着一个标有红十字的诊疗箱，放下箱子就慢慢地掏口袋。我满以为他会掏出一包糖、一把花生、果子什么的，可是什么都没有，就一块白手绢。我如此敏感，是很多次看到同伴小军的外婆每次过来，都在手绢里包几颗糖。小军经常含着糖跟我们炫耀他的幸福，我们傻傻地看着他，口水吞下去又冒上来。最后我把小军扔下的糖纸捡起来，包上一个小石子，放在裤袋里。我也有了糖。

我依然希望外公下一次能有变化，会在手绢里包几颗糖，哪怕一颗。我只能寄希望于外公，因为外婆瘫痪在床，眼睛失明了。但是，外公一直没能让我实现这个愿望。

外公谨言慎行，做事慢条斯理，分寸不苟。我们几个外孙不敢跟他多说话，甚至看到就躲。有次我听到他的声音，竟从房子里一跃飞过高高的门槛，跌落在屋檐下的水沟里，湿了一身。外公说，你就这样怕我，我又没骂你。

母亲是姊妹中的老小，深得大家喜欢，她能跟外公轻松地说话。母亲有时建议半天，要外公把生活搞好一些、注意身体。外公却说，我有什么不好呢。然后就不说话了，掏出手绢，轻轻地擦拭面容。

这个动作，我见过无数次了，旁边人跟外公说话心急火燎的，他总是不紧不慢。外公似乎用一块白手绢拭去了所有的繁复，留下清静和笃定，世界与他无关。

我认为外公是个极其清高的人，他把自己缩成一块手绢，跟俗世分得明白。

有一次，我无意间向母亲说起，外公这么冷的人怎把一块手绢放在身上。母亲说，手绢原来是外婆用的。外婆出去干活常戴在头上，有时用来给女孩子扎头发，遇到山里有野果和蘑菇，可用手绢包上。外婆的眼睛就是外公被关押那段时间害的病，没钱去县里的医院诊治。外公突然被放回家，外婆又哭了一场，不久就失明了。外婆不能下地干活，手绢也不用了，外公就拿过来用，慢慢成了习惯，旧了再去买一块。

白手绢大概是这个来历。我相信，这里面还有外公、一个男人深深的疚意。他的心里，可能会为外婆的失明而更加明亮，那时母亲和小舅还未婚娶，得面对今后的生活啊！

后来我看了日本电影《春琴抄》，好长时间都没能从男女主人公眼睛被伤害的惊栗中解脱出来，觉得自己的眼里出现了大片的空茫。我有意去观望外公，可他的脸上看不到什么忧愁和内疚，似乎没有发生外婆失明的事情。

外婆去世时，外公的表情也没什么变化，跟往日一样，不晴不阴的。在把外婆送上山后的第三天，母亲带我回去给外婆烧纸，家里却无人。我在屋后的竹园边撒尿时，突然看见了外公的背影，他一只手扶着竹子，肩膀微微颤动。我明白是外公在哭。母亲这时在屋前呼唤外公，外公的身子动了一下，然后拿出白手绢擦眼睛。等他走进屋里，脸上恢复了平静，和气地呼唤我们。这件事，我一直未跟母亲说，全家人可能只有我看到外公哭过。

也许外公忙着办丧事，还来不及悲伤；也许他的悲伤都放在心底，从不表现；也可能他已经习惯了，悲伤来得快也散得快，跟他的手绢一样，时刻是白净的。

四

多年的乡居生活让我看到，一个人的习性，真切地体现在他对手绢的使用上。爷爷一直用不好自己的手绢，他的粗犷任性让他无法注意到一块手绢的样子，以至酿下惨祸、折断了翅膀。外公不紧不慢地过着他的日子，逢人少言，遇事不惊，他的手绢一直保持着一种样子。所以，他们的命运截然不同了。

外公后来获得了自由，但村里不准他行医，另外安排人去了医疗站，那是可以计工分、分粮的，他只能去干并不熟练的农活，收获不了什么。他也不埋怨，有酒喝酒，有烟抽烟，雨来了避雨，天晴了拾柴。后来也正是这种淡然的心态改变了他的生活，换回了尊严。

有天，村里一个小青年在田埂上干活，小腿被一条剧毒银环蛇咬了，一下肿得老大，渐渐发麻，村医疗站的人无可奈何，去乡卫生院要一个半小时。小伙子的父亲知道外公处理过几次蛇伤，但他曾在集会上扇过外公的嘴巴，不好意思来求助。其他邻居跑来把消息传给外公，希望去看看。外公赶忙一起奔过去，他将白手绢撕成条，连结成带，捆住小伙子的小腿上部，然后一口一口吸出伤口上的毒血，嘴巴都发紫了。外公又去寻了草药捣烂，给他敷在伤口上，慢慢退了麻。夜里，他们两口子来到外公家，带了一包红砂糖，对过去的事真诚地道歉。外公好像没发生什么一样，平静地跟他交谈，一连几天到他家换药。

外公为什么要这样呢？家里人埋怨他，过去的屈辱是一方面，给自己带来很大的危险啊。外公说，我也不知道会这样。也许，对于一个医生来说，这是一种本能，不需理由。生活多是这样，人不刻意、遵循本能去行事，问题都顺利地化解了；开始就想着一个结果，不遂心时，总觉失望，久久难以释怀。

这件事情在村里一下传开了，大家都难以料到，那个人过去好心狠的。后来，外公总是有求必应，不计前怨，那些人都主动来跟他接触。外公得到了大家的信任和尊重，过去都喊他周医师，现在都称周先生，这个称呼在乡里是很少有人能享有的。不久，村里决定让外公到医疗站坐诊，毕竟六十多岁了，跑不动了。

我觉得，外公能够重新出现在人们的眼里，全是一块白手绢的作用。他的白手绢是一直“准备”在身的，随时要派上用场。看，手绢可以擦面、拭泪水、蒙面挡风尘；可以当头巾、扎头发、别在衣襟、绕在手腕、手中挥动与故人告别；也可以包扎伤口、熨帖胸口、做成吊带、沾湿敷额退烧、咬在牙里忍受疼痛；可以用来做丢手绢各种游戏、叠成小老鼠玩、两块手绢联结成一对鸳鸯；还能包糖、包果子、包点心，等等。

一块手绢的用法竟这么丰富和宽广，这都是各种情况下自然表现出来的——或匆忙、或紧张，或愉快、或淡然，或从容、或沉缓，或静或动，或忧或思，哪一种都是熨帖心灵的，就跟手绢的布料一样，柔到心底里。

当然，外公不是哪一种都能用得上，正如不可能方方面面都很完美的人生，只能尽力活出自己的内心。他重新拾起读书的嗜好，借来诗书吟诵，做对联歌颂新风；帮人写“家先”，就是姓氏神龛两边挂的对联，用得最多的一副是：老前辈能艰苦创业，后生家要奋发有为。横批：祖德流芳。村里有老人去世时，后代都能以请动外公写一篇祭文为荣，他推辞了很多，坚持不给不熟悉的人写，只写逝者的美德懿行，希望后代将祖上的美德发扬光大……

回想起来，我对外公的误解是多么久远、多么幽深啊。他的清冷严谨、和而不同，不是清高，而是杂念皆除、澄明空净的清贵。

清贵，在这个时代是多么的奢侈。

一个人可以凭借能力获得尊贵，也可以超越世俗变得高贵。这都是很用力的。但是清贵，自然而然，一种日常中的朴素。

五

手绢的使用习惯体现了一个人的方方面面，我十五六岁把一块白手绢揣在身上时，还是一片青嫩的。

那时候，男女同学身上都有一块手绢，暗暗争比谁的漂亮、谁的雅致。异性之间，谁有那个意思，就给对方悄悄送一块精美的手绢。轻佻大胆的男同学准备了好几块，喜欢谁就送出去；也有女同学送男同学的，还在上面绣字。手绢成了青春饰物，并不用来擦什么，常常打个结套在手上，干了活、走了路用来摆摆风，其实并不怎么热，觉得动作潇洒，以区别于把手绢用得土里土气的成年人。

我那时喜欢野外活动，一天折腾个不停，手绢放在身上总是皱成一团，没两天就灰不叽叽了，还经常把手绢弄丢了。我买过几次，反复这样，后来就不喜欢用了，没觉得有什么两样。

二十来岁时，我走入职场，单位里曾经发过几块手绢，但我仍然用不好。有段时间干脆垫在每天戴着的大盖帽里，但是实在不忍，把一块漂亮的手绢弄得油腻腻的，后来用报纸代替了。

看来，手绢离我太遥远了，我没有力量去拥有。

白手绢注定是外公的。我回想了再回想，确定了再确定，外公是用他的死证明了自己。

外公离开我们是初冬的一个早上。前一天是外公的母亲、我们的老外婆九十岁生日，他忙了一天，早起时引发脑溢血，失去神志。家里人赶紧叫来一辆拖拉机，载着外公直奔县医院，但是不久就没有了呼吸。外公躺在我母亲的怀里，母亲的泪水滴在外公的脸上，她掏出外公身上的白手绢，盖住了他平静的脸庞。

那天，棺木还没买回来，很多亲友前来探视，看到的是一块白手绢。外公就这样和大家告别了，想不到他最后还发明了一种手绢的用法……

第二天，我去向在县医院住院的爷爷传讯，爷爷听了没有说话，目光转向窗外，然后把手绢按在了眼睛上……二十天后，爷爷也走了。

在这个伤感的冬季，我很快远离了故乡的杨柳岸边，开始长久的漂泊。

漂泊是动荡的、辛酸的，也是情潮奔涌的，当然含着乡愁、夹着眷恋，需要停下来咀嚼、需要一个人慢慢沉吟。

我平常很少回乡下，祖父母一辈的人都走了，父母随弟弟住在外省。这似乎成了我不太回去的一个理由。其实不然，就是回去了，我也不觉得就走近了青山故人。我倒觉得他们都在身边。比如外公，一脸清癯肃冷，我一下就浮现出他的面目来；对爷爷要缓慢一些，我要用一支烟的工夫才能把他的复杂形象完整地回忆出来。

把他们回忆一遍，我的眼角是湿润的，其他很少有什么事让我这样动感。这时候，我会情不自禁地用手绢擦拭眼睛，好像是一双宽大的手掌在抚摸我。

我把一块白手绢习惯性地带在了身上，家里人很不解，说还没老成这样吧。十岁的孩子笑话我说，你真是个老爸，现在就用手绢了，没见有什么要擦的啊！有时我用手绢给他擦脸，他不愿意，说不擦还好些。有一次带他看电影，他被剧情感动得流泪了，准确地从我的口袋摸出手绢，直往眼睛上擦。我说，你不是不喜欢我的手绢吗，你不是嫌我老吗？他扑哧一声笑了，还打了我一拳。

外公清贫一生，没留给我们什么东西，甚至一颗糖都未给过我，在我四十岁的时候却给了一块白手绢。

我用得不好，做做样子而已。在这个失去自持感的时代，活得有点样子又是多么的不容易……

我依然漂泊，不停地获取，不停地失去。我庆幸，最后还有一块白手绢在身上。

（《美文》2021 年 6 期）

云山来信

忙了一天回来，安顿好家中老小，已是夜深了，我开始给他写信。

我用的是方格稿纸，规矩端正，显得尊重。我知道，信写得如何长短、如何深浅、如何悲欣，都不会收到他的回信的。可我愿意这样写下去，很多话是说给他听的，其实也是写给自己的，我需要一封信、一封信地诉说，在这个缺少存在感的时代。

发达的传输手段，让人们的书写能力和书写情愫渐渐退化了，我却依然喜欢用笔写字，一个字一个字描绘，才能准确表达自己的心事。我很郑重的，净手之后，把信纸装进信封，贴上新颖的邮票，投入邮筒前，都要捧着信封静默一番，他会不会收到，总觉是寄向了浩瀚的夜空。就算是流星飞去吧，信纸上有我的生命温度，划过之处总有一线微光。

我的信，寄往云山，我舅爷爷在那里，他是我父亲的舅舅。现在我离他并不远，一百五十公里路程，比过去在外省奔波近多了。可是我还是不能更多地回去看望他，多在电话里解释很忙。老人家却是不一样的看法，他耳背总把声音提得高——一个年轻人要是不忙了，怎么叫年轻呢！下一次我在电话里说还是忙，他又把这句话重复一遍。我觉得该给他写信了。

三十年来，他让我保持了一种执著在身上。

我是个喜欢给人写信的人，从少年时代开始。

我不是年轻人的卿卿我我和浪漫交际，我需要别人理解我的宏伟理想。观察良久，发现舅爷爷能够助我一臂之力，他是邻县武冈二中的英语教师。这是县城一流的中学，坐落在风景秀丽、幽然安静的云山下面。那时我在乡里上初中，我向往武冈县城浓郁的文化气氛，因为我喜欢上了文学。有一次，我鼓足勇气给他写信，想转学到他们学校。但是过了很久，都没有收到他的回信。

我当然是清楚的，我成绩差、又顽皮，前年闹着不肯读书，要跟我父亲学做瓦。那次正好来到这里，舅爷爷说，你看我们楼上有瓦吗，以后到处都是预制块高楼了。这句话触动了我，又勉强去读书。我知道他对我不感兴趣，但我不死心，买了两瓶葡萄酒跑到云山。他说，你好好考高中，只要能上线，保证你进洞口县的一中。这不太难为我了。我怂恿爷爷去云山找他，要把姐夫的架子端起来，爷爷老实地去了，他还是不表态。爷爷回来时不小心被车门夹住手，流了不少血，回家后举着手指给我母亲看。我后来中考没上线，爷爷找人说了不少好话，让我进了他曾任教的县五中。可是五中在乡里，怎能实现我的宏伟梦想呢！

舅爷爷默默地拒绝了我，我们家再无人能在云山立足，那可是我们情感的源头啊！爷爷奶奶当年就是在云山中学读书相识的。奶奶的父亲是这里的老师，出任过旧政府的城关镇长，解放后受到不小的冲击。后来，洞口县从武冈分出，爷爷被安排回到家乡教书，奶奶跟着来到了乡下。风云变幻，几度沉浮，舅爷爷有幸来到这座老园子里，一家人又燃起了希望。

未能去云山，事情不是就此结束了，完全想不到，却是刚刚开端——迷惘、纠结、执意、泅渡，几十年间，欲罢不能，欲进不得。

进入高中，我在省级报刊发表两篇作品。我赶紧写信告诉舅爷爷，其实是想转弯抹角地提示他，我是有潜质的，万一动了心，我就有可能转到云山去！可是我一直没有收到他的回信。过去说我吊儿郎当，现在改邪归正了也不鼓励一下。从这时起，我对舅爷爷有了一点想法。

第二年春节，我还是来到云山拜年，其实是想亲近这里的文化氛围。舅爷爷送给了我一支钢笔，没说一句鼓励的话，而他对前来看望他的、毕业或在读的学生亲和客气，娓娓而谈。尤其还谈到，一个远方的表叔在家待业，他写了很多信去鼓励面对现实。但为何对我这样冷呢，要知道，你的一句话对我是多么的重要？！

回家的路上，我骑着自行车，望着绵延北去的云山山脉，心里不住地想，以后不再多情地写信了。

云山静默，看着一个少年忧伤地离开了。

那时起，我的心事转到了社会这本大书上，高中还未毕业就去闯荡广东，因没有专业所长，谋职很不顺心。我回到家中，山穷水尽，不知何往了。家里人希望我去学中医，联系了冷水江卫校，但我没什么兴趣。在镇上游荡时，偶然看到镇政府的围墙上贴着一张欢迎青年入伍的标语。我对参军兴致勃勃，马上报了名。那时当兵竞争激烈，很多人都找关系、打招呼。我家在政府没一个人，爷爷有识见，有时能帮一把，可他在半月前病逝了。奶奶说，你去找找舅爷爷，看他有没有办法。

舅爷爷这时退休了，在我们县城一所高中代课，他是政协委员，跟我们县的县长是好朋友。我顾不得之前的想法了，赶紧来到舅爷爷任教的学校，要他给县长说说。他听了不吭声。我不敢多问就离开了。但是过了几天，定下的兵员里没有我。我急切地找到舅爷爷，要他去问问县长，想想办法。他正在食堂吃午饭，突然停下筷子，压低嗓音说，你不要撩我发火！我难受极了，眼泪顿时涌了出来。他默默地坐着，不再吃饭。

我一个人来到县城的平溪江边，想着自己绝望的前程，悲伤地流下了一串串泪水。我直想我爷爷，要是他还在，我哪会委屈成这样……我在河边的柳树下坐了一个晚上，柳条在脸庞拂来拂去，好像有人在抚慰我，让我心里舒缓一些。

第二天上午，我独自一人找到接兵部队，带着发表的几篇作品看。一个少校军官惊讶地说，有特长啊，怎么没报上来。他们出题让我现场写了一篇文章，觉得满意，但不知家里是什么意见，说明天上午家长来谈个话。我高兴万分，准备回家告诉父母。可是来县城要转几次车，乡里的班车不准时，超过了时间给人印象不好。我只得又去找舅爷爷，希望他明天代表家里去跟部队的人见个面。他不吭声。我以为他默允了，晚上就睡在他那里，两人一床。第二天早上，他说去不了，你自己去吧！天啦，就是这样一句话！我不敢对他坚持什么，一个人去了。我对接兵干部说，父母在外务工，一下赶不过来。然后写了保证书。他们协调人武部，正式办理了入伍手续。

尽管化险为夷，我心里还是难以平静，忍不住向家里人诉说了这几天的危险经过。奶奶生气地说，他这么冷情的，以后少去云山，过去他下放回农村没得吃、没得穿，都是我们送米送油，摘下点棉花舍不得添加，都给了他们的孩子。此后一段时间，两家开始疏远了。

离开县城去部队前，我们统一换上军装，但我没去跟舅爷爷告别，虽然只有他一个亲人在这里。我怕刺激他。听我叔叔说，上世纪五十年代，舅爷爷从武汉大学俄语系一毕业就定为问题人物，工作不久被发送到农村，一肚子学问撒在了牛粪里。他历尽坎坷，后来复职，主动去教书，安静度日，还让子女也选择了当教师。去年，我叔叔向舅爷爷求助，想从教师岗位改行去行政单位，他有一些朋友和学生在相关部门，但未得到支持，反叫安心教书，亏不了自己。

我理解舅爷爷的心理，也没怎么怪他，但觉得去了部队，可能不会给他写信了，云山林深，早已寻不见路途。

到部队后，我没有给舅爷爷写信，心里还是转不过弯来。但我经常想起他，希望从家里来信中知道他的一些讯息，但是几乎没有。经过几年的栉风沐雨和摸爬滚打，我变得成熟起来。我倒不是耿怀他过去不帮我，而是觉得他太冷峻了，就跟他的名字一样，千山——峰冷，让我找不到自信。

后来一段时间，我负重前行，从黄土高坡奋斗到了西安城里。但是，苦难与欢乐交替，喧哗过后却是不尽的寂寞。我想与人分享我的心境，回顾四周，觉得只与舅爷爷可言。一来他是沉毅之人，经历沧桑，心有千山；二来我还是想得到他的一句话，那是少年时候的盼望，分量胜过他人。

我给他写了几页纸，笔是颤抖的，总是浮想起他的冷面来。

我叙说了这些年的苦辣酸甜和取得的成就，好像是述职报告，其中有句话是这样写的——我学会了争气，我已不是过去的我了。我自觉这些年脱胎换骨、面目一新，要向他表表决心，不要为我担忧了。我也认为，这次他会给我回信的，我的行动足以让他满意和动心了。

信发出后，我殷切地等着他的回信，隔两天就去询问收发员。但是一月、两月、三月，我还是没有收到他的来信。我觉得，他肯定收到了信，不回复是他的一贯做法。为什么呢，难道我做得还不够，不能入他的眼。我充满了疑惑。

其实，成年人也有孩子一颗心，觉得被人夸一句，心里美滋滋的。我已得到了不少的赞誉、奖掖、功勋和鲜花，但就没有得到舅爷爷一句话，心里总觉得缺少一种慰藉。人在追梦的过程中，每一步都希望得到周围的理解和肯定，那是莫大的支持和鼓舞，否则慢慢转移目标，另寻知音了。而我的经历却完全相反，念念不忘，无法放弃。

正如我所料，那封信舅爷爷是收到的，虽然没有回信，但引出了很多事儿，让一家人更加紧张了。当时我不知道。我没有灰心，每隔一段时间就寄一封信去，他不回信，我再写、再寄，源源不断地汇报我的成长和心事，连发表的作品也寄去不少，后来到军区机关工作了也没有停下给他写信。这跟小伙给高傲的女朋友写信一样，对方回不回信不影响他连续书写，因为心里有一团熊熊燃烧的烈火，不释放出来就会灼伤自己。

我明白，这样做完全是跟他杠上了，越得不到越不罢休，一心要打动他、征服他，融化这座沉默的冰山。

入伍第六年春天，我提升成为军官，肩扛星星、穿着毛料服装回到久别的家中。一家人为我的努力进取倍感兴奋。我看望了附近的几个亲戚，然后说去云山看看。其实也早想去了，觉得亲自上门了，舅爷爷总要对我说点什么！可是奶奶反对说，别去了，他又不喜欢你。我问奶奶，他怎么不喜欢我呢？奶奶说，你不是写信对他讲，“我已不是过去的我了”，他说你埋怨他，嫌参军没帮忙。原来奶奶有年去云山，舅爷爷对她说，你孙子有出息了，写了封信来，你看看啰！奶奶很不高兴，又没话回他，后来再没有去过云山，到她去世时、老姐弟俩十多年没有见过了。但是父亲对我说，你还是去吧，要体谅舅爷爷，他也过得不容易。

这么多年，症结在这里，不然依照常情常理，他会回一次信的。我觉得是误会，正好回来了，去解释一下，解开疙瘩。我在路上想好了要说的话：自己走了很多弯路、受了很多苦，变得成熟了，得珍惜机会，给家里争气，而且要委婉地说，不能像站在队列前给人讲话一样，我是个文化人，要锦心绣口！

到了舅爷爷家，多年不见了，没见他为我的突然到来感到多么惊喜，也没有什么不快。他头发白了很多，疏朗逸致，跟大江健三郎很像，那是个代表心灵良知的日本作家。他看着我的新军装，没有说肯定和褒扬的话，只问我什么时候回来的，谈对象了没有，然后就说到我们乡野里去了。他问我父母在做什么，该浸种育秧了吧，养了几头猪，牛生崽崽没有。我觉得他关心我家的畜生远远胜过关心我。说着说着，他还提起脚来，说这双布鞋是我母亲在他五十岁生日时做的，穿了十多年了……

停了一会，舅爷爷递给我一支烟，过去看到我抽烟是不悦的。他吸了好几口，平了平气息，又说起去年我父亲来云山的事。他说，你父亲一般是春节和四月里我过生日的时候来，那次是八月里大热天来的，支支吾吾不说话，就觉得不对劲，追问才知道，你弟在外地读书要开学了，学费凑不齐。那天正好学校发工资，就拿出一半给了他，走了很远了，我又追上去，把剩下的都给了，那一点干不成事。接着又看着说，你父亲老实本分，要多关心理解，他们烧瓦窑用煤紧张，我只能帮他去矿山找人买些煤，我老了，好多事帮不上了。

然后，我们两人坐在旧沙发上，久久地沉默，好像我没坐在他身旁一样。之前准备的解释之词全乱了，根本没法启齿。这个情状，也不需要谈到那方面去，他不是我想的那样。他是一座深沉的大山，积淀了太多的时光旧物，显得宁静持重。

好不容易，我听见他说，你爷爷走得太早，贬落乡里多年，腿也搞残废了，沉舟侧畔千帆过，还是没有等来春天！爷爷为我操碎了心，我很对不起他的，听到舅爷爷这样感叹，我的情感一下溃堤了。我的胸口堵得厉害，连忙用手掌捂住眼睛，不想让他看到，可是泪水却从指缝间挤了出来。

想起来，成年后我哭过三次，一次是哭自己，两次是因为舅爷爷，他有力量让我哭，且让我一塌糊涂。

我走出屋来散心，抬眼望见前方的云山青峰。昨晚下过雨，今天晴朗，山上的褶子看得清晰，平日多是云雾缭绕、朦胧曼妙的。我想起女作家琦君说过的一句话，“雨洗过的青山，像泪水洗过的心灵”，转身低头去思索，觉得一座雨后的青山竖立心间，润遍全身。

我觉得没有看懂舅爷爷。说他柔和，他性格硬得跟铁一样；

说他冷漠，他的心怀跟火山一样！

回部队后我继续给他写信，但不怎么期盼他回信了。这是我对一个长者的责任，而长者对我没有义务。探家回来了，我总会第一时间去看他。去了后，又没什么话说，甚至说几句他就看电视去了，好像他跟大家总是没有话题，好像我们天天都能来一样，他没有多少欢欣。我觉得还是给他写信好，什么话都可以倾倒，反正他不发表意见的。下次回来了，我又默默地来到他身边，坐一会就离去了，他也不留你。我也说不清，自己这是为什么，好像成了一种本能。

这样写写画画、来来回回过去了十几年，我转业到了邵阳市区，妻小在这里生活，一家人团聚了。

我从事交通建设，对地方工作慢慢有了感触，常在宦海规则面前反应敏感，一个人时刻清醒着。心累不堪时，我就给他写信，写完就觉舒畅些，回不回信没有关系。

他如今有九十了，有机会我就去看他，尽管耳背，但什么都知道，不经意的一句话，让我惊感半天——

你们叫实事求是，老百姓叫凭良心办事；

雕栏玉砌应犹在，只是朱颜改；

我回到农村吃不饱，去当铺把温热的毛衣脱下来换些米，冻着身子回家，你们条件这么好，要珍惜、要努力啊；

不能忘了学习，我的英语，是前一晚向年轻老师学，第二天给学生教……

我想不到，他会对我说这样一些话。他一直思索着、前进着，在这样的高龄，活力不逊壮年人。

今年，我四十五岁了，走过的高高低低的道路已不短了，前方的道路却不知还有多长，有时走着走着就迷茫了。当然，我的生活条件是宽裕的，但心宽不起来。我的四周充满了竞争、攀比、盲从，以及诱惑、媚色、尖声等反差强烈的因素，不稳定性遍布身心，再怎么努力，总难踏实地踩在地上。我觉得一直在漂泊，担心哪一天把自己弄丢了。我一直坚持写作，让自己活得更趋内心一些，或说有个方向感。但是，仍然没能让我安定下来。我有些许疲惫和压抑，晚上回到家中，要在书桌前静坐很久，吸几支烟、喝几壶茶，心里才渐渐散淡一些。要是不经意地想起舅爷爷的冷峻面孔，却出奇地镇静了，思绪都被带进了云山深处。我很羡慕他，用一种清冷和笃定，应对了俗世的方方面面，几乎看不到他为哪件事哪个人，有过什么不安和悲怆，也没有什么欢欣和动情。他过着清寂的日子，不顾盼别人的生活，别人也走不进他的光阴。

我一直在琢磨他，跟他作着无声的探讨，怎么能靠近一些。我觉得，还是写信更为自然和妥当。

我一次次书写、一次次感受着这座深沉又凝重的青山，好像是照镜子，走近了自己。为什么能够这样，原因在他身上，他有力量让我这么做，不是我自身的动力。

这只能说，我期盼的东西早就出现了，我已经收到了他的来信，他本身就是一封信——颜容、目光、气息，一丝皱纹、一根白发、一声咳嗽，汇聚成了一个个深沉又炙热的字符，让我无法懈怠、无法停息。

（《星火》2021 年 4 期）

松林里的迷藏

松林的寂静，是被扫墓队伍燃放的爆竹打破的。叭、叭、叭，火光直冲松林上空，花炮像蘑菇云一样急速膨胀，天空变成了五颜六色。火药味弥漫在松林间，闻不惯的人一手捂着鼻子，一手扇着前方的空气。这是清明的盛景。我们每年要将松林的气味和色彩改变一次，否则会被认为太不清明。

孩子们喜欢放炮，兴奋地帮着摆放、点火，然后捂着耳朵迅速退后。我远远地观看，火光升起又落下，迷彩的硝烟在松林间缭绕。这是传递什么讯息，先人们是否接收得到？看大家的虔诚，他们应是有知的。这不，走到伯爷的坟前，发现上面落下几个干裂的松果，看色泽的鲜度，应是刚刚被冲天炮震下的。好巧啊，挂了一冬都没落下，这一刻却让我们看到了。我说把几个松果摆到前台来吧，大家附和说好，因为都知道老人家过去喜欢捡松果。他有多喜欢呢，按村里人的说法，整座山都是他承包了似的，别人不得而入。

求爱得爱，他在我们到来之际又一次靠近了亲爱的松果……

一

活动结束，我对大家说，你们先回去吧，我和小清在山里走走。早上过来的时候，路上荆棘丛生，队伍慢慢腾挪，我看到了很多无名花卉和野生菌子，芳香扑鼻而来。偶尔，有松鼠从身边溜过，嗦的一声爬上了松树。十岁的儿子小清说，爸爸，那是不是老鼠，爬树好快啊！我告诉他，那是松鼠，喜欢啃松果的一种大尾巴鼠类。他一脸愕然。我说，你也啃个松果试试，看是什么味道。说完，小清真的啃了起来……哈哈哈！我让堂弟把箩筐留下，用来装松果。堂弟说，松果多得很，现在没人烧了，你们去采菌子吧，晒干带回去。他还把几个做了祭品的苹果留下，说肚子饿了顶一顶。

小清在前面开路，拿着柴刀左挥右扫，很像那么回事。太阳升起，松林云蒸霞蔚，汗液挥发不畅，身上湿漉漉的。我感觉有些吃力，捡一个松果弯一次腰，毕竟年逾四十了。小清也不停地用袖子拭额头，很投入的样子。我说，坐下来歇息一会吧！然后将扁担放在一棵松树下，两人靠着盆口粗的树干，慢慢坐下去。舒了一口气后，我望见了对面松树上的松果，已经开裂，似落未落。有什么办法将它们弄下来呢，找竹竿、扔石头、摇树干，再不行就爬上树去……

山风徐徐，思绪恍惚，我好像回到了多年前捡拾松果的镜像里——伯爷带着我在山里蹒跚，我就是小清这个年岁，背着跟自己一样高的竹篮，走累了，他叫我到松树底下坐一会。

那时候，村里人都在山里讨生活，打猎的、砍柴的、扫落叶的、刨茅草的、烧木炭的、采蘑菇的、摘蔸的，无奇不有，把地面踩得光溜光溜。不仅如此，其他很多大事都发生在山林，生存、求欢、休憩等等，甚至死后埋到山里。

松林，总是带给人们希望和满足！

可是我不喜欢捡松果，母亲却要我跟着伯爷到山里去，一个暑假甚至就这样度过了。农村用不起煤炭，很多人家都捡松果烧火做饭，比落叶火力足、燃得久，而且少烟灰。我们那群小伙伴都拖着竹耙扫落叶去了，兴高采烈的。

每天清晨我还在睡梦中，伯爷就来到屋檐下呼唤，我迷迷瞪瞪地跟着他进了山。我们一天换一个山头，松果不是很多，其他还有人捡拾，有时碰上了，互相哈哈大笑，然后各自走远一些。刚进山时，我显得尤为激动，看到松果，一路跑着，生怕被别人捡去了。伯爷在后面呼喊，慢点慢点，你会一下把力气用完的。我们选一个地方，把箩筐放下，两人提着小筛子分头捡拾，捡满一筛再提回来。有时能采摘到新鲜的蘑菇，让家里改善一下伙食，或是拿到镇上去卖，换回一些日用品。伯爷还教会我识别蘑菇，纯白的、菇盖尖尖、秆子细细的，多是有毒不能采的，长得均匀、秆盖饱满、有花纹斑点的，焯水放心吃。

我爷爷过去革职回乡，在劳动中弄断一条腿，出行不便，赶场、看戏、进山，我都跟着伯爷。捡松果是伯爷的爱好。他几乎每天都要进山，戴着斗笠，穿着套鞋，有时晴天也是这样，以防下雨。村里其他的退休老人跟他不同，经常凑在一起打牌、聊天、喝酒、吟对联、谋划村里的大事。老人上了年纪，干不了重活，一般帮着家里放牛，但过了七十，儿辈都不让做了。前几年我跟着伯爷放牛，现在把牛交给了弟弟，我跟着他捡松果。

但捡了一周，我就很累了，走来走去，重复着一个动作；伯爷说话少，又不讲故事，我觉得枯燥无味。伯爷是一个退休医生，听说他年轻时上过战场，救死扶伤，应该会讲故事的。村里的老人大多会讲故事。有一天，我提出要伯爷讲打仗的故事。他说，那有什么讲的，都是死人的事，我们读报纸吧，报纸上有很多新鲜事儿。

伯爷进山常常带着一张报纸，歇息的时候让我看，以解乏味。他拿的是隔月的《羊城晚报》。我知道那是广州的报纸，我们湘西南乡下怎么看得到呢？原来，他曾经的一个老同事在广州开了家医院，去年专程来到村里，希望伯爷去发挥余热。远客来村，成了我们最关注的事儿，许多人请他到家里做客，平时舍不得杀的鸡鸭都摆上了。大家希望客人能劝通伯爷，理出了路子，日后大家可以去务工，村里已有个体户在广州干得风生水起。我也对伯爷说，你还是去吧，以后我们到羊城去看羊。但是，伯爷让大家失望了，他说广州不是他可去的地方。家里人想不通，怎么不考虑一下，就把一本万利的好事给拒绝了！老同事倒很敬重，每月邮寄一沓报纸来，源源不断地传递着南国的春风，可是南风没能让这棵老松发出新枝。

伯爷身体硬朗，为什么不去干一阵呢，村里很多退休教师都在代课、挣补贴。我小时候起，就知道他不给村里人看病，亲人也不给看，总叫上医院。家里人怨他，你瞧瞧可以省事省钱啊！有几次，村里的人跑到松林里找到伯爷，说家里人突然摔倒或病了，请帮忙看看。他却说，别耽搁时间，赶紧送到医院去，我退休了不能再行医。听我父亲说，当年我爷爷被大梁压断腿时，伯爷托人从他工作的县城送回一封信，叫上地区医院。爷爷后来患肺癌病重，不时昏迷，伯爷每天去看望一次，把一回脉，但不说病情。我们知道已不需多言。不久，爷爷就走了。

我觉得伯爷可以过得风光一些，跟村里那些德高望重、意气风发的退休老人一样。有一天，我对伯爷说，捡松果可没意思了，你不是有很多的退休工资吗，难道还没柴烧！伯爷听了哈哈大笑，声音在松林回荡，鸟儿都被惊飞了。他摸着我的小脑袋说，捡松果多有味啊，这么大的林子，就我们两个，可以闻花香，可以听鸟叫，可以采蘑菇，想去哪里就去哪里。我说，哪有花香，鸟叫有什么听的，叽叽喳喳吵死了。伯爷说，你坐着，仔细听鸟叫，会越听越安静的。我照着他的说法，认真地听了一会，没觉得有什么安静，只觉得松林的风吹在身上清爽凉快。他又说，你听，树上的一只鸟对另一只鸟说——哥哥你看，哥哥你看，小调皮来了，小调皮来了，他不怕累，还没吃饭，回去还要做作业。我听完笑了起来，轻松舒服。慢慢地，靠着松树睡着了……

二

突然，我打了一个激灵，脸上湿湿的。我在松树下面睡着了，松针上滴落了水珠。睁开眼睛，一片迷糊。这是梦里，还是梦外！小清递过来一个苹果说，爸爸，肚子饿了，你也吃一个吧！确实有点饿了，咬了一口，很香，很甜。苹果的味道很怪，平时在家里不觉得有多好吃，换个地方就不一样了……想不到，经过一场跨度二十余年的梦，我竟然也来到了松林！导致这种变化的，不是我自己，是时光、是背影、是散不开的山野气息、是不绝于耳的松海林涛……

那时候，我们一般要到下午才回去，有时带一些吃食，捡到太阳落山。母亲知道我们回来得晚，定是捡了不少，她会带着简单的饭菜来接应，远远地呼唤着我的名字。有时候，等得我眼里盈满了泪水，还没有听到母亲的声音。我很累，很多次等着等着就睡过去了。等我醒来，发现已经到了家里的床上。母亲说，是伯爷把你挑回来的，一头坐着你，一头压着松果。

但是，我不想捡松果了，走得累不说，根本没意思。我跟村里几个顽皮的大孩子跑去扫落叶，人多热闹，跟群麻雀一样。我们爬上高高的松树摘青果，拿到镇上去卖钱，里面的松子能够做药，一次能挣好几块呢！有次爬树被伯爷发现了，他焦急地呼喊我下来，不准再上树，还把此事告诉了我母亲。母亲要我继续跟着他去捡松果。但是一到山里，我总想用一个便捷的方法把树上的松果弄下来。伯爷看到我的眼神，就知道我心里打什么主意，叫别偷懒，不能爬树，很危险。没有竹竿敲，我捡来石头，可是扔不上去，有两次，石头落到了自己身上，让我又痛又气……

我跟伯爷捡了几年松果，发现去松林的人渐渐变少了，大家已不满足松林里的那点收获。家里人也多不觉得捡松果有意思，总想让伯爷走出松林，融入火热的生活中来。可是伯爷不太配合。

有段时间，几个有学问的老人喊伯爷去作对联、写大字，逢年过节、红白喜事有人请帮忙，有时能给一些报酬，但写了两次伯爷就不去了。很多年后，我给爷爷整理诗联旧稿，请伯爷写了一篇序言，发现他的古文修养十分深厚。伯爷不怎么读旧书、谈学问，平常看报纸，我们的连环画他也看，武侠小说他最喜欢，不时来要。我们要他买一部金庸的《神雕侠侣》，他却跑到镇上的书店站着读完，回来跟我们讲。

村里人议论，伯爷有很多很多钱，生活却过得不滋润。他复职后得到一笔丰厚的补偿，退休工资也高，但舍不得用，跟村里人一样穿戴普通，很少吃肉，一支烟分两次抽，处事方式也让人难以理解。我弟弟曾笑谈一件旧事。有次去拜年，伯爷准备给孩子们发压岁钱，抽出一张拾元的票子，看了我十二三岁的弟弟一眼说，都这么高了，你就算了吧，然后给了我一个小个子堂弟，把他伤心坏了。伯爷好像不大关心人，也不喜欢接受别人的关心。有次我家杀了猪，母亲给他送去一块肉，他坚持要给钱，母亲不要，他夜里送来一包砂糖，从不欠人情的。他不跟人争论，不愿接受的事情，他会连连摆手，快速说着不要不要不要不要不要，我们常听成表表表表表。要是我们对某件事情表示否定时，也学他说着表表表表表，把人笑弯腰。

对任何人、任何事，总看不出伯爷的态度和热情，好像除了松林，再没有他感兴趣的地方。我们的五姑、他的三女儿，是一个夏夜里发的病，躺在床上没气力。姑父以为是受累中暑了，夜里前来问伯爷，要吃什么药么。伯爷说，去乡卫生院看看。过了两天，人竟没救过来。姑父前来报讯时，伯爷在山里还没回来。好不容易找到他，他愣了一会，说，你先回去吧！然后扶着一棵松树，久久静默，到家已经天黑了。

死生之事，于他若过往云烟，不见痕迹。三十多年前，我们的二姑、他的二女儿因为读书上的安排，与他发生争吵负气出走，伯奶要他赶紧去追，他却坐着不动。二姑那时十八岁，后来一直没有回来，伯奶到晚年都很伤悲，撕扯着问他要人，衣服撕烂好多回。伯爷一言不发，独自到松林去了……

为什么要待在松林里？伯爷是一个平静的人，心里跟池子一样，平常没有多大的涟漪！

村里跟伯爷年岁相仿的阳老头开玩笑说，你一个退休的公家人，跟我们抢什么啊，你在山里天天捉迷藏吧，一个人藏、一个人捉！慢慢地，这话在村里传开了，一说起他就打趣一遍，好像是走别人的路、让别人无路可走了。

后来，很多人外出务工，找到了更好的路子，他们觉得松林山穷水尽，接二连三移居城镇，再不回来了。那些留下的老人，也没有人再去山里捡松果。伯爷一个人把松林“承包”了下来。

三

过了午后一点，太阳光不是很强，正好能看到地面上的身体侧影。我和小清差不多捡了半箩筐，摇摇晃晃来到一面矮坡下。小清说，我们早上来过这里吧，下面是一个老祖宗的坟。我说，是的，老婆婆在那里。小清说，爸爸，你死了，会不会埋到这儿来？我笑了起来，说，爸爸死了，什么都不知道了，你把我埋到哪里都行。小清蒙蒙的，停下脚步说，爸爸，以后就把你埋到这里，你陪着老公公、老婆婆，我会来看你的。听了小清的话，我不住思忖，这片松林有我的位置吗，胞衣之地不等于归宿地呢！

山林博大，滋养了人类，最后又将人类裹入怀抱，不离不弃。但人类却辜负其心，大肆砍伐松树、开垦林地、修建房子，一座大山只剩下稀稀落落的半大松树，殊不知伤害的是自己的胞体。伯爷敬畏松林，松林理解他，只有他能做松林的主人。

“承包”了松林的伯爷，显得更加忙碌，每天都要到山里转一圈。他常常绕道带我去看祖坟地，教我识别人物，哪个在哪里。我说，你要提前给自己找块埋葬地吗？伯爷笑着说，我会埋到这儿的，你捡松果的时候要来看我啊！我说，会的会的，我会来看你的。

我们去得较多的是安息曾祖父、母的地方，但也相隔了二里地。在曾祖父坟前，伯爷会除除草、擦擦墓碑，不然碑上的字漫漶得认不出了。每次，他还会说一句“爹爹，我来了。”我听着就发笑，他自己是七十多岁的老爹爹了，还这么唤人。在曾祖母墓前，他没有喊什么，偶尔提示我说，这是你婆婆的地方。我说，知道的，碑上有我的名字，她才死了几年，我记得她的。有时，我们来到北山坡上，伯爷说上面那座是他的二弟，下面两座分别是他的叔叔和堂弟，他们父子俩同一个月死了。村里经常死人，我对这些不大关心，他说完后我就忘记了……

上初中后，我不再跟伯爷捡松果了，弟弟接替了这个活。弟弟跟他在山里奔走了一个暑假，回家说伯爷常带他去祖坟地转悠。仔细听下去，竟跟以前带我去的情景一模一样。

有次我问叔父，伯爷这个样子是正常的么。叔父说，是正常的，他心里有不安呢！原来，我们的曾祖父、他的父亲四十多岁去世时，他不在身边，曾祖母托人写信要他回来，他是长子。那时他在滇缅抗战前线，部队正跟日本人激战。家里停灵三个月，他都没能赶回，最后草草落葬。伯爷是个军医，救了很多人的命，但是跟他一起去的三个同乡青年，都没有活着回来。这几户人家怨他，多次发难，说你怎不去死。后来他回到家乡，安排在县人民医院工作，但这个经历使他受到影响，有几年都不知他哪去了。叔父说，你看到下面那两座父子坟吗，也是那时候遇难的，我们家成分不好，一直抬不起头；还有，你们的姑奶奶、他的妹妹下放病逝时，他在挖防空洞改造，也没有见上……

我听得不太明白，毕竟太小，没经历过那种事情。等到我明白并开始思考时，我是一名陆军少尉了。我意识到伯爷的不容易、不简单、不轻盈。尘烟遮住了一位热血男儿的魁梧背影，山风把他塑造成一个沧桑粗粝的乡下老农。他的经历和情感限制了他的脚步，能去的地方只有松林坟山。每次，面对逝去的父母，作为长子没能照顾好同胞弟妹，谁能体会那种独剩一人的孤凉和无奈！

这时候，我情不自禁地向伯爷靠去。我们的某种气息相通着。

我们开始了通信，我向他汇报了这些年在部队的成长、职业特点和爱情的进展。对于他，我认为用“汇报”一词是妥帖的。不久，我收到了伯爷的回信，他很为我的武人文职感到高兴，勉励勤奋进取，说笔是最好的枪。他的信是用圆珠笔写的，他一直用这种笔，笔画直奔苍劲，书写快捷。这一年他八十八了，尤见性情和力度。我从中看到一个训练有素、内力入骨的前辈军人的干脆和利落。

周围的年轻人多不清楚伯爷的戎衣经历，只知道他是一个退休医生。前些年，国家和社会对抗战老兵给予高度关注，这是一群不能忘记的人。一天，一个相关组织的工作队，辗转多方来到村里，详细核对有关情况。原来伯爷就是他们要寻找的人。他们要颁发给他一枚纪念章，还要发放一些慰问金。这是值得高兴的事，终于得到了迟到的安慰。可是，伯爷毫不犹豫地拒绝了。他说，如果我做过的事情是有意义的，那怎么都抹不去，不需用勋章来证明，我身上有伤疤。然后，他指着花名册说，我不缺钱，你们给受伤重的人，他们生活困难。想不到，伯爷就这样简单处置了。

后来，我遇到很多从前线回来的人，他们对立功、职务、何去何从等，没有特别的想法，倒是为牺牲战友的烈士称号、抚恤金在不停奔走。我问过其中的一位领导干部，他说，心里全被这些人填满了，一个人活着，不敢闭眼睛！

每次收到伯爷的来信，我先是兴奋有加，然后惆怅满怀。一个心灵无限丰富、无比热切的人，却没能得到周围的理解。我想，能慰藉伯爷的，只有回去陪他再捡一回松果！令人惊讶的是，他也是这个想法……

四

山路不好走，其实根本没有路。地上的松果倒是不少，但钻进草丛捡拾一个要花很大的力气，不久我们就很累了。小清说，再休息一会吧，走不动了。我点上一支烟，深吸了几口，还没抽完，他就在松树下睡着了，发出微微的鼾声。这个样子，很像我小的时候，不知道他是否抬头看到了前面树上的密集松果，跟我一样想着怎样把松果弄下来。

这十来年，生态恢复较快，主要是村里居住的人少，留下来的人有空打牌玩乐，不需往山里奔波了。山里的花草藤蔓趁机繁盛起来，草皮盖住了地面，把路掩藏了，更没有人走了。地上落满了松果，无人捡拾，叫人直感惋惜，不，是痛惜——要是伯爷看到，他定会张开双臂，把地上的松果悉数揽入。可是，伯爷离开了这片松林……

有一天，我在部队接到家里的来信和一张照片。信是母亲写的，说伯奶去世了，身体本来好好的；照片是丧事之后的全家照，大大小小三十来人。我久久难安，怎会是这样！照片上的伯爷是一种急剧起伏、悲欣交集的神色，那个出走四十余年的二姑带着儿孙回来了，就坐在他身旁。

我知道伯爷伯奶生活表面平静，但也有心波迭起，多为一些往来和关爱上的风言风语。伯爷从不理会这样的话，经常进山去了。从苦海深渊爬过来的人，自有对生活方式的选择，要违背内心，那是很难的。伯奶常常不开心，后来产生抑郁症，觉得老有人跟踪，家里有天没人时，她一绳子结束了自己。

丧事期间，有人看到伯爷的身影不时出现在松林里。我理解伯爷的选择。在这样一个场合，看着一个心爱的人离去，又看着一个心爱的人归来，如此高龄的老人，心里是怎样的激荡和交织？干脆到松林里去了，只有不停奔走才能散去悲伤，只有林涛山风才能抚慰心灵……

伯奶走后，伯爷还是一个人生活，尽管后辈提出合灶，他说还是一个人自在。他跟过去一样，一个人进山捡松果，常常去得早回得晚。有人看到，他经常去伯奶的坟前，用锄头刨了草皮盖住黄土，在坟前站一会，再坐一会。但是，有几次很晚了，他还没有回家，大家在山里找到他，原来他捡了一堆松果带不动。

伯爷的小女儿、我们的小姑心有不安，提出把伯爷接到县城去生活，她愿意一人照顾到老。小姑当年接替伯爷解决了工作，她觉得应该这么做。家里人都同意。小姑最后也做到了，成为村里久传不息的佳话。

但是，伯爷不愿长期在县城的楼房生活，就连三十年前工作的医院也没去看一眼，也不让昔日的同事来看望。有次，他独自要回家，因找不到回村的车站，又折回了。他说，还是想回村里去，好多松果没人捡，瓦屋不知漏雨么！可是，没有人支持他回村子，好像被开除了村籍。家里人去城里看望他，他没什么话说，只问他捡松果的箩筐还好不好。告诉了他很好，过一会，他又问一遍。

伯爷在城里生活的第七年春天，我收到他的一封来信，还是用圆珠笔写的，笔画有些松散，该折的地方少了笔力，要么就是不完整。他告诉我，去冬以来病得重了，胸闷气紧，手腕提不起笔，一页纸要写半天。他觉得活不了多久了，很想回村里看一眼，下决心租了车回去，正好赶上清明。我父亲他们一路背着、抬着来到祖坟地，冒雨上了香火。他说松林里落下很多的松果，却无人捡拾，总想起小时候带我进山的情景，可是再没机会了……那天是我家待饭，伯爷说只在桌边坐了坐，一口饭一口菜也吃不下，算是和大家最后一次聚餐了。信的最后，他是这样写的："人生自古谁无死，留取丹心照汗青，后面这一句，我是没有资格说的……你年轻有为，应能奋发书写！"这话让我十分惶恐。他如此丰厚的一生都完成不了，我年轻单薄如何践行！

青峰过眼，人影幻灭，拿着信纸的手颤抖不已，好像我们从此话别了。这一年，伯爷九十六岁。

第二年春天，伯爷在城里逝去。前一晚还吃了饭，天亮身子没了热气。他跟过去一样，不给人添半点麻烦。遵照他的遗嘱，火化了，送回松林边上。松林终是伯爷的，只有他配做主人。

经历岁月沧桑的人，他要选择一种释放方式，偌大一片乡村，只有松林能够让他依照性情、找到安宁！当然，松林的过客们是不懂的，总拿自己的看法评价他人。他的气质，只能使他长久地显得格格不入，但却长久地保持了自己的内心……

五

我们捡了一担松果了，准备下山回家，已近五点。可是，小清还没有醒来，他今天走得很累。我把一只箩筐的松果倒进原来装了祭品的编织袋，袋子正好可以码放在另一只箩筐上，然后把小清轻轻抱入空箩筐……

我挑着沉甸甸的担子，慢慢地走在松林间，一点都不感觉累。

我倾慕松林的气质。我想过多次，以后要回松林生活，但想一下就不敢多想了。我是好龙的叶公，我挂念的东西太多了。比如小清才十来岁，比如……无数的事情等着我去操持，我只有在城里散步的力量。

大概十年前起，我喜欢上了散步。城里没有山林，在河边来回缓步，也能让我去除一些白天的浮躁，冲散心里的壅塞，身心稍稍保持了平衡。慢慢地，每天都离不开河边了，下雨天打伞也要走一走，哪怕站一会，抽支烟，或发发呆。

这些年，父母随弟弟在广东生活，家里早无炊烟，我也很少回去。城里快节奏、高负荷的职场生活，让我难以适从，常常感到惆怅和不安，即使在休息日、黄金周假期，我也体会不到轻松和惬意。我的心总是悬着。偶尔，家里有事回到村里，路过松林时，却出奇地安静了……

我一个人在林子里漫不经心地行走，把自己掩藏在草木之中，好像进入一个陌生的天地。此刻关闭，不需考虑其他，我发现了自己，稳稳地立在松林里，我还是我。我靠着一棵老松，点上一支烟，我看到了满地的松果，但没有捡拾的欲望。生命的自然状态，莫过于这个样子吧！一些移居城里的人周末回到村子里，他们在松林里转悠，摘蘑菇、采花朵、寻草药、找土蜂蜜；有的什么也不干，走走停停，时隐时现。下次回来的时候，我又会遇到其中的几个熟悉面孔，彼此会心一笑。他们也许跟我一样，心里就没什么目的，只是这一刻轻松了。

人们不能轻视默默无语的松林，殊不知，费尽力量都解决不了的问题，松林轻松地帮助解决了。

小时候玩迷藏的人有过体会，对于藏者、还是捉者，都是心旌摇曳、怦然心跳的。其实成年人玩玩迷藏，也很有意思。有一次，一个实名的微友悄悄修改了名字，我找不到她，以为被她删掉了，心里不爽，打电话过去先抱怨了一通。她却很开心，说不经意间的一个迷藏，竟发现那么多的人在认真地寻找她，再次看到了自己的重要性！

生活不能没有迷藏，就是一个人玩耍，也有特别的诱惑——扑朔迷离、躁动不安的时候，可以把自己找回来，且能帮你坚定内心，抵达想去的地方！

我挑着担子，朝炊烟袅袅的村子慢慢走去。夕阳照射过来，影子好像一个大字。这情景跟过去伯爷挑着我回家一样，抑或还是那个影子，晃悠悠地走向过去、或是未来……

（《青年文学》2022 年 1 期）

师　者

看到别人为某一件事而困惑时，我常情不自禁地把自己也摆了进去。儿子高考，为填报上海一所医科大学纠结了，之前没有想过要学医，本硕博八年连读确实诱人，就业路子也宽广些。一番考虑，最后放弃了。但是我这个旁观者并未安定下来，我不停地回忆起自己年少同样学医未果的经历。我想，要是当初学成了，我又是什么样子。我曾拜过一位师傅，礼数到堂了，却未真正跟过，但无法放下，他无处不是师傅，长久的师傅。

记得父亲带我去武冈县城那天，天上飘起了秋雨。我们没有带伞，下车后父亲撩起他的中山装一角，不是遮到头上，而是遮住了一只篮子，里面放着走亲戚的礼物。这是母亲花了十来天准备的，一只全白公鸡，二十个涂红鸡蛋，一双手纳布鞋，还有一瓦罐新熬的苕糖。明眼人一看就知道，这是拜师礼。光是讨要鞋样尺寸，母亲就拐弯问了好几个亲戚，有的知道还不愿说。这样未谋面把鞋子做得合脚，师傅就会认真考虑，喻示师徒俩一路顺利。

我在到广东打工失败、走投无路的时候想起了他。他是一个中医，我父亲的姑父，我喊姑爷爷。他会答应么？

我们乡里也有中医，他在县城开诊所，繁华宽阔地段，我希望能在这里落脚，成为一个城里人。父亲也担心，之前我们家族有人提出跟他学医，他不收，还挖苦说，你们邓家不是能人多嘛，还要找我？我姑奶奶原是县城师范学校的教师，四十来岁就病逝了，姑爷爷已娶了新妇，往来少了。

姑爷爷是抗美援朝回来的干部，脑部受过伤，时有发作，说话做事不同于常人。后到粮食部门工作，因跟不上形势被关过牢房，全家曾下放农村。他不问稼穑，画猴面脸谱出售，后对中医来了兴趣，常常跑到深山老林去捣鼓草药，几次尝试把自己毒得不轻。他有时很多天都不回家，不管老小，十几岁的孩子靠拖煤到广西挣钱为生。偶尔，他到我们家拜年，爷爷比他大，每次跟他有争吵，说他不务正业，游手好闲，叫以后别来了。他说不来就不来。但第二年春节他又带着三个儿子来了，说来看老岳母，老人帮他家带大三个孩子，他心里有数。但爷爷又是跟他一场吵闹。

我和父亲出发时，爷爷已经病倒了，我们没有告诉姑爷爷。这一次，姑爷爷还算客气，留宿一夜，招待周到。他说，邓家多年不出人才，这样下去也不行，一个望族就垮了，我得拉一把。然后交代要我去冷水江卫校中药班学两年基础课，他认为现在的年轻人吃不了苦，不会进山辨认药材。姑爷爷写了一张条子，叫去镇上找他二儿媳妇，她就在卫校读书，放假回来了，可以介绍进去。我拿着他的条子，找到这位表婶，她热情地答应返校后就去协调。半月后，我收到了表婶寄来的入校通知，但我又犹豫了，我正是不想读书而离开高中走入社会的。正好，冬季征兵开始了，我饶有兴趣，报名参加，还算顺利地去了部队。

我走之前没有跟姑爷爷打招呼，他以为我去了卫校，两年后没见我毕业回来，还向一个亲戚打听。父亲后来跟他解释说我去了部队。他说，弃医从军啊，正好跟我的路子相反，那就好好干吧，最少要闯出跟我差不多的路。他还交代，要是我退伍了，可以继续去找他。父亲写信告诉我这些话，我心里矛盾着，我跟姑爷爷的路是相反的，我们两个很难合到一起。父亲叫我写信去，留条后路，但我没给他写过一封信。

有年探亲回家，我成为中尉军官了，想去看望下姑爷爷、这位曾经的老军人，他有七十了。父亲说，还是别去了，去了他很紧张。

姑爷爷之于我们家一直是紧张的。

他痴迷中医，不顾家庭，后来不愿复职，行走江湖，不想再当公家人。后在县城开了诊所，医术独特，尤擅儿科。他自称只看疑难杂症，一般病不看，叫去县医院，我这儿的病人排队老长了。很快就打响了牌子，效益当然好得出奇。他没怎么投入，寻找或收购来低廉的中草药，开出方子，高价卖出，周围都认同他，一传百传。他的家境完全改变了，两家那时还往来，互相拜年，红喜事不来白喜事定会来。我们到他那看病，满以为能便宜一点的，但他照样收钱，一分不少。也不会认为亲戚来了要管饭，吃饭时间他不闻不问，大家就没趣地离开了。后来有人向他讨方子，说自己去捡药，他说我的方子是捡来的吗，那么不值钱啊。其他的家事，他看不顺眼就骂人，常把人骂得哭。我五叔十几岁时，家里给做了件灯芯棉衣过年，他说你家那么困难，你穿得这么奢侈，再穿就给你剪烂，五叔吓得赶紧脱下了。姑爷爷爱骂人，侄儿辈的不敢回嘴，他有本事，各方面都比我们家强，气大压人，不得不低头。父辈们背后常叫他癞子姑父。

我曾祖父母、他的岳父岳母和我爷爷一辈的人也多不在了。但是，谁家突遇困难，实在没有办法时，又想到了他。可是，几乎没有人从他这里得到过帮助。我弟弟考上中专，学费不够，到处都借了，最后奶奶带着我弟弟上姑爷爷家求助。他还是没有开口，说他的钱不是用来借的，哪有这么容易就能解决困难的。奶奶六十多了，气得掉眼泪，走的时候说，你来我家、我给你做过多少饭？他无动于衷。

受了几次奚落，我们便不去占他的便宜了，春节也不去拜年，之前我父亲几个兄弟去拜年，他在诊所不回家。姑爷爷家也不大来我家。

过了些年，我叔叔患了乙肝，看了很多医院都没有疗效，姑爷爷听说后叫他去一趟，叔叔想了想，去了。姑爷爷给他装了一麻袋草药，叫回去煎水喝。这一次姑爷爷说，药费也不多，你可以交，要么就给我买条烟，这样你才会珍视，我的医术不是轻松得来的。叔叔想了下，买了一条比药费还要高点的香烟，姑爷爷到对面店子端来一碗粉，招待了他，算是扯平了。叔叔心里一片温暖，很多年没吃到姑爷爷的饭了，回去逢人便说。

医师劳心劳力，自古看病交钱。这道理我们都懂。他的钱也是苦熬来的，肯定要珍视。但我们不是贪便宜，其实是想得到他的关爱，他是长辈，家中跟他同辈的人大多不在了，毕竟风雨患难几十年。他家下放农村时，我们家没少去送衣送粮。他现在有能力，遇上困难，大家肯定先想到他。但是，我家的情况确实也让他头痛和害怕。祖父一辈三大家，父亲一辈六小家、十一个姑姑，我们一辈伢子八个、妹子七个，叫姑父、姑爷爷的太多太多了。他担心大家得寸进尺，最后挡不住，每次把话说得直接，好像就是警告别打我的主意。姑爷爷有头脑，1990 年代初就在广东购置了房产，在县城住四合院，后来又修了楼房，财富积累颇多，外表却跟个老农民一样。他越有钱越看得重，不相信任何人。

我常常想，幸亏没跟他学医，学了肯定会发大财，挣那么多钱不知道咋花，他也许就是钱多得发愁而变得怪异。我要变成那个样子，是多么的恐怖啊，肯定把身边人都气走了，我成了孤独的王。

我理解了父亲的话，意味深长，面子倒没关系，却也不能给姑爷爷这个老人增加压力了。我就没去看望他。

但我时不时想起姑爷爷，他这个样子，跟谁也合不到一起，他会过得好不好？第二个女人被他骂走了，又娶进第三个，花去了不少的钱财。自己舍不得吃穿好一点，一件大衣穿了十几年，布满烟烧洞痕。他傲世独立，早已习惯了自己的方式，谁影响了他的方式就会立马发作，不顾一切撕破情面要维护。他早不是一个在乎情面的人，他有力量藐视世俗常理和陈规。他的内心没有牵挂和纠结。

听说，前些年有人想跟姑爷爷学徒弟，可能从我拜师那会，他就开始考虑自己的后路了，毕竟年事渐高，医术和牌子要传给一个可靠的人。我大表叔、他的大儿子是个医生，正规医学院的科班生，跟他却说不来，根本不愿考虑，每次回来在家待不了多久，宁愿到我们乡里来，陪外婆和舅舅们。大表叔有次说，不是我爸自私，我妈不会那么早就走了，他从来只顾自己，我二十岁就要我出门找住地、独自讨活，我去学了泥水工，如不是恢复高考考上大学，我的日子不知怎么过下去。姑爷爷的两个小儿子在广西工作，也不大回来，都不适应他的家长作风。

姑爷爷前后带了几个卫校毕业的年轻人，熟人介绍过来，请他调教培养。但是几个月后，没有一个留下的。他总用一种不信任的眼光看人，稍不顺眼就训人、摔东西，手指经常戳到别人的鼻子上，说你的眼睛长在屁股上吧，你要脱了裤子才能看得清。每天的药草数量、收入账目，要算得分厘不差，没人受得了。开给徒弟工钱算了又算，觉得有一个月开得比周围店的学徒要高，下月就发得较低。给孙辈、小孩发红包不按大小来，而是论高矮，稍高一点的就是成年人了，不会发，使得孩子们都不愿长高，又想要他的红包，故意放低身子去。

在他面前，你永远不能站直身板，不习惯就走开，他又不缺你。

后来姑爷爷收了三婚女人家的一个亲戚做徒弟，这个弟子能受气，做事利索，女人家也及时从中调解。这个女人待我们还好，我那次去拜师，她客气地做饭、留宿，还帮着说话，我也叫姑奶奶，她是个会处理关系的人。姑爷爷也教得细致认真，传了不少真东西。三年后，弟子觉得十分压抑，提出自立门户，不打他的牌子。徒弟已学去不少经验，姑爷爷坚决反对，也极力挽留，他还是走了，说工资开得再高也不干了。后来徒弟在县城开了诊所，两人免不了要发生矛盾，成为怨家。

每次听到这些事情，我会阵阵发颤，要是当年跟着姑爷爷学下来，我跟他相处是什么样子。那时我还没什么脾气，也许克制着稍能相处，学得了医术，继承了他的诊所，挣到了不少的钱，但这些财富是否让我们都过得幸福。答案是否定的。从我现在的处事能力看，我无法跟他调和得来，肯定早已战火熊熊。要是我战胜了，中年也要考虑后路，估计也成为一个让人害怕的师傅了。

如果说之前的徒弟都是外人，姑爷爷总有不放心的地方，但是后来，他的二儿媳从卫校毕业在他的诊所学习，几岁的儿子也跟着在一起。姑爷爷想把这份家业传给儿媳，磨合两年多，她坚持不下去，带着儿子回到广西的男人身边。不知道具体是什么矛盾，听说表婶到广西后，几年没有回家来。我们村里有人说，有次去看病，小媳妇红着眼诉苦，说太难相处了，孙子吃个饭都啰嗦。

我认为很正常，他要不是这样反不正常了。幸亏，我没有跟他当学徒，要不我的工资被他巧立名目扣去不少，我们肯定早已积怨，人为财死，都难放下。

有很多年，我们家再不去看病，也不去走亲。姑爷爷好像感觉到了里间的变化。有乡邻去找他看病时，他会问到我家的一些情况，托话过来叫有事要找他，是不是看他老了没用了，就不来往了。

有个堂叔一下来了热乎劲，正好儿子考上大学，稍有点紧张，跑去试着借学费。姑爷爷说，我都有两个大学生儿子了，邓家才出了一个，还读不起，不过这是好事，要支持。他借给了一笔钱，立了字据，没有约定还款时间。

本来疏远了，他好像还惦记着我家。但他让人保持了清醒。我们懂，他希望有种存在感，不想让我们忘了他、又要保持距离，他在县城举目无亲，儿孙都在外省。

果然，过了三个月，姑爷爷就催着我堂叔还款。堂叔希望能借上一年。他不同意，说是帮急不帮穷，还不起就别借。堂叔很窝火，四处凑齐钱，到县城偿还了，指责姑爷爷逼债太甚。姑爷爷骂他不识好丑，自古欠钱还账。两人都憋着火，在街上对骂起来，什么话都骂出来了，骂一会歇一会，口干了各自喝口水，接着再骂，直到把太阳骂下山。堂叔回家后兴奋不已，说替大家把多年的怨气发泄了出来，叫大家以后不要怕。

姑爷爷八十了，我感觉他身上有了冷意，再有本事的人都抵挡不住岁月的慢熬，再多的财富也驱除不了晚境的空寂。像他这样剧烈起伏过的人，回忆起过去，心情是沉重和酸楚的。他很强硬，也一样有软弱。身边没有亲人的时候，他也会想起我们家，是我们给了他最初的慰藉和支撑。比如，他会记得谁谁的生日。

我大爷爷、他的大舅哥九十岁生日时，他买了一件数千元的貂皮棉衣，亲自送到家里。他没说大家过去对他的帮助，却不停地说他忘不了这个地方。他提出出资重刻岳父母的墓碑、把坟修整围起来，上面的字湮灭看不清了，希望我们能把他和三个儿子的名字刻上去。这件事情，后由三表叔托付给我，我回去跟大家做工作，把事情圆满完成了。他曾收我为徒，徒弟也给师傅做了一件事情。但姑爷爷没能亲眼看到，也许老天爷不让他再看到，他对这方土地有过轻视。

八十多岁惦记的竟是这样一件事。姑爷爷提出这个希望一年多就去世了，他患有疝气等重病，做过手术，最后不肯住院治疗。几个儿子轮流从外省回来照顾，就在交替的一点空当里，他悄然走了。地上打翻一只瓷杯，可能他想喝口水，最后的意愿没有实现。姑爷爷留下不少的财产，之前他作了具体的安排，甚至把现在的楼房要让照顾他的三婚女人住到老，可见他也有体恤。当然，我们家也组队到送别，去了不少人，办完丧事，一起照了合影。此后，两家又开始往来，有事互助，无话不说。

我没有到送别，觉得他就没有走。他用一身的恶，给我们留足了教训。怎能离开！我从拜师起，有二十年没有见过姑爷爷，但我听到过一回他真正的声音，一直记着。

那一年我转业到市区，有次到县城出差，晚上在住宿的宾馆边上散步，忽然听到一个老人的说话声，洪亮有力，穿透黑暗。我不由得停下脚步，辨听一会，没错，是他，姑爷爷，原来他的楼房就修在宾馆旁边。他就坐在屋檐下，隔着夜幕，我们互相都看不清脸面。我想走过去喊他，转念一想，我怎么介绍自己呢，他不知道我的名字，就是报出我父亲，他是不是又很紧张，我来找他干什么，这么晚了。

我在黑暗中站立着，望向他的声音传出的位置——他是我师傅，不无影响、影响无不的师傅……

失语者说

闲下来了，我想跟父亲说说话的，准备张口时，他却低下头去了。父亲常常认真地看着小清做作业，目光跟着小清的摇晃而移动，好像在作辅导，其实他不懂。我不好打搅他们爷孙俩。长久以来，我跟父亲之间的对话，总是因为各种各样的原因而错过。

我和父亲习惯了沉默，有时几天都不说一句话，父亲没什么异样。要说他还有点动静，就是吃饭咀嚼声响亮，“吧嗒、吧嗒”，显示出他对这顿饭十分满足的样子。我提醒父嚼动轻一点，他不吭声，移动一下身子，声音渐渐低下去，但过一会又恢复原样。父亲的话太少，这点难得的声响就不剥夺了。

我非常矛盾，父亲没来城里总盼着他来，来了却没话说。小清有时拿着童话书，说要爷爷讲故事，可是父亲不会讲。他觉得不能让孙子扫兴，就让小清讲，他听。小清伴着动作，学着我们给他讲故事的腔调，讲着各种故事。一直没听到父亲讲个什么故事。

父亲怎不是有故事的人呢，父亲的故事就是不说话。

一

父亲是个泥瓦匠，雨天闲下时，他不跟人闲聊，一个人坐到屋檐下抽烟。烟团腾起，飘到檐口。屋檐上的瓦，是他盖上去的，遮挡着风和雨。他的故事，正是从一片瓦开端的……

弟弟有次说笑要父亲和母亲交代，当初是谁看上了谁。母亲生气地指着父亲说，是这个背时鬼打的主意。这些年，母亲一次又一次地复述着这场婚姻的起始，她是老了，也是对这个世界不多的留恋！

许多年前的一天，父亲在屋上捡漏，同村的母亲寻猪草从屋檐下经过，突然“啪”的一声掉下一块瓦，把母亲吓了一跳。父亲下来招呼，招呼她进屋喝杯茶。奶奶看到了，明白父亲对母亲有意，便托了人到外公家提亲。母亲不愿意。外公觉得爷爷家知书明理，是可以托付的，便一人做主，把母亲嫁了过来。后来有了我们三兄妹，孩子可不是一片瓦，而是他们的璞玉，玉要琢，却离不开瓦。仔细去看屋檐上的两溜瓦，像极了一本打开的书。父亲的想法是要把这本书打开。

父亲能及时准备学费，管吃饱饭，但从不过问我们的成绩，更谈不上辅导。他不跟家里其他人多说话，母亲跟他说话，他一般只有两个字，第一声的“嗯”和第三声的“嗯”。对我们兄妹三个，常常是第四声的“嗯”，表示反对、不允许、会挨打的，同时还有严厉的目光逼视而来。

第四声的“嗯”一般用在我身上较多。十一二岁时，我不学无术，惹是生非，常有人找上门来。父亲动不动就饱打我一顿。他要关起门来打，别人不能拉，把棍子打断，把皮抽烂。我不喊痛，也不认错，他打得更狠了。有时挨了打，我竟不知道是什么原因，夜里躲到树上不回家，爷爷奶奶提着马灯到处寻找。为了躲避父亲，我甚至流浪到外乡好几天，因为肚子饿得慌，又灰溜溜地回来了。但我不再怕他。我对抗他的方式就是挨打后不说话、很少喊他。一段时间后，我叫不出口了。十五岁后，他不再打我，但直至如今，我再没恭敬地喊过他一声。

我长期不叫父亲，他是不满的。我问母亲要钱，她故意叫我问父亲要，我就硬邦邦地跟他说给我几块钱。父亲说你问谁要钱，我有名有姓。他要是不给，我转身就去问奶奶要，爷爷有退休工资。奶奶给了后，又不无乖态地说给母亲听，父亲知道了更生气，骂奶奶多事。

我曾看到一篇分析不爱说话的人的文章，研究者说，长期的少言，可能是心里的一种紧张。父亲紧张什么呢，是因为我吗?

我向奶奶推卸责任说，你怎么养了这样一个儿子，是不是小时候你不准他说话，管得太严了，别的父亲好亲昵的。而奶奶把父亲的沉默寡言归咎为时代。父亲出生不久，社会环境愈加复杂了，当教师的爷爷从学校回到了农村。在一次集体劳动中，爷爷被屋顶落下的一根大梁砸中，一条腿残废了，虽然多年后复职，但一瘸一拐没干几年就提前退了休。父亲刚满十七，成了顶梁柱。

我问过父亲家里当时的境况，他冷静地说，我们家的情况还好，没有人特别地为难过，不要打听，去读你的书。我觉得父亲那时被吓怕了，心里紧张。多年来，父亲把一切放在肚里，村里分粮、分树等老是吃亏。母亲埋怨他，父亲横竖不作声，母亲更气了，干脆自己出面。母亲初中毕业，能讲道理，让人家没话回答。母亲维护了这个家庭的体面，纵观几十年的光景，父亲是配不上母亲的。

但从后来的情况看，父亲又是很有个性的。前些年，有伙人在村里开砂石加工厂，未经同意，在我家菜地里栽下一根水泥电线杆，迅速通电经营。父亲知道后，一人跑去跟他们十来个人争了起来，要求移走。对方不肯移，父亲便用锄头将电线杆根挖出，要将电线杆推倒。对方担心出大事，只得道歉。父亲骨子里不是胆小的。这个事，就是我回来处理，也没他这样有力度。

二

如果与父亲发生了言语冲突，他总要说道我不好好读书。而我一直在读书进取，活学活用。每次跟他发生争执，他不好再打我，便气冲冲地跑去瓦厂，甚至不回家吃饭。他用这种方式表达对我的不满。母亲要我给他送饭，我把饭篮老远就放下，也不告诉他就走开了。晚上他将饭篮提回来，饭没动。

父亲每天回家，早早就上床了，说站了一天，腰痛，扯着五脏六腑。第二天清早，又匆匆出工，我们跟他几乎说不上话。做瓦比外出务工效益要好些，但是很苦，多数人不愿干。我后来有过体验：一是累，要踩泥垒墙，颇耗力气；二是机械，站在太阳下，抹瓦皮、蜕瓦衣，一整天重复着一个动作；再是寂寞，瓦匠之间的晒场隔得远，几乎没法说话，大家都要抢天气、多出活，没时间说话。

父亲做瓦，不啻于一种赌博。一年一窑，要是烧得不到位，太过或太嫩，一片都卖不出去，一年的力气就打了水漂。我记得，因没烧好，一些妇人在窑门口呼天抢地哭喊，咒骂老天爷。父亲就这样一年年地赌着，有年赌输了，他一整天站在窑前不说话，母亲不敢哭，怕把父亲哭垮了。他们还要冒着奇热，将烧坏的瓦搬出来，给别人腾窑。我们兄妹也去帮忙，大家沉重得说不出一句话，本想卖了瓦添衣割肉的。母亲安慰大家，明年再来，有劲就会烧好！

爷爷退休时，父亲符合接班条件，可以借此改变瓦匠身份，但爷爷让叔叔去了。有次我对父亲说，要是你去了，我们成了公家人的子弟，条件会好很多。父亲不吭声，就跟爷爷跟他谈这个事一样，说完就做瓦去了。这件关乎一生命运的事情，三两句就谈好了，可见父亲心里并没有太多的纠结。

瓦，如此幸运地成为了我家烟火岁月中顶礼膜拜、怎么都绕不过去的器物。我们兄妹也如此幸运地成为父亲手里的一片瓦——得烧好，不能掉落于地。他捧在手里，小心得不敢说一句话。

可是，我想离开父亲，我受不了这种沉闷！村里其他的瓦匠也养家糊口，一样的劳累，他们却互相取乐，享受着苦难中不多的快乐。父亲为什么不一样呢？

初二时，我常去瓦厂浪荡，有时装模作样做上几瓦桶。父亲不准我触摸瓦桶，我偏要玩。有天他大发脾气，把做好的一坪瓦坯用脚踢倒，嘴上说着“我让你玩，我让你玩”。他的举动把我惊住了，没想到他竟如此愤怒。我很久不敢再到瓦厂去。

我明白，他是想让我好好在学校读书，不要成为一个瓦匠。可是，我的心事在另外的地方。

我喜欢看小说，还模仿着写了往外投稿。父亲却反对，说我不务正业。有次我正在读一本叫《黑三角》的侦探小说集，他抢过去把书撕成两半。我把破书合拢订好，偷偷拿出来看，结果又被发现。这次，他不但彻底撕毁了这本书，还把我收藏在箱子里的其他小说全部撕烂。我气得要跟他打架，可是打他不赢，就瞪着眼睛对他高喊：“你不读书，还不准我读！”父亲扬着棍子，没有打下来。

父亲这个模样，深深留在我的脑海里，比跟他打架产生的影响还要大。我很久没跟父亲说话，准确说，我就是从这个时候开始不再喊他的，我恨他。挨打只是皮肉之痛，过两天就消失了；撕书却给我留下深切的痛，无法愈合。

此后，我更不想读课堂上的书了，决心远走，要写一部书出来，让他怎么都撕不烂……

三

乡下的檐口，瓦片一溜溜叠放上去，两溜瓦像两只欲飞的翅膀。每个瓦匠都有飞天梦呢！当然，父亲对我并没有过高的期望，只希望我多读两年书，不要早早成为一个农民。但是，高一暑假我就告诉他不想读书了，因为我对理科一窍不通。我自愿成为一个农民！

父亲默默地坐在屋檐下抽了一晚上烟。虽然那时村里去广东打工的年轻人已不少了，但是知道养育的长子读书读成这样一个结果，他还是不舒服。我去意已决，父亲只得卖了一头肥猪，给我一笔路费。我先折腾到衡阳，坐上火车到了广州，后来又辗转到惠州、惠阳、新圩等地。

儿子小清今年十七，上高三，懒散，爱玩游戏，对家庭、社会事务不太关心。我几次用父亲十七岁立家的经历来引导他，可他并没有什么反应。我又说起自己，十七岁开始与在广东务工的亲戚通信联系，十八岁毅然南下打工。他说，你去打工，一定也要我去啊！我气得捏了拳头要打他。他不高兴，关门不出。他们这一代人的人生，跟电脑编程一样，早已设计好，平淡无奇。

我担心小清学了我的脾性不理我，得及时去开导。那晚跟他交流后，我一个人坐在阳台上，喝着早已凉去的茶水。这跟父亲在屋檐下坐着抽烟一样，我们想着同样的事情，心里是同样的滋味。

第二天早上，小清对我说，要是明年高考没考好、不让复读的话，就去广东打工，不再用你的钱。我并没有感到惊奇。我知道，他说的只是气话、懵懂之言。但是一连几天，我仍止不住地想，要是明年小清真的去打工，我会内疚一辈子的。

我终于理解了，当年我去打工时，父亲心里是十分失落的。他不是舍不得我离开，而是被我撞了“腰”，把话语权撞没了——儿女的成长、求学、就业等，父母是要发表意见的，那是他们应尽的责任。继我之后，弟妹们很快都有了自己的选择。被剥夺了话语权的父亲，又是什么模样？

我以为脱离了父亲，就自由放飞了。可事情并非想象的那样简单。我在广东并不顺利，很久没有找到称心的工作，后来进了一家石膏玩具厂，干了不久又毅然辞去，开始漂泊。父母曾叮嘱多写信，因为不顺，我没有及时给家里报讯，父亲很着急，每天到村部去等望，一坐就是半天。弟弟放弃高中，去了岳阳的石油学校；妹妹执意到广东韶关复读高三，后来考到广州一司法学校。这高昂的学费和生活费从哪里来？不久，我入伍去了大西北。入伍第四年，我参加成人高教培训，需要四千块钱，父亲跑了三天，给我凑齐寄来，这笔钱差不多是他一年的收入了。两年后我成为军官，却高兴不起来……

母亲来信说，你在信上总是称双亲大人，不能像弟妹那样喊爸爸妈妈么？我盯着信看了许久，动了动喉咙，可怎么也喊不出来。但我注意到信纸上布满泅团，字迹也不一样。原来，我家借过别人的钱，有的怕我们还不起，催得急切，有的还是亲戚，我家也曾帮过他们。父亲难以接受，想告诉我，写着写着眼泪就下来了，母亲又上来写上一阵。父亲没有好点的办法，只能靠沉默来应对一场毫无蓝本、紧张惊险、起落悬殊又无法缺席的人生大戏。这些年，别的人都到广东打工去了，父亲能去的地方只有瓦厂，陪伴他的是水、泥巴和空气，一个人不用说话了。

外面的世界，父亲一点都不了解，只要是儿女有需要，他都无条件答应。我们利用了父亲的沉默和顺从，一有想法就对他发号施令，要是有什么做得不合我们意的，我们就对他使性子。面对这些，他往往一言不发，好像做错了事。父亲的粗暴脾气被磨掉了，他不再骂人，也没人可骂了，变得胆怯了，和善了。

我曾向在省城当医生的表哥咨询，父亲这个无语的表现是不是大脑有问题。表哥告诉我，失语症里有一种表现并非神经受损，如果一个人长期不说话或不曾展露笑颜而造成面部肌肉紧张、组织板结、神经传递失灵，是会失语或伴有轻度失语现象的。父亲会不会是这样……

我曾想，要是让我走一遍父亲的路、负担同样的家庭任务，我会是什么状态。我肯定会患上失语症。我还想，父亲要是个话多些的人，会这么憋屈吗？我成年后遇上事，不管悲喜，喜欢第一时间与人倾诉，心里会畅快很多，不再发胀。父亲要是跟我一样爱说话，好像也不见得办法就多一些。他不说话，是心底铆着一股气，话多反泄漏了。

四

这些年，我常常回到村里去，很多老房子坍塌消失了，瓦厂被平整成稻田，唯有那座瓦窑还在。远远望去，黑墩墩的，很像父亲站在那里，说着什么。父亲辛劳了一辈子，是否获得过幸福感，或者说在日子宽松一点的时候，是否有过享受一下生活的想法？我反复观察，他是有的，只不过方式比较特别。我是在他病倒时发现的。

家中生活状况渐渐好转，弟弟妹妹在广东成家，母亲去给他们带孩子，我从部队转业到老家邵阳。我希望父亲早点来城里生活，多拉拉家常，把想说的话都说出来。但有好些年，父亲陪着奶奶在村里生活。父亲从不玩牌，不喜欢出去旅游，也不大串门跟人聊天，我也很少主动跟父亲谈个什么话题。

奶奶在九十一岁时去世，我想，父亲可以过来了。可是父亲突然病倒了，六十三岁，肝硬化，腹部积水，过去一直没有发现。我将父亲接到市医院治疗几次，胆红素指标一直超高，有天突然昏迷了。我急得直喊“爹爹、爹爹”。这是三十多年来我唯一喊过他的一次。经过一番紧张抢救，父亲醒了过来。我舒了一口气，提出转往长沙的省医院。父亲说，还是算了，省医院也是这个疗法。人之将死，其言也善。父亲竟没有进一步求生的欲望！我知道，他是担心治不好，还要花更多的钱！看着父亲蜷缩在病床一角的孤单模样，我难受不已，连夜找了车，疾奔长沙。这样做了，我心里要轻松一些。

父亲的肝脏因长期得不到治疗和养护，不能正常发挥作用了。省医院努力月余，检测指标仍是居高不下，医生建议使用抗病毒的西药，帮助肝脏解毒，但要终身服用，一天一颗。要救命，只能这样选择了。住院三月，快要过年了，父亲的病情得到了控制，他坚持要出院。

父亲在乡下休养，有天母亲对我说，他在医院昏迷时，你呼唤他，他是听到了的，说想不到还会有这一声。此后，我还是没有喊过他“爹爹”，也不打算改变。这个称呼在我看来过于灼热，我怕被烫伤。我在外人面前，可以口若悬河、眉飞色舞，跟自己的亲人在一起，包括母亲和弟妹在内，都没几句话。他们多次给我提过意见。我深知这是一种心理障碍，太难为情，改不掉了。

父亲习惯了我不喊他，他并不为此感到虚空，相反对我是满意的。他在我这里看到了他最初的愿望。我曾干过线务员、记者、指导员、参谋干事，转业后任过文秘、负责过工程项目，还加入了中国作家协会。听村里人说，这么多身份里，父亲最满意的是作家，他常拿着我发表的作品给大家看。现在条件好了，村里人还是推崇读书，挣了钱的老板多，大家却不怎么在意。

父亲为我重新成为读书人而倍感高兴，但是又伴随着一种疼痛。母亲曾说父亲对她讲，过去撕书伤了我，一直想给我买一本，就是他撕毁的《黑三角》，但走了很多书店都没买到。这是三十多年前一本小说，他以为在书店还会买到。我非常惊讶，他居然还记得书名！

有一次，我在客厅偶然看到父亲站在我的书房里，望着满墙的书籍，抽出一本，抚摸着封面，跟抚摸一个孩子一样。我想，父亲的心里是复杂的。我的事业、我的幸福，包括我带给他的声誉等，都是从一本书开始的。父亲想不到我会成为一个作家、一个写书的人，而当初的写作目的竟是为了报复他、打倒他。

五

父亲坚持吃药和复查，大病后七八年了，各项指标都较为稳定。他觉得什么都好吃，见到谁都开心，但不能跟伙计们去砌墙了。父亲时而在中山，时而在邵阳，他还是喜欢乡下，每年要回去居住一段时间。他不是寻找归属感，而是觉得在乡下与邻里谈得来、被人在乎着，有种存在感。他觉得有位置的地方才是好地方……后来他希望把老屋翻修成亮丽一点的楼房，我们也照办了。

在我们的要求下，他已戒烟多年。现在，他又时不时地点上一支。想抽就抽吧，不管他了。他不喝酒，有回我烧了姜汁可乐，开玩笑说是茅台，可贵了，他说没什么味道，还没可乐好喝。这成了我们打趣他的一个笑话。我就买了整件的大瓶可乐放在家里，他喝得津津有味。我会陪他体检、买药、洗衣服，给他做饭，并陪着他吃。弟弟不会做饭，弟媳妇做，要么带着去外面吃，点很贵的菜，他觉得浪费，吃得不安。父亲愿意跟我在一起，我们不需多说话，连称呼都不要，彼此默契，包容和放任着对方的缺点。

这就是日子吧，日子的滋润，是靠心安去感受的，而非话语。

可我常为一件事情的不顺而喋喋不休，我做不到跟父亲一样，遇事保持着沉默。在这个躁动的时代，我多想感染上父亲的失语症。

（《雨花》2024 年 1 期）

猴面人语

几乎毫不犹豫，我拔腿离开了围观猴戏的人群，小清在后面哭喊，看看嘛看看嘛，就看一下嘛！我呵斥道，有什么看的，你不吃饭长得跟猴一样，照镜子看自己就行了。这是大约十年前，我带着几岁的儿子小清在街头遇到猴戏班的情景。我在前面毫不理会地走着，他在后面一步三回头地哭着，紧密的锣鼓没有让我回一下头。我反感这种模仿人的猴戏。多年来，厌恶的根子深埋心底，全时空无来由地敏感着。

现在，我们这些小城边上，仍然时不时出现猴戏班子，但没什么人围观了，生活中好玩、来劲的东西太多了，一只猴实在让人提不起兴趣。冷清下来后，我倒对耍猴人和几只猴关注起来。我问耍猴人，怎不待到园里，跑出来生意又不好。他说，闹疫情，园子里没几个人去，猴们也耐不住寂寞，出来还能透透气、撒撒欢。

跟耍猴人说话时，几只猴瞪着眼睛看着我，目光里含着一种乞求。我不敢对望这种眼神，怕灼伤我的眼睛。我转过脸去，又有几团猴影落入眼里，耳边骤然响起雨点般的锣鼓声，欢语狂笑掩盖了低微的喘息……

一

每次回到村口，总能遇上几个熟悉的瘦面老人，心里极为敏感，好像我父亲站在里面。他们和善地笑着，跟我说话，我递上几支比他们的、要好些的香烟。他们恭维说，还是你能干。其中就有村里的名人新火，他总跟我说：回家了，要吃饱饭！眼睛里充满关切的神色。这句口头禅他说过几十年了，没人在乎过，现在听着却不一样了，好像我还是那个孩子，甚至盼望他这样说着。

他们几个多是村里的闲人，家境一般，喜欢扎堆。那些富足的人，不一定跟你打招呼，与我这个公家身份的人保持了距离，即使碰上了，要么过分热情地说道，要么皮笑肉不笑地给个表情。新火他们不怎么在乎自己的身份，事实上也没人在乎过他们的身份，闲散浪荡，没个正形。这样的人，每个村都有几个，好像是提供给人要猴打趣的，少了他们，村子就少了味道。

新火是我父亲的老伙计，他们常凑在一起，说着别人听不懂的话。听奶奶说，新火大我父亲几岁，从小在一起玩。父亲七岁多生了一场病，突然不会走路说话了，大人们忙，奶奶就让父亲跟着新火，其他聪明活泼的孩子不愿和他们一起玩。新火教我父亲走路说话，要是仔细听，父亲的腔调跟他十分相似。这个声音，让我长久地困惑着，使我有意无意地对新火表现出较为细致的关注。

新火小时候，大家都叫他老火，我们村对一个人亲昵的呼唤，常就名字的后一字，喊作老 ×。但对新火，喊着喊着成了老猴，因为像只猴，喜欢跳跃。年龄大些的人叫他猴—— 拖得很长，好像是喊一只长不大的猴子。我们这些小把戏也跟着喊老猴，学他含混不清地说话。他装作很生气，转身一手探进你的裤裆，摸着小鸡鸡，说要吃饱饭，再长大点。人被吓得半死、动弹不得时，他突然嘿嘿笑了起来，牙齿特别白。

在村里每次遇到新火，他要我叫爹爹，我也叫过，成年后就不叫了，但他在我心里占据了很大的位置。

新火挺适应集体化生活的，跟着干活，一身力气，不用考虑其他事情，但是没想到突然分田到户了。他跟不上节奏，育种、打药、养殖等有点技术的活不会干。新火有了压力，他要养一家人。

前些年，新火的父母想尽办法给他娶了亲，生了两个孩子。新火没弄出什么好路子，但常得到大家的表扬。新火老婆眼睛有恙，看东西只有一只珠子转动，大家却都夸他老婆漂亮，新火做什么都被夸赞能干，甚至骂人时都会表扬下新火，什么新火都比你干得好、你给新火提鞋都嫌你手笨、你去拜新火当师傅。于是，新火又有一个师傅的别称，笨到家的师傅。

村里人好像还很关心新火的，旧衣服旧器具常送给他，同样的活计都觉新火干得出色。可能是认为他没这么能干，能娶到老婆、养一家人，很不错了！村里人在毫不吝啬的表扬中提升了自我感，觉得还是自己的老婆孩子漂亮些。

新火常到我家来，有时一个人坐在屋檐下，远望过去，脸庞猴瘦，很像我父亲，常让我叫错。新火老婆和我母亲的名字里都有一个梅字，村里人老远的叫得亲昵，梅——谁都可以这样唤一声，叫这个就想到了那个。我们两家，在村里人看来好像就是一家。

现在见到新火，我的心情是复杂的，不知交流什么好，有时呆呆地看着他。他太像我父亲。我给他发一包烟，他会伸出两个大拇指，关切地说，回家了，要吃饱饭！

二

新火没上过学，不识字，只会从一数到十，说话含混不清，但他喜欢跟人交流，表情丰富，喜怒哀乐。听说他七八岁才开口说话，每句话只会简短的词，跟小孩说话一样，像上山、砍柴、火；水里、鱼、大。大家常学他的方式跟他说话，猴——去砍捆柴、摸个鱼，回来给你糖糖吃。他很当真，让干什么就干什么，行动灵敏，滑稽俏皮。

渐渐地，大家形成了看猴戏的心理，要是有一天没见到新火，会不自在的，好像找不到自己了。他们小时候，村里人想打趣时，也怂恿我父亲和哑巴力生几个猴样的人加入。新火带着他们上山入水、窃枣摸瓜、跟邻村顽童干架、被教唆偷看妇人洗澡，常常被人追打，身上皮开肉绽的，还一脸傻笑。长大一些，村里让他们几个看管一群牛，有次玩骑牛赛跑，天黑了牛都没吃饱，有人家正好烤完酒，将不要的酒糟给了他们，结果把一头壮牛给醉死了，其他几头经过洗胃救了过来。久未开荤的村人大快朵颐，提前过了一个热闹年。村长大发脾气，扣了每家四个月的粮食作赔偿。几家的父母把各自的孩子打得死去活来，不准再一起玩，我父亲被爷爷捉去读书，一直读到四年级，因成分不好不准再读了。不久，村里传言那桶酒糟是人家故意给的。第二年他家遭了报应，不明不白地死了一头怀上猪崽的母猪，全村人在他家吃了一天。

多年了，村里人从新火身上轻松地得到快乐，找到了作为一个完美人的存在感。新火能容下人和事，从不给人带来压力，成了平衡气氛的调节器。

村里人除了种田，还开动脑筋搞副业。村里有上等的沙土，不少人烧瓦致富了，新火也跟着做瓦，手脚慢，做得瓷实，别人半年可以做满一窑了，他要一年时间。新火不会装窑烧瓦，来我家找父亲，打着手势，说开工资。父亲读了几年书，做事有条理，经常帮新火做安排，不要工钱。新火也帮我家干了不少力气活。这窑瓦烧得十分成功，比父亲自己的窑还要好，几乎未浪费片瓦。新火不会算数，让儿子志高去算账收钱，志高比我小几岁，上四年级。村里人问新火一窑瓦卖了多少钱，新火傻笑着伸出十个指头，满载而归。

有了钱，大家一个劲地问新火用来干什么，好像新火家没有用钱的地方，家里一直是这样。新火只是傻笑，没说怎么用。有一天，他带着志高到镇上买了一辆自行车，他不会骑，让志高骑回来，他劈腿坐在后面。自行车在村里不是新鲜玩意了，但新火的自行车还是成了新闻。新火也有自行车了啊！新火春风傻笑，时不时地让志高骑车载着他，在村里转圈，速度很快，后面跟着一群欢呼的小屁孩，卷起老高的尘土。

第二年卖了瓦，新火又搬回一台 17 寸的金星牌黑白电视机。这又成了爆炸性新闻，虽然村里已有不少的黑白电视机。一些人坐不住了，新火只会演戏啊，他还看上戏了，总觉得哪儿不对劲！新火看不懂电视节目，却跟大家一起看，不一会就打起瞌睡。他跟我父亲说，是给志高买的，去别人家看，被骂。这事，我深有记忆。以前在别人家调拨电视节目，那家孩子朝我吐口水。我回家告诉父亲，父亲决心买一台电视机，但是差了一半的款子。他去跟新火商量，新火也没余下钱。第二天晚上，新火竟送来了所需的款子，他卖了自家的半大黑毛猪。有了电视，我却不怎么看了，这件事留在少小的心灵里，胜过了所有节目的精彩和深情。

新火跟我父亲又有什么异样？在一个父亲的身影面前。

可是，看惯了猴戏的人们心里酸溜溜的，他们什么都不缺，只少了一种感觉，在新火们面前长期固有的优越感。这是我们村里一种顽固的病。

我报名参军时，村里人感到很是惊奇，其实村里参军的人不少了，但他怎么可以呢，他家那个样子，地主后代啊！去部队那天，村里人表面恭贺，但没人参加村里组织的欢送，族外人只匆匆来了新火。新火忽然知道我要远行，送来十几个鸡蛋，他来不及煮熟。新火一身的火，鸡蛋不用煮，我在路上就着半开的水吃了，味道生腥。

我常常想起新火，一种笨拙又执拗的味道。他也要当好一个父亲。也许，这就是新火留给村里的一种味道。他时不时地弄出一些与己不相符的事情，把村子突然搅动一下，让大家一次又一次打起激灵。

三

在大家丝毫不歇停的注目下，新火翻修了房子，油漆了家具，不时给老婆孩子缝制衣服。奇怪的是，同样的布料和裁缝，穿在新火家人身上要好看得多；同样的饭菜，新火家的要有味道得多；同样的板凳，新火家的坐着要舒服得多。新火把女儿嫁给邻乡一个篾匠，村里很多人去送嫁，认为新火的女儿嫁这样的人家是不错的了。现在农事衰退，篾匠的生意不太景气了。

可是奇怪，新火家屋檐下每天人影攒动，都到他家闲聊、打牌、吃茶，聚足了人气。大家的实力远在新火之上，却离不开新火，玩到一起仍能找到所需要的存在感。

新火一脸傻笑，心里也有烦恼，把女儿嫁出去后，又开始为志高的婚事着急了。志高是老二，中专土木专业毕业后，一直在广东打工，很少回来，同龄的都娶亲生子了。新火托了几个人到外面说亲，但到新火家考察后都不答应，认为我们村偏僻了点，其实是觉得他家境差了，还是红砖平房。

夏天里，老炳木匠喊新火帮忙收稻子，每天开工资、管两餐饭，发一包烟。新火却不要，连续帮了三天。新火吞吞吐吐提出，让老炳把在广东打工的女儿红玲嫁到他家。老炳还没说话，他老婆一挥手说，这不可能，你想什么呢！新火被妇人呛得没话说，悻悻地离开了。

这件事很快在村里传开，都笑新火敢打主意，老炳木匠的闺女，我家儿子都不敢想，真是隐藏深，狡猾狡猾的。新火一下成了一个让大家不放心的人……新火只想建立一个正常的家庭，烟火怡乐，常情往来。他不会表达，人们觉得他不会有想法，也不能有想法，想一下，就是有心计、名堂多。

风波过去了一段时间，有人对新火说，还没找下啊，青山坳桂花树下有个姑娘，你们去看看啰。新火喜出望外，让我母亲陪着他们两口子去了解。到了一看，姑娘是个患了小儿麻痹的瘸腿，不能干农活，但能做饭搞家务。我母亲不好给意见，新火却一口答应了。说给志高听时，志高哈哈大笑，笑了很久。新火都害怕了。

一天夜里，新火来到我家，白天都不好出现，他快要哭了。父亲明白他的想法，答应说等我妹妹不读书了，就嫁给志高。新火一下喜上眉梢，三天两头朝我家走，带点瓜菜，要我妹妹喊他爹爹，她也羞答答地叫出了声……父亲那句话，是很认真的，也许过于认真，成了他一生的痛。我妹妹读完书留在外面，自择道路，没有嫁给志高。父亲对他的老伙计食言了，一生的一次……

四

人们继续在新火家的屋檐下晒着太阳、扯着闲谈。新火还能制造什么新闻么！大家好像在等待着。这种安静，有点令人不安。有人变换着问，志高有几年没回村里了吧？新火打着手势说，很忙，比我忙。

春节前的几天，大家都在开心地准备过年的佳肴，突然有人喊，志高回来了，志高回来了！打工的人回村没什么值得大呼小叫的，不少人都在这几天回来了，开着车子，带着礼物。但是，三十八岁的志高开着一辆谁也没见过的越野车回来了。原来，志高开了一家装修公司，自己当老板。

这一下，村里又炸响惊雷，新火的儿子开着豪车回来了，还当老板！这是什么节奏，炸得全村人半天没有回过神来，他家祖坟肯定冒青烟了，有人还跑到坟山上去观望。新火傻乐着，他没坐过小汽车，一屁股坐到车里不出来。

接着，有外村人来问，新火师傅家在哪里，拿着靓丽的姑娘照片。志高哈哈大笑，说已经有对象了，修好楼房就回来结婚，请大家喝喜酒。志高还答应让一些人去他公司，说大学生毕业了都可以去找他。全村人精神大振，马上整理村落，准备礼物，等待参加志高的婚宴。

新火的生活出现了新状况，一个显著的变化是，猴——这个名字再没人喊了，改成了标准、客气、谦卑的火，老火，火哥，火叔，火伯，火爷，火老爷，火师傅，火公公……

新火不喜欢大家这样喊他，很不自在的，把他当外人一样。他习惯了过去的称呼，可是没人敢那样呼唤。村里面，只有我父亲还喊他猴——他开心极了，笑得灿烂。

志高完了婚，父亲松了一口气。有天，他把新火叫到家里，摆了一桌饭，说，还是对不起你，说话没算数。新火连连摆手，向父亲伸出两个大拇指。这时候，父亲已经病重了，我们不在家，新火每天去看望，说着只有他们两个人能懂的话。没过多久，父亲就走了。想不到，他生命的最后一段时光，竟是他的老伙计新火陪伴着。

如今，新火的那帮老伙计相继离世，差不多只剩下他一人了，身体十分硬朗。新火不开心，跟人说不到一起。后来，新火去买了一头牛，一个人牵着牛，整天在山里转悠。他家的耕地交给了别人，他不需去耕田，但他从小放牛，牛是他的伙伴，经常跟牛说话，牛懂他……

我差不多两月回来一次，新火每次都会出现在村口，好像专门在等着我，问长问短的，最后嘱咐说：回家了，要吃饱饭！

家里久未居住，凄凉冷清，这会好像听到了父亲的声音，眼睛一下热开了……

（《北京文学》）

流萤飞处

夏季黄昏的水田里，稻子抽穗不久，穗条开始打弯。稻子正是灌浆趋向饱满的时候，田里不能缺水，很多水圳现在荒废了，水流不畅，要么就从河里用机器抽水，远处有柴油机突突突的响声不断传来。我蹲下来，拧开一粒谷壳，里面还是一团白色的稻浆。我对小清说，米粒的少儿时代就是这样子的。他凑过来闻了闻说，有种生鲜的气味。

我带着小清回到乡下，我们两人做饭，一人一方坐在十来人的饭桌前，洗净的一把筷子只用得上两双。小清问，爷爷哪去了，怎还不见回来吃饭。小清快要中学毕业了，他爷爷病逝的消息一直没有告诉他，只说去另外一个村做事了，泥水匠的活，有时住在主人家。父亲是年初走的，母亲体弱跟我弟弟住在外省，过去人影幢幢、欢声笑语的情景不再有了。晚饭后小清说，我们去找找爷爷吧，到他干活的地方看看。我说好啊，去找找。说完心里又叫苦了，到哪去呢，他不小了，懂得很多。转念一想说，去田野上吧，看他们散工会不会经过这里。

天黑了，没有月亮，挂着零零散散的星子，田埂上有点模糊，但还不影响走路。我们一前一后地走着，小清有点激动，步子迈得大，他没走过田野夜路。前方的田埂上有三三两两的亮点在飘动，发出微弱的绿光。小清问，那一闪一闪亮着的是什么。我说是萤火虫。小清一下来了兴趣，说过去看看。走到一处田坎时，萤火虫群起飞走了，落到前方不远的一个地方，脚下这一块的草丛里只剩下几只，发着微弱的光。

小清问我，好像萤火虫在有人的地方亮得多。我告诉小清，萤火虫体内有含磷的发光酵素，它们喜欢出来活动。雄性的会飞，到处寻找食物；雌性的不会飞，没有翅膀，负责产卵带崽崽。在农野上，它们追逐着人的气息发出微光，好像是给人干活的人们照亮，其实是犁田耕地后出现很多虫子和蚯蚓，这是萤火虫的美食。萤火虫产卵后就渐渐不发光了……小清说，那要捉一些回去，用瓶子装着看书，体验一下囊萤映雪的情境。我说，萤火虫这小东西气高得很，不愿被捉的，我以前捉了很多，装进玻璃瓶里，它们发光越来越弱了，第二天死了很多。我奶奶不准我们捉萤火虫，说谁捉了，失了光，他的眼睛不瞎也会近视。吓得我不敢再捉，但眼睛后来真的近视了。

小清说，我们快点走到前面去吧，那边亮点点多一些。我说，好啊，去前面吧！说完，我恍然忆起，小清的话好熟悉，我小时候也这么说过，是对弟弟妹妹说的，我们三人蹒跚在田埂上，沿着萤火虫的光亮走向前方。

那时候，父亲和母亲在田里干活，很晚了都没回家，屋里黑咕隆咚的，我们三个害怕得哭起来。我带着弟弟妹妹去田埂上寻找，一边走一边哭，哭一会走一会，就是不见他们的人影。路上遇到一些叔叔婶婶，他们说，你们父母还在前面，快要到了。有的吓唬我们说，回去吧，前面黑黑的有狼有蛇。尽管又黑又怕，但我们不愿回去，还是想找到父亲母亲，慢慢地摸黑往前挪去。走累了，三人坐到地上依偎着，不一会就躺下去睡着了。醒来的时候，我们却睡到了家里的床上，原来父母亲在回来的路上发现了我们。母亲说，要来找、就跟着萤火虫发亮的地方走，有人的地方萤火虫多，一团团的照亮了水田，来学插秧啰！

下一个夜里，我带着弟弟妹妹又去田野上寻找父母。我们跟着萤火虫的光亮走，但是每到一个发光的地方，那群萤火虫就飞走了，也不见父母的身影，弟弟妹妹急得哭了起来。我记着母亲的话，他们应该就在前面那一团萤火闪耀的地方，于是又拉着他们的手往前走去。弟弟走不动了，我背着他，妹妹跟在后面，停止了哭泣。当然不能让父母看到我们哭哭啼啼，我们能找到的。但是，走着走着，就迷糊起来，醒来的时候，又到了家里的床上。还有一次，追着荧光绕着绕着，竟走到了屋后的山里，父亲和母亲突然出现在面前，我们惊喜万分，原来他们从另外一条路回来了，又出来寻找我们。

终于，有天夜里，父亲母亲被我们循着点点荧光找到了。我们欢欣雀跃！他们挑着一盏马灯在插秧。我说也要下田来，结果一只脚从泥泞里拔出来，另一只脚又陷进去了，跌跌撞撞摔倒在水田里，溅起好高的水花，一家人开怀大笑。我身上没有丝毫冷意，在不断迭起的欢笑声中开始学习插秧，笑声穿过沉沉夜幕，萤火虫们也听到了，荧光顿时光亮许多，它们在笑话我呢…… 那爽朗愉快的笑声一直回荡到今夜。我还想，要是会油画，一定要把一家人在萤火点点的水田里插秧的情景画下来，笑声盈出了画框，这是多么的开心和幸福，谁也不会离去……

爸爸，怎么还没看见爷爷呢，他在哪里干活啊，我们走了很远了吧！听到小清的声音，我从飘忽的记忆里回过神来，清清嗓子说，应该快了，可能就在前面那团萤火虫附近，那里有人说话，你听到了吗？那边有人用过去的龙脊骨水车取水到高坎梯田里，远远地听到他们在说话，说田里有一脚掌深的水了，再搞一个小时就差不多了。

我也和父亲一起用龙脊水车取过水，白天水圳上游被人拦截，常常要到晚上才有水流下来，我们一干就是一个通宵，累了就坐到田边歇一会，萤火虫在脚下的杂草里发出晶莹的光亮。父亲点上一支烟，我也拿过一支点上，呛了好几口，眼泪都出来了。从这一夜起，我成熟了。抢收抢种季节，父亲母亲每个晚上都要干活，雨夜里披着蓑衣，还给我准备了一件薄薄的，就把一个黑色化肥塑料袋剪开披在背上，两个角系拢在脖子下，头上戴着斗笠，雨水就不会淋湿。那时家里人多田多，找不到人帮忙，各家各户“双抢”都紧张，尤其要赶时间插秧，过了秧期会影响产量，父亲母亲白天扯秧苗，夜里挑灯插下去。我干得很累，夜里眼皮打架，几次摔倒在水田里，母亲叫我回去换衣服，不然会感冒的。因为能跟着萤火虫准确找到父母，我们就不担心了，他们也叫不要去找，三个人在煤油灯下学习、做作业。过了些年，我们在学校寄宿，夜里很少去帮忙干活了。后来到外地读书，很久才回来一次，最后都留在了遥远的城市。我们告别了故乡、告别了田埂、告别了水圳、告别了稻子，告别了猪粪牛粪，也正式告别了可爱的萤火虫。

父亲和母亲却一直在水田里高一脚低一脚地奔波着，他们需要源源不断地给我们提供游走的养分。这些年，种水稻的人少了，双季稻改成了单季，村里很多人去了广东务工，种多了吃不完，也卖不起价钱。他们不让田地荒废了，一年不种，熟地退化三年；三年光凸，杂草耗肥，熟地变成生地。他们有时也来城里帮助带孩子，但总要插空回去伺候田地，说不能耽搁阳春。

为什么要这样呢？我想了很久，原来他们是不想让一坡柔和的萤火空费了。辽阔的农野里，他们总是出现在萤火闪闪的地方，结识几十年的老伙计萤火虫陪着他们，给他们跳跃着舞蹈着、献上一首首田野赞美诗。他们是萤火虫忠实的观众，也成了两只同样卑微渺小的萤火虫。他们不能忘记发出微光，让漂泊的我们准确无误地寻找到，一次次回到农田边上。

直到有一天，父亲身上的光亮熄灭了。我们把他安放在农田上方的山坡上，他可以看着放心不下的水田，田坎上仍是萤火闪烁，绿点飞舞，稻浪荡漾。父亲没有辜负萤火虫，萤火虫没有忘记它们的老伙计，一到夏夜，都会如约而至，群起欢舞……

往前走去，我听出了那边说话人的声音，是三叔三婶。我不想让他们看到我们。这个时候我不想说太多的话，我要全神贯注地寻找，带着小清从另一条田埂绕过去了。种田都要解决用水问题，各家各户想着办法，三叔家舍不得花钱租用抽水机，就用水车取水，甚至挑水。小清说，三爷爷三奶奶在这里干活，那爷爷离这里应该不远了。我说，是的，不会很远了。

小清一下来了劲，加快了脚步，他相信很快就会看到爷爷。单季稻使用化肥农药少，生态逐渐恢复，丰茂的草丛成了萤火虫的乐园，绵延起伏的绿光漫过了一面山坡。我相信，父亲就在前面。这是我试用过多次的方法，沿着荧光走下去，总会找到……

（《十月》2024 年 4 期）

水南桥北

一

我们在河南边，姑妈在河北边，抬头望眼总是思念。

河中间只隔着一座水南桥，跨过去却不很容易，我们怕有十来年没过这座人行桥了。下游早通了公路桥，过去的田间小道少有人迹，荒芜不堪，大家渐渐把路忘记了。

水南桥是座老桥，桥上有凉亭歇脚，人来人往，慢慢叫成一个地名，响遍方圆几十里。小时候，我和弟弟经常跟着奶奶去姑妈家，觉得姑妈嫁了个好地方，因为姑妈出嫁的时候我才六七岁，我依恋着她，后来喜欢上了姑父。很多年里，我对姑父的情感超出了姑妈，不见得血缘就亲过外戚，一个人的味道才是征服他人的秘诀。

去姑父家，要走十来里路才到水南桥，累了就到桥上歇一会。河两边是高高的柳树，柳条垂下来，河道显得狭小，水绿得化不开，远处有一群水鸭，几个顽童在河里戏水。不经意间，一条小船从柳丝中穿了出来，船上挂着渔网，几条大鱼在船舱里跳跃，撑船的竟是姑父！我们欢呼雀跃，要到他的船上玩一会才肯进屋。姑父把船靠到岸边，系紧绳子，让我们在水上划动一阵，刺激得很。有次我偷偷地跑到船上捣鼓，结果撑杆插进淤泥拔不出，船往前动了，一下把我拖进水里，不停地扑腾，一个在河边洗衣的女人把我救了上来，我吓得不轻，姑妈到河边喊了几夜魂。多年后，我说要去报恩，姑妈却不记得这回事了。姑父却说，水里好玩，要多到水里去。

有时候，姑父开着拖拉机来桥边接我们，他过去是村里的拖拉机手，分田单干后自己买了一台。因为车子不能过木桥，我们在村口坐一会也倍觉兴奋。姑父出远门的时候，总把我带上兜风，那个愉快不知胜过飞机高铁多少倍，那时候根本没车坐，拖拉机就是“皇冠”了。一般人家买不起拖拉机，姑父算是村里第一个拥有“私家车”的人，生活是比较殷实的。

姑父还有一件宝贝——鸟铳。我每次到他家，要把他的鸟铳翻出来，摸了又摸，有时干脆抱着鸟铳坐到拖拉机上，痴迷得很。姑父叫我先到地里帮他干一阵活，然后答应带我出去玩，在自己家里不愿干的活我都干了。傍晚或是清晨，姑父开着拖拉机、有时划着船赶到目的地，他背着渔网，我端着鸟铳，走在山林水边，寻找着目标。经常灌了一身露水，什么都没打着，心里却是高兴的。每次我走了，姑父单独出行的时候，总是收获满满，又让姑妈送一些过来。我不甘心，一有时间就跟着姑父去浪山浪水。姑父说我话多，把飞禽都吓走了，还老在水边撒尿，鱼儿闻到味就游开了。

拖拉机——渔船——鸟铳，哪一样都让我心旌摇曳、神魂颠倒！姑父的日子多么有味，他几乎成了我少年时期的偶像，一有时间就跑到他身边。姑父也想有个帮手，两个表弟还小，我就跟他形影不离了。我还在河里认识了很多小伙伴，整天泡在水里，常去对岸偷西瓜花生，顽皮捣蛋，欢乐无穷。

我跟姑父学会了游泳、撒网、识鱼情，但他不让我放铳，我就偷偷地开他的拖拉机。有回操作不当开到沟里去了，手受了伤，姑妈把我骂得半死，姑父竟没训我，说想学他就好好教。我那时学习吊儿郎当的，一心等上完初中就学开拖拉机。后来没有学成，也是因为姑父的原因。但要说我现在还保留些许天真和顽性，这完全受益于水南桥北的野性生活。

后来听说，爷爷奶奶看上姑父倒不是他有这三件家当，而是他忠厚又不乏活套。姑父很小就没有母亲，却有教养，对人总是笑脸相迎，看不到一点农民的苦相。我觉得姑父根本不是一个农民，他是一个诗人兼哲学家，虽然只有小学文化，但利利索索把事情理得顺当，让自己简单地活着。诗意就是简单地生存，我们上了大学、在社会奔波多年而找不到入口，姑父在年轻时候就入得其间了。

二

一晃过去三十年了，我还是认为水南桥北是我少年时的天堂。但我回不去了，而姑父总是出不来。无数次的梦境里，我听到了那个熟悉的声音——走，弄鱼去，你好久没吃我弄的鱼了！

家里其他的人却跟我想法不一样。这些年里，有的人认为姑妈嫁得不好，这么多年跟着姑父没过上幸福日子，甚至埋怨爷爷奶奶草率地定了这门婚事，不就看好姑父对人有说不完的客气话吗，空话有什么用，现在呢！

姑父发生了一场意外！

那时我上初三，在学校寄宿，有天下午回家，母亲说姑父突然神经失常了，老说胡话，你去看看吧！我撒腿就往姑父家跑，一个半小时的路程，半个小时就跑到了。姑父看上去很正常，神情没什么两样，他对我说，你正好来了，陪我去还钱吧！姑妈示意我跟着去，姑父对我是信任的。到了姑父认为要还钱的人家里，他把一百多元钱当面交给了对方，连连道歉，说这么久没来还。走的时候，主人家把钱悄悄给了我。第二天，姑父又喊我去那户人家还钱，不去就发脾气。

姑父怎么变成了一个陌生人？家里人说，姑父最后一回出车是去娶亲，一路上都是好好的，不知咋的，到达后他跑去给新娘家的人跪下了，然后一个人疯狂地把车开回家，喊叫要去还钱。我们湘西南山乡有种神秘的说法，娶新人进来、必有旧人撞邪，于是家里请了巫师连搞几场活动，姑父却没一点变化，一般撞邪做一两次法事就驱除了。姑父的兄弟们赶紧送他到市里的医院，治了一个多月，现在稳定一些，每天吃一种安神药，偶尔要说几句让人听不懂的话。医生说，如果不是强烈刺激和长期压抑，可能就是病理性的神经问题，有的损伤要蛰伏多年才发作。家里人想起姑父以前出过一次车祸，头被砸破，血流不止。医生分析，内伤积累到一定程度会发生病变的。

我特别注意到，姑父的拖拉机很久没开了，放进屋里，长出了锈。我那年十六岁，心里很着急，要父亲和叔叔帮助想办法，送姑父到更好的医院去治疗。我第二次去看姑父，他的拖拉机被卖掉了，家里人不准他开车。姑父异常清醒，把车擦得干干净净，庄重地交给了买主。姑妈不让姑父下地干重活，担心复发变严重，她一个人忙里忙外，怎么累也不让人看低。大表弟那时才十岁，感冒发烧脑子被烧坏，成了智障儿，医生曾劝姑妈放弃，但她舍不得。我也很清楚，以后不可能跟姑父学开拖拉机了，我得趁早给自己找一条路。不久，我就去了部队。

我经常写信安慰姑父和姑妈，总想帮他们一把，可自己力量有限，也只能在精神上鼓动一番。姑父稍好一些的时候，也想努力一把，买回了一台电动抽水机，帮人灌溉农田。有次漏电，被击倒在地，村里人把他放在杉树皮上，躺了半天才有了呼吸，乡里常说杉树皮的气息能够促进回阳。于是，电动机不能搞了，姑父又去捕鱼。为了看病买药，把船也卖了，他只有沿河撒网，但一天捕不到几条鱼，常常空手而归。他一天天出现在河边，河里的鱼都认识他了，逗他玩捉迷藏。姑父没有忧愁，只要抓着网，心里就是愉快的。

我成为军官领了工资后探家，第一个前往的地方是姑父家。我给他拿了几百元钱，姑父清醒地说，用了你们很多钱了，老让你们操心。然后，姑父叫着我的乳名说，你好多年没吃我弄的鱼了，走，弄鱼去，晚上好好吃一顿！他抓着网，我提着桶，两人都想着捕满一桶才好呢！我们边走边撒网，从中午到傍晚，一条鱼都没打到。姑父不甘心，继续朝前走着，夕阳把他的影子拖得很长，我走在后面，脚步很轻，生怕踩痛姑父的影子，河边上都是他的心啊！

没吃上鱼，姑父很内疚。他说现在的鱼好难弄，到处炸鱼、电鱼、药鱼，把鱼逼乖了，一网打下去，明明罩在网底下，但鱼贴着石头不出来，拉上来是空的。我总是跟姑父合作不来，我一出现，鱼都跑远了。谁知，姑父第二天清早背着渔网出去了，捕了两条大草鱼回来，可我已经走远了，他又把鱼送过来，我当然得接下，这样姑父才开心。我说，有空你给我织一副网，闲了我自己捕鱼去。我本是一个玩笑，姑父却久久地记在了心上。

这些年，我们在外面奔波，很是牵挂姑父。我打电话过去，要姑妈叮嘱姑父，坚持吃药，钱不够我们出，兄妹几个都很支持，解囊慷慨。姑父病后变得安静很多，很少到我们家去，他对家庭衰落有时是清楚的，积极配合吃药，他也想把家庭搞上去。

三

姑父家也要跟大家一样过上幸福的日子！我这么想，是有种强大的驱动力——水南桥是我获得第二次生命的地方，而且还是我事业的起跑之地，我成为一个作家、现在写作这篇散文，完全缘于一个水南桥的美丽梦想——

上四年级的时候，班主任老师念读了《中国少年报》上的一则征文启事，由中国和南斯拉夫两国的少年组织联合发起，主题是叙述家乡的故事，作品入选要组织去对方国家参观交流，他希望大家都能去。同学们听后哄堂大笑，我却觉得这是一件值得尝试的事情。我决心写一篇《无栓的木桥》，就是水南桥。这座桥是石块桥墩，墩上柱梁横竖，用料上千，却无需一根木栓固牢，历经百年而不松散，体现了劳动人民的高超智慧。但要把这座桥描写逼真，就要去仔细观察。我在路上被邻村的恶狗咬伤了腿，忍着疼痛，把稿子写出。寄出后，千等万盼，却没有任何消息。但是，一烟燃起，再难熄灭，我继续写着其他稿子，一篇篇地往外投，高一发表了处女作。那年冬天征兵时，接兵部队看上了我，将我特招入伍，从此吃上了文字饭。

因着这样的情缘，我怎么能不眷顾姑父，没有他，水南桥在我心里哪有那么大的热度！然而我付出满腔热情，总是收效甚微，心里一片惆怅。

姑父每年治病花钱多，姑妈再怎么累，家里的条件上不去了，尤其是小表弟不愿读书、跟村里人下了广东，培育子女读书成才的念想就断了。姑妈一下松了劲，加之村里热讽冷嘲，她郁闷不已。奶奶说，我弟弟考上大学，很多人来放爆仗庆贺，姑妈悄悄地哭，说这样的爆仗声再也不会在她家响起了。奶奶和母亲劝说姑妈，要她想开些。姑妈却固执地认为，家里这么不顺利，是有人在背后捣鬼。姑妈认为自己有病，卖了大表弟养大的一头牛，一个人跑到长沙的湘雅医院，却没检查出什么，她说是村里的坏人串通医生封了口！

姑父却对姑妈说，你的病我能治，不用上大医院，你吃我的药试试。姑妈竟然吃了起来，感觉舒服很多。那是安神的药，叫盐酸氯丙嗪。很多年里，姑父靠这种药麻醉着自己，浑身没劲，那是抑制兴奋躁热和幻觉妄想的一种西药，长期服用会产生依赖性，但是他自己没有感觉，也不主动吃，要靠姑妈叮嘱。想不到现在倒过来了，姑父给姑妈当起了医生。他说病源是电视机，因为姑妈看情感类节目老流眼泪，他就把电视机给弄坏了。我们给的钱，姑妈都买了这种药，没钱时，她回家问奶奶要，问她为何要吃药，她说得了精神病，没有精力。

什么样的人，会说自己有精神病？坚强的姑妈崩溃了！我着急不已，赶紧跟小表弟商量，必须治疗，刚开始应该能控制。我陪着姑妈到我所在的市里的精神病医院，检查是轻度的精神分裂，吃些药、有人开导会好得快。我希望表弟把姑妈带去广东，陪护调理，表弟说条件还不行，他也刚成家，还是先回家吃着药看。

姑妈能记着吃药，但她不愿出门，不去田里干活，只在屋后种些菜，总担心有人要害她。姑父带着大表弟下地干活，大表弟不听他的话，只听姑妈的，姑父就骂他，有次两人还打了起来，姑父弄不过他，气急败坏地说，总有一天我要把你埋了。姑父是脑子失常的话吗，数年后，他真的做到了！他是先知，在某些方面，他反比我们看得远，用简单的方式应对着复杂的世俗，一切游刃有余。

我弟弟那次从广东回家来，看到这个情况很是心痛，一家人商量后，他把姑妈带去小表弟那里。姑父在家照顾大表弟，他乐意这样安排，说要让姑妈早点好起来。我给姑妈买了药寄过去。小表弟给姑妈在一家厂里找了一份工，她能正常做事，好端端的。时间一长，她又想念姑父和大表弟，放心不下，干了三个月又回来了。

姑妈回来后，跟姑父渐渐有了矛盾，她的话多，又说得直，姑父很烦她，两人过不到一起，分开各做各的饭。姑父有空就去河里捕鱼，鱼多就卖一些，有时把鱼桶也一起给了人，桶可能比鱼还贵，他就不停地上街买桶。姑父有时也带给姑妈一些鱼，姑妈不吃他的，让大表弟吃。

姑妈不能照顾姑父了，他就不吃药，身体差了很多，说好好的吃什么药，浪费钱。有时他说，我的病只有我自己能治，不能吃西药。他到山上寻了很多草药，自己熬着吃，也让姑妈吃。小表弟拿去咨询中医，都是一些调理气血的药，没有害处，谁也弄不清他怎会寻草药。姑父时清醒时糊涂，清醒时他说要买辆三轮摩的，我们觉得不安全，他说那买只船，养一群鸭子，还可弄鱼；糊涂时他对收电费的人十分反感，说人民电力是不要钱的，一锄头把电表砸烂了，夜里不开灯，还把身份证毁了，把电话机弄坏，担心别人知道住处来搞名堂。

四

我赶去看了姑父一回，他光着膀子，穿个裤衩，打着赤脚，家里给他买的新衣服也不穿，整个热天出进都是这样。姑父见我来了，十分热情，把瓦缸里放了石灰防潮的饼干糖捧出来，还没坐热他就要去做饭，每次都是这样，反正要动动筷子。其实我多年没在姑父家吃饭了，也很想吃一次，可是看到这个样子我吃不下，他跟姑妈分灶做饭，我陪谁吃呢？又不忍冷了姑父的心，我推说要赶时间回城里，他赶紧把弄到的干鱼、野味给我装一袋。春节去拜年，他要给我们封红包，准备了一沓，一个包二三十块钱，而给我们一辈的媳妇们是一百元，他说对媳妇是要高看一眼的。这是姑父最清醒的两件事之一。

第二是织网弄鱼。我每次来，姑父几乎都在收拾渔网，不是清理修补，就是安静地织新网，丝线细密，精致漂亮，很难想象出自一个男人的粗手，而他的衣物用品，摆放乱七八糟。姑父被渔网牢牢地网住了，他的心不漂浮。他愿意住在网的世界里，有时背着渔网出去几天都不回家，其他的事都不关心。姑父对我说，给你织一副渔网吧，不知要几斤丝线的，捕大鱼得加重，如觉得好，就把现在的这副拿去。我说暂时还不需要，城里没地方撒网，别人需要就卖了。姑父经常帮人织渔网，收一点钱，有时还收不到。

姑父心灵手巧，我觉得他能干些收益不错的事情，他过去学过车床，会机械加工。我跟他谈起去城里维修动力机械，他眼里直放光芒。我完全相信，如果有一个契机，姑父必会东山再起！

我们不能把姑父落下，要不他会多么孤单！可姑父这个模样，他从来不觉得孤单过。他喜欢独处，跟哲人一般深居简出，无穷尽地思考着自己的人生。姑父肯定想过，他是谁，从哪里来，要到哪里去。他应该悟出了，他是个渔夫，从水里来，到水里去。可能是我们没理解他吧，总要他去走另外一条路。

姑父不配合治疗，下步从哪里入手呢，前面的努力毫无作用。姑父喜欢孤独，我觉得还是让他孤独起来。二十多年的执著力行，使我变成了一个精神病医生。我给姑父联系了县里一家精神病医院，享受民政部门的免费救助。我跟姑父慢慢谈，他不愿意去，反而说，我哪有病，我能吃能做，不要浪费资源，让有病的人去。小表弟说陪他上街，把姑父骗到医院里，趁他不注意，“呯”的一声关进铁门。姑父知道上当了，歇斯底里地对表弟大喊，“万春救我，万春快救我”，不停打门、不停撞墙。表弟迅速离开了，他说那一刻心都碎了，怎把自己的父亲关到那样一个冰冷的地方。姑父明白一切都是我操作的，大骂我狠心，扬言出去后，一定要报复我，让我不得好死，还详细地说着种种恶毒的死法。

我的一个初中同学在这家医院工作，我让他经常去探视。他告诉我，姑父躁动不安，不配合治疗，对这样的病人，医院每次安排几个壮汉上去摁下，强行喂药打针，摁倒一个每人发放二十元补贴，而姑父反抗厉害，每次都要安排人去摁。听了这些话，我默默无语，眼前不断闪烁着姑父被人摁倒时那愤怒的眼神、扭动的身躯、挣扎的手脚。我的心被刺痛了，眼睛湿润，脑子一片空白。我这样做到底对不对，符合人性吗？我当然不怕姑父日后会找我麻烦，我觉得我们是不是太急切了、太用力了。这几年多次催着小表弟回来，上医院，买药，寄药，家里也有人对我的做法不看好，认为是白费力。可这是治病啊，我没有错。那是谁错了，把姑父弄成这样子？

两个多月后，姑父治疗期满，他弟弟接他回到家里。姑父好像变化不大，以前干什么，还是干什么，但他把多年不用的鸟铳翻了出来，不知从哪里弄来硝药和引火，试了两铳，响得清脆。小表弟有孩子了，叫姑父帮忙带孙女，他不愿意，有了鸟铳更忙了，水陆两栖，很少回家来，让人担心不已。我给小表弟说，买一头猪让他喂上，也许能把他拴住。小表弟照着做了，真还把姑父缠住了，一天最少要喂一餐，他吃什么，猪也吃什么，根本难饱，两年也只长到百来斤。

有一天，姑父背着鸟铳突然来到我家，我妈紧张坏了，正好我几岁的孩子放在老家。我妈悄悄地把孩子掩到身后，孩子偏要去玩他的鸟铳。我妈笑着说，你有很久没来了，快坐快坐。姑父说，我忙得很。说完从背袋里掏出一只鸟，认真地说，“四嫂，今早上打到的斑鸠，营养好呢，你给孙子炖着吃了吧！”我妈才放下心来，吓出了一身汗。后来，姑父还送来两条鱼，每次都来去匆匆。

奶奶那天在屋檐下晒太阳，她快九十了，爷爷已经去世。奶奶想起身跟姑父打招呼，姑父急忙奔过去说，“妈妈，你好吗，好久没看到你了，你到我们那边去住一段时间吧！”奶奶说，我走不动了，去不了了。两人在屋檐下坐着聊了很久，姑父一口一个“妈妈”，就跟当年来我家说亲一样，聊得热乎。最后，姑父说没给奶奶买东西，要留点钱，掏遍全身只有皱巴巴的几块钱，奶奶反给了他一百块。姑父接住了，过了一会他又拿出来，说，我怎么要你的钱呢，不行的……

五

有段时间，大表弟因缺乏营养，人站不起来了，姑父也不管，觉得没有病，说他懒，不肯下地干活。这是姑妈不愿上街买有营养的东西造成的，自己也瘦得不像样。我回家有时把钱留到奶奶那儿，等姑妈回来再给她，奶奶说姑妈有一年多没来看她了，反正不出门，给了钱她说用不掉，街上的人都不把好东西卖给她。没多久，大表弟病逝了，三十三岁。姑妈怆天呼地，几欲同去。姑父十分冷静，一个人把大表弟抱入棺材密封了，然后刷上黑漆，小表弟匆匆赶回都没有见上胞兄。

遥想姑父安葬自己孩子的情景，我难受不已。我问过家里的人，他们说姑父整个过程没一声哽咽、没一滴眼泪。我清楚他不是坚强，他在履行公职，干脆利落，一丝不苟。

一个人到了不会悲伤的时候，周围的人为他更加伤悲了！

家里人说，还是要把姑父送到医院去，这样下去不是个事，会更加严重。小表弟说，现在没负担和牵挂了，把他们都带到广东去吧，自己来照顾，去医院太刺激人。没人照料不行，看来只有这样了，先过去再说。

在广东生活，若有人跟姑妈耐心说话，一切都是正常的。姑父总说不好玩，要回家，我寄去的药他不肯吃，怎么都骗不了他。他说，我的医术这么高，我能开诊所、开处方，还要吃别人的药？姑父不知从哪儿弄来丝线，织了一副小渔网，每天到小河边去捕鱼。这里捕鱼的人少，鱼儿多，每天收获不小，吃不完的，表弟就送到附近的工厂食堂去卖，收入还不菲。

但是姑父不喜欢广东，也不喜欢这里的鱼，说这儿的鱼又丑又腥，不好看也不好吃，主要是河水污染太大，渐渐地不想去弄鱼了。有天他在街上溜达，竟迷路了，几天没有归来。我焦虑不安，什么意外我都想过，但姑父要是这样无影无踪地蒸发了，我对他的那份情感无以着落，会是我永远的痛。他有那种让我无法舍弃的力量！后来幸亏好心人看到报警，他流浪到了六十公里外的一个镇上，警察竟然听懂了他的家乡话，通过我们县公安局，联系上了表弟，将人接了回来。

这一次，姑父自己也吓着了，他舍不得离开家里人，还是愿意待在一起。过去他不愿跟孙女说话的，现在开始逗孙女玩了。孙女要他讲故事他不会，但表弟有时打孩子，他会拼命护住，还一个劲地斥责表弟怎这样对孩子，哪有个当父亲的样子，当然他过去把表弟也打过不少。

后来，姑父多次提出要回家，说家里怎么跑都不会迷路。表弟担心出意外，把姑父姑妈送了回来。姑父一身轻松，回家路上十来个小时，他不说话，也不合眼，心里高兴着呢！我跟表弟说，让他们闲着不好，没事老吵架，得让他们做点事。田地好多年不种了，也没力气种了，那干什么呢？表弟想了想，那就翻修楼房吧，钱不多，搞小一些，请人施工，让他们帮着做些杂事。这倒是个好事，把人缠住了。姑父姑妈一听翻修楼房，眼里大放光彩，还谋划着怎么搞、怎么省钱。住楼房，气象新，村里差不多只剩他们家没翻修了，姑父姑妈也是爱面子的人，哪点不正常呢！

有一年多了，我们不再提及姑父姑妈看病吃药的事，一切都风平浪静，没听到他们折腾出什么事情。前不久放假，我去了一趟水南桥，他们的房子搞了地基就停下来了，政府有了好政策，统一选址给贫困户盖房，自己不用盖了。姑妈不在家，到邻居家借什么东西去了，而过去好几年，她从不到别人家里去的。姑父呢，光着膀子、赤着脚，几乎蹲在椅子上，全神贯注地织着渔网。我喊了一声姑父，他才反应过来，叫着我的乳名，高兴得很。他不知从哪里摸出一盒廉价的香烟，给我递了一支，自己也点上一支。我觉得不可思议，过去几十年他都不抽烟的，现在那嘴巴含烟、眉头上皱的架势，入情得很啊！

姑父突然放下烟问我，那副渔网到底什么时候要，好买丝线啊。我说不急，等退休了吧！姑父说，你年轻轻的退什么休，好好干，再往上爬爬。过了一会，姑父又说，你好多年没吃我弄的鱼了，走，弄鱼去，晚上好好吃一顿。我笑着和姑父出了门，手里提着一只桶，也不担心空手而归了，我来的时候已经给他们买了几斤肉。

姑父借了一条小船，我撑杆他撒网，叫我靠岸划，行慢一些。河风吹起，柳丝拂面，滑溜溜的，清凉一片。

真有意思，我们一直认为姑父的头脑不正常，只想着划船弄鱼；可是过去姑父头脑正常的时候，也只想着划船弄鱼。哪里不正常呢？我记着生了病的女作家张洁，她早早地以一个画展向大家告别了，她在获得“茅奖”的长篇小说《无字》里说：人们认为女主人公吴为疯了，经常关切地谈论她的病，可是很久找不到证据，她好像没疯，是不是谈论她的人有问题？！

多年来，我总想走近水南桥北，可是那么多的牵挂和羁绊，不能近前一步。我习惯了忍受无奈和烦恼，这是现代社会实现某种目标的必然途径。只有姑父不是这样，他不用承受苦恼，愉快地实现了他的目的。

是时光倒流了，还是一个梦，我回到了在河边戏水的情境里。一网撒下，波纹荡开，两人紧紧地盯着渐渐收束的渔网，心里直跳，出现的又是什么呢！

（《天涯》2018 年 3 期）

琴操流韵

宫

少年不识愁滋味，我把一片冰心倾注在了一把胡琴上，琴却不动声色。如今回首，别是一番滋味，不曾阅世，何以知音！

我这么想，是前些天里，儿子小清从柜子里翻出我那把久藏的胡琴，嚷着要我教他拉琴。我蓦然忆起年少时缠着先辈学琴的往事，一切是那么相似。惊人的是，我对待小清学琴与先辈对我学琴的态度如出一辙：置若罔闻、不屑一顾。这两件事，好像并不遥远，中间相隔二十三年，而我的双手也有十年没有摩挲那把胡琴了。

但是，我对琴是敬畏的，念及悠久，最初的记忆追逐到了我的祖父身上。我十五岁提出跟他学琴，他给我上了深深的一课——拒绝了我。

商

听伯叔们说，祖父读过新学，会拉胡琴，还能演戏唱歌。毕业后做了家乡湘西南武冈县国民政府的教育督员，娶了大户人家的小姐，可谓踌躇满志，意气风发，天天能听到他拉琴唱歌。

可是，未到一年，武冈解放，祖父当了一名机械学校的老师，后来又到乡下教中小学。我家成分不好，是整肃的对象。祖父处世任性，对时势表现冷淡，因未及时参加一次集体学习而被组织停职，他跑到县里大闹一场，拍了领导的桌子，再不回学校，组织就处以“自由离职”。祖父从此成为一个农民，每天早出晚归，空闲了就拉一曲，家里的年轻人也跟着他学琴，倒也不寂寞。祖父留下一首《遣怀》五律：朝语伤当道，夕栖蓼水旁。浮云暗白日，斜雨入寒窗。月灿明珠泪，菰多孤雁粮。吞声思范蠡，扶耒泥沙香。诗境孤清，可想他这时的弦音要平缓多了。

祖父的琴到底拉得有多好呢，我未曾听过，实是感觉不出来。堂伯父说，祖父有学问，能改编曲子，把风尚教化一类的东西融入进去，听他的琴音能知道他想说什么。家里的年轻人受挤压无处去，都到他那里去学琴或听琴，久而久之，大家心里就不空虚。外面风雨飘摇，身上有了定力，能够安静地度日。

不久，祖父在村里组织的拆屋劳动中，不幸被突然掉下的一根大梁砸中右大腿，痛得死去活来。庸医误为脱臼，以致骨折病变不合，只好打上钢板，但这条腿不能走路了，只能踮踮地。祖父这年四十一岁，他有雄才大志，却折翅不起了。祖父在家里养伤一年多，没有工分，短吃少穿，日子窘迫。听伯叔们说，祖父偶尔也拨弄胡琴，曲调古怪，没人听得懂，拉的时间也不长。

角

这时候，家中遭遇接连而至，祖父的叔父被划为地主，在批斗中被人推入河中，用石头击沉，其子被吊在篮球架上活活打死；抗日中当过国军医生的大祖父被关押，不知去向；二祖父受批后发大病，不治而终，实为吓死；祖父的妹妹、我的姑奶奶在武冈师范任教，后下放农村，有病不能治，四十来岁就病殁了，其夫从朝鲜战场归来，也被关进了牢房。

这种日子，再无心去拉琴了。可是却由不得你。一些好事者不忘对祖父的关顾，要让他在集会上唱一段拉一曲，活动更加精彩。为了一家人，祖父不得不去，让他唱什么就唱什么，要拉什么就拉什么。祖父腿脚不便，还被逼着演武戏，红脸不能上，只能扮黑脸，要投入，要逼真，要逗观众叫彩，不然就过不了关。那红脸健将入戏得很，真枪实战，一场戏下来，祖父身上是紫一块青一块，回家痛得睡不着，第二天还要接着来。

祖父既要操琴，又要演角，领导觉得还不够，指令他把两个会拉二胡的侄儿也叫上。在邻村第一次巡演时，我堂伯父就被逼哭了。那晚本是一场声讨地主的集会，会前要造势，安排我堂伯父拉琴，一女生唱《红灯记》。刚拉开过门，台下就扔来一只鞋子，砸在堂伯父的头上，有人高叫要他滚下台。他们指责堂伯父的二胡有问题，琴杆上面雕刻了一个龙头，龙是神话鬼怪封建物类，怎能在社会主义大好形势中出现，这是明目张胆，公然挑衅。两人顿时成为批斗会的主角，做检讨、下保证还不行，硬被逼着当场锯掉了琴杆上的龙头。

祖父巡演万分谨慎，但也防不胜防。那一晚，县里来的一个演员上台独唱，堂二叔拉琴配乐。二叔乐感灵敏，那个演员音节走调，他喊了声“唱错了”。人家没听到，却被对面的祖父听到了，二叔要张口再喊，祖父立即瞪眼怒目，两束热辣辣的目光，硬是把他的懵懂之气给逼下去了。要不然，又是一场大祸。

徵

伯叔姑姑们也不能读书了，是村里不准，堂二叔两次被生产队长从中学赶回。他脾气倔犟，不读书就独自拉琴，长夜不息。祖父对他说，拉琴可消解磨难，但不能宣泄情绪，你指上的怨气太重了。二叔说，你不是说琴音传递的是心声吗？祖父反问，你心里向往的是什么？二叔不吭声了。听琴知音，得失寸心。二叔对祖父的视听修养极为钦佩，自此静心练琴，研习音律，后来成为一名作曲家。

拉琴本来可以生发愉悦，升华情操，但大约从这时起，祖父却疏于拉琴了，多数人认为是拉琴伤了自尊。可那些好事者没忘记祖父，要让他出来，热闹热闹。祖父竟然拒绝了，不去，再喊，还不去，任你们骂，一个人默默地在屋檐下劈柴。

后来动乱结束，因教育需要，祖父复了职，担任高中物理教师。社会风清气正，人们十分舒畅，经常举办文娱欢庆活动，大家希望祖父参与进来，点拨一下学琴的年轻人，祖父却委婉地谢绝了。他不但不拉琴，还把胡琴送了人，家里人都弄不懂他怎会这样。退休后，祖父帮助家里放牛、进山采蘑菇、到溪边钓鱼，雨天织蓑衣，间隔帮人写对联，再未拉过一次琴。生活里没有琴声，也没有烦恼，一天一天，这样过着。

如此看来，我向祖父提出学琴实是不通情理。可是我不知晓这些情况啊！那时我读初二，觉得拉二胡有成熟感，到镇上花十二元买了一把粗糙的竹筒二胡，兴冲冲地要祖父教我。哪知他都不正眼看一下，斥责我不正经，学习吊儿郎当。我硬缠着要他教，还买了一把长刀，以去广西全州学武打为要挟，他才勉强应下。

祖父说，二胡有多种弦法，要不断变换，先学简单常用的5 2 弦吧。他只口授，并不操琴，或是把弦法写到纸上。练了几天指法，他先教《四季歌》，后来教《沂蒙山小调》，我很快就差不多拉会了，就要祖父教我新的弦法，要学阿炳的《二泉映月》。他却问，阿炳在泉边望月是何意？我说是在赏月吧。祖父说，无锡惠山古泉世称天下第二泉，盲人阿炳孤单无处去，在泉清月冷的夜里，抱着一支琴，诉说乞讨的心酸。可你有心酸吗？斗米唢呐担米琴，笛子入门一早晨，吃一担米（一百二十斤）才算入门，你那也是学琴？

我是剑胆琴心，用琴对抗着祖父，拉得天昏地暗。祖父没多说什么，只给我念了苏轼的一首诗：若言琴上有琴声，放在匣中何不鸣；若言声在指头上，何不于君指上听。他接着说，乐音不在琴，也不在手，在心里；琴遇知心人而鸣，你的心性于琴不适，还是去读书吧！

这以后，我学了一些新的曲子和技法，但技艺不能深入，音不贴心，热情慢慢下降了，兴趣又转到读书作文上。

年岁增进，听人谈起家中拉琴的旧事，才知当初鲁莽学琴撞及了祖父的伤疤。悔悟之时，他已逝去，自此手腕沉重，运不开弓子。

参加工作后，单位文工队有很多良琴名师，他们有意启发我，这也是一条出身的捷径。我却没有一丝练琴的心情，但我私藏了一把好琴，留在身边，以示对少时倾心胡琴的纪念，也有几分愧对祖父的追悔。望琴知过，我以为祖父不拉琴的原因就在这里了，他不愿听到那些逆耳的声音。然而，我又错了。

羽

去年回到乡下，发现二叔也不拉琴了。他将琴搁置柜子顶上，尘迹斑斑，霉菌点点。二叔年轻时，对音乐醉心不已，苦练胡琴，自习作曲。他专研儿童歌曲，力图追寻失去的童真，发表作品多首，梦想能弹上钢琴，命运却只允许他拥有一台脚踏风琴。他现在六十多了，儿子成为大学音乐教师，有了钢琴，要他去城里，他却不愿去，而婶子进城多年，他一个人自在地住在乡下。我问他不拉琴，一个人怎么过啊。二叔说：捡松果、扫落叶，上架砌墙，路边除草，水沟修桥，哪里谈笑哪里去，前两天还到山里看了一天高速公路打洞子，机械轰鸣，人来车往，那是真正的乐音。

没想到，二叔也是这样。他不跟我谈琴，却叫我坚持早年开始的写作兴趣，并谈及我祖父去世二十多年了，说他影响后辈太深，不仅是拉琴，还有做事、宽厚、友爱。

回去后，我着手缅怀祖父的散文《大地回春》的构思，我将祖父留下的几本诗文残稿拿出，安静地翻阅，惊讶发现一副联语：断弦裂鼓无琴意，移步进林听鸟声。这是祖父唯一谈及自己不拉琴的文字，竟是这样的意思。一个玄奥的疑惑，答案却这么简单。我感知到了祖父的深境和博大，并非耿怀旧事，他已不需借助胡琴了，他的身怀可以消融一切，林间溪边，尽是仙乐。

王羲之在兰亭兴感过，无丝竹管弦，俯仰山水，也能畅叙幽情；人生就在一抬头、一低首间过去了，不必拘泥形物，各种际遇都应放达。而我们一家，三代人拉琴的归宿都是这样，穿越荣辱悲欢，最后交付涧水林涛。我想，应是此种生活样式不能表达鲜活生命的内蕴了，顺其自然，随遇而安，是生命存在方式的本真吧。

操琴一艺，犹有琴操；大音希声，古以流韵。

（《飞天》2014 年 2 期）

春意长

一点一横长

那年春天，因为顽皮无人管束得了，爷爷将我转校到他代课的外村小学读书。他两眼时刻盯着我，不准到野外乱跑，每天放学后逼我写毛笔字，写不好不准吃饭，说要磨磨我的菱角。

“点要沉腕之力，带出顿钩。”

“横要气贯长虹，欲东先西。”

我手里的毛笔随着爷爷的训导左行右回，一起一落，声音就化成了一个个黑字，笔画里溢满了他粗细有间的气息。

“写错了，重来。”

而我的眼神飘向了窗外，农田上空的电线上落满了春燕，它们怎不被电死呢？“叭”的一声，爷爷的巴掌落到了桌面，墨汁溅飞到我的脸上，一不小心就成了黑脸，笔下的字，慢慢变得规整起来。

但是，伙伴们在水田捉泥鳅的欢叫声不断入耳，我心痒不安，一个横笔还未写完，爷爷的巴掌扫到了我的头上，声音闷闷的。

我不敢抬头，眼光投到了白纸上，一点一横，渐渐凝重。

不远处，一个老师慢慢走过来，笑着说，爷孙俩坐得这么规矩，是在下棋吗？走近了，他才看到我在练毛笔字，又对爷爷说，你也守得住啊！爷爷应道，一点一横都写不端正，以后还能有三撇四捺？

后来，每天下午我都在写一点一横，爷爷要我练好这两笔再写其他的。我不能评说自己写得有多好，但是人安静下来了。写完字，爷爷有时让我出去玩一会。我想着那个老师说的爷孙俩下棋的话，就走到对面往屋里看。小屋里一床一桌，长桌一端靠着窗台，两人各坐一边，真有点像在对弈，静悄悄的。窗外是一片稻田，农夫笑语声声，春光照进来，房间里都是绿的，透过门框就是一幅春天耕读图。

下一学期，爷爷不代课了，我回到了原来的学校，虽然不像以前那样疯玩，喜欢上了课外书和投稿，但那副笔墨再未开启过。

后来闲来无事，我又想起写写毛笔字。可是爷爷不在了，无人督促，自由自在，却写不出更多觉得舒服的笔迹，便无心去深入练习了。

走上职场，我以写作为业，空余又去玩碑帖，手摹不多，常是目临。有时兴起，抛开书帖，写点随性的笔画。可是几种字体、数张白纸过后，能入眼的却是那一点一横。端详一阵，一种熟悉的气息扑面而来，纸上放亮了，春晖熠熠。

人不见了，气息长久地留了下来。我常想，爷爷要是在身边，我们还可“对弈”下去，我的三撇四捺要丰韵好多，别人看到我们，又是一副多么传情的图景！

可是回不去了，我常常情不自禁地闭上眼睛，安静地回忆着图画中的安静。我能闻到鸟语稻香，也能看到在光线中萦绕的香烟，最后被春雨濡湿了眼睛。

（《文汇报》2016 年 3 月 6 日）

去年今日的雨

春雨绵绵，有好些天了，总把人往阴郁里拖。心绪低沉了，总会去想过往的云烟，就跟眼前的雨水一样，怎么也不能断线。

忽然想起，去年的今日，你离开了我，而我没在你身边，只有连绵的春雨陪着你，你在高高低低的雨声中走远了……

雨水滴穿了我的心。下雨天里，我会傻傻地聆听，我祈盼在雨声里听到关于你的一点讯息！我是在一个雨天回去的，什么都看不到了，只有田野的油菜花开得一片金黄。我知道你的心事，你是托付油菜花留给我一个定格了几十年的微笑。你知道么，去年的油菜收割后，他们给我留下一缸菜油。我捧回城里，每顿只放一点点，飘散开来的味儿里，尽是你身上的气息。你依然怀抱着我……

我想念你，再次回到你停脚的地方，没有看到你的身影，可我看到了三年前为你撰写的那副对联仍然还在，红纸黑字，毫无破损，真是应了字里的意思，萱草长青啊……

我常梦见你，每次醒来，你都不在。我闭上眼睛，好想再回到梦里。渐渐地，我只要想你的时候，我就闭上眼睛；我闭上眼睛，你就出现在了身边……

我把你用过的一只茶杯带回家，情不自禁地捧着喝水，小时候你是这样握着我冻红的小手，那种温热不曾飘散去，你仍然握着我的手……

前几天我到郊外，看到今年的油菜花盛开了，金灿灿的一片，我觉得我来到了你中间，到处是你的微笑。以前我总不理解人们说的“春风十里不如你”，现在我知道了，春风十里暖人，却不如你温润……

我思念你，就跟眼前的春雨一样，淅淅沥沥，没有尽头，心里却柔透了。去年今日的那场雨从没停过，我一直在安静地辨听着，滴滴答答的雨声里，哪些是你归来的脚步声……

（《湖南日报》2017 年 3 月 31 日）

回流的时光

逝去不返的时光，竟然开始回流了。准确的时间，是母亲今年的生日开始的。

刚一立春，弟弟就从中山来电话商量，母亲春上六十生日该咋过，是不是回老家办个寿宴，乡里乡亲都在乎过大寿呢。我说随她的愿吧。母亲这两年随弟弟住在中山，她自己说不办宴席了，回去没人照顾孩子，暑假里回家看看就行。

我轻松了，到乡下办宴席太费力。转念一想，不对啊，母亲早过了六十，应快七十了吧！我们乡里很少给妇人过生日，只给男人满足情面。母亲的岁数，我不曾上心过，在记忆里，母亲已老去多时，她的六十应是很遥远的事了……

母亲是正月里出生的，娘家唤作晚妹，因与村里一人同名，祖父为她更名叫春梅。人常说，名字隐含着一个人的性格和命运，母亲就成了一枝傲雪争春的梅。

那时候，父亲在外砌墙烧瓦挣点钱，革职回家的祖父在劳动中被落木压断一条腿，祖母多病身体羸弱，里里外外都落到了母亲的肩上。不久，又有了我，有了妹妹，有了弟弟，母亲身上飘着不尽的雪花，年龄大点的人经常把她喊作老梅。

我天天看着母亲，也无法察觉她的沧桑容貌，直到十八岁的一天，我穿上军装去西北的部队了，母亲到车站送我，我才发现母亲老了。好多母亲和儿子告别时都哭了，我们母子俩没有流泪，生活的风吹雨打，让我和母亲一样坚强，但跟那些年岁相仿的母亲相比，她的颜容却让我阵阵惊栗。

带着这种惊栗来到部队，首长问想不想家，我们说不想，首长说不想家是假的。新兵连学唱《说句心里话》，当唱到“家中的老妈妈，已是满头白发”时，有人哭泣，我也泪流满面。这首歌好像专为我写的。在遥远的西北，我思念着母亲，夜里站岗，不停地望月，月光下的稻田里，有母亲摸黑劳作的身影，母亲眷恋着月光，月光把她的头发染白了。

我离家后，弟妹相继考到外面的学校，母亲和父亲压力如山。我清楚他们的心性，累死也要把孩子们供出来，尤其是母亲，她的心大，霸得蛮的，没有别的挣钱门路，就养一头母猪，产仔不卖，十几头自己喂着，成天在地里和猪圈打转转。

入伍第三年秋，一位长辈去世，全家人到得齐，照了合影，给我寄来一张。我看到母亲，瘦骨嶙峋，两眼深陷，目光切切。她是在看我啊，我疼痛不已。后来，城里的女朋友看到这张照片，问我母亲是哪个，我不敢实说，把一位婶娘指给了她看。不久我得知，母亲劳累过度，病昏几天，间隔醒来就看我的照片，父亲要去给我拍电报，母亲阻止了他，硬挺过去了。

入伍第六年，我提为军官，领了工资，才回到家里。我在田埂上碰上背着竹篮打猪草的母亲，又瘦又小，她看到我，以为是哪个战友来了，就问我什么时候能回来，因为之前有战友来过。我叫了两声“姆妈”，她才反应过来。

母亲白发斑斑，身体孱弱，我说让她到部队那边去生活一段时间，她说走不开，家里的猪牛没人管，弟妹的学费都在它们身上。我没办法，每月把工资拿出一半寄给弟妹。

母亲走不出那片田地，心思却在我们身上。我们兄妹的生日，她提前几天打电话，祝愿又叮嘱。儿女的生日是母亲的难日，她认为是喜日，正如她的名字，熬过苦寒，梅开春暖。可是，母亲的生日，儿女们都搞得很糊涂。几十年了，我们一次生日都未给她过，不是回不来，就是错过了日期。

后来，弟妹毕业，在广东扎根，剩下父母两个在家里，越发寂寞苍老了，电话里的声音让人听着不放心。在入伍期满十五年时，我选择转业，离开部队所在的省会城市，回到家乡邵阳，为的就是能常回家看看。

我转业时，孩子才一岁多，叫来母亲照看。她才帮我妹带了孩子，有经验，带人、洗衣、做饭，夜里孩子闹，她要操心，休息不好。有时空闲，要母亲补个觉，她从无习惯，哪怕干坐着，也不打个盹。我们常指责她不会调理，摧残自己，过去没得吃，现在吃不动，身体虚弱不堪。母亲做事磨叽，记性不好，丢三落四。我们认为不要做的、不该记的家长里短、鸡毛蒜皮，她却很来劲，反复折腾，常常被我们兄妹烦着。最让我受不了的，是她鞋底拖地，却特别刺耳。我提醒多次，不要蹭地，还没七老八十。但走几步就忘了。后来，弟弟又有孩子了，她得去照看。如今我也快四十了，平常坐得多，两腿沉重，走路快不了，鞋底老拖地。我才明白，母亲确实老了，我都这样了，何况她呢。

看到母亲老得快，我心里就紧，我得记住她的生日了，每年简单庆祝一下，让她高兴高兴。母亲正月里生日，以前未留意过，这两年我才记住。

可是，接到弟弟的电话，我就不安心了，母亲怎么才六十呢？我问了乡下的父亲，他说是的。我又问了九十岁的奶奶，她说你妈比我小三十岁。我不甘，翻出了母亲留下的身份证复印件，是备买火车票用的，上面清晰标明：出生年月 1954 年 1 月 17 日。我知道是农历。

这一刻，时光开始回流，母亲今年才花甲，她一直年轻着啊。我当兵离开她时，她才三十八岁，比我现在还年轻，而在我的眼里，她已老去多时了。

母亲生日那天，该怎么问候呢？

（《湖南日报》2014 年 4 月 17 日）

火塘未烬

漂泊在外，家乡的很多人事都疏离了，后来就更不想靠近，宁愿放在记忆里。比如，春节拜年这个事，常为去哪家纠结半天。

春节的头几天，我下决心对弟弟说，我们该去一趟二姨家了。我们兄弟在二姨和姨父去世后已多年未去那里了，表哥们却未在意过，每年春节都来看望我父母。如今只剩下母亲这个小姨，大姨也已去世了。弟弟说，是的是的，应该要去，明天就去吧！

到二姨家只有三十来分钟的车程，沿着一条清澈的河流蜿蜒而上，山景幽美，令人舒畅。过去走路，要三四个小时，我们都不觉得远。这些年条件好了，却很少去了，总觉得姨父和二姨去世后，没有了动力。遇到来我们这里的表哥，就解释工作忙、时间紧，下次一定去。表哥们都是憨憨一笑，说没关系的，你们事情重要，有空就来。到下次，我们又是这么一句冠冕堂皇的话。

我在有点摇晃的车上回忆起，迈开的这一步距离上一次整整八年了。这八年里，二姨他们那个村子有什么变化，没有了二姨的家庭不知又是什么样子？我平时也常想这个事儿。姨父先去世，过了十来年，六十多的二姨也走了。

我从小就去二姨家玩，每年要住上个把月，我觉得二姨比母亲好，母亲老训我是个人坯子，而在二姨家再顽皮捣蛋都不会挨骂。我对那份温暖体验太深，这些年不来，也是怕失落太大。童年的温存对我太重要了。我时刻觉得寒冷，我宁愿待在那份完整的记忆里！

得知我们兄弟带着妻小来，两个嫁到外村的表姊带着孩子赶了回来，大家烤着火喝着茶说着话，打着很响的喷嚏，交流着各自的香烟，融和闹热，忘记了寒冷。坐了很久，我起身到外面走动，侧屋的瓦檐下落了一地鸡毛，地上洒了一片鸡血，怕是杀了几只鸡。

二姨家有两座房子，木质的老屋，还有后来新建的红砖屋。随着姨父和二姨的离去，新屋也成了旧屋。家里得盖房，有新房子才有新面貌。大表哥在长沙行医很少回来，三表哥小，分得了曾是新屋的砖房，二表哥就在木屋地基上翻修了三层的楼房，暂时在三表哥的房子里做饭。我看到楼房已经封顶，老屋拆除后只剩下那间厨房，孤独地窝在楼房下面，像极了一个颜容褪去的老人。

我熟悉这间厨房的气息，不由得兀自走了进去。厨房里面有些灰暗，蜘蛛拉上了一道道网线，多年不用的餐柜立在墙角边，饭桌还是那个饭桌。厨房的窗户是木条镶的，透进一束白光，照在长长的火灶边，灶上放着一个舀水的竹勺。灶是耳朵形状的长灶，摆着烧水、煮饭、炒菜等几口功能各异、大小不等的铁锅子。灶的内弧一边是火塘，里面有一条坐了几十年的长条矮板凳，凳面上泛着久远的光泽，它好像等着我回来。我知道那是很多屁股磨光的，其中就有我的小屁股的痕迹，因为我的屁股很尖。我走过去，慢慢坐到长板凳上，感觉板凳与我肥大的屁股不太协调了，也许板凳也老了，没有力气了。

我捡了一根树枝，朝灶膛里捅了几下，一股火苗好像燃了起来，一下进入了一幅久远的烟火图——

我四五岁的时候就来二姨家玩了。我父母那时忙，对我们兄妹管不过来，他们家人多，可以照看我。二姨家有三个表哥，一个表姐和一个比我小一岁的表妹，大家打打闹闹，欢笑不尽。表哥们常带我到屋后的高山上捡柴，山里有大片竹林，他们能用竹子制作椅子、凳子和玩具，让我好奇极了。后来大一点，我自己走路来，天天跟表哥们浪山浪水，寻找柴火和食物。晚上上床后，听他们讲山里的故事，一夜可以不睡觉。

二姨家的人多，那时姨家的公公婆婆还健在，每餐有十来个人吃饭，桌子坐不下，三三两两坐到了火塘里的长条板凳上。我们把几个灶膛里未烬的炭火扒出来，暖身子，烤玉米，烤红薯，冬天还可以烤糍粑。后来成了习惯，大家都往火塘挤，最多时坐六七个人。饭后也喜欢坐到这里扯话，甚至夏天也是这样，没人怕热。读书勤奋的大表哥搬个凳子，在灶边就着弱光学习，后来考上了医科大学，不坐火塘边了。

山里地少，收稻谷不多，红薯高粱都是口粮，还要酿酒喂猪，但二姨家好像也未见饿过肚子。每餐饭基本上只有一个菜，装在两个碗里，两个月才称一次肉吃，抓到老鼠青蛙和野味，也能打个牙祭。喂的鸡和鸡蛋都拿到集市上换了生活用品，但二姨会三两天给我煎一个蛋，等表哥们出去了才拿出来吃。家里喂了猪，但舍不得吃肉，大都卖了换钱，要用钱的地方太多了，只留一点做腊肉过年。那种灶膛挂满烟熏的腊肉，吃一个对年不会坏的说法，其实是没有的，谁家有这么富足？

有一次，我在灶膛的木灰里埋了一个红薯，等着烤熟了吃，却被三表哥偷吃了大半。我气得跟他打了起来，却没打赢，哭着要回家，二姨竟拿出五角钱哄我。我不闹了，破涕为笑。但是第二天二姨又将钱要了回去，说等我走的时候给我到镇上买包子吃。后来一直未吃到，但二姨那句话让我兴奋了好久，味觉神经都变化了。往后吃什么包子，都没我吃空包子那种一身酥软的感觉。

这种紧巴的日子，也没看见二姨家有人翘嘴巴、嫌饭菜不好吃，都过得快快乐乐的。那时谁家都一样，没有攀比，要说不一样，就是二姨家有个好火塘。

我们山外生活条件要好一些，春节里却喜欢到二姨家来。二姨的公公婆婆十分好客，陪着喝酒、吃肉、聊天，寒冷的天气里，大家感到暖心，都要多住两天。大人们讲客气，两碗腊肉只动一点点，下餐热一下，接着喝酒聊天。吃饱喝足，就坐到火塘里吃烟烤火，拉东说西。有时大家直接搬到火塘里喝酒，几分醉意后，顺势躺到在火塘里，脸都碰到了柴灰中，家里至今还说着一个堂舅喝酒烧伤耳朵的笑话。

孩子们是不准上桌吃饭的，夹点小菜，挤在火塘里，大人吃完了，二姨才给每人夹一块肉。剩下的肉放在餐柜里，二表哥曾偷吃了两块，被他爷爷发现，狠狠打了一顿。二姨看到表哥挨了打，久久地坐在火塘边。后来村里有传言，说二姨娘家的人来了，肉好大一碗地上，婆家的亲戚来了，都是肉里放盐菜。事情确实是这样，都是二姨的公公婆婆安排的，老人总把我们高看一眼，二姨就觉得不自在。

二姨很少坐到火塘边来，她总是吃在后面，饭后还有很多家务事，她管五个孩子，但伺候鸡鸭和猪牛好像更重要。偶尔看到二姨坐到火塘边，不声不响的，总是有什么心事。有一次，二姨正在添柴烧火，她喊我过去，坐到一起。她摸着我的头说，过两天你就要回去了，二姨给你买了一包糖，怕被哥哥们发现，藏到了不太用的大锅灶膛里，结果奶奶今天烧洗澡水，把糖全烧了，二姨没糖了，送你一篮鸡蛋好不好。听着听着，我眼里竟有了泪花。那时我有十岁了，嘴里说着没事，不要你送什么。二姨走开后，我还是不死心，用火钳直往大灶膛里捣鼓，果然闻到一股烧焦的香甜味，久久不愿离开。那一晚上，我都想着灶膛里的糖果，总觉得会有什么意外出现！

我在二姨家第一次有了失落，心里空荡了好几天。

尽管如此，我还是愿意待在二姨家，喜欢挤到火塘边吃饭，好像饭菜要好吃一些。我们都以抢占长板凳为乐，甚至不愿去夹菜，生怕被人抢了位置。后来我明白，其实是桌上的菜不够吃，大人才让孩子们坐火塘的，慢慢地成了一种习惯。

我有时跟我的孩子讲起这些事，他不爱听，也不喜欢坐到饭桌边，要坐到电脑前，要不饭就吃不下，多唠叨几句，他说你去坐你的火塘吧！我常想，为什么现在吃喝无忧，却少了味道，吃什么都不心动了？我常常怀念二姨家的火塘，越是清苦，大家越是吃得香甜，越是愉快！

有次，我读到贾平凹先生文章里的一句话，他说：真正的快乐在苦难中，真正的苦难在乡下。我似有所悟。后来在不停的奔波中，我多了回顾，我想寻找一处二姨家那样的火塘，走累了就端着碗到那个火塘边去坐坐。可是却再未能靠近一步。

似乎，温暖的火塘随着慢慢富足的日子，已经渐行渐远了。

这一刻，我又回到了梦中的老火塘边。我用一根小棍子往灶膛里拨弄着，好像能扒出什么一样，糖果，红薯，苞谷，糍粑。我闻到了一种久远的气息，让我想起了很多很多。

二姨，一个身子不到一米五、体重不过百、只读过一年书的瘦小女人，经年累月地在火塘边的烟火里，把孩子们一个个养育成人，婚嫁新娶，分家立户。最后，剩下她一个人待在老屋里，陪伴她的只有这个无声的火塘。

后面几年，二姨检查出肠癌，去了长沙就医，跟着大表哥生活。二姨最后病得严重，匆匆送回来，不久离世，安葬在屋后的地里，回到了火塘不远的地方。我没有去送二姨，不是没有时间，因为我在一个多月前赶到长沙的医院看望了她。二姨瘦得不像样子，只有几十斤了，躺在床上没力气支撑身体，不一会儿就从床背上滑下来，然后又挣扎着靠上去，还不要我扶。那天夜里很晚了，她却有旺盛的精神要跟我说话，眼睛放光，记忆清晰，似乎要把经历的人和事都要说一遍，谁也不能落下。我明白，我跟二姨就此告别了！这是我一直感到庆幸的，二姨最后把我带回到了火塘边、两个人悄悄说话的情境里……

我原以为，姨父二姨都走了，把过去的种种气息也带走了，比如过年的热闹气氛。记忆里，每年初二这天，姨父带着五个孩子，挑着箩筐，浩浩荡荡地出山拜年。外公、舅舅、大姨等亲戚都在山外，他们家家都要走到，送上用汗水换来的一份礼物，一般是一包糖、一瓶酒。最后一站是我家，住上一晚，然后我们姨、舅几家，跟着他们浩浩荡荡地进山回拜，跟送亲一样热闹。

在我们山乡，父母不在了，表亲一辈的人就开始疏远，不大走动。二姨家的几个表哥，却年年带着媳妇和孩子过来拜年，连堂亲戚都不落下。他们过去是这样的，现在还是这样，我觉得姨父和二姨并未远去。表兄、嫂们都是农民，有的在广东打工，年前回来、过几天离去，他们没说过时间紧、事情多，倒是我们读过书的、就近工作的，包括舅舅家的表兄弟，都很少去二姨家，一个个忙得打脚后跟。他们为什么能坚持下来呢？我想还是姨夫二姨的影响，那种渗入因子的教养，化成了他们立世的本能。

今天来时，我们兄弟给他们每家拿了一个红包，他们没要，还添了点回给了我们的孩子和媳妇。我不高兴了，二表嫂说，媳妇孩子第一次来，这是规矩，家里一直是这样做的。这好像是二姨在说话，旧气息依然萦绕在屋里。为了接待我们，他们怕是做了一夜的准备，让我们先吃了甜酒，腊菜跟二姨做的很像，软和香美，咸辣相宜。等下吃正餐，还用那个老锡壶温了米酒，怕有五斤多，酒香丝丝入鼻。

思绪飘忽中，听见二表嫂在呼唤吃饭，喊的是我的乳名，中间拖得很长。多么熟悉的声音，要把我从外面快点唤回来，那温婉的声音里传递出，今天的饭菜有情况！

我恍恍惚惚，醉得很深了，快要摔倒在火塘边。我不由得用手去捂耳朵，却没有捂住眼睛……

（《湘江文艺》2019 年 2 期）

丑琴操

本不想听见这种声音了，它被人砍头已多年，我心里的伤痕还没抹去，却因衍生的影响，又一次清晰地听到了它从喉管里挤出的倔强之声。我的瞳孔急剧地放大，然后缓缓地缩小。

去年，我写了散文《琴操流韵》，记述我家三代人倾情胡琴、后又寄身林涛的情感经历，其中就追忆到这把琴被人砍头而变丑的缘由。我曾感叹不已，一个成分不好的家庭命运就跟一把琴一样，竟是如此的无常和轻贱。我的笔下，是这样滴血凝固了那个记忆的——

祖父既要操琴，又要演角，领导觉得还不够，指令他把两个会拉二胡的侄儿也叫上。在邻村第一次巡演时，我堂伯父就被逼哭了。那晚本是一场声讨地主的集会，会前要造势，安排我堂伯父拉琴，一女生唱《红灯记》。刚拉开过门，台下就扔来一只鞋子，砸在堂伯父的头上，有人高叫要他滚下台。他们指责堂伯父的二胡有问题，琴杆上面雕刻了一个龙头，龙是神话鬼怪封建物类，怎能在社会主义大好形势中出现，这是明目张胆，公然挑衅。两人顿时成为批斗会的主角，做检讨、下保证还不行，硬是被逼着当场锯掉了琴杆上的龙头……

一把漂亮的胡琴就这样被砍了头，人也被吓得不轻，所幸保住了脑袋。这件事我是听一个叔父说的，他也是过去听来的。我稿子发表后，让几个伯叔看了看。他们不愿回忆这些旧事，说我家情况还好，唯有我堂二叔反应异常。他大口大口吸着烟说：“不是这么回事，琴头是我砍的！”我知道二叔一直钟情胡琴，没想到他竟是这个事情的执行者。透过浓浓烟团，我看到二叔脸上的不平，把我带入了四十多年前的那场风暴——

那晚受到了批评，要求将琴头处理掉，否则后果难以想象。祖父答应一定处理好，但不是当场锯掉的。这把琴是我大伯在县城读中学时带回的，却成了二叔的挚爱，他对处理琴头很不理解。那时祖父由学校贬职回乡，在劳动中被压断一条腿；祖父的大哥、大伯和二叔的父亲，在抗日战争中当过国军军医，此时被关押不知去向。祖父思虑最多的是要保住子侄们的性命，要不就对不起大哥。祖父给二叔做工作，二叔十五六岁，很不配合。祖父发了怒，责问他是人头重要、还是琴头重要！二叔含着怨气，在祖父的逼迫下锯下了琴头。祖父说：这个琴头雕刻精致，你先收着，日后可能会用上。二叔噙着眼泪，捡起琴头一把扔进了灶膛。琴头是上好的檀木，檀香气息在家里萦绕了几天。一家人沉浸其中，默默无语。

无头琴原来是这样变成的。我听完倒是舒了一口气，庆幸不是先前讲的当场挨打受批判。可是不一会，我的心情就沉重起来了。他们这样责令我家自我了断，二叔受伤最大，却是祖父催逼的。祖父心里更难受啊。那些人可谓别有用意啊！

胡琴之声，悠悠颤颤，一如孤独低吟，传递了一个人的心绪。可琴头没有了，还能正常地发声吗？我轻轻地问二叔，琴头没了，丑相难堪，正好不用去演出受气了。二叔看着我说："你以为这样就不用去了，一样去，丑的是我们，不是他们。"我才知道，好长时间里，瘸腿的祖父带着两个侄儿和这把丑琴，一个村、一个乡地巡演。每到一地，丑琴成了观众们的笑料，他们不知原委，以为是我家买不起一把像样的胡琴，捡把琴来凑热闹。

丑琴无头，祖父他们也无头面，操琴的模样十分滑稽，不被人正眼视之。当然，心里最憋屈的是二叔，还不到二十岁，无端被人嘲笑。其实他的琴是拉得很有水准的，但是心里不平，音色起伏大。丑琴让二叔的脾性也丑了起来。他变得十分倔犟，不太理会祖父，以前经常一起谈琴论艺的，慢慢地不太说话了。

话说开了，我忍不住问二叔，一个年轻人，怀抱一只无头的胡琴，再无其他释放的方式了？二叔说，也努力过，但是没有别的选择。

没过多久，伯叔姑姑们不能读书了，是村里不准，二叔两次被生产队长从中学赶回。他聪颖好学，无奈初三未满，就再也未进过学堂的门了。二叔积下一肚子的愤懑和怨恨，别的人挑轻避重、在生产队混工分，他年轻轻的就去学泥水匠，每天用砖刀砍砍剁剁，其实是发泄不满，他要砍去种种的不平。但是，这种方式并不能让他感到轻松，虎口震烂血流不止，也不能释放心中的怨气。每天劳作回来，他把自己关在房里拉琴苦诉。只有丑琴懂他，眼里的泪、虎口的血，遗落在琴上，他浑然不知。

二叔独自拉琴，长夜不息。祖父知道他心里苦闷，开导他说：拉琴可以消解磨难，但不能宣泄情绪，你指上的怨气太重了。二叔说：你不是说琴音传递的是心声吗？祖父反问：你心里向往的是什么？二叔不吭声了。听琴知音，得失寸心。二叔对祖父的音乐修养极为钦佩。他取名叫清明，自此静心练琴，研习音律。

清明通透，方有佳音。二叔反复体悟，寻求通感——人跟琴一样，没有头面，可琴还是琴，心里有音，仍可自然发声。他的心慢慢融入了丑琴，琴声从心里漂流出来，没有了早时的发泄，音色一片柔美。这跟琴的丑陋、身份的卑微无关了——

在村里的一场集会上，全家人都被责令到场陪斗，因为批斗的对象是二叔的母亲！我的这位大奶奶性子泼辣，与区干部从前有过节，首当其冲被批判。大冬天里把人拉到学校操场上，用风车对着吹，她不服软，直挺挺地站了一夜。有人起哄要我家的人拉琴造势，祖父跟他们交涉能不能换人，他们说不行，故意要我二叔拉。祖父尴尬不已，二叔却轻松地拉开了弓子。凝望受难的母亲，他如入空谷，心若止水，丑琴一如往昔，不改声色。后来我得知，二叔拉的是刘天华先生的《光明行》。他心里存有光亮！

我从小就听二叔在夜里拉琴，如月光流泻，清辉润人，但不知道他是怎样解开“琴”结的。二叔认真地看着我说：琴已无头，人得有名。我明白这句话的意思，他并不是说琴。

二叔带着这把丑琴，一次次地参加上级安排的演出，没有工资，只算工分，从乡里到县里，重要的会演都少不了他。他用丑琴发出的美声征服了众多同行，感染了无数心田，人们记住了他和一把无头琴。有一次，上级首长要来观看演出，领导向他提出换把琴，说这琴太丑了，影响县里的形象。二叔说，能换人但不能换琴。他有傲骨的，就要用这把丑琴拉出你们想不到的琴声来。

祖父没想到，二叔具备了如此的琴艺。两人后来切磋，祖父说他讲不了了，要二叔买专业书籍学习。二叔要吟咏自己的心声，就自学作曲，作品竟一篇篇地发表在省市和中央一级的报刊上，电台为他灌音播出，中国音协后来吸收他为会员。

丑琴涵养了二叔的情操，二叔让丑琴发出了美声。因为年华错失，二叔前行无路，他将满腔的热情付诸到孩子身上，将我那脾性丑犟、毫不省心的堂弟，“揉”成大学音乐教师。他不断地参加县市的会演，那把无头琴用到鼓皮破裂不能正常出声、又逢参加全市会演时，才接受了公家买来送他的一把新琴。

丑琴就这样息声了，放在杂屋旮旯里。三十多年没人碰过，也没想过要把它丢掉，几次搬家都留下了，成了家中一件不能用又舍弃不了的器物。

一把无头丑琴，伴合了我家不尽的荣辱悲欣。我在步入职场前，也嚷着要祖父教琴，他有过犹豫，一是他已经放弃胡琴了，二是他认为我的心性于琴不适，但经不住我的缠绕，还是教了。我学了两年，音不贴心，技艺难进，就放弃了，改学写作。

烟抽了不少了，话也说得长，二叔却不谈琴艺。我禁不住问他到底是如何进入胡琴的。他说这不是技艺问题，把生活的不平柔化了，心里就空了，美好的东西就融入了。我悟了再悟，二叔说的确是他怀抱无头丑琴的半生经历。

（《读者》2015 年 8 期）

白 夜

一

河边的那排木屋茶店，是朋友辉君常喊我夜谈的地方，没有明亮的路灯，没有嘈杂的市声，透着几分夜的温柔。有时我们并不点茶，叫上一壶白开水，辉君只需一个诚恳的倾听对象，话儿就拉得远。我一般插不上话，间或给他的茶盏里续上一点水。他用拇指和中指夹着茶盏，并不马上喝下，要一口气把说着的那句话儿道尽。而他的眼睛看着窗外，目光似乎透过窗户，穿过无边的夜空，到达远而又远的地方——

我少年时候，是村里著名的夜游神。夜里从不读书写字，哪里放电影、哪里唱戏、哪里耍灯、哪里有村干部开会、哪里有人打牌，谁在哪里干啥，我都清清楚楚，以致成了村里的娱乐活动预报员和通风报信的狗腿子。夜里实在没有扎堆的地方，我也要把几个院落走一遍，不放过一点希望。这成了我的一门功课。别看我夜里东游西荡，这让我及早洞悉了乡村社会的七七八八，我比同年人入世得早。

一个秋夜，月光朦朦胧胧，正好能看清路。我把村子的每个旮旯都踏了一遍，能说上的话都说尽了，然后晃悠悠回家去。走过水塘边，穿过一溜篱笆，来到离我家不远的一座木屋前。屋里多数人已经睡下了，唯有灶房边的杂屋里亮着灯。杂屋没有窗户，只有一扇旧门，光线从门缝里射了出来，还伴着窸窸窣窣的声音。谁在干什么，这么晚了。走过门口时，我听到哗啦的水声，马上明白有人在洗澡。谁这么晚了在洗澡？我不经意地停下脚步，把头贴着门缝望了一眼。妈呀，是女主人坐在澡盆里，身子正对着门呢！我吓得半死，赶紧抬腿走开了，心里跳个不停。

谁知，这随意的一瞥，把我紧紧地吸附上了，无尽的沉吟穿越了漫长的岁月。

乡里传言，碰上女人洗澡，眼睛会肿三天，是倒大霉的事。都说要用艾草煮水、加头胎人乳洗三遍才能消肿，而且随时可能复发。怎么办？我停下脚步，我不想走，也根本走不动。我又悄悄倒回去，四下张望一阵，确定没有人，慢慢蹲下身去，把眼睛紧紧地贴在门缝上。

女人快要洗完，从澡盆里站了起来，身子修长白皙，皮肤上冒着热气，还飘出“立婷”牌香皂的气味。她用毛巾抖着湿头发，有几滴水穿过门缝落在了我的脸上，凉凉的，让我打了一个激灵。我赶紧抬起头，紧张，害怕，发抖，口干。我有十四五岁了，身子绷得很紧，又担心有人突然出现，就来回张望着。我不愿离开，也不怕肿眼睛，又凑了过去。两人只隔了一米来远，一切太突然了，让我目不暇接，不知看什么好，白花花的一片。我神魂颠倒，血流加剧，眼前一片晕眩，身子差点碰到了木门上。多亏她站起身了，她要是坐着，两人完全是平视的，估计会看到外面那双贼眼。

女人开始擦拭身子，我的目光跟着她的手慢慢移动，好像是我在给她擦拭，把每个地方的水珠都拂去了。她转过身去擦拭腿脚，腰是弯着的，弧线美极了。因为点的是煤油灯，只能看到一个轮廓，我总想看清楚一点，眼睛睁大，往前凑了又凑。她家杂屋里头关着几头猪，轻轻地哼着，我觉得她家的猪都是幸福的，甚至想变成一个猪。女人的脚踩到了地上，然后提起澡盆哗啦倒水，水从门下流了出来。我看着她穿好最后一件衣服，然后起身迈步，才发现布鞋湿透了。

我快步离开木门，心里怦怦地跳着，突然发现月亮升起来了，到处都是明晃晃的。四下有没有眼睛呢？糟了，不是有月亮，月亮看到了我，第一次作贼就被发现了。

二

这已不是第一次听辉君说起这段遥远的艳遇了，几乎每次酒后茶余、周围安静的时候，他都要讲一次。女性朋友不爱听，说他拿异性开心，后来只和我探讨那个身子的无穷魅力。我也想不明白，二十多年了，他怎对一个女人的身体那么沉迷，又没产生情感，偶然的遇见，何况是那个年龄。我以为辉君有道德负疚感，就说，这又不是故意的，很多人都不经意间看到过异性的身体。他说，不是的，是害怕，一直都胆怯着，不敢面对她。辉哥平时的言行是得体的，他的回答倒让我迷惑了，我想起他前面说的传言，就笑着问，你的眼睛到底肿了没有。辉君看着我说，比肿了还难受——

那一晚回到家，身上烧得厉害，一直没有睡，总是浮现出她白皙的身体。太突兀了，一下看到了一个女人的全部。平时在学校听年龄大的同学聊过这方面的事，也到镇上看过香港的艳情录像片，反应也不至于像这样。想不到女人的真身会产生这么大的威力！我身体里的那团火好多天都没有熄灭，不吃饭不觉得饿，干了活不觉得累，一闭上眼睛就想起那个身子。

第二天早上去上学时，路过她家门口，我有意往杂屋门口看了一眼。坏了，地上留下一个清晰的脚印，是被洗澡水浸透的。我想过去踩上几脚，把印子踏平，可是女主人忽然出来了，笑着跟我打招呼，小辉今天上学这么早！我应声问了个早，翻身上了单车，一路打着口哨装平静，其实是睡不着才早起了。

这一天上课我都没心事，上数学课我还摆着语文书，只盼着放学早点回去，把那个脚印弄灭，弄出破绽一切都麻烦了。当我赶回来故作轻松来到她家杂屋门前时，那个脚印却不见了，好像是干掉了，又像有被蹭去的迹象。我心里更没底了，上下直打鼓。

到了夜里，我一边想着她的身子，一边想着那个脚印，辗转反侧，又惊又欢。从她白天的表情看，我觉得她好像知悉我的窥视，留下一个面子，或是等我开口，怎么解释。但也不敢肯定，她脸上跟往日一样自然。为了弄清楚，有天下午趁她不在家，我利用和她儿子玩的间隙，悄悄地到柴门后看了一眼，往外的视线较为开阔，但不知夜里是否能看清，可夜里又不能来试看。

一连几天，我都走了神，似有炸雷随时响起，我将体无完肤。这是多么无耻的行为，要是说出来怎么见人。论辈分，我该把她叫婶子，她的大孩子只比我小几岁，要是她告知我家里，我肯定死定了。后来想了几天，我觉得还是要诚实地向她承认错误，乞求原谅。她是长辈，既然现在还未说破，应该会给我一个机会。

我在一个早上正式来到她家，两人在门口就碰上了，我紧张得不敢说话，准备好的词全跑了，只是傻乎乎地笑。她也对着我笑，还是说着前几天早上那句话，小辉今天上学这么早！看她脸上的表情，好像并不知道我的龌龊，又好像是一个长辈的宽容大度。

后来又会面几次，我还是想坦白，但她并没有什么异常。是不是不让我说，万一她不知道不就难堪了！我那时算是知世较早的，我想不清楚时，就站到她的一方来设想，即使知道我的不敬，从她平常的心性看，是不愿道破的，撕开了遮羞布，以后无法相处；她要教育我，会跟我谈的，最少不会大骂，毕竟我是个孩子。我不启口说那些话了，望风而动，小心为好。

我很少去她家玩了，以前跟她的大孩子经常疯玩，见面了我也很少说话，问好一声就走开了。有时我绕着不过她家门口，但也在田坎上碰上了，她会问我到这里干什么，我就随便编个理由，她又是一笑。我心里还是不踏实，她越是轻松，我越觉得沉重。为了显得自然，我硬着头皮多次从她家门口经过，甚至有意让她看到。

等待的声音一直没有响起，我的心情渐渐舒缓一些，看到她没有以前那么紧张了。那时我已到青春期，身体里有一股莫名的燥热在翻滚，想着那个夜晚的偶遇，我有时控制不了自己，夜里不自觉地往她家的杂屋走去，很想再见到一次。我远远地看到门缝里射出的灯光，心里紧张不已，不停地张望。虽然夜里没有月亮，可我觉得四周亮于白昼，好像有无数的眼睛在看着我。有两次，我都听见哗哗的水声了，以我的观察定是她在洗澡，其他人洗澡一般不在此时此地。我想着她的身子，又想着她的笑容，脚步怎么都迈不开，十几米远的距离硬是不敢过去，像个贼一样蹲在大树下。

我有了煎熬，难受不已。后来壮着胆子去过杂屋边几次，每次中途又退了回来。这是为什么？我知道还是那个身子，既吸引着我，又排斥着我。

不久，她家翻修了砖房，洗澡更加隐秘了，什么声音都听不到。我没有感到遗憾，反而庆幸她家修房让我断掉了念想，没有了一点靠近的办法。但我还是不踏实，是不是因为我才换掉了洗澡的地方？尽管后来我跟她多次会面，我还是不自然，而她向自己的孩子当面夸赞我，说小辉懂事了，都不太说话了，功夫都放在书上呢，要向小辉学习！我话少是因为心虚，并不是埋头用功，这话像是说给我的。她是在拉我吗？她说这话的时候，脸上一片笑容，让我看到了笑容后面沉静的大海。

很多年里，我弄不明白她的笑容里到底隐含着什么，但可以肯定的是，如果她脸上没有笑容，结果完全不是这样。也许我会很用力，但伴随我的可能是漫长的黑夜。

三

辉君每次说到这里，都要久久地沉默，他把一口水含在嘴里，闭着眼睛，神思可能飞到了那个山村的门缝前。我说，这个人对你那么重要，她并没带给你什么，周围的好女人那么多，嫂夫人也很漂亮哦！辉君喝下一口水说，人都是不一样的，产生的感触不同，你知道吗，在我青春迷茫的时候，她给了我一个清醒——

从那时起，我心里明亮了许多，对她有了一份真诚的敬意，好感超出了对待其他的婶子。虽然会面我没有什么话，但她走过去后，我会长久地望着她的背影，目送她远去。谁会想到，她宽大粗糙的衣服里面藏着一尊白玉佛。

她的面相较为端庄，平时觉察不到她的魅力，乡村繁重的活计把很多女人的美丽都遮掩了。这一点，估计她男人都未觉察到。她男人平时对她很啰嗦，有时骂得难听，她回得不紧不慢。他们吵架的时候，我心里护着她，用恶毒的话咒骂着我那个叔父。有一次，他们又吵架了，我正好路过，地上摔了很多东西，我看到她的背，以为她在哭。见有人来了，她转过身子，脸上还是往日的微笑。她对我说，长大了，要对女人好一些。我似懂非懂，也笑了笑。

我原来在村里很活跃的，渐渐内向了，在她面前一直不敢多说话。我也知道她对我很好，但越是这样越不敢靠近。后来我上了高中，回来得少，偶尔从她家经过，她要招呼我坐一会，还要倒茶拿吃的。我越是话少，她越是欣赏我，说我成熟了，找到目标了。我觉得她洞悉了我的内心，不自觉地有了压力，我哪有她说得那么好。我觉得对不起她在我眼前晃动的身子和温和的笑容。虽然其他人也对我这样说着，但感觉完全不一样。

后来，我也没有特别努力过，但心里澄明了，沉潜自若，高考出乎意料进入了省城的师范大学。我学理科，我总觉得缺乏为人师表的内力，想办法调到了美术系，拾起了中学时玩熟的画笔。我想表达心中很多的美感，好多的感受文字表现是苍白的，只有画笔能够抵达那种幽深的意境。

我自认为对她很熟悉，因为我长时间都在想念，很想画一张门缝漏光角度的洗浴图，可是下笔就成了涂料堆，心里总有涟漪。我毕业很多年了，在圈内是有些位置的，但这一张就画不出来。

我内心清楚，我对那个身体并不了解。

因为专业涉及，我观看过很多异性的身体，模特、人体摄影、人体彩绘、欧洲的裸雕、裸游，还到澳门欣赏过一场脱衣舞。从艺术角度打量，都是美轮美奂的，但是没有感染力，没有少年初遇的那种震撼力。也不是审美疲劳，有时一下就得到了想得到的东西，反不觉得珍贵。可能是不能倾入个人的情愫吧，而她的身体展现得多么自然、多么宁静，那是庄重的，尊贵不可亵渎。

我有很多年未回乡里了，父母来到城里生活，我也想见到她。有一次出差顺路回去了一趟，我想买条裙子送给她，担心唐突，改为一条蓝色的缀花围巾，表面是敬意，实际是想表达内心里的歉意。我有些紧张，一直想着该怎样说话。我的担心却是多余的，到了村里才知道她早已去了城里，跟女儿一起生活，十分愉快。这让我变得十分轻松，多年未见了，她在我心里依然是美丽的，多年以来的那个梦境没有被破坏。

那条蓝围巾一直没有送出去，有次被妻子翻出来，她以为是买给她的，又觉不像我一贯的风格。我跟妻子坦陈了并不久远的窥视，她却能理解，两人饶有兴趣地交流过几次。我一直觉得，即使她丝毫不知我的不恭，但她带给我的心理影响却是真实又长久的。她何有那种力量？妻子分析说，你跟邪念作了剧烈的斗争，不敢走近，是在呵护内心敬畏的东西，不愿、也不能去打破一种美感，你胜利了。她还表扬我说，那个身体是一堂课，你从那夜长大了！女人感觉就是不一样，我很赞同她的感悟，我怎不是那个身体的学生，也许永远无法毕业。

妻子也产生了敬意，她提出有机会让她拜见婶子一次，看看无尽的魅力是从怎样平凡的身体里产生的。我答应了她。今年春节，我们一家开车回到千里外的乡下拜年。老屋多年不住了，住到了一个堂哥家。他说后屋的婶子一家没有回来，还是去年夏天回来过一次，人也不出老，打扮入时呢。

晚饭后，天已经黑了，我陪着妻子到外面转悠。我们来到婶子的屋前，我毫不费力地找到了当年做贼的柴门前，用手指着留下脚印的地方。妻子说，别动，给你照个相做回忆吧。咔嚓一闪光，四周变成了白夜。

事情总有两面性，可能是一个黑夜，却成为一个白夜。这种转化的维度是什么……辉君在昏黄的灯光下安静地往下说着，丝毫没有停住的意思，而他拇指和中指夹着茶盏的动作凝固将有半个小时了，没有一滴水滴出来。

（《散文》2018 年 4 期）

大地归鸿

我原想从飞鸿一角给此文拟题，数年的追问和沉吟，竟有了归鸿之意。

有一年，我带着六岁的儿子到市郊的松坡公园游玩，公园以蔡锷之字为名，他是我们邵阳人。公园由山林开辟，面积宽阔，湖山环绕，松树挺立。当时枯草泛黄，游人稀少，一片寂静。两人走到一个高坡上，枯草丛里忽然“嗦”地飞出几只大鸟，把人吓了一跳，我赶紧抱住儿子。转眼间，它们飞上湛蓝的天空，惊叫声回荡入耳，真有鸿雁秋返、声啸长空的味道。

此地僻静，把鸿雁都搅飞了，还是走吧，它们可能还要回来。转身时，看到了旁边有座水泥砖砌物，规模还不小。走近一看，又是一惊，大理石上横刻着“贺绿汀之墓”几个字，由赵朴初题写。怎么是他呀，老先生晚年一直在上海生活的，印象中好像老家是邵东县乡下的，离这里有几十公里路程呢。

这时，来了几个上了年纪的游人，他们也惊感著名音乐家贺绿汀竟安息在这里。他们说是叶落归根吧，人多是这个归宿，不管年轻时飞得有多远。我环视一阵，看到墓碑四周围着一圈金属栏杆，上面镶嵌五线谱音符，呈现出与墓主身份吻合的气氛。我认识五线谱，惊讶怎就是这一首——《游击队歌》。这是贺绿汀的代表作，他给人们的记忆，倒像是个老游击队员。

回家后，我查阅了一些资料，请教了一些早年见过贺绿汀、有过交往的人，了解他的生平尤其是魂归故里的情况，他漂泊不定的经历真像一只天涯飞鸿。

贺绿汀 1903 年出生，青年时代到邵阳、长沙读书，爱好音乐。他的三哥与毛泽东是湖南一师的同学，他受影响也离乡投入音乐救国活动。1926 年加入中共，1928 年被捕关入国民党监狱近两年。后辗转上海、天津、北京、南京、广东、香港、重庆、贵州、陕西、河南、山西、安徽等地。1937 年在山西抗战前线创作《游击队歌》，1941 年到新四军工作，1943 年到达延安，新中国成立后出任上海音乐学院院长。直到 1950 年，他才回到阔别二十多年的家乡，后来回家三次，1999 年在上海因病去世。我就此问过多人，多认为叶落归根，是人伦常情。有人参与了贺绿汀的归葬活动，说是家乡政府组织的，但无人知道他本人的想法。

越是深入了解，越是不得其解。我想起苏轼年轻时写过的一首诗：人生到处知何似，应似飞鸿踏雪泥。泥上偶然留指爪，鸿飞那复计东西。贺绿汀应是深得诗意的。他心怀大地，鸿飞无迹，超然物外，随遇而安，不会仅因传统的家乡观念又飞回来。解放后，他都在上海生活五十年了，他的归葬是在 2003 年去世后第四年才进行的。我觉得，总有一种理由能够说明事情的本原。

几年了，这篇以飞鸿为旨意的文章一直未能开笔，自己心里不透彻，怎又说得明白，还是酵藏在心吧，等待自然结果。

有一次，我跟政协的一个朋友谈起此事，觉得他们对文化名人了解要宽广。他说读大学时听过贺绿汀的一次演讲，有过一些关注，还给我找了一些资料。情况大致是，市里打算建设松坡公园，为了提升文化影响力，拟在园内修建贺绿汀音乐广场和纪念馆，1996 年安排人到上海征求意见，贺绿汀说只要对家乡人民有好处的事都愿意做。贺绿汀去世后，松坡公园的建设方又向贺老亲属提出，希望将贺老骨灰安葬到公园内，与馆、场设施布局整体一致，同时也是让贺老魂归青山故土。贺老的亲属经过考察和商议，同意了这个方案。2003 年 7 月，在纪念贺绿汀诞辰一百周年之际，除了上海举办邮品首发仪式和追思会，家乡政府还组织举办了音乐会、图片展、纪念大会，以隆重的仪式，将贺绿汀夫妻一半的骨灰迎回、安放到松坡公园，另一半留在上海龙华烈士陵园。

原来是这样，从时间和安排上说通了，但是情感上怎么理解，既然贺绿汀生前有愿望，他是基于什么决定魂归故里？不会是为了配合公园的一个景点布局吧！我觉得这里面有一种返乡的因子在涌动，但是找不到依据。海德格尔说诗人的天职是返乡；沈从文说一个战士不是战死沙场、就要回到自己的故乡。这是说一个人的精神灵魂要回到起始的地方，并非仅指生命肉身的归返。贺绿汀这样饱经沧桑、思想开明的文化大家，必有深厚的情感所寄。

有人告诉我，贺绿汀晚年一直挂念家乡，不但出谋划策，还帮钱帮物。上世纪九十年代，家乡人去上海看望他，他的小院里种了很多苦瓜，自己吃，他说上海条件好，家乡生活疾苦，不能忘了；乡人离开时，他买了很多改良的果蔬种子让带回去。心念家乡，尽己之力，也是正常情理，但不足以让他决心归故。

前不久，因工作关系去了一趟邵东县，我们徒步查看一条通村公路，穿过青山越过田野，来到山下的一个小村子。同行的人说，这里就是音乐家贺绿汀的家乡，他的故居还保留着呢。我听了一惊，连说去看看。

这是一栋木架砖墙于一体的瓦屋，屋前是一口池塘，边上栽了几棵树，木屋有六七间房，很是陈旧了。屋里陈列很多贺绿汀的图片，故物不多，但他出生时的木床却保留了下来，叫人直想一个音乐大师就诞生在这样一个简陋地方。1932 年贺绿汀结婚离家后，再未回祖屋住过。亲人相继离去，这座老屋空寂了下来。

旧屋的邻里是贺绿汀的本家堂亲，一个七十多的老汉给我们介绍说，贺绿汀最后一次回到祖屋是 1980 年 3 月，他一直念着家里，但此后没机会回来了。我突然想到那个久存心里的疑惑，就给老人点了一支烟，慢慢地攀谈，是否清楚贺老归葬故乡的事情。老人沉默了一阵，缓缓地说，他是回来陪二妹子的，他二妹子就躺在屋后的山上。老人用手指去，山上青松郁郁。

还有这回事，我的心立即紧了起来。我们邵阳人把男孩叫伢子，把女孩叫妹子，我在资料上看到过贺绿汀的二妹子贺晓秋的文字，因父亲的问题受到牵连，但我不知道是这个结果。老人告诉我们，1966 年夏天，贺绿汀因写文章反驳一个文化权威的音乐观点受到批判，标语从门口贴到了床头，夫妻俩被凌辱殴打，遭剪发泼墨，尊严尽失。贺绿汀躺到屋顶上想了却自己，夫人说你不下来我也上来，贺绿汀才下来了。二妹子晓秋冷静地对父亲说，这样死了别人认为是畏罪自杀，活着总有你讲话的时候。贺绿汀觉得二妹子说得有道理，自己本来就是清白的。贺绿汀勇敢地活下来了，凛然面对各种审查。贺晓秋还到北京申诉，未有结果。后来母亲和姐妹三人都被关押审查，贺晓秋因不堪抹黑，1968 年 4 月 7 日晚上从审查室跑回家，打开煤气刚烈自尽。

贺绿汀性情刚烈，想不到他的二妹子更加性烈，要以死来证明父亲的清白。贺家大姐逸秋一直保留着二妹自尽前写给她的一封信——

姐姐、姐夫：这是我最后一次叫你们了。以后怎样我不知道，也不想知道。我对生活一点都不感兴趣，我对今后也不抱任何幻想。我的前面只是一片黑暗。我已看到了自己前途的尽头。我现在无法摆脱这个邪魔纠缠。我现在担心的只是你们。不要因为我的不幸而给你们今后带来什么麻烦……晓秋 68.4.6

这时有个中年汉子走过来跟我们说话：他二妹子大学毕业，只活了二十九岁，原本就要结婚了，临走前将自己绣制的、准备自己用的枕套送给了一个同学，她绣的百合花清雅秀丽，家里人见过，原本等着喜庆呢，没想到却成为了一个忧伤的记忆。贺晓秋毕业于上海音乐学院作曲系，她坦然地用一个休止符结束了一切。

老人继续说，1973 年春节前夕，贺绿汀在被关押五年之久后无罪释放，出狱时家人已经不认识他了，还是小女儿从他腋下夹着的破被子上认出了这是自己的父亲，因为被子上有一朵朵熟悉的红花。回到家中，无人敢告诉他二妹子的事情，只说下放到外地去了，但很快被他觉察到。当家人说出真情后，七十岁的老人捶胸顿足，放声痛哭，说女儿劝下了自己，自己却没保护好女儿，连一次规劝的机会都没有。这个春节里，贺绿汀不时问起二妹子临终前的举动，几次失声痛哭，说自己个性太强，让孩子受了影响。贺绿汀惦记女儿的骨灰在哪里。小女元元说，过了半年，红卫兵才同意领回二姐的骨灰。她背着骨灰盒四处流浪，从劳改牛棚到学院琴房，辗转多地无法落葬，后来放到了家里。贺绿汀听完说，总算还和家人在一起，不能让她孤单，生前没有得到呵护，死后要让她回到亲人的怀抱。

后来老家来人看望贺绿汀，觉得他宽厚温情很多，不轻易发脾气，问长问短，关怀备至，甚至以德报怨，对人不计前嫌。贺绿汀给家里亲人几次写信，提出要把二妹子的骨灰送回来。老家人开始不理解，他说上海是外乡，没有埋下一个亲人，土地是冰冷的。1980 年 3 月，贺绿汀回到再次阔别二十年的家乡，一个重要目的就是安葬二妹子的骨灰。亲友们过来帮忙，就放在了孩子的爷爷奶奶坟墓旁。下葬那天，贺绿汀对着坟墓说：晓秋，爸爸会回来的！他流了很多眼泪，这一年他七十七岁了。

现在，我终于理出了头绪，想不到还有这么一段悲情经历，印证了之前的那些想法，贺绿汀的情感不会那么简单。我又问他们，归葬家乡的事，贺老生前有无向家里人透露过？中年汉子说：如果想详细了解，可以去找松坡公园的人，他们与上海的贺元元有联系。

经过一番联系，我找到上海的一个朋友。他说老人家年事已高，不便打搅，但他告知一个细节，贺绿汀晚岁常去湖南路口的街心花园，坐在一张石凳上沉思，久而久之，大家都把石凳空让给他，哪怕他那天没去。他还想办法给我寄来一本《我的父亲贺绿汀》。我看到，贺元元在书里写到父母亲这样做，是“为了使感情上有点安慰”！就这么简单，却沉重万分。两位老人，用全部的力量去落实了这一句话。

想不到，贺绿汀一生作品无数，最后的乐章却是这样谱就。此情无计，唯有这样，才能安放心底的情感。别人也许想得很多，在父母眼里，往往无需更深的理由，面对孩子的受难，任何时候都是箍得紧紧的。记得那天飞鸟突起受到惊吓时，我一把抱住儿子，直到他喊哎哟，我才知道用力过猛了。

天涯飞鸿是一种生命状态，回归故土也是一种生命姿态。

昔我往矣，杨柳依依；今我来思，雨雪霏霏。乡愁就是一个等望吧，冬日雪天对春天离去时杨柳依依的回望。人生充满了等待，漂泊一生，谁都无法错过那个黄叶飘摇的秋天。当秋风吹起时，谁又能如鸿归来？骨子里没点情感牵扯，被另一种养分滋润着的生命，肉体即使回来了，一个人的灵魂安能回归？

（《创作与评论》2017 年 12 期）

先　风

忘情邓老师

父亲前天来电话说，赶集碰到我小学时的班主任邓集常老师，他有七十多岁了，问我的手机号，当场就给他了，不知他有什么事。邓老师记着我，我又一次忆起他的面貌来，总觉一阵风儿迎面拂过，清爽一片。

邓老师是我小学四年级到六年级的班主任，教语文课。他是另外一个村里的人，与我们村隔了一条河。邓老师多年在外村教书，来回要绕行到上游坐船，花去不少时间，我们常常见他卷着裤腿，从没膝的河中直接趟过来，一天差不多有两趟，很冷的天气也是这样。到我们学校教书时，邓老师患上了风湿病，有时痛得站不住，就拄着一根手腕粗的竹棍慢慢挪动，上课时大家特别害怕，总担心答不上题，他会一棍子打过来。

邓老师那时有五十多了，不懂拼音，很呆板地教我们认字，多数时间他给我们讲风俗故事、乡里乡情和世故阅历，很是吸引人。有时他念读报纸杂志上的文章，遇到沧桑处，竟声泪俱下，让我们感动不已。他这种教学方式，让我们及早感受到了生活的酸甜苦辣，大家写作文就很及物、不缥缈。我就是在他的启蒙和指导下走上写作之路的，后来竟还成就了事业，当上军事记者，一直吃着文字饭。

我当然记着邓老师对我的启蒙之情，领了工资得要去谢恩，在一次回家探亲时，我专门去看望了邓老师。

可是，我来到邓老师家里，他却不认识我了，仅仅分隔了十年时间，他也才退休几年。我努力解释，并搬出我父亲和祖父的名字，他才有了一点印象，好像是有这么一个学生，但不记得名字了。

我向邓老师汇报我的成长和成绩，初中高中、参军训练、业余写作、刊稿无数、首长欣赏、提升军官、随军记者，这一切，都是你老人家的启蒙指导所致，没你的培养现在不知在哪儿呢。

然而，邓老师听得一头雾水，不明白我到底是在说什么，最后他问了一句：你是说我吗，我有那么厉害，你记错了吧！

我急切地接过邓老师的话说：就是这样的啊，你怎会记不起了呢，我写的第一篇稿子，就是你一个玩笑促成的——

1986年下学期，邓老师念读了《中国少年报》上的一则启事，中国和南斯拉夫两国的少年组织发起联合征文，主题是家乡的美好故事，作品入选后要组织去对方国家参观交流。邓老师说，我们班上三十八个同学，如果一人投中一篇，那我这个老师就成国际名人了。大家听后哄堂大笑，我却觉得这是一件值得尝试的事情。我决心写一篇，题目叫《家乡的故事·无栓的木桥》，写我姑妈他们村头的水南桥。这座桥是清朝的能工巧匠修造的，石块桥墩，墩上柱梁横竖，用料上千，却无需一根木栓固牢，历经百年而不松散，体现了劳动人民的高超智慧。但要把这座桥描写逼真，就要去仔细观察。我一个人去了，路上被邻村的恶狗咬伤大腿。我忍着疼痛，把稿子写出，让邓老师修改了多次。寄出后，千等万盼，却没有任何消息。我们班上共寄出两份稿子，没有人去了南斯拉夫，班主任的名气也没有提升。但是，一烟燃起，再难熄灭。我继续写着其他稿子，我有的是故事，一篇篇地往外投。从小学到高中，我写过故事、笑话、散文、小说，短篇、中篇，投稿超过五百次，高一发表处女作 ,1992 年冬天征兵时，接兵部队看上了我，将我特招入伍……

听完后，邓老师喃喃地说：是这样的啊，那不是把玩笑开大了！

我说：得感谢你呢，不是这个玩笑，可能我走不上这条路啊！

邓老师认真地看着我说：我怎么给你指了路呢，不走这条路，你可能会更加有前途。

我说：我就这点能耐，已经很知足了。

报恩竟无门，回去的路上，我心里一直很纳闷。我的成长，邓老师怎么就一点都记不起来了呢。他挑灯夜战，给我修改了那么多稿子，是有他的功劳啊。学生上门来回报，怎么不应承下来，答应一点点。

而邓老师，不记得就是不记得，解释了还觉得不走这条路也许会更好，甚至还自责怎么就给人指了路，觉得路都是自己走出的。世上哪有这样的老师啊，他把自己放到了学堂之外，出了这个地方再不念想那份情、等待那份恩。世风流习任你飘摇，要做的干干净净做完了，只剩下简简单单一个人。

荀子说：师之所存，道之所存也。眼下的一些人，却好为人师，热衷给人指路，生怕人家忘记那份情。而在邓老师，宛如一阵风，过去了就过去了。

不等式

大年初一早上，初中班主任刘孙和老师给我来电话拜年，让我倍觉意外。刘老师说，除夕夜收到我的祝福短信，因为不会回信，又怕夜里去电话打搅，就改作早上了。但是老师给学生拜年，过于隆重了，初一应是晚辈问好长辈的，一日为师终身为父呢！我心里当然明白，刘老师这样做，他觉得欠了我一个人情，难以偿还。

前年夏天，突然接到一个陌生的电话，只一两句，我就听出是刘老师的声音，尽管互相有二十二年没有会面通话了。刘老师感到惊讶，说我没能把他忘记。声音是一个情感符号，一旦进入记忆深处，时间再久远，一旦响起时，立即触动情感之弦，对方清晰的形象跃然而出。刘老师告知，他是从另外一个同学那里知道我的，为我感到高兴。

那几天，我又接到几个同学的电话，都为听到久违的声音而高兴，他们说是刘老师在街上碰面告诉的，一个劲地夸你呢。后来教英语的杨老师也打来电话，他也曾是刘老师的学生，多年前辞职下海，四处漂泊，今年在江西一个地方跑运输，他也为我的成长感到兴奋。

刘老师是我们六十五班初二、初三两年的班主任，教数学课。他是中途接手，又是班主任，所以格外操心。初二整合时，很多成绩好的调入了尖子班，我们这些歪瓜裂枣、笨懒油顽放到了一起。刘老师虽然有想法，但也没气馁，决心把学习风气扭转过来。他跟每个同学都谈了话，不到十天能叫出每个人的名字，一些自习课他要开讲，经常放学了还要补课，过关了才准回去。尽管刘老师很尽力，但同学们并不说他好，主要是刘老师性子直、脾气躁，耐不住了就骂人，话语直接，动不动就是死人守丧、猪马牛羊，不好接受。记得有次在课堂上，一个女同学就被他气哭跑回去了，他又去家访，把女同学叫回来。男同学们被骂油了，给他取了个外号，私底下都那么叫他，后来校长知道了，笑得很神秘。

我那时一直单腿走路，全部心思都在文科上，数学学不好也不想学。刘老师不顾家里的老小和农田，放学后把我们几个后进生留下补习过多次，我却没有一点变化。有次他在课堂上讲作业，说我成了班上的奇才，做一道题先有解、再有方程式，可没这么教过啊。刘老师叫我以后不用交作业了，因为全是抄袭的，而且还抄错。出于对一个师者尊重，我还是每天照抄别人的作业，字迹是工工整整的，但他再没讲评过。

刘老师脾性丑犟，但也独有情怀。他会吹笛子，用毛笔抄写一首歌挂在黑板上，认真地教歌识谱，而且要一个个地独唱过关。现在我还记得他教的第一首歌是《党啊，亲爱的妈妈》，很难想象那么深情的歌曲能够从他粗重的嘴中传出。

有段时间，我染上了赌博，经常和同学玩牌，有几次旷课不归。刘老师发现迹象后，四处寻找，没有找到，一气之下收缴了我的桌椅，要我祖父来拿，因为祖父过去也是这里的老师。我哪敢跟家里说，硬是蹲着上了一星期的课，让女同学们看了笑话，使我伤情不已。但这以后，我没摸过牌，直到现在。

就我这种学习态度，刘老师还是没有放弃过，他觉得我跟其他同学的想法不一般。他找我谈过几次，还让我担任副班长管理寄宿生，而我夜里带着大家到数里外的地方看电影，和社会青年打架，跟同学去偷桃子被主人告发，还因放爆竹影响上课被推到学校大会上亮相。

我以为会被开除的，刘老师大骂了我，自问是不是看错了人。我说你眼光这么厉害的哪能看走眼。刘老师苦笑了，要我尽力去学习，学什么都行，少惹是非，争取进步，还鼓励我加入了青年团。刘老师一直觉得我是个奇人，有独立的思想。我那时开始往外面投稿了，有次《湖南日报》来信说一个稿子，他觉得我眼界宽阔，想法超脱，鼓励要走出自己的路来。而他是个数学老师，我的数学水平对他简直是刺激和伤害，但刘老师没多说什么，有次还把我叫到他家，帮助干了一天活，班上那么多成绩好的，也许是一种期待和信任。

很快初中毕业了，多数同学去了广东打工，我和另外几个同学上了高中。有次回母校见过刘老师一面，他有事要先走，叫我在他宿舍歇歇，走时拉上门就行。后来，我高中未上完就参军去了西北部队，坚持写作，担任了军队记者，中间给刘老师寄过几次明信片，但未有回音。前几年我转业回到邵阳，分到政府部门，开会遇到一些校友，彼此知道了情况。

接到刘老师的电话不久，我到老家出差，顺便去看望了他。刘老师十分高兴，已经退休几年了，和孩子们一起住在县城，人很瘦，身体还好，眼睛深黑透亮，映入的人影十分清晰。他说我寄的明信片都收到的，字迹清秀，心里高兴，没有回信是觉得慢慢品味这份喜悦更好。我们说到班上的一些同学，刘老师说很多都搞得不错，但跟他有联系的就那几个调皮捣蛋的。

去年夏季里，我突然接到刘老师的电话，说陪师母来市里的医院住院，问我有没有空，想见个面。我放下电话就奔往医院，没有买礼品，给师母送了个小红包。刘老师很生气，说早知这样就不打电话了。原来是医院用药有不良反应，希望我协调一下，知道我干过记者，熟悉媒体，而医院采取了措施，及时消除了，这个事就算了。但因此引出了大年初一的拜年，似乎只有这种方式才能答谢我的情意。

一个普通的数学老师，不像其他人那样依赖数学逻辑，看重学习成绩，早早把人看定了。他会唱歌，有情怀，学生各有潜力，最初表现和最终结果都是一道不等式，可能很多样、很宽广。不唯定数，这是数学的大道。刘老师一生的耕耘，就是解析了一道繁复的不等式。

姓邓的刘老师

二十多年前，我随祖父到他代课的一所偏僻小学读书，三年级下学期，住在学校里，半月回家一次。我常到一个年轻的代课老师宿舍去玩，他叫邓艳君，高中毕业，有文化，性格温和，待人和气，学校同事都叫他邓老师。可是很奇怪，他教的那班一年级学生喊他刘老师——刘老师我的笔芯断了、刘老师作业本送来了、我们想打球刘老师。邓老师也一一答应。

我迷惑不解，有一次问起他，他告诉了其中的原因。原来前一学期，是个姓刘的女老师任教，她生病了，这一期请假住院治疗，学校让他来代课。邓老师说，他也未见过这位刘老师，开始说个把月就回来，但是两个月了，还没见回，学生们很想念她，经常问他刘老师回不回来，也把他当作刘老师喊。孩子们不懂，以为教他们书的人都叫刘老师，孩子们回去对爸爸妈妈说，来了一个男的刘老师上课。一些家长不知详情，有的也称他刘老师。

童真无邪，原来是这样。我问邓老师，他们叫你刘老师，习不习惯。他说，开始不习惯，给学生讲过，要他们喊邓老师，他们默不作声，没人带头喊，好像还挺委屈的，后来就不要求了，他们熟悉刘老师，刘老师是他们美丽世界，就这样喊吧。

邓老师说，学生们受刘老师影响很深，他教过两首新歌，但学生们不主动唱，只唱刘老师教的歌，他们说刘老师说过的，课前要唱这首歌；他布置作业，要求一个生字抄写两行，学生们说刘老师说的只抄一行，另一行抄拼音。反正，跟刘老师不一样的地方，学生们马上要指出来，都依照他们吧，我就做他们的刘老师，只要他们开心，我改个姓也没什么。

这一学期，那个刘老师一直没有回来，我看到一年级的学生一直把邓老师喊作刘老师。下一学期，我离开了那个学校，后来听人说，那个刘老师没有再回来。邓老师一直在代课，最后转了正，不知道孩子们后面是怎么喊他的。

如今，我离开那个地方多年了，时不时地想起那些孩子呼唤邓老师的情景。我也猜想过，那个刘老师肯定是美丽动人的，只一学期，孩子们就割舍不断了。人与人产生了深情，往往最先体现在呼唤上，凡是入口了的，就难以改变，哪怕是五六岁的孩子。

无门之校

每天清晨，少年骑着单车，雨天或打伞徒步，沿蓼水河岸匆匆而上。晴天时，太阳从身后的松林里升起，把风尘滚滚的一团影子投向前方。少年好像在追赶什么，彩云抑或自己的身影。可是一直没有追上，少年也没有停下……

这个画面，风霜雪雨，持续一千多天，深深定格在了我的脑海里。我在追赶什么？我在赶往学校，前方的西中中学。

学校处在一个山头上，成为小镇上的制高点，远望都要仰头，爬上去十分吃力。从一开始，我觉得在这里读书是不简单的。后来，我上了高中，到过很多的学校，留下的体会都无法超越此地。

三十多年后，我看到学校显著的一个变化是建了校门，过去是没有的，大家从四面八方涌进。没有门自然也没有门槛，愿意读书的，学校多能满足，不使一些学生早早打工去了。我曾对当小学教师的叔叔说，你对我最大的帮助是让我上了西中中学。我顽皮厌学，没考上本村的鸬鹚中学，叔叔跟人通融，让我进了乡上的西中中学。

进入初中，我仍然不学无术，考试稳居后五名。但我从未自卑过，我觉得不比其他同学差，因为我的目光投在另外一本书上。这本书带给我的兴趣和自信，一直延续到现在。

我最初在六十四班，班主任是黄长演老师。几次作文后，他认为我的文字和思路跟一般同学大不一样，甚至比高中生还想得宽和奇。我不知道会是这样，平常喜欢读课外书、看大人看的书，没觉得有什么奇异的水平。黄老师将我的作文在课堂上念了几次，觉得意犹未尽，叫投给《邵阳日报》，并介绍了他曾投稿、发稿的一个姓林的编辑。之前我给其他地方投过稿，没有发表，给《邵阳日报》投了三次，还是没有刊发。姓林的编辑给黄老师来了一封信，认为我的稿子是编造的，一个初中生应要贴着自己的实际来写，不要去追逐很远很奇的东西。言下之意，我是一个好高骛远的学生，稿子写得离谱了。但我并不这么认为。直至如今，我觉得敢于好高骛远是一种力量，只要脚不离地。

那时课余，大家都到山坡上散步或朗读，山下是东流而去的蓼水河。逝者如斯夫，我们感觉到了紧迫；低处是河道，我们好像站得很高，眺望重山。可是我能望到多远呢！

初二时，六十四班改为复读班，我被整合到六十五班，数学老师刘孙河任班主任。刘老师对我有意见，认为我不认真学数学。留下补课多次、谈话多次，罚站多次，我仍然没有起色，还用逃学对抗。我学不懂，作业都是抄别人的，有次把二题的答案抄到了一题下面。刘老师大发脾气，扔掉我的作业本，收了我的桌椅，让我站着上课一周。他以为这样能触动我，但最后他还是妥协了。

一场抵牾，我放弃了数学，但刘老师没有放弃我。他觉得我是个不好定论的学生，因为《湖南日报》社给我来了一封信。他问是什么内容，我说不是举报你。他哭笑不得，说，你要写就好好写，不要影响别人，不要把小说借给他人看。之后，他让我担任副班长，我有一定的号召力，还叫我去他家帮了一天忙。可见，他并不看落我，觉得我还是一个上进的学生，能上进就要保护，用恰当的方式。

刘老师耿直心热，脾气不好，骂哭很多女同学。多年后，我们同学在一起谈到他，多说他的方式简单粗暴，但我有不同看法。我曾写了一篇《刘老师的不等式》，觉得他并不用成绩来对等看人，每个学生的成长是不定的，就如一道待解的不等式。

初中毕业，我进入县五中，发表了处女作。因为刊发作品，我被特批入伍。然后提干、上军校进修，到部队任职，转业，入行政单位。尽管辗转多地，数易岗位，我一直呵护着一个身份——作家。我不断思考，以笔为旗，加入了中国作家协会，这方面的成效超过了职业所产生的影响。这一切，是从这里起步的。

一个语文老师及时地发现和肯定；一个数学老师不顾及偏科带给他的不爽、反支持发掘语文潜能，给予了体面和尊严。青青子衿，悠悠我心，每年春节，我给两位老师各寄一张贺卡，后来两次去看望刘老师。

想起来，那时的老师淳朴真诚，心无他念，一视同仁，又因人而异。这种品格正是现今社会极其稀缺和推崇的。初中毕业，虽然说不上培养了什么人才，但在一种优良风气的引导下，学生形成了持续进取的方向。有了方向，便有了自己的道路。这是多么重要的事情！

襟怀见格局，情操蕴境界。我想，可能正是学校没有“校门”、包容宽厚、不囿条框、因类施教所呈现的气象。

一扇门，对一个人是多么的重要！适时打开，或虚掩，都会出现赏心悦目的风景。

信之念

先生，我是二十四年前的春天里收到你的来信，那时我二十岁，你在省文联执行主席的任上。我备受鼓舞，又深感不安。这种复杂的心情延续到了现在，以至于一直未能给你回信。今天，我提笔给你写信，尽管你再也看不到了，我决心还是把信写好，包括每个标点符号。这是春天的回望，季节轮转，人驻春天！

收到你的来信时，我在陕西的黄土高坡上行军。我是一名通信兵，每天在野外爬杆架线，夜里住窑洞，生活单调，我坚持用写作来调剂日子，给青春装饰绿意。我写了很多稿子，寄出后没有一点讯息，我苦恼极了。我想到了你，你是家乡洞口县的文星骄子，从小就听老师说起你的不凡经历，从一个小学教师写成全国著名作家。我从未见过你，但心里涌起了冲动，就把写出不久的中篇小说《回乡》寄给了你。我不敢期盼出现奇迹，继续写着其他的稿子。三个月后，本以为灰烬烟灭了，却惊讶收到了你的来信，《小天使报》的信封，碳素墨水飞舞了一页方格纸。你告诉我，稿子看后转给了《湖南文学》杂志的编辑，适当的时候问问，到时再信函联系。不久，我收到了杂志社的信件，编辑提出了几条修改意见，我觉得几乎推倒重来了。这可见我的基础之差，也让我清醒了许多，不一定改得出来，就放弃了。但是我依然高兴，我是远方的无名小卒，你竟挤出时间关注了我，还是亲笔信。这足让我引以自豪，后来我很多次向文友炫耀，看，谢璞老师给我回信了！

我沾沾自喜了一段时间，也想过给先生回一封信，出于对前辈的尊敬，但是不久我调离了黄土地去了西安，把事情耽搁了。后来想起这件事，但我很久没有写作文学作品了，新闻工作让我焦苦不堪，我没有勇气写这封信，毫无文学建树。

这种怯弱和空虚挥之不去，在我身上持续了十多年。我觉得犹在昨天，心心念念，好像落下了什么。其实，我是惦念着爱慕已久的文学情人——于心不甘，却又无可奈何。然而，在我解甲归乡时，很多伴随了我多年的书籍和器物都没带，却把先生的这封信带了回来！那是我初心的见证、芳华的绽放和信念的胶固！

为什么有这样的举动？一切缘于写信人本身的力量，我被紧紧地催发着！

转业后的这十年里，我一直在山乡修建公路，业余写作散文，发表了几十万字。我曾想过给先生写信，谈谈想法，盼望赐教，但还是没有勇气，觉得十年风尘微不足道。我觉得，要走近，还是去读先生的书吧！那本散文集《珍珠赋》是上高中时购买、带去部队又带回的，我总是婆娑了又婆娑；后来在旧书摊上淘得小说集《血牡丹》、儿童文学集《芦芦》；去年市里编辑邵阳文库，我也得到一本《谢璞的文学世界》，由此进入了一个绚丽的世界。

记得五年前，我到长沙出差，夜里路过八一路 227 号，惊讶看到省文联的牌子，一下想起先生就住在这个小院！我在门口徘徊了很久，却没有勇气进去探访，最后悄悄地走开了。我跟先生因文交际，怕是没有缘分会面了，偶尔看到一些图文，先生年过八十，深居简出，很少参加外界的活动。我觉得，即使匆匆见上先生一面，过后他也记不住我，我就不加入陌生的追慕者队伍了，安静写作就是最大的尊敬。

2016 年秋天，我在省文联的《创作与评论》杂志上发表了一万多字的作品《捕伏》，产生一些反响。后来有朋友告诉我，这篇稿子的责任编辑谢然子就是谢璞先生的女儿。啊，这么巧合，竟如此走近了！

我心起涟漪，试着与谢然子联系，并发去了当年先生来信的图片。然子看了很会心，想不到我会保留二十多年。后来她告知，回家向先生提过我，但早没印象了，先生翻看了我的稿子，说故事精彩、人物语言活脱。然子复述如临其境，稿子里几句家乡骂人的话惹人哈哈大笑，因为她一直是听着先生这么骂人的，可见先生的直率性情。

去年，我有机会见到了然子，后来常通过她了解先生的讯息。我还想，在天气回暖的时候给先生写封信吧，完成二十四年前的那个念想，这种方式自然平静，没有拘谨和担心。

我是这样思量着，直到昨天夜里十一点多，突然在微信上看到然子发出的信息：3 月 6 日下午 2 点 33 分，我最敬重的父亲走了……

我瘫倒在床头上，半天才缓过神来。我觉得该去写信了！

（《湖南日报》2018 年 3 月 16 日）

平溪萧萧风

我从十六七岁开始和肖尊凡先生交谈写作，后来分别了，至今已有二十五年，但我不时在报刊上读到他的作品。见字如晤，我们大有文缘，因而彼此牵挂，可见文字的无穷魅力。

这不，炎热的夏日里，我收到了他从家乡洞口寄来的散文集《我的追求我的爱》，还有满满的一页信。这在几乎不动笔的电子信息时代，是十分可贵的。我想起过去他给我批改习作的情景，笔迹飞舞，寄情殷殷。

萧先生是我在洞口五中读书时的校长，教过我的政治课，因为写作我跟他走得很近。他是个文学老青年，我们经常聚集在他的宿舍里，要他谈方法，改稿子，荐报刊。他狭小的房间总是挤满了高谈阔论的学生，很晚了窗户还亮着。他有一架好书，我们可以随便翻看，有时拿走了也不还，我至今还留着他的两本书。我的数理化学得不好，但萧先生没有看落我，见面一脸笑容，增加了我的自信。在他的指导下，我写了不少的稿子，参加各种征文发表了一些，他很高兴，在全校的大会上表扬了我。

离开学校，两人再没有联系。十多年后，我转业到邵阳市区，有次在《新花》编辑部看到萧先生寄来的稿子，上面留有电话。我给他打去电话，得知他早已退休，我再解释，他已经不记得我了。后来在《邵阳日报》不时看到他的稿子，我也常在这里发稿。他看到我的名字后又记起来了，还让一个老师转告，他是记得的，希望有空到他那里去玩。

这几年瞎忙活，一直没有机会到萧先生那里去，听说他一直在写，出了几本集子。他在信里说：“早想给你寄来，又怕耽搁你的宝贵时间，迟迟不敢动手，又想听到你的意见，今天决定寄。”我心里明白，萧先生没能等到我去，只好这样了，他很想和我说说话。

萧先生退休后，住到了老家雪峰山下平溪江边的岩湾村，他把什么都放下了，安静地听山风、听民声、听溪水的涓涓之音。平溪江口我去过几次，还写过一篇《别有洞天一山口》的散文，这个地方气场充沛，山风伴水而下，不远处有座文昌塔，塔镇守住了山野逸风，化为文光灵气。萧先生应得此地文气滋养，参军回来转文行，教书育人，写得文章。

他跟村民生活在一起，文章没有军国要事，没有历史文化，没有黄钟大吕，但真切地记录了乡居生活：种树、养鸡、听鸟、观雨、看病、做血粑、带孙子、走乡邻等等。这都是日常琐事，有人可能觉得不入文，可哪一样又是生命所能离开的？萧先生过眼有物，心有所感，把这些都记下了，虽然表达直奔，叙述坐实，不求意境与美感，但质朴自然、生动有趣，犹如山野之风，清新明快。

萧先生是文化人，他不写高头讲章，寄情田野溪流，这是他的性情使然。他出身农家，骨子里是个农民，最倾情的还是脚下的泥土。他的作品就充满了地气，有了韧劲，读来有味。

他写门前两棵柚子树写出了生活的大道——主动砍去挡住邻居窗户的树枝，尽管是他先种树人家后修房；柚子熟了好吃，他给每家送上两个，两棵柚子树成了与邻居和谐相处的纽带。他写村里的小溪——走过多地而不忘记溪流，是因为小溪迈着轻盈而灵动的步子，记录下岩湾人改造、建设家乡的昨天、今天和明天，不能忘记自己的情感历程。他写农村伢子读书的理由最能打动人——因为穷只上完高小，父亲就不让他读初中了，被人用英语辱骂，父亲听了后，下决心要送他读书，不让人家看低了。他写一把采摘柚子的钩弓——人不能老是钩进不钩出，自己的成果要与人分享，有能力要帮人一把……

萧先生对农村生活体会细腻又深刻，因为他深深地爱着自己的村子，他曾写过一副对联：岩前山环水绕，湾里鸟语花香；横批：地灵人杰。萧先生把自己当作村里人，热心着村里的大小事情。他退休后把组织关系转到了村支部，办起了老年学校，经常给大家上课，教材就是《人民日报》，还有《三字经》《千字文》，点点滴滴纯化村风。他身体力行，为民请命，曾向村委会反映某老实人的林地被人侵占的事，村里却还偏袒，他写了报告递给县政府，最终查处了当事人，保护了弱势者的利益。

萧先生八十二了，深得村里人尊重，他的房子里经常有人来聊天，笑语不断。有次他去老艾坪村闲逛，村里很多人认识他，不但杀鸡留他吃饭，还给他唱山歌：叫我唱歌就唱歌，叫我打鱼就下河；唱歌不怕生崽多，打鱼不怕跳下河。献上这样的山歌，先生是受得起的，他不怕下河湿鞋，总想着与人方便。

有一件事不能不提，我是愧对萧先生的。我离开学校还没毕业，理科太差，想去广东打工，我希望学校能给开个学历证明。萧先生沉默很久，他说理解我，高考的路太窄了，认为我有特点，勉励不忘学习，然后给我办了一个学历证明。这个学历证明帮我很快进了一家工厂，但我不满足卖苦力，又去报名参军。县里政审时，说我的学历有问题，我有点紧张，只好如实道出了。但他们看到我有几篇公开发表的作品，很是赞赏，审定为高中肄业，我得以顺利穿上军装。这个事萧先生不知道，但我一直内疚，我正是利用了他的弱点，想人所想，对人心软。

文字书写的是一个人的内心，就如心电图一样，有半点虚假，文意就不真切。我捧着萧先生的书，犹觉村风拂面，一切宛如昨天，我的心电图就自然绘出了。

天地之秤

在苗乡的山水间行走，平整的公路穿越一片片绿野农田，要是站到高处遥望，很像一杆大秤摆放在那里。天地之间真有秤吗？有。这是绥宁县的朋友肖世群跟我说的。栩栩如生，活灵活现。

四十岁那年经熟人介绍，加了湘西南绥宁县苗乡友人肖君的微信，我们都喜欢文字。有次去绥宁公差，第一次见了面，好像老朋友一样，聊了几个小时，不觉话少。肖君是个文学老青年，但不执念，写得不多，出手不凡，小说在《文学界》杂志发过头题。现在写得更少，关注多，能跟你对谈，不落俗套。肖君能看轻，反得到了文学上的愉悦。

肖君先在司法部门工作，后去编纂地方志，使他更多、更深地走入当地的民情。我问他，苗乡那些传统的习俗现在传承得怎样？他说，外在的东西倒不讲究了，内在的东西，多是入骨了的。

他说，比如往来的礼节，是不敢随意的。举例说吧，老母亲去世，舅家人会来悼念，行礼。不拿钱，要换购成物品，用苗乡的木架子抬起来，习称抬货。农野公路上经常看到一行人抬着两架三架，五架六架。好热闹，娘家人礼性厚啊。你想错了，不是抬得越多越礼重，反是越多越轻。

为什么呢，我听得很是不解。肖君说，你是文化人，你想想，苗家人为什么这样行礼。我说，是装门面，送礼人还要拿回去的？不是，他笑着说，这抬货是称主人家的轻重呢，因为要加倍给舅家回礼，送一千元的礼物要回二千，三千回六千，不能少，不然全乡唾骂。当然，舅家人也是讲情理的，你善待老人，他们就送得轻，象征一下；你不孝敬老人，关爱不周，舅家人要惩罚你，还热热闹闹，使你下不了台。

我觉得十分新奇，苗乡人确有智慧，一举二用，举重若轻。

肖君大我七岁，会讲我家乡洞口县的方言，他母亲是我们那里的人。我们又走近了一步。他到哪里都戴着一顶帽子，我说你能不能把帽子取下，他取下了，原来已秃顶，他说是给别人留个好形象才戴。跟我在一起就不戴了，我们之间不必讲究。

后来每次去绥宁，或者肖君来邵阳，我们都要长时间地喝酒聊天，半夜还待在宾馆，聊着苗乡的风俗。这些故事都带着传统道德和价值观念。

他善谈，有趣味，跟谁都谈得来，什么话题都接得上。他是憨憨的性格，不抢话，能倾听，适时插话，娓娓而谈。在他在一起，你能感觉到自己在他心里有分量，不管男人女人、年龄大小、职业类别，都会不自然地倾向他。他包容了人和事。

有次他去毛泽东文学院插班学习，几天时间，班上四十多个同学都主动结识他，跑来跟他说话，有的比他小二十多岁。他能把每个同学的名字叫得出来，还给年轻人改稿、推荐，甚至借给钱，帮助办事。反正，你在他跟前，心里是舒服的。

我对写作纠结太多，没有他那份轻松和淡定。有回，一个心仪的刊物撤了我一个上了版的稿子，我几天没吃好饭。他说我太看重，所追求的超出了文学本身，稿子分量如何，大家心里都明白，写得好，发表是不用发愁的。

有次我问他，你们苗乡人怎都这么简单通透？他说，可能在山区吧，都有敬畏心，就说那抬货，像是一杆秤，能检验一个人的品行，因为不止白喜事应用，也不止舅家，红喜事也用，姑家、姨家等长辈家，都可抬一抬。所以不要多想，简单一点，认真做过，大家都心里有数，呵呵。

我们这样说说笑笑交往了八九年，去年六月他来市里参加一个文学活动，喉咙嘶哑了，说话吃力。我问他是什么原因，他说是新冠后遗症，有一段时间了。我们照了相，没多说话，后来也没问候过他。

去年国庆假第五天上午，有文友说肖君昨天去世了，前几天还参加值班，喉癌，发现已是晚期，不跟人说，保守治疗。

这让我震惊不已，没一点消息。我得相信，几个文学群发出了悼念的信息和图片。甚至还看到，他毛院学习班的同学纷纷约起，驾车或租车从四面八方赶往绥宁。有个女同学，写了一首长诗，我读了几遍，泪落屏幕。

悲伤如河流漫过，我一身的惆怅。我将消息告知另外两个好友，有一个是市里司法部门、肖君原来单位的上级同事，她听了突然哭了起来。商量后，我们托绥宁县的朋友转去哀悼和对他家人的问候。

过了一周时间，肖君的上级业务单位的领导肖兄打来电话，说他是一个好人好干部，他们都忘不了，觉得我熟悉他，希望帮写一份模范材料，他们往省里报送。我赞同他的想法，但不想写了，我写不下去。

一个普通的小县城的职员，没有显赫的地位，去世后却被这么多人惦念，甚至离得很远的人为他歌、为他哭。他靠的是什么？我想起他讲的天地之秤的故事，我相信了，天地之间是有杆秤的，无声无息地称量着每一个人，谁也躲不过去。

肖君是能经得起称量的，不怕你再多地“抬货”。在他面前，我也清楚自己的分量，他就是一杆秤。

（《湖南工人报》2024 年 11 月 1 日）

附 录：

转动瓦桶的人
——邓跃东印象记

刘红春

一

跟邓跃东，相遇在省上的散文班，尽管同桌，短暂一周了解甚少。记住他，却是因为他的一篇散文——《瓦全》。

一次，班级群里发出了邓跃东刊发在《鸭绿江》杂志的散文《瓦全》，细读后，我对文中做瓦的描写和父亲的塑造很有感触，就在群里留言。邓跃东惊异我对做瓦工艺和瓦匠生活的熟谙。我告诉他，我先生高考失利后，无奈之下跟着父亲学做瓦，吃了一年苦后，返回学校再次参加高考。这一年的做瓦经历，成了他最难以忘的人生记忆，而我从未谋面、较早去世的公公，硬是凭着一只瓦桶把儿子送进大学、供读几年。

邓跃东也跟着他的父亲做过瓦，后去打工又参军。相似的成长经历，让我们拉近了距离，他称先生“瓦哥”，称我“瓦嫂”，我也回赠他一个“瓦匠”的称号。

《瓦全》是邓跃东的心血之作，他用最深情的文字，向辛勤劳作一生的瓦匠父亲致敬。但如果仅仅歌颂父亲的吃苦耐劳，会泯灭于同题材的散文中，难得的是邓跃东能拎起来，站在高处去俯瞰人世间的悲欢疾苦，揭示父辈的行为本质。他父亲做瓦，抚养了几个子女长大成才，自己却因肝病过早去世。我先生的父亲做瓦，却在他大学毕业参加工作的第三个月去世，只有四十九岁。读了《瓦全》，我久久沉浸其中。在我们身边，父辈们为瓦全儿女、玉碎自己的现象多不胜数，邓跃东就是要把这个表象，升华到父辈们追求美好的境界中去。为了不让后辈重复他们的生活，不“踩痛他们的影子”，许许多多的瓦匠，唯一能做的就是紧紧抱住瓦桶，重复着简单机械、枯燥无味的工艺，费尽力气把儿女供出来。

邓跃东最初给我的印象是安静、寡言，像极了《瓦全》中他的父亲。他极少在众人面前侃侃而谈，即便是只有几个人的饭局，也很少说话，偶尔插上一两句，也会被周围人的话题淹没。后来他还写过一篇《失语者说》，分析父亲少言寡语的原因，其实也是写自己，他希望感染上父亲的失语症。

接触几天后，我发现邓跃东也有话多的时候。如果谈到散文，他会滔滔不绝，观点新颖，见地不凡，一时半会儿停不下来。有时讲课枯燥乏味，他细声跟我探讨，课堂聊天总觉不好，我尽量保持听课的姿态，邓跃东似乎并不计较我疏离的态度，只管把自己的观点说出来。奇妙的是，下课后他却恢复沉默，哪怕在食堂碰面也极少跟我坐一桌。也许只有散文才能激起他活泼的性情。

热门冷眼，冷热有别。这决定了邓跃东散文的异质性。

一次讲座上，著名作家梁瑞郴说到邓跃东的散文《丈夫第》。梁老师说，看到标题时颇为疑惑，之前没听说过这个词呀，一下产生了强烈的阅读愿望。细读之后发现，原来是他夜晚翻看《浏阳指南图册》，把封面深宅老院上草书的“大夫第”，误看成了“丈夫第”。没想到这个无意中的误会，竟成了邓跃东写作谭嗣同故居的切入点，比起正面切入，要巧妙灵动得多。他对谭嗣同在浏阳的生活并不做长篇介绍，只用“谭嗣同结识了城里的唐才常等‘不良少年’，一起拜师千求艺”，“跟‘大刀王五’一类人搞到了一起，到后来“交际有识之士，阔谈时局、痛陈政弊”，以至发生进京的壮举，无不体现了他已经由官宦之家的“大夫气”转向顶天立地的“丈夫气”。梁老师说，偶然间看到一个从未谋面的作者、对老题材写得这么有新意，真是喜不自禁。

阅读邓跃东的作品，我一直离不开一片瓦的记忆，甚至让我闻到了泥瓦的气息。他的作品接地气，构思巧妙，标题新颖，呼吸平稳，伸缩有度，字里行间自带邓氏腔调。

二

短暂的学习结束，我回到了湘西，几次提笔想写点东西，却发现思路堵塞，笔下生涩。学习之后反倒写不出了！我分析了原因：对之前的创作很不满意，更不打算按照惯性继续；吸收那么多创作知识，肠胃一时半刻难以消化，找不到新方式。然而，班级群里却很活跃，不时传出某同学的新作发表在某某刊物的消息，并把作者请出来发红包，邓跃东被请出来的次数很多。慢慢地，从他的作品中加深了对他的认识。

邓跃东出身军旅，从黄土高坡上的架线兵，经过努力成为机关新闻报道员、少校军官。军队的磨炼，培养了他坚韧隐忍、不肯服输、不愿妥协的性格。他转业到邵阳交通部门，写材料、开会、协调修路、党务纪检，每天应对大量的繁琐事务。他没有忘记散文，夜晚挤时间，点点滴滴，缓缓摸爬。他厚积雄发，几年时间就登上《散文》《解放军文艺》《天涯》《十月》《北京文学》《上海文学》《青年文学》《作品》《雨花》《人民日报》《解放军报》《文汇报》等名刊大报，被《散文海外版》《散文选刊》和数种年选登载，十年写下三部书稿，公开发表近六十万字，二十多篇作品被选作各种教材、教辅和试题。一篇篇洋溢阳刚气质的散文让他脱颖而出，成为很有辨识度的散文作家，放在群星闪耀文学湘军里，也是一道夺目的风景。

邓跃东却把自己定位为一名瓦匠。他说，“做瓦要细致耐心，作文也是一样。”他在文学的道路上辛勤劳作，耐心打磨，只为做出一片片质地精良，闪着光亮的瓦片。邓跃东在《失语者说》中写道：“有时不下雨，父亲也坐到屋檐下，出神发呆。乡下的檐口，瓦片一溜溜叠放上去，从两溜瓦中间望去，像是两只欲飞的翅膀。父亲是不是也想飞，每个瓦匠都有梦想呢！”他也是一个有梦想的瓦匠，是一个为了瓦全散文，可以玉碎自己的追梦者。

瓦匠们都很拙朴，手艺却很精细，慢工细活，绕指柔和，出货却硬朗、结实。邓跃东的语言朴实，从不忸怩做作，场景描写往往寥寥几笔，就勾勒出一幅清晰的画面。他的行文风格直截果断，从不绕山绕水，更不喜欢引经据典，搬出古典诗词来增加文章氛围。在他的文章里，找不到华丽的辞藻、滑腻的抒情和喋喋不休的说教，有的只是军人的行为风格，硬朗干脆，掷地有声。

他用自己的方式把深层次的感悟写出来，用最朴素的语言和读者沟通，从而让人产生共鸣。他的新近的作品《重影》，写两个新闻记者，算是文化人，但他从日常共同面上去写个性，充满了烟火味，真实可信，情感深沉，两个人融合成一个人，感染了无数读者。

瓦匠们都喜欢聊天讲笑话，邓跃东的作品叙事性强，阅读感好。读他的《湖上的海》《无字碑上的字》《白哈巴村的午后》《武威的殊途》《离书》《长夜》《白夜》等，每篇作品都可复述出来，有别于现今流行的、语言虚空思想空白的文本。邓跃东擅长讲故事，讲军旅故事，讲亲情故事，讲世间百态，人间真情，只不过他不是用嘴说，而是用笔写。他不在人群中发声，而在寂静的夜晚，一个人安静地对着电脑，絮絮叨叨，洋洋万言，畅快淋漓，恣意盎然。

邓跃东情感细腻，细节传神，这跟瓦匠手艺活一样，以细出彩。在《呼吸间的回响》里，他让自己、老齐、电影主人翁枪械设计师，三个心灵相通的人在他的文章中跨越时空相遇，述说着射击者关乎技艺、使命、情怀、信念、不服输的故事。他匍匐在地，做到人枪合一，在呼吸转换的瞬间扣动扳机，一篇近万字的精品散文，犹如一场完美无瑕的射击，击中了读者的心。邓跃东的呼吸是平稳的，语调也是平稳的，要表达的深沉情感与人性的美好，被他拿捏得恰到好处，不疾不徐地演绎着。他是一个耐心的瓦匠，他能听到自己的呼吸。

这就是邓跃东的风格，他自己的腔调。不媚俗，不跟风，坚持着自己对散文的热爱和理解，写生活，写亲情、爱情、友情，既清清爽爽，又入木三分。尽管军旅题材的散文书写他已经很熟稔，他敢于创新的执拗个性不允许他重复过去，也不允许在舒适区里躺平，他执着于不断突破，不断超越。

邓跃东创作勤奋，洋洋洒洒的万字长文，一个星期就能拿下。他说，每年一批批地写稿，三四千字的一天一篇，一个月差不多把半年中要写的稿子一口气写出来，大部分时间在打磨、思考和学习、瞭望。

这怎不跟瓦匠一样呢，夏季热天做瓦晾晒，秋冬季节装窑烧瓦，春天整修瓦场和窑，每个人一年一窑，烧好烧坏，胜似赌博。

邓跃东就这样豪赌着，不问结果，寂寞孤行。

三

因为这片瓦，我对邓跃东多了一层关注，我把他说给先生，让两个瓦匠找到了知音。他们尽管没有机会见面，逢年过节，会送上一声问候：瓦哥、瓦嫂节日快乐。他说做瓦是个辛苦活儿，经常踩湿泥，会留下风湿等顽疾，要我提醒先生，注意提前保护。先生对邓跃东的关切尤为珍视，多次要我邀请来湘西做客。

2020 年 8 月，邓跃东在微信上告知，和几个朋友正在过来的路上，傍晚到达边城茶峒。先生因出差外地，只好叮嘱我好好招待他们。我约上文友梅子，冒雨驾车赶到茶峒，以尽地主之谊。晚上喝了点酒，邓跃东的话比平日多了很多，饭后大家沿着茶峒河散步，继续着之前的话题。我们谈散文现象，谈散文写作以及自己的心得和方向。交谈十分愉快，从饭后一直持续到晚上十一点。邓跃东的爽直和真诚给初次见面的梅子留下了深刻的印象。

记得某次他的作品被挖出来，被班群要求发红包，他知晓我很少关注微信群，为了让我抢到红包，就提前告知，并附上一个调皮的表情。多像个还没长大的孩子，可爱、纯真，让人忍俊不禁。

有年教师节，邓跃东给我发了一段视频，一个老教师钢琴演奏《老师，我想你》这首歌。旋律优美，歌词朴素，几个学生的演唱很有感染力。我一下子被深深打动。邓跃东是行伍之人，没想到骨子里对老师有着这样细致的情感。我跟着唱了几遍，马上就学会了，他还要我唱一遍。这是我那年教师节收到的最为特别的礼物！

后来，我读了他的短文《未名玉》，心里亮堂了。此文讲述老领导魏先生在他转业临别时赠送一枚玉章，嘱咐他改行从政“刻个名章，要刻朱文，醒目一些。”邓跃东一直把魏先生当作伯乐和恩人，但是数年后，他认为没有做出显赫成绩，水平达不到使用这方名贵玉章的层次，一直没有刻印，觉得贸然刻下，反是辜负，保持原貌还有期待。朴素的描述，把魏先生和他彼此间的灵犀刻画得生动尽致，纯洁温暖的情感，在质感文字里保存了下来，让我倍觉暖流传身。

2022年初，我出版了第一本散文集《撒落在春天的花瓣》，给邓跃东寄了一本。他拿到书后没说什么客套话，直接指出《走嘎婆》一文中一处极为明显的失误。这本书从最初的修改，到后期的校对，我做得非常细致，先生又进行了逐字逐句的校对。他扬言，谁要能在这本书里挑出一处错误，包括标点符号，他当即奖励一百元，两处两百元，以此类推。邓跃东发现的这处失误让先生很是愧疚，说要兑现诺言，再次发出了邀请，和他喝个痛快。

两年后，我又出了一本湘西题材的散文集，散文班同学纷纷为我道贺。邓跃东在群里说了一句：两年一窑，瓦嫂勤快；情怀至上，向你致敬！我再次被他的话深深触动。

邓跃东深知写作如做瓦一般不易，期间的辛劳非常人能够体会，不仅要付出许多体力精力，那种瓦全理想的愿望、玉碎自己的坚毅始终不能消减。他还说自费出书全是瓦哥的功劳，瓦哥是个好人，对我好，对文学好，值得点赞和尊敬。

四

2024 年《解放军文艺》第 9 期推出邓跃东的个人散文专辑，二十个页码，真为他高兴，班级群里一片喝彩。看了散文小集后，我居然萌生了写写邓跃东的想法。

刚开始时，我把他的作品归集起来，一篇一篇赏析评论，写着写着，觉得不仅写得很累，文字也平庸。接着尝试另一种方式，可还是不满意。几番折腾，我有点气馁，打算放弃。当看到专辑里介绍邓跃东对文学的执著与信念，我为自己的退缩感到羞愧，浮躁的心情也许需要《呼吸间的回响》这样的文字来平静。我调整思路，慢慢写了下来，毕竟对他那么熟悉，心里也有回响。

在这期杂志的封二，我看到邓跃东几个时期的照片。年轻时的他青春激扬，意气风发，极具军人气质。转业前两年，身材开始发福，文人气质逐渐彰显。2016 年，邓跃东依靠在栏杆上的照片，从容悠闲，十足的大家风范。到 2020 年相见，文学赋予他独特的气度渐渐掩盖了军人的风貌，手中的笔代替熟悉的枪，却依然发出凌厉的呼啸。他越来越自信，他有一只别人没有瓦桶。

《解放军文艺》主编文清丽对邓跃东评价中肯，她说：好散文形式一定是新颖的，细节一定是传神的，文字一定是深情的，邓跃东的散文便是。

尽管，邓跃东在散文界的影响越来越大，但是我脑海里却总是浮现他做瓦的身影：挖泥翻土，踩熟垒墙，割成小堵，刮子刮下一张泥片，围在瓦桶上，用抹子来回抹平，刮掉上方的泥花，再把瓦坯蜕放在坪里，晒干后折叠成片，收成一溜，码成墙。画面中的他，沉默、隐忍、执著，翅膀一样腾飞的瓦片成了他最得意的作品。

2024 年 9 月

后 记

后视镜里的风景

这本书按“故土新象”的方向来选编，展示我的生活炊烟图，时间贯穿我的写作过程，文后注明了时间。这篇后记算是一种前言后语了，当然也是我的希望，前后的日子能够贯通一条心路。

我写作散文快四十岁了，之前练得很少。为何从这个时候动笔呢，而且公务繁杂，没有完整的时间。我担心错过了就回不来，点点滴滴地记录着，慢慢地写下了三本书的文字，多数公开发表过。

但是，越往前走，越觉困惑，为什么要写，真实目的在哪里？过去没有这种疑惑，理想、担当、拯救、织梦、名誉、不甘、审美、情怀、日子，这些想法一路次第呈现过，但到后面就模糊了。我的写作观念一直变化着，这是我第五次以文字形式总结看法了，而且越来越散淡。我与其他写作有年的朋友交流过，都有这样的困惑，完全不是过去那样明确，但也放不下这支笔。

这是多么可笑的事情，写作多年，目的都找不到了，还要没头没脑地写下去！

写作都是说话，我写的是散文，散文说的是什么呢，为何只是散文，而非其他。我不能直接回答上，心里感慨着一件事。前不久和文友交谈什么是散文，争得不可开交，最后有个喜欢读、而不写的人说，小说诗歌之外都是散文。是的，这个无以反驳的趣说，其实蕴含深刻的道理，要弄懂散文先要了解小说和诗歌，属性决定了各自的质感。我的阅读理解是，小说朝前看、诗歌往里看、散文往后看。大家觉得是这么一个味道，散文的作用就在这里，由此独立存在，无法取代。弄清了目的和意义，写作的方法都不重要了，内容大于形式。

这样，我开始不自觉地写作散文就有了理由。这个年龄是开始告别青春、回望来时路的时候了。孙犁先生说，散文是一种老人体文章。毕飞宇说得更具体，散文随笔是个“德高望重”的东西，不到一定年龄最好不要弄它。相比之下，我比其他人回望早了一些，人到四十才不惑呢。这也是各自的经历决定的，一种自然而然的态度，甚至是一种成年的身体反应。

人到了一定年龄就开始思旧，心里会宽敞一些。我母亲经常晾晒我们兄妹小时候穿过的衣服和鞋子，回顾过去的艰涩，才发觉如今的滋润，没有道理不好好过下去。我父亲说，吃饭人少，前几年稻田里种玉米，地旱得变了质，今年得改回去，不然以后吃不到稻米了。我家老屋挂着一副由外公书写的对联：老前辈能艰苦创业，后生家要奋发有为。他们都是往后看呢，希望朝前走得更好一些！

我写散文也是回望，这跟父辈回望过去的日子是一样的。但是不写不行吗，日子过得不好吗？当然不是这样，很多人不读不写照样活蹦乱跳。但是也有其微妙的作用，就比如很多家庭买了汽车，车子往前开，要不停地看后面，这样才能成功抵达终点，少了后视镜可能走得不太稳当。过日子，不能忘了这面小小的后视镜！

现在的人不喜欢朝后看，只顾快速往前走，但生命的景象就单调了。如果往后看，会又一次看到自己的脚印、汗水、心跳和沉吟、喘息。这是人生的另一种风景。前后两种风景相伴，生活的体验要真切很多。这本书里的篇章都是叙写过去的人、事、物，简单、渺小、朴素、真诚，使心灵变得柔软和澄明，历久弥新而不能忘怀。写出来，不时对照看，是为了让自己活得更像自己。

散文写作是表达内心的真实感受，这已不是年轻时候怀揣文学梦想的热劲了，喜不喜欢由不得自己，你得一直走下去。我的写作过程其实十分痛苦，欲罢不能。都说散文是最自由的文体，我却体会不到一点自由。这应是说，散文要以一种自由的姿势呈现，但孕育的过程是很不自在的，贾平凹就说过艺术诞生于约束而死于自由。

这是我能够坚持下来、成就这本书的原因。

2024 年 7 月